凌濛初批评本初刻拍案惊奇 下

〔明〕凌濛初 编著
凌濛初 批评

岳麓书社·长沙

燕矶晓望

清 樊沂《金陵五景图·燕矶晓望》

明 仇英 《钱塘胜景图》

清 董邦达 《平湖秋月图》

元 赵孟頫 《洞庭东山图》（局部）

南宋 米友仁 《归樵图》

清 董邦达 《霜林萧寺图》（局部）

卷二十一

袁尚宝相术动名卿

郑舍人阴功叨世爵

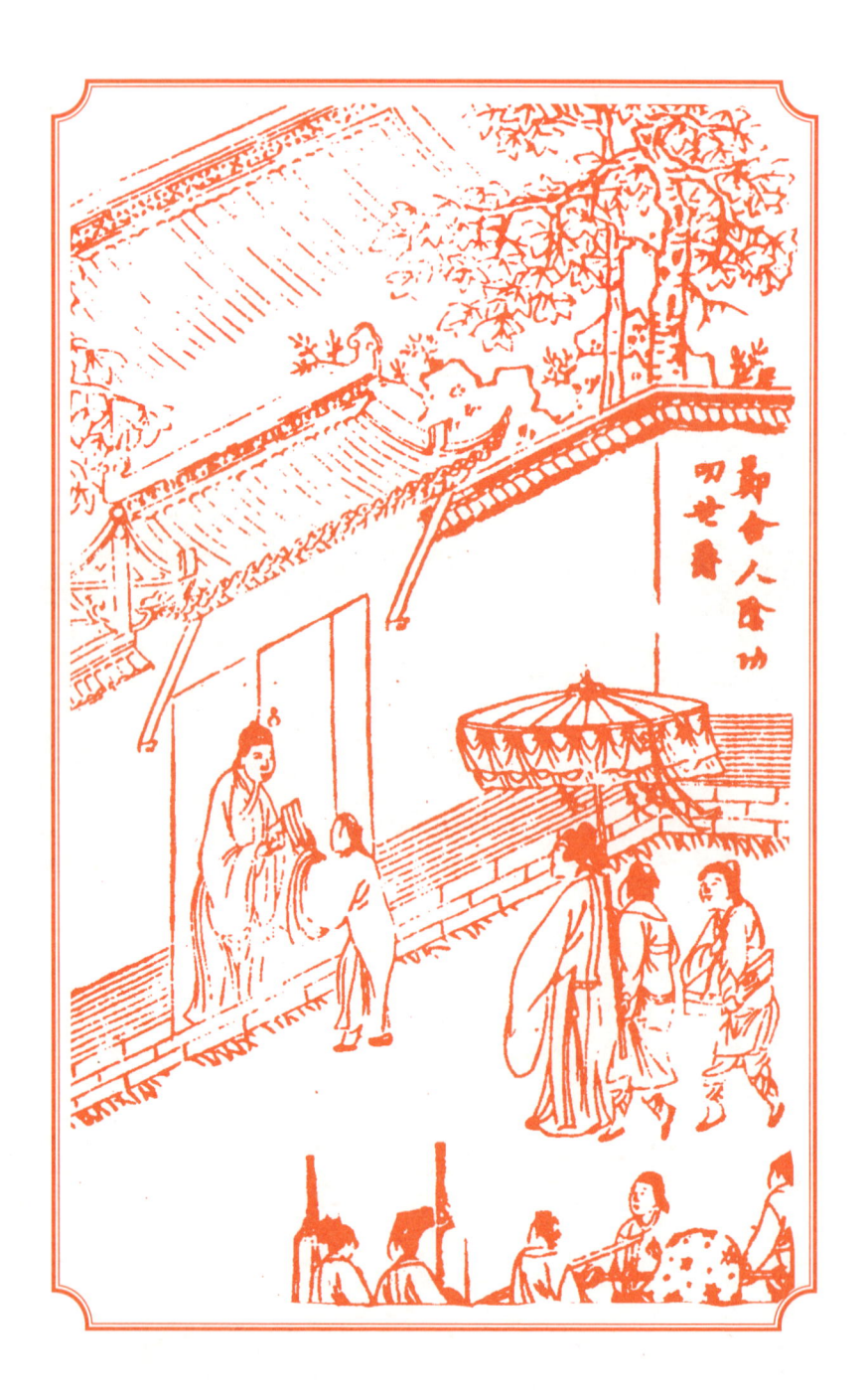

诗曰：

燕门壮士吴门豪，筑中注铅鱼隐刀。
感君恩重与君死，泰山一掷若鸿毛。

话说唐德宗朝有个秀才，南剑州人，姓林名积，字善甫。为人聪俊，广览诗书，九经三史，无不通晓。更兼存心梗直，在京师太学读书，给假回家，侍奉母亲之病。母病愈，不免再往学中。免不得暂别母亲，相辞亲戚邻里，教当直王吉挑着行李，迤逦前进。在路。但见：

或过山林，听樵歌于云岭；又经别浦，闻渔唱于烟波。或抵乡村，却遇市井。才见绿杨垂柳，影迷几处之楼台；那堪啼鸟落花，知是谁家之院宇？看处有无穷之景致，行时有不尽之驱驰。

饥餐渴饮，夜住晓行，无路登舟。

不只一日到蔡州，到个去处，天色已晚。但见

十里俄惊雾暗，九天倏睹星明。八方商旅卸行装，七级浮屠燃夜火。六翮飞鸟，争投栖于树杪；五花画舫，心返棹于洲边。四野牛羊皆入栈，三江渔钓悉归家。两下招商，俱说此间可宿；一声画角，应知前路难行。

两个投宿于旅邸，小二哥接引，拣了一间宽洁房子，当直的

安顿了担仗。善甫稍歇，讨了汤，洗了脚，随分吃了些晚食，无事闲坐则个。不觉早点灯，交当直安排宿歇，来日早行，当直王吉在床前打铺自睡。

且说林善甫脱了衣裳也去睡，但觉物瘾其背，不能睡着。壁上有灯，尚犹未灭。遂起身揭起荐席看时，见一布囊，囊中有一锦囊，中有大珠百颗，遂收于箱箧中。当夜不在话下。

到来朝，天色已晓，但见：

晓雾装成野外，残霞染就荒郊。耕夫陇上，朦胧月色将沉；织女机边，幌荡金乌欲出。牧牛儿尚睡，养蚕女未兴。樵舍外已闻犬吠，招提内尚见僧眠。

天色将晓，起来洗漱罢，系裹毕，教当直的，一面安排了行李。林善甫出房中来，问店主人："前夕恁人在此房内宿？"店主人说道："昨夕乃是一巨商。"林善甫见说："此乃吾之故友也，因俟我失期。"看着那店主人道："此人若回来寻时，可使他来京师上庠贯道斋，寻问林上舍名积字善甫，千万！千万！不可误事！"说罢，还了房钱，相揖作别去了。王吉前面挑着行李什物，林善甫后面行，迤逦前进。林善甫放心不下，恐店主人忘了，遂于沿路上令王吉于墙壁粘手榜云："某年某月某日有剑浦林积假

忠厚之至。

馆上庠，有故人'元珠'，可相访于贯道斋。"不只一日，到了学中，参了假，仍旧归斋读书。

且说这囊珠子乃是富商张客遗下了去的。及至到于市中取珠欲货，方知失去，唬得魂不附体，道："苦也！我生受数年，只选得这包珠子。今已失了，归家妻子孩儿如何肯信？"再三思量，不知失于何处，只得再回，沿路店中寻讨。直寻到林上舍所歇之处，问店小二时，店小二道："我却不知你失去物事。"张客道："我歇之后，有恁人在此房中安歇？"店主人道："我便忘了。从你去后，有个官人来歇一夜了，绝早便去。临行时分付道：'有人来寻时，可千万使他来京师上庠贯道斋，问林上舍，名积。'"张客见说，言语跷蹊，口中不道，心下思量："莫是此人收得我之物？"当日只得离了店中，迤逦再取京师路上来。见沿路贴着手榜，中有"元珠"之句，略略放心。不只一日，直到上庠，未去歇泊，便来寻问。学对门有个茶坊，但见

木匾高悬，纸屏横挂。壁间名画，皆唐朝吴道子丹青；瓯内新茶，尽山居玉川子佳茗。

张客入茶坊吃茶，茶罢，问茶博士道："此间有个林上舍否？"博士道："上舍姓林的极多，不知是那个林上舍？"张客说："贯道斋，名积字善甫。"茶博士见说："这个，便是个好人。"张客见说道是好人，心下又放下二三分。张客说："上舍多年个远亲，不相见，怕忘了。若来时，相指引则个。"正说不了，茶博士道："兀的出斋来的官人便是。他在我家寄衫帽。"张客见了，不敢造次。林善甫

入茶坊，脱了衫帽。张客方才向前，看着林上舍，唱个喏便拜。林上舍道："男儿膝下有黄金，如何拜人？"那时林上舍不识他有甚事，但见张客簌簌地泪下，哽咽了说不得。歇定，便把这上件事一一细说一遍。林善甫见说，便道："不要慌。物事在我处。我且问你则个，里面有甚么？"张客道："布囊中有锦囊，内有大珠百颗。"林上舍道："多说得是。"带他去安歇处，取物交还。张客看见了道："这个便是，不愿都得，便只觅得一半，归家养赡老小，感戴恩德不浅。"林善甫道："岂有此说！我若要你一半时，须不沿路粘贴手榜，交你来寻。"张客再三不肯都领，情愿只领一半。林善甫坚执不受。如此数次相推，张客见林上舍再三再四不受，感戴洪恩不已，拜谢而去，将珠子一半于市货卖。卖得银来，舍在有名佛寺斋僧，就与林上舍建立生祠供养，报答还珠之恩。善甫后来一举及第。诗云：

也是个不负心的。

　　林积还珠古未闻，利心不动道心存。
　　暗施阴德天神助，一举登科耀姓名。

善甫后来位至三公，二子历任显宦。古人云："积善有善报，积恶有恶报。积善之家必有余庆，作恶之家必有余殃。"正是：

> 黑白分明造化机，谁人会解劫中危？
> 分明指与长生路，争奈人心着处迷！

此本话文，叫做《积善阴骘》，乃是京师老郎传留至今。小子为何重宣这一遍？只为世人贪财好利，见了别人钱钞，昧着心就要起发了，何况是失下的？一发是应得的了，谁肯轻还本主？不知冥冥之中，阴功极重。所以裴令公相该饿死，只因还了玉带，后来出将入相；窦谏议命主绝嗣，只为还了遗金，后来五子登科。其余小小报应，说不尽许多。而今再说一个一点善念，直到得脱了穷胎，变成贵骨，说与看官们一听，方知小子劝人做好事的说话，不是没来历的。

你道这件事出在何处？国朝永乐爷爷未登帝位，还为燕王，其时有个相士叫做袁柳庄，名珙，在长安酒肆，遇见一伙军官打扮的在里头吃酒。柳庄把内中一人看了一看，大惊下拜道："主公乃真命天子也！"其人摇手道："休得胡说！"却问了他姓名去了。明日只见燕府中有懿旨，召这相士。相士朝见，抬头起来，正是昨日酒馆中所遇之人。元来燕王装做了军官，与同护卫数人出来微行的。就密教他仔细再相，柳庄相罢称贺，从此燕王决了大计。后来靖了内难，乃登大宝，酬他一个三品京职。其子忠彻，亦得荫为尚宝司丞。人多晓得柳庄神相，却不知其子忠彻传了父术，也是一个百灵百验的。京师显贵公卿，没一个不与他往来、求他风鉴的。其时有一个姓王的部郎，家中人眷不时有病。一日，袁尚宝来拜，见他面有忧色，问道："老先生尊容滞气，应主人眷不宁。然不是生成的，恰似有外来妨碍，原可趋避。"部郎道："如何趋避？

望请见教。"正说话间,一个小厮捧了茶盘出来送茶。尚宝看了一看,大惊道:"元来如此!"须臾吃罢茶,小厮接了茶钟进去了。尚宝密对部郎道:"适来送茶小童,是何名字?"部郎道:"问他怎的?"尚宝道:"使宅上人眷不宁者,此子也。"部郎道:"小厮姓郑,名兴儿,就是此间收的,未上一年,老实勤谨,颇称得用。他如何能使家下不宁?"尚宝道:"此小厮相能妨主,若留过一年之外,便要损人口,岂止不宁而已!"部郎意犹不信道:"怎便到此?"尚宝道:"老先生岂不闻马有的卢能妨主、手版能忤人君的故事么?"部郎省悟道:"如此,只得遣了他罢了。"

边注:□亦荒□。

部郎送了尚宝出门,进去与夫人说了适间之言。女眷们见说了这等说话,极易听信的。又且袁尚宝相术有名,那一个不晓得?部郎是读书之人,还有些崛强未服,怎当得夫人一点疑心之根,再拔不出了。部郎就唤兴儿到跟前,打发他出去。兴儿大惊道:"小的并不曾坏老爷事体,如何打发小的?"部郎道:"不为你坏事,只因家中人口不安,袁尚宝爷相道,都是你的缘故。没奈何打发你在外去过几时,看光景再处。"兴儿也晓得袁尚宝相术通神,如此说了,毕竟难留;却又舍不得家主,大哭一场,拜倒在地。部郎也有好些不忍,没奈何强遣了他。果然兴儿出去了,家中人口从此平安。部郎合家越信

边注:便是好仆,非无情之流。

卷二十一　袁尚宝相术动名卿　郑舍人阴功叨世爵

尚宝之言不为虚谬。

话分两头，且说兴儿含悲离了王家，未曾寻得投主，权在古庙栖身。一日，走到坑厕上疴屎，只见壁上挂着一个包裹，他提下来一看，乃是布线密扎，且是沉重。解开一看，乃是二十多包银子。看见了，伸着舌头缩不进来道："造化！造化！我有此银子，不忧贫了。就是家主赶了出来，也不妨。"又想一想道："我命本该穷苦，投靠了人家，尚且道是相法妨碍家主，平白无事赶了出来，怎得有福气受用这些物事？此必有人家干甚紧事，带了来用，因为登东司，挂在壁间，失下了的，未必不关着几条性命。我拿了去，虽无人知道，却不做了阴骘事体？毕竟等人来寻，还他为是。"左思右想，带了这个包裹，不敢走离坑厕。沉吟到将晚，不见人来，放心不下，取了一条草荐，竟在坑版上铺了，把包裹塞在头底下，睡了一夜。

明日绝早，只见一个人头蓬眼肿，走到坑中来，见有人在里头。看一看壁间，吃了一惊道："东西已不见了，如何回去得？"将头去坑墙上乱撞。兴儿慌忙止他道："不要性急！有甚话，且与我说个明白。"那个人道："主人托俺将着银子到京中做事，昨日偶因登厕，寻个竹钉，挂在壁上。已后登厕已完，竟自去了，忘记取了包裹。而今主人的事，既做不得，银子又无了，怎好白手回去见他？要这性

此念至，福至矣。

此亦甚难，无论还银。

445

命做甚?"兴儿道:"老兄不必着慌,银子是小弟拾得在此,自当奉璧。"那个人听见了,笑逐颜开道:"小哥若肯见还,当以一半奉谢。"兴儿道:"若要谢时,我昨夜连包拿了去不得?何苦在坑版上忍了臭气睡这一夜!不要昧了我的心。"把包裹一撩,竟还了他。

那个人见是个小厮,又且说话的确,做事慷慨,便问他道:"小哥高姓?"兴儿道:"我姓郑。"那个人道:"俺的主人,也姓郑,河间府人,是个世袭指挥,只因进京来讨职事做,叫俺拿银子来使用。不知是昨日失了,今日却得小哥还俺。俺明日做事停当了,同小哥去见俺家主,说小哥这等好意,必然有个好处。"两个欢欢喜喜,同到一个饭店中,殷殷勤勤,买酒请他,问他本身来历。他把投靠王家,因相被逐,一身无归,上项苦情,备细述了一遍。那个人道:"小哥,患难之中,见财不取,一发难得。而今不必别寻道路,只在我下处同住了,待我干成了这事,带小哥到河间府罢了。"兴儿就问那个人姓名。那个人道:"俺姓张,在郑家做都管,人只叫我做张都管。不要说俺家主人,就是俺自家,也盘缠得小哥一两个月起的。"兴儿正无投奔,听见如此说,也自喜欢。从此只在饭店中安歇,与张都管看守行李,张都管自去兵部做事。有银子得用了,自然无不停当,取郑指挥做了巡抚标下旗鼓官。张都

旁批:
所谓与人方便,自己方便。

使当世皆兴儿,则黄金如粪土矣。

管欣然走到下处，对兴儿说道："承小哥厚德，主人已得了职事。这分明是小哥作成的。俺与你只索同到家去报喜罢了，不必在此停留。"即忙收拾行李，雇了两个牲口，做一路回来。

到了家门口，张都管留兴儿在外边住了，先进去报与家主郑指挥。郑指挥见有了衙门，不胜之喜，对张都管道："这事全亏你能干得来。"张都管说道："这事全非小人之能，一来主人福荫，二来遇个恩星，得有今日。若非那个恩星，不要说主人官职，连小人性命也不能勾回来见主人了。"郑指挥道："是何恩星？"张都管把登厕失了银子，遇着郑兴儿厕板上守了一夜，原封还他，从头至尾，说了一遍。郑指挥大惊道："天下有这样义气的人！而今这人在那里？"张都管道："小人不敢忘他之恩，邀他同到此间拜见主人，见在外面。"郑指挥道："正该如此，快请进来。"

张都管走出门外，叫了兴儿一同进去见郑指挥。兴儿是做小厮过的，见了官人，不免磕个头下去。郑指挥自家也跪将下去，扶住了，说道："你是俺恩人，如何行此礼！"兴儿站将起来，郑指挥仔细看了一看道："此非下贱之相，况且气量宽洪，立心忠厚，他日必有好处。"讨坐来与他坐了。兴儿那里肯坐？推逊了一回，只得依命坐了。指挥问道："足下何姓？"兴儿道："小人姓郑。"指挥道：

不自居功，不忘人德，亦不易得。

变得快。

"忝为同姓,一发妙了。老夫年已望六,尚无子嗣,今遇大恩,无可相报。不是老夫要讨便宜,情愿认义足下做个养子,恩礼相待,少报万一。不知足下心下如何?"兴儿道:"小人是执鞭坠镫之人,怎敢当此?"郑指挥道:"不如此说,足下高谊,实在古人之上。今欲酬以金帛,足下既轻财重义,岂有重资不取,反受薄物之理?若便恝然无关,视老夫为何等负义之徒?幸叨同姓,实是天缘,只恐有屈了足下,于心不安。足下何反见外如此?"指挥执意既坚,张都管又在旁边一力撺掇,兴儿只得应承。当下拜了四拜,认义了。此后,内外人多叫他是郑大舍人,名字叫做郑兴邦,连张都管也让他做小家主了。

郑公胸襟如此,故堪为兴儿之父。

那舍人北边出身,从小晓得些弓马;今在指挥家,带了同往蓟州任所,广有了得的教师,日日教习,一发熟娴,指挥愈加喜欢;况且做人和气,又凡事老成谨慎,合家之人,无不相投。指挥已把他名字报去,做了个应袭舍人。那指挥在巡抚标下,甚得巡抚之心。年终累荐,调入京营,做了游击将军,连家眷进京,郑舍人也同往。到了京中,骑在高头骏马上,看见街道,想起旧日之事,不觉凄然泪下。有诗为证:

昔年在此拾遗金,蓝缕身躯乞丐心。

怒马鲜衣今日过,泪痕还似旧时深。

却说郑游击又与舍人用了些银子,得了应袭冠带,以指挥职衔听用。在京中往来拜客,好不气概!他自离京中,到这个地位,还不上三年。此时王部郎也还在京中,舍人想道:"人不可忘本,我当时虽被王家赶了出来,却是主人原待得我好的。只因袁尚宝有妨碍主人之说,故此听信了他,原非本意。今我自到义父家中,何曾见妨了谁来?此乃尚宝之妄言,不关旧主之事。今得了这个地步,还该去见他一见,才是忠厚。只怕义父怪道翻出旧底本,人知不雅,未必相许。"即把此事,从头至尾,来与义父郑游击商量。游击称赞道:"贵不忘贱,新不忘旧,都是人生实受用好处。有何妨碍?古来多少王公大人、天子宰相,在尘埃中屠沽下贱起的,大丈夫正不可以此芥蒂。"〖达人之见。〗

舍人得了养父之言,即便去穿了素衣服,腰系金镶角带,竟到王部郎寓所来。手本上写着"门下走卒应袭听用指挥郑兴邦叩见"。王部郎接了手本,想了一回道:"此是何人,却来见我?又且写'门下走卒',是必曾在那里相会过来。"心下疑惑。元来京里部官清淡,见是武官来见,想是有些油水的,不到得作难,就叫"请进"。郑舍人一见了王部郎,连忙磕头下去。王部郎虽是旧主人,今见如此冠带换扮了,一时那里遂认得,慌忙扶住道:"非是统属,如何行此礼?"舍人道:"主人岂不记那年的兴儿么?"部郎仔细一看,骨格虽然不同,体态还认得出,吃了一惊道:"足下何自能致身如此?"舍人把认了义父、讨得应袭指挥、今义父现在京营做游击的话,说了一遍,道:"因不忘昔日看待之恩，敢来叩见。"王部郎见说罢，只得看坐。舍人再三不肯道："分该侍立。"部郎道："今足下已是朝廷之官，如何拘得旧事？"舍人不得已，旁坐了。部郎道："足下有如此后步，自非家下所能留。只可惜袁尚宝妄言误我，致得罪于足下，以此无颜。"舍人道："凡事有数，若当时只在主人处，也不能得认义父，以有今日。"部郎道："事虽如此，只是袁尚宝相术可笑，可见向来浪得虚名耳。"

> 冤哉！

正要摆饭款待，只见门上递一帖进来道："尚宝袁爷要来面拜。"部郎抚掌大笑道："这个相不着的又来了。正好取笑他一回。"便对舍人道："足下且到里面去，只做旧时妆扮了，停一会待我与他坐了，竟出来照旧送茶，看他认得出认不出？"舍人依言，进去卸了冠带，与旧日同伴取了一件青长衣披了。听得外边尚宝坐定讨茶，双手捧了一个茶盘，恭恭敬敬出来送茶。袁尚宝注目一看，忽地站了起来道："此位何人？乃在此送茶！"部郎道："此前日所逐出童子兴儿便是。今无所归，仍来家下服役耳。"尚宝道："何太欺我？此人不论后日，只据目下，乃是一金带武职官，岂宅上服役之人哉？"部郎大笑道："老先生不记得前日相他妨碍主人，累家下人口不安的说话了？"尚宝方才省起向来之言，再把他端相了一回，笑道："怪哉！怪哉！前日果有此言，却

> 此位不凡人。

是前日之言,也不差。今日之相,也不差。"部郎道:"何解?"尚宝道:"此君满面阴德纹起,若非救人之命,必是还人之物,骨相已变。看来有德于人,人亦报之。今日之贵,实由于此。非学生之有误也。"舍人不觉失声道:"袁爷真神人也!"遂把厕中拾金还人,与挈到河间认义父亲,应袭冠带前后事,备细说了一遍,道:"今日念旧主人,所以到此。"部郎起初只晓得认义之事,不晓得还金之事。听得说罢,肃然起敬道:"郑君德行,袁公神术,俱足不朽!"快教取郑爷冠带来穿着了,重新与尚宝施礼。部郎连尚宝多留了筵席,三人尽欢而散。

次日王部郎去拜了郑游击,就当答拜了舍人。遂认为通家,往来不绝。后日郑舍人也做到游击将军而终,子孙竟得世荫。只因一点善念,脱胎换骨,享此爵禄。所以奉劝世人,只宜行好事,天并不曾亏了人。有古风一首为证:

袁公相术真奇绝,唐举许负无差别。
片言甫出鬼神惊,双眸略展荣枯决。
儿童妨主运何乖?流落街衢实可哀。
还金一举堪夸美,善念方萌已脱胎。
郑公生平原倜傥,百计思酬恩谊广。
螟蛉同姓是天缘,冠带加身报不爽。
京华重忆主人情,一见袁公便起惊。
阴功获福从来有,始信时名不浪称。

卷二十二 钱多处白丁横带
运退时刺史当艄

幾次鞭白丁
橫帶

诗曰：

荣枯本是无常数，何必当风使尽帆？
东海扬尘犹有日，白衣苍狗刹那间。

话说人生荣华富贵，眼前的多是空花，不可认为实相。如今人一有了时势，便自道是"万年不拔之基"，旁边看的人也一样见识。岂知转眼之间，灰飞烟灭。泰山化作冰山，极是不难的事。俗语两句说得好："宁可无了有，不可有了无。"专为贫贱之人，一朝变泰，得了富贵，苦尽甜来滋味深长。若是富贵之人，一朝失势，落魄起来，这叫做"树倒猢狲散"，光景着实难堪了。却是富贵的人只据目前时势，横着胆，昧着心，任情做去，那里管后来有下稍没下稍！

曾有一个笑话，道是一个老翁，有三子，临死时分付道："你们倘有所愿，实对我说。我死后求之上帝。"一子道："我愿官高一品。"一子道："我愿田连万顷。"末一子道："我无所愿，愿换大眼睛一对。"老翁大骇道："要此何干？"其子道："等我撑开了大眼，看他们富的富，贵的贵。"此虽是一个笑话，正合着古人云： *醒时之谈。*

常将冷眼观螃蟹，看你横行得几时？

虽然如此，然那等熏天吓地富贵人，除非是遇了朝廷诛戮，或是生下子孙不肖，方是败落散场，再没有一个身子上，先前做了贵人，以后流为下贱，现世现报，做人笑柄的。看官，而今且听小子先说一个好笑的，做个"入话"。

唐朝僖宗皇帝即位，改元乾符，是时阉官骄横，有个少马坊使内官田令孜，是上为晋王时有宠，及即帝位，使知枢密院，遂擢为中尉。上时年十四，专事游戏，政事一委令孜，呼为"阿父"，迁除官职，不复关白。其时，京师有一流棍，叫名李光，专一阿谀逢迎，谄事令孜。令孜甚是喜欢信用，荐为左军使；忽一日，奏授朔方节度使。岂知其人命薄，没福消受，敕下之日，暴病卒死。遗有一子，名唤德权，年方二十余岁。令孜老大不忍，心里要抬举他，不论好歹，署了他一个剧职。时黄巢破长安，中和元年陈敬瑄在成都遣兵来迎僖皇。令孜遂劝僖皇幸蜀，令孜扈驾，就便叫了李德权同去。僖皇行在住于成都，令孜与敬瑄相与交结，盗专国柄，人皆畏威。德权在两人左右，远近仰奉，凡奸豪求名求利者，多贿赂德权，替他两处打关节。数年之间，聚贿千万，累官至金紫光禄大夫、检校右仆射，一时熏灼无比。

后来僖皇薨逝，昭皇即位，大顺二年四月，西川节度使王建屡表请杀令孜、敬瑄。朝廷惧怕二人，

〔阿父自然不必关白儿子。〕

〔官不小。〕

不敢轻许，建使人告敬瑄作乱、令孜通风翔书，不等朝廷旨意，竟执二人杀之。草奏云：

虽专权，却快人。

开柙出虎，孔宣父不责他人；当路斩蛇，孙叔敖盖非利己。专杀不行于阃外，先机恐失于彀中。

于时追捕二人余党甚急。德权脱身遁于复州，平日枉有金银财货，万万千千，一毫却带不得，只走得空身，盘缠了几日。衣服多当来吃了，单衫百结，乞食通途。可怜昔日荣华，一旦付之春梦！

平日之贪何益？

却说天无绝人之路，复州有个后槽健儿，叫做李安。当日李光未际时，与他相熟。偶在道上行走，忽见一人褴缕丐食。仔细一看，认得是李光之子德权。心里恻然，邀他到家里，问他道："我闻得你父子在长安富贵，后来破败，今日何得在此？"德权将官司追捕田、陈余党，脱身亡命，到此困穷的话，说了一遍。李安道："我与汝父有交，你便权在舍下住几时，怕有人认得，你可改个名，只认做我的侄儿，便可无事。"德权依言，改名彦思，就认他这看马的做叔叔，不出街上乞化了。未及半年，李安得病将死，彦思见后槽有官给的工食，遂叫李安投状，道："身已病废，乞将侄彦思继充后槽。"不数日，李安果死，彦思遂得补充健儿，为牧守圉人，不须忧愁衣食，自道是十分侥幸。岂知渐渐有人晓

再世为人。

得他曾做仆射过的，此时朝政紊乱，法纪废驰，也无人追究他的踪迹。但只是起他个混名，叫他做"看马李仆射"。走将出来时，众人便指手点脚，当一场笑话。

看官，你道"仆射"是何等样大官？"后槽"是何等样贱役？如今一人身上先做了仆射，收场结果做得个看马的，岂不可笑？却又一件，那些人依附内相，原是冰山，一朝失势，破败死亡，此是常理。留得残生看马，还是便宜的事，不足为怪。如今再说当日同时有一个官员，虽是得官不正，侥幸来的，却是自己所挣。谁知天不帮衬，有官无禄？并不曾犯着一个对头，并不曾做着一件事体，都是命里所招，下稍头弄得没出豁，比此更为可笑。诗曰：

> 富贵荣华何足论？从来世事等浮云。
> 登场傀儡休相吓，请看当猇郭使君！

这本话文，就是唐僖宗朝江陵有一个人，叫做郭七郎。父亲在日，做江湘大商，七郎长随着船上去走的。父亲死过，是他当家了，真个是家资巨万，产业广延，有鸦飞不过的田宅，贼扛不动的金银山，乃楚城富民之首。江淮河朔的贾客，多是领他重本，贸易往来。却是这些富人唯有一项，不平心是他本等：大等秤进，小等秤出；自家的歹争做好，别人

<small>败者多矣，无肯恁，何也？</small>

的好争做歹。这些领他本钱的贾客,没有一个不受尽他累的。各各吞声忍气,只得受他。你道为何?只为本钱是他的,那江湖上走的人,拼得陪些辛苦在里头,随你尽着欺心算帐,还只是仗他资本营运,毕竟有些便宜处。若一下冲撞了他,收拾了本钱去,就没蛇得弄了。故此随你克剥,只是行得去的。本钱越弄越大,所以富的人只管富了。

凡富者皆然。

那时有一个极大商客,先前领了他几万银子,到京都做生意,去了几年,久无音信。直到乾符初年,郭七郎在家想着这注本钱没着落,他是大商,料无失所。可惜没个人往京去一讨。又想一想道:"闻得京都繁华去处,花柳之乡,不若借此事由,往彼一游。一来可以索债,二来买笑追欢,三来觑个方便,觅个前程,也是终身受用。"算计已定。七郎有一个老母、一弟一妹在家,奴婢下人无数。只是未曾娶得妻子,当时分付弟妹承奉母亲,着一个都管看家,余人各守职业做生理。自己却带几个惯走长路会事的家人在身边,一面到京都来。

既富矣,又何加焉?曰:贵之。

七郎从小在江湖边生长,贾客船上往来,自己也会撑得篙,摇得橹,手脚快便,把些饥餐渴饮之路,不在心上,不则一日到了。元来那个大商,姓张名全,混名张多宝,在京都开几处解典库,又有几所绸缎铺,专一放官吏债,打大头脑的。至于居间说事,卖官鬻爵,只要他一口担当,事无不成。

倒是真本事。

也有叫他做"张多保"的，只为凡事都是他保得过，所以如此称呼。满京人无不认得他的。郭七郎到京，一问便着。他见七郎到了，是个江湘债主，起初进京时节，多亏他的几万本钱做桩，才做得开，成得这个大气概。一见了欢然相接，叙了寒温，便摆起酒来。把轿去教坊里，请了几个有名的衖衕前来陪侍，宾主尽欢。酒散后，就留一个绝顶的妓者，叫做王赛儿，相伴了七郎，在一个书房里宿了。富人待富人，那房舍精致，帷帐华侈，自不必说。

次日起来，张多保不待七郎开口，把从前连本连利一算，约该有十来万了，就如数搬将出来，一手交兑。口里道："只因京都多事，脱身不得，亦且挈了重资，江湖上难走；又不可轻易托人，所以迟了几年。今得七郎自身到此，交明了此一宗，实为两便。"七郎见他如此爽利，心下喜欢，便道："在下初入京师，未有下处。虽承还清本利，却未有安顿之所，有烦兄长替在下寻个寓舍何如？"张多保道："舍下空房尽多，闲时还要招客，何况兄长通家，怎到别处作寓？只须在舍下安歇。待要启行时，在下周置动身，管取安心无虑。"七郎大喜，就在张家间壁一所大客房住了。当日取出十两银子送与王赛儿，做昨日缠头之费。夜间七郎摆还席，就央他陪酒。张多保不肯要他破钞，自己也取十两银子来送，叫还了七郎银子。七郎那里肯！推来推去，大家都不肯收进去，只便宜了这王赛儿，落得两家都收了，两人方才快活。是夜宾主两个，与同王赛儿行令作乐饮酒，愈加熟分有趣，吃得酩酊而散。

王赛儿本是个有名的上厅行首，又见七郎有的是银子，放出十分擒拿的手段来。七郎一连两宵，已此着了迷魂汤，自此同行同坐，时刻不离左右，竟不放赛儿到家里去了。赛儿又时常接了家里的姊妹，轮递来陪酒插趣。七郎赏赐无算，那鸨儿又有做生日、打差买物事、替还债许多科分出来。七郎挥金如土，并无吝惜。才是行径如此，便有帮闲钻懒一班儿人，出来诱他去跳槽。大凡富家浪子心性最是不常，搭着便生根的，见了一处，就热一处。王赛儿之外，又有陈娇、黎玉、张小小、郑翩翩，几处往来，都一般的撒漫使钱。那伙闲汉，又领了好些王孙贵戚好赌博的，牵来局赌。做圈做套，赢少输多，不知骗去了多少银子。

　　七郎虽是风流快活，终久是当家立计好利的人，起初见还的利钱都在里头，所以放松了些手。过了三数年，觉道用得多了，捉捉后手看，已用过了一半有多了。心里猛然想着家里头，要回家，来与张多保商量。张多保道："此时正是濮人王仙芝作乱，劫掠郡县，道路梗塞。你带了偌多银两，待往那里去？恐到不得家里，不如且在此盘桓几时，等路上平静好走，再去未迟。"七郎只得又住了几日。偶然一个闲汉叫做包走空包大，说起朝廷用兵紧急，缺少钱粮，纳了些银子，就有官做；官职大小，只看银子多少。说得郭七郎动了火，问道："假如纳他数百万钱，可得何官？"包大道："如今朝廷昏浊，正正经经纳钱，就是得官，也只有数，不能勾十分大的。若把这数百万钱拿去，私下买嘱了主爵的官人，好歹也有个刺史做。"七郎吃一惊道："刺史也是钱

也算回头得快。
岂知天窖之乎？
早知日后所遭，
此时落得快活。

唐时已如此矣。

买得的？"包大道："而今的世界，有甚么正经？有了钱，百事可做，岂不闻崔烈五百万买了个司徒么？而今空名大将军告身，只换得一醉；刺史也不难的。只要通得关节，我包你做得来便是。"

正说时，恰好张多保走出来，七郎一团高兴告诉了适才的说话。张多保道："事体是做得来的，在下手中也弄过几个了。只是这件事，在下不撺掇得兄长做。"七郎道："为何？"多保道："而今的官有好些难做。他们做得兴头的，都是有根基，有脚力，亲戚满朝，党羽四布，方能勾根深蒂固，有得钱赚，越做越高。随你去剥削小民，贪污无耻，只要有使用，有人情，便是万年无事的。兄长不过是白身人，便弄上一个显官，又无四壁倚仗，到彼地方，未必行得去。就是行得去时，朝里如今专一讨人便宜，晓得你是钱换来的，略略等你到任一两个月，有了些光景，便道勾你了，一下子就涂抹着，岂不枉费了这些钱？若是官好做时，在下也做多时了。"七郎道："不是这等说，小弟家里有的是钱，没的是官。况且身边现有钱财，总是不便带得到家，何不于此处用了些？博得个腰金衣紫，也是人生一世，草生一秋。就是不赚得钱时，小弟家里原不希罕这钱的；就是不做得兴时，也只是做过了一番官了。登时住了手，那荣耀是落得的。小弟见识已定，兄长不要扫兴。"多保道："既然长兄主意要如此，在下当得

若有先见。

得毋伤时。

老成之见。

若家中如故，此举亦不为差。

效力。"

当时就与包大两个商议去打关节，那个包大走跳路数极熟，张多保又是个有身家、干大事惯的人，有甚么弄不来的事？元来唐时使用的是钱，千钱为"缗"，就用银子准时，也只是以钱算帐。当时一缗钱，就是今日的一两银子，宋时却叫做一贯了。张多保同包大将了五千缗，悄悄送到主爵的官人家里。那个主爵的官人，是内官田令孜的收纳户，百灵百验。又道是"无巧不成话"，其时有个粤西横州刺史郭翰，方得除授，患病身故，告身还在铨曹。主爵的受了郭七郎五千缗，就把籍贯改注，即将郭翰告身转付与了郭七郎。从此改名，做了郭翰。张多保与包大接得横州刺史告身，千欢万喜，来见七郎称贺。七郎此时头轻脚重，连身子都麻木起来。包大又去唤了一部梨园子弟，张多保置酒张筵，是日就换了冠带。那一班闲汉，晓得七郎得了个刺史，没一个不来贺喜撮空。大吹大擂，吃了一日的酒。又道是："苍蝇集秽，蝼蚁集膻，鹁鸽子旺边飞。"七郎在京都，一向撒漫有名，一旦得了刺史之职，就有许多人来投靠他做使令的。少不得官不威，牙爪威。做都管，做大叔，走头站，打驿吏，欺估客，诈乡民，总是这一干人了。

郭七郎身子如在云雾里一般，急思衣锦荣归，择日起身，张多保又设酒钱行。起初这些往来的闲

好个主爵！

汉、姊妹，都来送行。七郎此时眼孔已大，各各赍发些赏赐，气色骄傲，旁若无人。那些人让他是个见任刺史，胁肩谄笑，随他怠慢。只消略略眼梢带去，口角惹着，就算是十分殷勤好意了。如此撺哄了几日，行装打迭已备，齐齐整整起行，好不风骚！一路上想道："我家里资产既饶，又在大郡做了刺史，这个富贵，不知到那里才住？"心下喜欢，不觉日逐卖弄出来。那些原跟去京都家人，又在新投的家人面前夸说着家里许多富厚之处，那新投的一发喜欢，道是投得着好主了，前路去耀武扬威，自不必说。无船上马，有路登舟，看看到得江陵境上来。七郎看时吃了一惊。但见：

> 人烟稀少，间井荒凉。满前败宇颓垣，一望断桥枯树。乌焦木柱，无非放火烧残；赭白粉墙，尽是杀人染就。尸骸没主，乌鸦与蝼蚁相争；鸡犬无依，鹰隼与豺狼共饱。任是石人须下泪，总教铁汉也伤心。

元来江陵渚宫一带地方，多被王仙芝作寇残灭，里间人物，百无一存。若不是水道明白，险些认不出路径来。七郎看见了这个光景，心头已自劈劈地跳个不住。到了自家岸边，抬头一看，只叫得苦。元来都弄做了瓦砾之场，偌大的房屋，一间也不见了。

旁注：世情如此。

旁注：小人得意之态。

母亲、弟妹、家人等，俱不知一个去向。慌慌张张，走头无路，着人四处找寻。

找寻了三四日，撞着旧时邻人，问了详细，方知地方被盗兵吵乱，弟被盗杀，妹被抢去，不知存亡。止剩得老母与一两个丫头，寄居在古庙旁边两间茅屋之内，家人俱各逃窜，囊橐尽已荡空。老母无以为生，与两个丫头替人缝针补线，得钱度日。七郎闻言，不胜痛伤，急急领了从人，奔至老母处来。母子一见，抱头大哭。老母道："岂知你去后，家里遭此大难！弟妹俱亡，生计都无了！"七郎哭罢，拭泪道："而今事已到此，痛伤无益。亏得儿子已得了官，还有富贵荣华日子在后面，不稳母亲且请宽心。"母亲道："儿得了何官？"七郎道："官也不小，是横州刺史。"母亲道："如何能勾得此显爵？"七郎道："当今内相当权，广有私路，可以得官。儿子向张客取债，他本利俱还，钱财尽多在身边，所以将钱数百万，勾干得此官。而今衣锦荣归，省看家里，随即星夜到任去。"

七郎叫众人取冠带过来，穿着了，请母亲坐好，拜了四拜。又叫身边随从旧人及京中新投的人，俱各磕头，称"太夫人"。母亲见此光景，虽然有些喜欢，却叹口气道："你在外边荣华，怎知家丁尽散，分文也无了？若不营勾这官，多带些钱归来用度也此时可谓燥脾极矣。

好。"七郎道："母亲诚然女人家识见，做了官，怕少钱财？而今那个做官的家里，不是千万百万，连地皮多卷了归家的？今家业既无，只索撇下此间，前往赴任，做得一年两年，重撑门户，改换规模，有何难处？儿子行囊中还剩有二三千缗，尽勾使用，母亲不必忧虑。"母亲方才转忧为喜，笑逐颜开道："亏得儿子峥嵘有日，奋发有时，真是谢天谢地！若不你归来，我性命只在目下了。而今何时可以动身？"七郎道："儿子原想此一归来，娶个好媳妇，同享荣华。而今看这个光景，等不得做这事了。且待上了任再做商量。今日先请母亲上船安息。此处既无根绊，明日换个大船，就做好日开了罢。早到得任一日，也是好的。"

_{其母不脱穷相，所以无福。}

当夜，请母亲先搬在来船中了，茅舍中破锅破灶破碗破罐，尽多撇下。又分付当直的雇了一只往西粤长行的官船，次日搬过了行李，下了舱口停当。烧了利市神福，吹打开船。此时老母与七郎俱各精神荣畅，志气轩昂。七郎不曾受苦，是一路兴头过来的，虽是对着母亲，觉得满盈得意，还不十分怪异；那老母是历过苦难的，真是地下超升在天上，不知身子几多大了。一路行去，过了长沙，入湘江，次永州。州北江漂有个佛寺，名唤兜率禅院。舟人打点泊船在此过夜，看见岸边有大橦树一株，围合数抱，遂将船缆结在树上，结得牢牢的，又钉

好了桩橛。七郎同老母进寺随喜，从人撑起伞盖跟后。寺僧见是官员，出来迎接送茶，私问来历，从人答道："是见任西粤横州刺史。"寺僧见说是见任官，愈加恭敬，陪侍指引，各处游玩。那老母但看见佛菩萨像，只是磕头礼拜，谢他覆庇。天色晚了，俱各回船安息。

要知佞佛无益。

黄昏左侧，只听得树梢呼呼的风响。须臾之间，天昏地黑，风雨大作。但见：

封姨逞势，巽二施威。空中如万马奔腾，树杪似千军拥沓。浪涛澎湃，分明战鼓齐鸣；圩岸倾颓，恍惚轰雷骤震。山中猛虎啸，水底老龙惊。尽知巨树可维舟，谁道大风能拔木！

众人听见风势甚大，心下惊惶。那艄公心里道是江风虽猛，亏得船系在极大的树上，生根得牢，万无一失。睡梦之中，忽听得天崩地裂价一声响亮，元来那株楠树年深日久，根行之处，把这些帮岸都拱得松了。又且长江巨浪，日夜淘洗，岸如何得牢？那树又大了，本等招风，怎当这一只狼犺的船，尽做力生根在这树上？风打得船猛，船牵得树重，树趁着风威，底下根在浮石中，绊不住了，豁喇一声，竟倒在船上来，把只船打得粉碎。船轻树重，怎载得起？只见水乱滚进来，船已沉了。舱中碎板，片

467

片而浮,睡的婢仆,尽没于水。说时迟,那时快,艄公慌了手脚,喊将起来。郭七郎梦中惊醒,他从小原晓得些船上的事,与同艄公竭力死拖住船缆,才把个船头凑在岸上,搁得住,急在舱中水里,扶得个母亲,挽到得岸上来,逃了性命。其后艄人等,舱中什物行李,被几个大浪泼来,船底俱散,尽漂没了。其时,深夜昏黑,山门紧闭,没处叫唤,只得披着湿衣,三人捶胸跌脚价叫苦。

> 可见浮财不如实本事。

守到天明,山门开了,急急走进寺中,问着昨日的主僧。主僧出来,看见他慌张之势,问道:"莫非遇了盗么?"七郎把树倒舟沉之话说了一遍。寺僧忙走出看,只见岸边一只破船,沉在水里,岸上大楠树倒来压在其上了,吃了一惊,急叫寺中火工道者人等,一同艄公,到破板舱中,遍寻东西。俱被大浪打去,没讨一些处。连那张刺史的告身,都没有了。寺僧权请进一间静室,安住老母,商量到零陵州州牧处陈告情由,等所在官司替他动了江中遭风失水的文书,还可赴任。计议已定,有烦寺僧一往。寺僧与州里人情厮熟,果然叫人去报了。谁知:

浓霜偏打无根草,祸来只奔福轻人。

那老母原是兵戈扰攘中,看见杀儿掠女,惊坏了再苏的,怎当夜来这一惊可又不小,亦且婢仆俱亡,生资都尽，心中转转苦楚，面如蜡查，饮食不进，只是哀哀啼哭，卧倒在床，起身不得了。七郎愈加慌张，只得劝母亲道："留得青山在，不怕没柴烧。虽是遭此大祸，儿子官职还在，只要到得任所便好了。"老母带着哭道："儿，你娘心胆俱碎，眼见得无那活的人了，还说这太平的话则甚？就是你做得官，娘看不着了！"七郎一点痴心，还指望等娘好起来，就地方起个文书前往横州到任，有个好日子在后头。谁想老母受惊太深，一病不起。过不多两日，呜呼哀哉，伏惟尚飨。七郎痛哭一场，无计可施。又与僧家商量，只得自往零陵州哀告州牧。州牧几日前曾见这张失事的报单过，晓得是真情。毕竟官官相护，道他是隔省上司，不好推得干净身子。一面差人替他殡葬了母亲，又重重赏助他盘缠，以礼送了他出门。七郎亏得州牧周全，幸喜葬事已毕，却是丁了母忧，去到任不得了。

　　寺僧看见他无了根蒂，渐渐怠慢，不肯相留。要回故乡，已此无家可归。没奈何就寄住在永州一个船埠经纪人的家里，原是他父亲在时走客认得的。却是囊橐俱无，止有州牧所助的盘缠，日吃日减，用不得几时，看看没有了。那些做经纪的人，有甚情谊？日逐有些怨咨起来，未免茶迟饭晏，箸长碗短。七郎觉得了，发话道："我也是一郡之主，当是一路诸侯。今虽丁忧，后来还有日子，如何恁般轻薄？"店主人道："说不得一郡两郡，皇帝失了势，也要忍

州牧亦是厚道之人。

僧家本色。

经纪本色。

些饥饿，吃些粗粝，何况于你是未任的官？就是官了，我每又不是什么横州百姓，怎么该供养你？我们的人家不做不活，须是吃自在食不起的。"七郎被他说了几句，无言可答，眼泪汪汪，只得含着羞耐了。

再过两日，店主人寻事炒闹，一发看不得了。七郎道："主人家，我这里须是异乡，并无一人亲识可归，一向叨扰府上，情知不当，却也是没奈何了。你有甚么觅衣食的道路，指引我一个儿？"店主人道："你这样人，种火又长，拄门又短，郎不郎秀不秀的，若要觅衣食，须把个'官'字儿阁起，照着常人，佣工做活，方可度日。你却如何去得？"七郎见说到佣工做活，气忿忿地道："我也是方面官员，怎便到此地位？"思想："零陵州州牧前日相待甚厚，不免再将此苦情告诉他一番，定然有个处法。难道白白饿死一个刺史在他地方了不成？"写了个帖，又无一个人跟随，自家袖了，葳葳蕤蕤，走到州里衙门上来递。

那衙门中人见他如此行径，必然是打抽丰，没廉耻的，连帖也不肯收他的。直到再三央及，把上项事一一分诉，又说到替他殡葬、厚礼赆行之事，这却衙门中都有晓得的，方才肯接了进去，呈与州牧。州牧看了，便有好些不快活起来道："这人这样不达时务的！前日吾见他在本州失事，又看上司体面，极意周全他去了，他如何又在此缠扰？或者连

_{也说得着。}

_{衙门人本色。}

_{官待过人本色。}

前日之事，未必是真，多是神棍假装出来骗钱的未可知。纵使是真，必是个无耻的人，还有许多无厌足处。吾本等好意，却叫得'引鬼上门'。我而今不便追究，只不理他罢了。"分付门上不受他帖，只说概不见客，把原帖还了。

七郎受了这一场冷谈，却又想回下处不得。住在衙门上守他出来时，当街叫喊。州牧坐在轿上问道："是何人叫喊？"七郎口里高声答道："是横州刺史郭翰。"州牧道："有何凭据？"七郎道："原有告身，被大风飘舟，失在江里了。"州牧道："既无凭据，知你是真是假？就是真的，赏发已过，如何只管在此缠扰？必是光棍，姑饶打，快走！"左右虞候看见本官发怒，乱棒打来。只得闪了身子开来，一句话也不说得，有气无力的，仍旧走回下处闷坐。

店主人早已打听他在州里的光景，故意问道："适才见州里相公，相待如何？"七郎羞惭满面，只叹口气，不敢则声。店主人道："我教你把'官'字儿阁起，你却不听我，直要受人怠慢。而今时势，就是个空名宰相，也当不出钱来了。除是靠着自家气力，方挣得饭吃。你不要痴了！"七郎道："你叫我做甚勾当好？"店主人道："你自想，身上有甚本事？"七郎道："我别无本事，止是少小随着父亲，涉历江湖，那些船上风水，当艄拿舵之事，尽晓得些。"店主人喜道："这个却好了，我这里埠头上来

<small>气力挣饭方稳，空名不可救饥，果是实语。</small>

往船只多,尽有缺少执艄的。我荐你去几时,好歹觅几贯钱来,饿你不死了。"七郎没奈何,只得依从。从此只在往来船只上,替他执艄度日。去了几时,也就觅了几贯工钱回到店家来。永州市上人,认得了他,晓得他前项事的,就传他一个名,叫他做"当艄郭使君"。但是要寻他当艄的船,便指名来问郭使君。永州市上编成他一只歌儿道:

好写个招牌。

问使君,你缘何不到横州郡?元来是天作对,不许你假斯文,把家缘结果在风一阵。舵牙当执板,绳缆是拖绅。这是荣耀的下稍头也!还是把着舵儿稳。——词名《挂枝儿》

在船上混了两年,虽然挨得服满,身边无了告身,去补不得官。若要京里再打关节时,还须照前得这几千缗使用,却从何处讨?眼见得这话休题了,只得安心塌地,靠着船上营生。又道是"居移气,养移体",当初做刺史,便像个官员;而今在船上多年,状貌气质,也就是些篙工水手之类,一般无二。可笑个一郡刺史,如此收场。可见人生荣华富贵,眼前算不得帐的。上覆世间人,不要十分势利。听我四句口号:

富不必骄,贫不必怨。
要看到头,眼前不算。

卷二十三 大姊魂游完宿愿 小姨病起续前缘

小姨病起償前緣

诗曰：

生死由来一样情，豆萁燃豆并根生。
存亡姊妹能相念，可笑阋墙亲弟兄。

话说唐宪宗元和年间，有个侍御李十一郎，名行修。妻王氏夫人，乃是江西廉使王仲舒女，贞懿贤淑，行修敬之如宾。王夫人有个幼妹，端妍聪慧，夫人极爱他，常领他在身边鞠养。连行修也十分爱他，如自家养的一般。

一日，行修在族人处赴婚礼喜筵，就在这家歇宿。晚间忽做一梦，梦见自身再娶夫人。灯下把新人认看，不是别人，正是王夫人的幼妹。猛然惊觉，心里甚是不快活。巴到天明，连忙归家。进得门来，只见王夫人清早已起身了，闷坐着，将手频频拭泪，行修问着不答。行修便问家人道："夫人为何如此？"家人辈齐道："今早当厨老奴在厨下自说：'五更头做一梦，梦见相公再娶王家小娘子。'夫人知道了，恐怕自身有甚山高水低，所以悲哭了一早起了。"行修听罢，毛骨耸然，惊出一身冷汗。想道："如何与我所梦正合？"他两个是恩爱夫妻，心下十分不乐。只得勉强劝谕夫人道："此老奴颠颠倒倒，是个愚懵之人，其梦何足凭准！"口里虽如此说，心下因是两梦不约而同，终久有些疑惑。只是隔不多几日，夫人生出病来，屡医不效，两月而亡。行修哭得死而复苏，书报岳父王公，王公举家悲恸。因不忍断了行修亲谊，回书还答，便有把幼女续婚之意。行修伤悼正极，不忍说起这事，坚意回绝了岳父。于时有个卫秘书卫随，最能广识天下奇人。见李行修如

475

此思念夫人，突然对他说道："侍御怀想亡夫人如此深重，莫不要见他么？"行修道："一死永别，如何能勾再见？"秘书道："侍御若要见亡夫人，何不去问'稠桑王老'？"行修道："王老是何人？"秘书道："不必说破，侍御只牢牢记着'稠桑王老'四字，少不得有相会之处。"行修见说得作怪，切切记之于心。过了两三年，王公幼女越长成了，王公思念亡女，要与行修续亲，屡次着人来说。行修不忍背了亡夫人，只是不从。

> 诚则必灵。

此后，除授东台御史，奉诏出关，行次稠桑驿。驿馆中先有敕使住下了，只得讨个官房歇宿。那店名就叫做稠桑店。行修听得"稠桑"二字，触着便自上心，想道："莫不什么王老正在此处？"正要跟寻间，只听得街上人乱嚷。行修走到店门边一看，只见一伙人团团围住一个老者，你扯我扯，你问我问，缠得一个头昏眼暗。行修问店主人道："这些人何故如此？"主人道："这个老儿姓王，是个希奇的人，善谈禄命。乡里人敬他如神，故此见他走过，就缠住问祸福。"行修想着卫秘书之言，道："元来果有此人。"便叫店主人快请他到店相见。店主人见行修是个出差御史，不敢稽延，拨开人丛，走进去扯住他道："店中有个李御史李十一郎奉请。"众人见说是官府请，放开围，让他出来，一哄多散了。到店相见。行修见是个老人，不要他行礼，就把想念亡妻，有卫秘书指引来求他的话，说了一遍，便道："不知老翁果有奇术，能使亡魂相见否？"老人道："十一朗要见亡夫人，就是今夜罢了。" 忒容易。

老人前走，叫行修打发开了左右，引了他一路走，入一个土山中。又升了一个数丈的高坡，坡侧隐隐见有个丛林。老人便住在路旁，对行修道："十一郎可走去林下，高声呼'妙子'，必有人应。 名奇。 应了，便说道：'传语九娘子，今夜暂借妙子同看亡妻。'"行修依言，走去林间呼着，果有人应。又依着前言说了。少顷，一个十五六岁的女子走出来道："九娘子差我随十一郎去。"说罢，便折竹二枝，自跨了一枝，一枝与行修跨，跨上便同马一般快。行勾三四十里，忽到一处，城阙壮丽。前经一大宫，宫前有门。女子道："但循西廊直北，从南第二宫，乃是贤夫人所居。"行修依言，趋至其处，果见十数年前一个死过的丫头，出来拜迎，请行修坐下。夫人就走出来，涕泣相见。行修伸诉离恨，一把抱住不放。却待要再讲欢会，王夫人不肯道："今日与君幽显异途，深不愿如此贻妾之患；若是不忘平日之好，但得纳小妹为婚，续此姻亲，妾心愿毕矣。所要相见，只此奉托。"言罢，女子已在门外厉声催叫道："李十一郎速出！"行修不敢停留，含泪而出。女子依前与他跨了竹枝同行。

到了旧处，只见老人头枕一块石头，眠着正睡。

477

听得脚步响,晓得是行修到了,走起来问道:"可如意么?"行修道:"幸已相会。"老人道:"须谢九娘子遣人相送!"行修依言,送妙子到林间,高声称谢。回来问老人道:"此是何等人?"老人道:"此原上有灵应九子母祠耳。"老人复引行修到了店中,只见壁上灯盏荧荧,槽中马啖刍如故,仆夫等个个熟睡。行修疑道做梦,却有老人尚在可证。老人当即辞行修而去,行修叹异了一番。因念妻言谆恳,才把这段事情备细写与岳丈王公。从此遂续王氏之婚,恰应前日之梦。正是:

旧女婿为新女婿,大姨夫做小姨夫。

古来只有娥皇、女英姊妹两个,一同嫁了舜帝。其他姊妹亡故,不忍断亲,续上小姨,乃是世间常事。从来没有个亡故的姊姊怀此心愿,在地下撮合完成好事的。今日小子先说此一段异事,见得人生只有这个"情"字至死不泯的。只为这王夫人身子虽死,心中还念着亲夫恩爱,又且妹子是他心上喜欢的,一点情不能忘,所以阴中如此主张,了其心愿。这个还是做过夫妇多时的,如此有情,未足为怪。小子如今再说一个不曾做亲过的,只为不忘前盟,阴中完了自己姻缘,又替妹子联成婚事。怪怪奇奇,真真假假,说来好听。有诗为证:

还魂从古有,借体亦其常。
谁摄生人魄,先将宿愿偿?

这本话文，乃是元朝大德年间，扬州有个富人姓吴，曾做防御使之职，人都叫他做吴防御。住居春风楼侧，生有二女，一个叫名兴娘，一个叫名庆娘，庆娘小兴娘两岁，多在襁褓之中。邻居有个崔使君，与防御往来甚厚。崔家有子，名曰兴哥，与兴娘同年所生。崔公即求聘兴娘为子妇，防御欣然相许，崔公以金凤钗一只为聘礼。定盟之后，崔公合家多到远方为官去了。

一去一十五年，竟无消息回来。此时兴娘已一十九岁，母亲见他年纪大了，对防御道："崔家兴哥一去十五年，不通音耗，今兴娘年已长成，岂可执守前说，错过他青春？"防御道："一言已定，千金不移。吾已许吾故人了，岂可因他无耗，便欲食言？"那母亲终究是妇人家识见，见女儿年长无婚，眼中看不过意，日日与防御絮聒，要另寻人家。

兴娘肚里，一心专盼崔生来到，再没有二三的意思。虽是亏得防御有正经，却看见母亲说起激聒，便暗地恨命自哭。又恐怕父亲被母亲缠不过，一时更变起来，心中长怀着忧虑，只愿崔家郎早来得一日也好。眼睛几望穿了，那里叫得崔家应？看看饭食减少，生出病来，沉眠枕席，半载而亡。父母与妹，及合家人等，多哭得发昏章第十一。临入殓时，母亲手持崔家原聘这只金凤钗，抚尸哭道："此是你夫家之物，今你已死，我留之何益？见了徒增悲伤，可伤。

与你戴了去罢！"就替他插在髻上，盖了棺。三日之后，抬去殡在郊外了。家里设个灵座，朝夕哭奠。

殡过两个月，崔生忽然来到。防御迎进问道："郎君一向何处？尊父母平安否？"崔生告诉道："家父做了宣德府理官，没于任所，家母亦先亡了数年。小婿在彼守丧，今已服除，完了殡葬之事。不远千里，特到府上来完前约。"防御听罢，不觉吊下泪来道："小女兴娘薄命，为思念郎君成病，于两月前饮恨而终，已殡在郊外了。郎君便早到得半年，或者还不到得死的地步。今日来时，却无及了。"说罢又哭。崔生虽是不曾认识兴娘，未免感伤起来。防御道："小女殡事虽行，灵位还在。郎君可到他席前看一番，也使他阴魂晓得你来了。"噙着眼泪，一手拽了崔生走进内房来。崔生抬头看时，但见：

纸带飘摇，冥童绰约。飘摇纸带，尽写着梵字金言；绰约冥童，对捧着银盆绣帨。一缕炉烟常袅，双台灯火微荧。影神图，画个绝色的佳人；白木牌，写着新亡的长女。

崔生看见了灵座，拜将下去。防御拍着桌子大声道："兴娘吾儿，你的丈夫来了。你灵魂不远，知道也未？"说罢，放声大哭。合家见防御说得伤心，一齐号哭起来，直哭得一佛出世，二佛生天，连崔生

可恨事。

不由不哭。

也不知陪下了多少眼泪。哭罢，焚了些楮钱，就引崔生在灵位前，拜见了妈妈。妈妈兀自哽哽咽咽的，可痛之景。还了个半礼。

防御同崔生出到堂前来，对他道："郎君父母既没，道途又远，今既来此，可便在吾家住宿。不要论到亲情，只是故人之子，即同吾子。勿以兴娘没故，自同外人。"即令人替崔生搬将行李来，收拾门侧一个小书房与他住下了。朝夕看待，十分亲热。

将及半月，正值清明节届，防御念兴娘新亡，合家到他家上挂钱祭扫。此时兴娘之妹庆娘已是十七岁，一同妈妈抬了轿，到姊姊坟上去了。只留崔生一个在家中看守。大凡好人家女眷，出外稀少，到得时节头边，看见春光明媚，巴不得寻个事由来外边散心耍子。今日虽是到兴娘新坟上，心中怀着凄惨的；却是荒郊野外，桃红柳绿，正是女眷们游耍去处。盘桓了一日，直到天色昏黑，方才到家。崔生步出门外等候，望见女轿二乘来了，走在门左迎接。前轿先进，后轿至前。到崔生身边经过，只听得地下砖上，铿的一声，却是轿中掉一件物事出来。崔生待轿过了，急去拾起来看，乃是金凤钗一只。崔生知是闺中之物，急欲进去纳还，只见中门已闭。元来防御合家在坟上辛苦了一日，又各带了些酒意，进得门，便把门关了，收拾睡觉。崔生也晓得这个意思，不好去叫得门，且待明日未迟。

481

回到书房，把钗子放好在书箱中了，明烛独坐。思念婚事不成，只身孤苦，寄迹人门，虽然相待如子婿一般，终非久计，不知如何是个结果？闷上心来，叹了几声。上了床，正要就枕，忽听得有人扣门响。崔生问道："是那个？"不见回言。崔生道是错听了，方要睡下去，又听得敲的毕毕剥剥。崔生高声又问，又不见声响了。崔生心疑，坐在床沿，正要穿鞋到门边静听，只听得又敲响了，却只不见则声。崔生忍耐不住，立起身来，幸得残灯未熄，重捻亮了，拿在手里，开门出来一看。灯却明亮，见得明白，乃是十七八岁一个美貌女子，立在门外。看见门开，即便搴起布帘，走将进来。崔生大惊，吓得倒退了两步。那女子笑容可掬，低声对崔生道："郎君不认得妾耶？妾即兴娘之妹庆娘也。适才进门时，钗坠轿下，故此乘夜来寻，郎君曾拾得否？"崔生见说是小姨，恭恭敬敬答应道："适才娘子乘轿在后，果然落钗在地。小生当时拾得，即欲奉还，见中门已闭，不敢惊动，留待明日。今娘子亲寻至此，即当持献。"就在书箱取出，放在桌上道："娘子亲拿了去。"女子出纤手来取钗，插在头上了，笑嘻嘻的对崔生道："早知是郎君拾得，妾亦不必乘夜来寻了。如今已是更阑时候，妾身出来了，不可复进。今夜当借郎君枕席，侍寝一宵。"崔生大惊道："娘子说那里话！令尊令堂待小生如骨肉，小生怎敢胡行，有污娘子清德？娘子请回步，誓不敢从命的。"女子道："如今合家睡熟，并无一个人知道的。何不趁此良宵，完成好事？你我悄悄往来，亲上加亲，有何不可？"崔生道："欲人不知，莫若勿为。虽承娘子美情，万一后边有些风吹草动，被人发觉，不要说道无颜面见令尊，传将出去，小生如何做得人成？不是把一生行止多坏了？"女子道："如此良宵，又兼夜深，我既寂寥，你亦冷落。难得这个机会，同在一个房中，也是一生缘分。且顾眼前好事，管甚么发觉不发觉？况妾自能为郎君遮掩，不至败露，郎君休得疑虑，挫过了佳期。"崔生见他言词娇媚，美艳非常，心里也禁不住动火，只是想着防御相待之厚，不敢造次，好像个小儿放纸炮，真个又爱又怕。却待依从，转了一念，又摇头道："做不得！做不得！"只得向女子哀求道："娘子，看令姊兴娘之面，保全小生行止吧！"那女子见他再三不肯，自觉羞惭，忽然变了颜色，勃然大怒道："吾父以子侄之礼待你，留置书房，你乃敢于深夜诱我至此！将欲何为？我声张起来，去告诉了父亲，当官告你。看你如何折辨？不到得轻易饶你！"声色俱厉。崔生见他反跌一着，放刁起来，心里好生惧怕。想道："果是老大的利害！如今既见在我房中了，清浊难分，万一声张，被他一口咬定，从何分剖？不若且依从了他，到还未见得即时败露，慢慢图个自全之

谁知正是令姊要紧。

反跌法，最妙。

且顾眼下。

策罢了。"正是:

> 羝羊触藩,进退两难。

只得陪着笑,对女子道:"娘子休要声高!既承娘子美意,小生但凭娘子做主便了。"女子见他依从,回嗔作喜道:"元来郎君恁地胆小的!"崔生闭上了门,两个解衣就寝。有《西江月》为证:

> 旅馆羁身孤客,深闺皓齿韶容。合欢栽就两情浓,好对娇鸾雏凤。　认道良缘辐辏,谁知哑谜包笼?新人魂梦雨云中,还是故人情重。

两人云雨已毕,真是千恩万爱,欢乐不可名状。将至天明,就起身来,辞了崔生,闪将进去。崔生虽然得了些甜头,心中只是怀着个鬼胎,战兢兢的,只怕有人晓得。幸得女子来踪去迹甚是秘密,又且身子轻捷,朝隐而入,暮隐而出。只在门侧书房私自往来快乐,并无一个人知觉。

将及一月有余,忽然一晚对崔生道:"妾处深闺,郎处外馆。今日之事,幸而无人知觉。诚恐好事多磨,佳期易阻。一旦声迹彰露,亲庭罪责,将妾拘系于内,郎赶逐于外,在妾便自甘心,却累了郎之清德,妾罪大矣。须与郎众长商议一个计策便好。"崔生道:"前日所以不敢轻从娘子,专为此也。不然,人非草木,小生岂是无情之物?而今事已到此,还是怎的好?"女子道:"依妾愚见,莫若趁着人未及知觉,先自双双逃去,在他乡外县居住了,深自敛藏，方可优游偕老，不致分离。你心下如何？"崔生道："此言固然有理，但我目下零丁孤苦，素少亲知，虽要逃亡，还是向那边去好？"想了又想，猛然省起来道："曾记得父亲在日，常说有个旧仆金荣，乃是信义的人。见居镇江吕城，以耕种为业，家道从容。今我与你两个前去投他，他有旧主情分，必不拒我。况且一条水路，直到他家，极是容易。"女子道："既然如此，事不宜迟，今夜就走罢。"

倘拒将如之何？非万全策也。

商量已定，起个五更，收拾停当了。那个书房即在门侧，开了甚便，出了门，就是水口。崔生走到船帮里，叫了一只小划子船，到门首下了女子，随即开船，径到瓜洲。打发了船，又在瓜洲另讨了一个长路船，渡了江，进了润州，奔丹阳，又四十里，到了吕城。泊住了船，上岸访问一个村人道："此间有个金荣否？"村人道："金荣是此间保正，家道殷富，且是做人忠厚，谁不认得！你问他则甚？"崔生道："他与我有些亲，特来相访。有烦指引则个。"村人把手一指道："你看那边有个大酒坊，间壁大门就是他家。"

赖其忠厚，若止于殷富，不可仗也。

崔生问着了，心下喜欢，到船中安慰了女子，先自走到这家门首，一直走进去。金保正听得人声，在里面踱将出来道："是何人下顾？"崔生上前施礼。保正问道："秀才官人何来？"崔生道："小生是扬州崔公之子。"保正见说了扬州崔三字，便吃一惊道："是何官位？"崔生道："是宣德府理官，今已亡故了。"保正道："是官人的何人？"崔生道："正是我父亲。"保正道："这等，是衙内了。请问当时乳名可记得么？"崔生道："乳名叫做兴哥。"保正道："说起来，是我家小主人也。"推崔生坐了，纳头便拜。问道："老主人几时归天的？"崔生道："今已三年了。"保正就走去掇张椅桌，做个虚位，写一神主牌，放在桌上，磕头而哭。

<small>难得。</small>

哭罢，问道："小主人，今日何故至此？"崔生道："我父亲在日，曾聘定吴防御家小娘子兴娘……"保正不等说完，就接口道："正是。这事老仆晓得的。而今想已完亲事了么？"崔生道："不想吴家兴娘为盼望吾家音信不至，得了病症。我到得吴家，死已两月。吴防御不忘前盟，款留在家。喜得他家小姨庆娘为亲情顾盼，私下成了夫妇。恐怕发觉，要个安身之所；我没处投奔，想着父亲在时，曾说你是忠义之人，住在吕城，故此带了庆娘一同来此。你既不忘旧主，一力周全则个。"金保正听说罢，道："这个何难！老仆自当与小主人分忧。"便进去唤嬷嬷出来，拜见小主人。又叫他带了丫头到船边，接了小主人娘子起来。老夫妻两个，亲自洒扫正堂，铺叠床帐，一如待主翁之礼。衣食之类，供给周备，两个安心住下。

<small>忠厚之仆，倘以薄行加拒，又如之何？</small>

<small>难得。</small>

将及一年，女子对崔生道："我和你住在此处，

虽然安稳,却是父母生身之恩,竟与他永绝了,毕竟不是个收场,心里也觉过不去。"崔生道:"事已如此,说不得了。难道还好去相见得?"女子道:"起初一时间做的事,万一败露,父母必然见责。你我离合,尚未可知。思量永久完聚,除了一逃,再无别着。今光阴似箭,已及一年。我想爱子之心,人皆有之。父母那时不见了我,必然舍不得的。今日若同你回去,父母重得相见,自觉喜欢,前事必不记恨。这也是料得出的。何不拼个老脸,双双去见他一面?有何妨碍?"崔生道:"丈夫以四方为事,只是这样潜藏在此,原非长算。今娘子主见如此,小生拼得受岳父些罪责,为了娘子,也是甘心的。既然做了一年夫妻,你家素有门望,料没有把你我重拆散了,再嫁别人之理。况有令姊旧盟未完,重续前好,正是应得。只须陪些小心往见,元自不妨。"

　　两个计议已定,就央金荣讨了一只船,作别了金荣,一路行去。渡了江,进瓜洲,前到扬州地方。看看将近防御家,女子对崔生道:"且把船歇在此处,未要竟到门口,我还有话和你计较。"崔生叫船家住好了船,问女子道:"还有甚么说话?"女子道:"你我逃窜一年,今日突然双双往见,幸得容恕,千好万好了。万一怒发,不好收场。不如你先去见见,看着喜怒,说个明白。大约没有变卦了,然后等他来接我上去,岂不婉转些?我也觉得有颜采。我只

何必如此婉转?

在此等你消息就是。"崔生道:"娘子见得不差。我先去见便了。"跳上了岸,正待举步,女子又把手招他转来道:"还有一说,女子随人私奔,原非美事。万一家中忌讳,故意不认帐起来的事也是有的,须要防他。"伸手去头上拔那只金凤钗下来,与他带去,道:"倘若言语支吾,将此钗与他们一看,便推故不得了。"崔生道:"娘子恁地精细!"接将钗来,袋在袖里了。望着防御家里来。

> 好关目。

> 崔生可谓惟命是从。

到得堂中,传进去,防御听知崔生来了,大喜出见。不等崔生开口,一路说出来道:"向日看待不周,致郎君住不安稳,老夫有罪。幸看先君之面,勿责老夫!"崔生拜伏在地,不敢仰视,又不好直说,口里只称:"小婿罪该万死!"叩头不止。防御倒惊骇起来道:"郎君有何罪过?口出此言,快快说个明白!免老夫心里疑惑。"崔生道:"是必岳父高抬贵手,恕着小婿,小婿才敢出口。"防御说道:"有话但说,通家子侄,有何嫌疑?"崔生见他光景是喜欢的,方才说道:"小婿蒙令爱庆娘不弃,一时间结了私盟,房帷事密,儿女情多,负不义之名,犯私通之律。诚恐得罪非小,不得已夤夜奔逃,潜匿村墟。经今一载,音容久阻,书信难传。虽然夫妇情深,敢忘父母恩重?今日谨同令爱,到此拜访,伏望察其深情,饶恕罪责,恩赐偕老之欢,永遂于飞之愿!岳父不失为溺爱,小婿得完美室家,实出万幸！只求岳父怜悯则个。"防御听罢大惊道："郎君说的是甚么话？小女庆娘卧病在床，经今一载。茶饭不进，转动要人扶靠。从不下床一步，方才的话，在那里说起的？莫不见鬼了？"崔生见他说话，心里暗道："庆娘真是有见识！果然怕玷辱门户，只推说病在床上，遮掩着外人了。"便对防御道："小婿岂敢说谎？目今庆娘见在船中，岳父叫个人去接了起来，便见明白。"防御只是冷笑不信，却对一个家僮说："你可走到崔家郎船上去看看，与他同来的是什么人，却认做我家庆娘子？岂有此理！"

家僮走到船边，向船内一望，舱中悄然不见一人。问着船家，船家正低着头，艄上吃饭。家僮道："你舱里的人，那里去了？"船家道："有个秀才官人，上岸去了。留个小娘子在舱中，适才看见也上去了。"家僮走来回覆家主道："船中不见有什么人，问船家说，有个小娘子，上了岸了，却是不见。"防御见无影响，不觉怒形于色道："郎君少年，当诚实些，何乃造此妖妄，诬玷人家闺女，是何道理？"崔生见他发出话来，也着了急，急忙袖中摸出这只金凤钗来，进上防御道："此即令爱庆娘之物，可以表信，岂是脱空说的？"防御接来看了，大惊道："此乃吾亡女兴娘殡殓时戴在头上的钗，已殉葬多时了，如何得在你手里？奇怪！奇怪！"崔生却把去年坟上女轿归来，轿下拾得此钗，后来庆娘因寻钗夜出，遂得成其夫妇，恐怕事败，同逃至旧仆金荣处，住了一年，方才又同来的说话，备细述了一遍。防御惊得呆了，道："庆娘见在房中床上卧病，郎君不信可以去看得的。如何说得如此有枝有叶？又且这钗如何得出世？真是蹊跷的事。"执了崔生的手，要引他房中去看病人，证辨真假。

却说庆娘果然一向病在床上，下地不得。那日外厢正在疑惑之际，庆娘托地在床上走将起来，竟望堂前奔出。家人看见奇怪，同防御的嬷嬷一哄的都随了出来，嚷道："一向动不得的，如今忽地走将起来。"只见庆娘到得堂前，看见防御便拜。防御见是庆娘，一发吃惊道："你几时走起来的？"崔生心里还暗道："是船里走进去的。且听他说甚么？"只见庆娘道："儿乃兴娘也，早离父母，远殡荒郊。然与崔郎缘分未断，今日来此，别无他意。特为崔郎方便，要把爱妹庆娘续其婚姻。如肯从儿之言，妹子病体，当即痊愈。若有不肯，儿去，妹也死了。"合家听说，个个惊骇。看他身体面庞，是庆娘的；声音举止，却是兴娘。都晓得是亡魂归来附体说话了。防御正色责他道："你既已死了，如何又在人世，妄作胡为，乱惑生人？"庆娘又说着兴娘的话道："儿死去见了冥司，冥司道儿无罪，不行拘禁，得属后土夫人帐下，掌传笺奏。儿以世缘未尽，特向夫人给假一年，来与崔郎了此一段姻缘。妹子向来的病，也是儿假借他精魄，与崔郎相处来。今限满当去，岂可使崔郎自此孤单，与我家遂同路人！所以特来拜求父母，是必把妹子许了他，续上前姻。儿在九泉之下，也放得心下了。"防御夫妻见他言词哀切，便许他道："吾儿放心！只依着你主张，把庆娘嫁他便了。"兴娘见父母许出，便喜动颜色，拜谢

有挟而求。

有情人。

卷二十三　大姊魂游完宿愿　小姨病起续前缘

防御道："多感父母肯听儿言，儿安心去了。"

走到崔生面前，执了崔生的手，哽哽咽咽哭起来道："我与你恩爱一年，自此别了。庆娘亲事，父母已许我了，你好作娇客，与新人欢好时节，不要竟忘了我旧人！"言毕大哭。崔生见说了来踪去迹，方知一向与他同住的，乃是兴娘之魂。今日听罢叮咛之语，虽然悲切，明知是小姨身体，又在众人面前，不好十分亲近得。只见兴娘的魂语，分付已罢，大哭数声，庆娘身体蓦然倒地。众人惊惶，前来看时，口中已无气了。摸他心头，却是温温的，急把生姜汤灌下，将有一个时辰，方醒转来。病体已好，行动如常。问他前事，一毫也不晓得。人丛之中，举眼一看，看见崔生站在里头，急急遮了脸，望中门奔了进去。崔生如梦初觉，惊疑了半日始定。

防御就拣个黄道吉日，将庆娘与崔生合了婚。花烛之夜，崔生见过庆娘惯的，且是熟分。庆娘却不十分认得崔生的，老大羞惭。真个是：

一个闺中弱质，与新郎未经半晌交谈；一个旅邸故人，共娇面曾做一年相识。一个只觉耳畔声音稍异，面目无差；一个但见眼前光景皆新，心胆尚怯。一个还认蝴蝶梦中寻故友，一个正在海棠枝上试新红。

新官对旧官，笑啼俱不敢。

却说崔生与庆娘定情之夕,只见庆娘含苞未破,元红尚在,仍是处子之身。崔生悄悄地问他道:"你令姊借你的身体,陪伴了我一年,如何你身子还是好好的?"庆娘怫然不悦道:"你自撞见了姊姊鬼魂做作出来的,干我甚事,说到我身上来。"崔生道:"若非令姊多情,今日如何能勾与你成亲?此恩不可忘了。"庆娘道:"这个也说得是,万一他不明不白,不来周全此事,借我的名头,出了我偌多时丑,我如何做得人成?只你心里到底认是我随你逃走了的,岂不羞死人!今幸得他有灵,完成你我的事,也是他十分情分了。"

次日,崔生感兴娘之情不已,思量荐度他。却是身边无物,只得就将金凤钗到市上货卖,卖得钞二十锭,尽买香烛楮锭,赍到琼花观中命道士建醮三昼夜,以报恩德。

_{此钗何忍卖之?酸甚,忍甚!}

醮事已毕,崔生梦中见一个女子来到,崔生却不认得。女子道:"妾乃兴娘也,前日是假妹子之形,故郎君不曾相识。却是妾一点灵性,与郎君相处一年了。今日郎君与妹子成亲过了,妾所以才把真面目与郎相见。"遂拜谢道:"蒙郎荐拔,尚有余情。虽隔幽明,实深感佩。小妹庆娘,禀性柔和,郎好看觑他,妾从此别矣!"崔生不觉惊哭而醒。庆娘枕边见崔生哭醒来,问其缘故。崔生把兴娘梦中说话,一一对庆娘说。庆娘问道:"你见他如何模样?"

崔生把梦中所见容貌,备细说来。庆娘道:"真是我姊也!"不觉也哭将起来。庆娘再把一年中相处事情,细细问崔生,崔生逐件和庆娘备说始末根由,果然与兴娘生前情性,光景无二。两人感叹奇异,亲上加亲,越然过得和睦了。自此兴娘别无影响。要知只是一个"情"字为重,不忘崔生,做出许多事体来,心愿既完,便自罢了。

此后崔生与庆娘年年到他坟上拜扫,后来崔生出仕,讨了前妻封诰,遗命三人合葬。曾有四句口号,道着这本话文:

>　　大姊精灵,小姨身体。
>　　到得圆成,无此无彼。

卷二十四 盐官邑老魔魅色
　　　　 会骸山大士诛邪

鹽官一老矍
然色

卷二十四　盐官邑老魔魅色　会骸山大士诛邪

诗曰：

> 王濬楼船下益州，金陵王气黯然收。
> 千寻铁锁沉江底，一片降帆出石头。
> 人世几回伤往事，山形依旧枕清流。
> 而今四海为家日，故垒萧萧芦荻秋。

这八句诗，唐朝刘梦得所作，乃是金陵燕子矶怀古的。这个燕子矶在金陵西北，正是大江之滨，跨江而出，在江里看来，宛然是一只燕子扑在水面上，有头有翅。昔贤好事者，恐怕他飞去，满山多用铁锁锁着，就在这燕子项上造着一个亭子镇住他。登了此亭，江山多在眼前，风帆起于足下，最是金陵一个胜处。就在矶边，相隔一里多路，有个弘济寺，寺左转去，一派峭壁插在半空，就如石屏一般。壁尽处，山崖回抱将来，当时寺僧于空处建个阁，半嵌石崖，半临江水，阁中供养观世音像，像照水中，毫发皆见，宛然水月之景，就名为观音阁。载酒游观者，殆无虚日。奔走既多，灵迹颇著，香火不绝。只是清静佛地，做了吃酒的所在，未免作践。亦且这些游客随喜的多，布施的少。那阁年深月久，没有钱粮修葺，日渐坍塌了些。

　　一日，有个徽商某泊舟矶下，随步到弘济寺游玩。寺僧出来迎接着，问了姓名，邀请吃茶。茶罢，

（寺僧亦韵。）

寺僧问道："客官何来？今往何处？"徽商答道："在扬州过江来，带些本钱要进京城小铺中去。天色将晚，在此泊着，上来耍耍。"寺僧道："此处走去，就是外罗城观音门了。进城止有二十里，客官何不搬了行李到小房宿歇了？明日一肩行李，脚踏实地，绝早到了。若在船中，还要过龙江关盘验，许多担阁。又且晚间此处矶边风浪最大，是歇船不得的。"徽商见说得有理，果然走到船边，把船打发去了。搬了行李，竟到僧房中来。安顿了，寺僧就陪着登阁上观看。

徽商看见阁已颓坏，问道："如此好风景，如何此阁颓坏至此？"寺僧道："此间来往的尽多，却多是游耍的，并无一个舍财施主。寺僧又贫，修理不起，所以如此。"徽商道："游耍的人，必竟有大手段的在内，难道不布施些？"寺僧道："多少王孙公子，只是带了娼妓来吃酒作乐，那些人身上便肯撒漫，佛天面上却不照顾，还有豪奴狠仆，家主既去，剩下酒肴，他就毁门拆窗，将来烫酒煮饭，只是作践，怎不颓坏？"徽商叹惜不已。寺僧便道："朝奉若肯喜舍时，小僧便修葺起来不难。"徽商道："我昨日与伙计算帐，多出三十两一项银子来。我就舍在此处，修好了阁，一来也是佛天面上，二来也在此间留个名。"寺僧大喜称谢，下了阁到寺中来。

元来徽州人心性俭啬，却肯好胜喜名，又崇信佛事。见这个万人往来去处，只要传开去，说观音

（眉批：到处如此，何止观音阁。）

阁是某人独自修好了，他心上便快活。所以一口许了三十两，走到房中解开行囊，取出三十两一包，交付与寺僧。不想寺僧一手接银，一眼瞟去，看见余银甚多，就上了心。一面分付行童，整备夜饭款待，着地奉承，殷勤相劝，把徽商灌得酩酊大醉。夜深人静，把来杀了。启他行囊来看，看见搭包多是白物，约有五百余两，心中大喜。与徒弟计较，要把尸来抛在江里。徒弟道："此时山门已锁，须要住持师父处取匙钥。盘问起来，遮掩不得。不但做出事来，且要分了东西去。"寺僧道："这等如何处置？"徒弟道："酒房中有个大瓮，莫若权把来断碎了，入在瓮中。明日觑个空便，连瓮将去抛在江中，方无人知觉。"寺僧道："有理，有理。"果然依话而行。可怜一个徽商做了几段碎物！好意布施，得此惨祸。

慢藏诲盗。

那僧徒收拾净尽，安贮停当，放心睡了。自道神鬼莫测，岂知天理难容？是夜有个巡江捕盗指挥，也泊舟矶下，守候甚么公事。天早起来，只见一个妇人走到船边，将一个担桶汲水，且是生得美貌。指挥留心，一眼望他那条路去，只见不走到民家，一直走到寺门里来。指挥疑道："寺内如何有美妇担水？必是僧徒不公不法。"带了哨兵，一路赶来，见那妇人走进一个僧房。指挥人等，又赶进去，却走向一个酒房中去了。寺僧见个官带了哨兵，绝早来到，虚心病发，个个面如土色，慌慌张张，却是出其

不美则不必追逐。

不意，躲避不及。指挥先叫把僧人押定，自己坐在堂中，叫两个兵到酒房中搜看。只见妇人进得房门，隐隐还在里头，一见人来，钻入瓮里去了。走来禀了指挥。指挥道："瓮中必有冤枉。"就叫哨兵取出瓮来，打开看时，只见血肉狼藉，头颅劈破，是一个人碎割了的。就把僧徒两个缚了解到巡江察院处来。一上刑罚，僧徒熬苦不过，只得从实供招，就押去寺中起赃来为证，问成大辟，立时处决。众人见僧口招，因为布施修阁，起心谋杀，方晓得适才妇人，乃是观音显灵，那一个不念一声"南无灵感观世音菩萨"？要见佛天甚近，欺心事是做不得的。

> 转背即作昧心事矣。

从来说观世音极灵，固然无处不显应，却是燕子矶的，还是小可；香火之盛，莫如杭州三天竺。那三天竺是上天竺、中天竺、下天竺。三天竺中，又是上天竺为极盛。这个天竺峰在府城之西，西湖之南，登了此峰，西湖如掌，长江如带，地胜神灵，每年间人山人海，挨挤不开的。而今小子要表白天竺观音一件显灵的，与看官们听着。且先听小子《风》《花》《雪》《月》四词，然后再讲正话。

风袅袅，风袅袅，冬岭泣孤松，春郊摇弱草。收云月色明，卷雾天光早。清秋暗送桂香来，极夏频将炎气扫。风袅袅，野花乱落令人老。——右《咏风》

花艳艳,花艳艳,妖娆巧似妆,锁碎浑如剪。露凝色更鲜,风送香常远。一枝独茂逞冰肌,万朵争妍含醉脸。花艳艳,上林富贵真堪羡。——右《咏花》

雪飘飘,雪飘飘,翠玉封梅萼,青盐压竹梢。洒空翻絮浪,积槛锁银桥。千山浑骇铺铅粉,万木依稀拥素袍。雪飘飘,长途游子恨迢遥。——右《咏雪》

月娟娟,月娟娟,乍缺钩横野,方团镜挂天。斜移花影乱,低映水纹连。诗人举盏搜佳句,美女推窗迟月眠。月娟娟,清光千古照无边。——右《咏月》

看官,你道这四首是何人所作?话说洪武年间浙江盐官会骸山中,有一个老者,缁服苍颜,幅巾绳履,是个道人打扮。不见他治甚生业,日常醉歌于市间,歌毕起舞,跳木缘枝,宛转盘旋,身子轻捷,如惊鱼飞燕。又且知书善咏,诙谐笑浪,秀发如泻。有文士登游此山者,常与他唱和谈谑。一日大醉,索酒家笔砚,题此四词在石壁上,观者称赏。自从写过,墨迹渐深,越磨越亮。山中这些与他熟识的人,见他这些奇异,疑心他是个仙人,却再没处查他的踪迹。日日往来山中,又不见个住家的所在。虽然有些疑怪,习见习闻,日月已久,也不以为意了,平日只以老道相呼而已。

离山一里之外,有个大姓仇氏。夫妻两个,年登四十,极是好善,并无子嗣。乃舍钱刻一慈悲大士像,供礼于家,朝夕香花灯果,拜求如愿。每年二月十九日是大士生辰,夫妻两个,斋戒虔诚,躬往天竺。三步一拜，拜将上去，烧香祈祷：不论男女，求生一个，以续后代。如是三年，其妻果然有了妊孕。十月期满，晚间生下一个女孩。夫妻两个，欢喜无限，取名夜珠。因是夜里生人，取掌上珠之意，又是夜明珠宝贝一般。年复一年，看看长成，端慧多能，工容兼妙。父母爱惜他真个如珠似玉，倏忽已是十九岁。父母俱是六十以上了，尚未许聘人家。

> 佳名。

你道老来子做父母的，巴不得他早成配偶，奉事暮年。怎的二八当年多过了，还未嫁人？只因夜珠是这大姓的爱女，又且生得美貌伶俐，夫妻两个做了一个大指望，道是必要拣个十全毫无嫌鄙的女婿来嫁他，等他名成利遂，老夫妇靠他终身。亦且只要入赘的，不肯嫁出的。左近人家，有几家来说的，两个老人家嫌好道歉；便有数家像意的，又要娶去，不肯入赘。有女婿人物好、学问高的，家事又或者淡薄些。有人家资财多、门户高的，女婿又或者愚蠢些。所以高不辏，低不就，那些做媒的，见这两个老人家难理会，也有好些不耐烦，所以亲事越迟了。却把仇家女子美貌、择婿难为人事之名，远远都传播开来，谁知其间动了一个人的火。

> 二者每每相左，不能兼得。

看官，你道这个人是那个？敢是石崇之富，要买绿珠的？敢是相如之才，要挑文君的？敢是潘安之貌，要引那掷果妇女的？看官，若如此，这多是应得想着的了。说来一场好笑，元来是：

周时吕望,要寻个同钓鱼的对手;汉时伏生,要娶个共讲书的配头。

你道是甚人?乃就是题《风》《花》《雪》《月》四词的。这个老头儿,终日缠着这些媒人,央他仇家去说亲。媒人问:"是那个要娶?"说来便是他自己。这些媒人,也只好当做笑话罢了,谁肯去说?大家说了,笑道:"随你千选万选,这家女儿臭了烂了,也轮不到说起他,正是老没志气,阴沟洞里思量天鹅肉吃起来!"那老道见没人肯替他做媒,他就老着脸自走上仇大姓门来。

突如其来如。

大姓夫妻二人正同在堂上,说着女儿婚事未谐,唧唧哝哝的商量,忽见老道走将进来。大姓平日晓得这人有些古怪的,起来相迎。那妈妈见是大家老人家,也不回避。三人施礼已毕,请坐下了。大姓问道:"老道,今日为何光降茅舍?"老道道:"老仆特为令爱亲事而来。"两人见说是替女儿说亲的,忙叫:"看茶。"就问道:"那一家?"老道:"就是老仆家。"大姓见说了就是他家,正不知这老道住在那里的,心里已有好些不快意了,勉强答他道:"从来相会,不知老道有几位令郎?"老道道:"不是小儿,老仆晓得令爱不可作凡人之配,老仆自己要娶。"大姓虽怪他言语不伦,还不认真,说道:"老道平日专好说笑说耍。"老道道:"并非耍笑,老仆果然愿做门婿，是必要成的，不必推托。"

大姓夫妇，见他说得可恶，勃然大怒道："我女闺中妙质，等闲的不敢求聘。你是何人？辄敢胡言乱语！"立起身把他一揪。老道从容不动，拱立道："老丈差了。老丈选择东床，不过为养老计耳。若把令爱嫁与老仆，老仆能孝养吾丈于生前，礼祭吾丈于身后，大事已了，可谓极得所托的。这个不为佳婿，还要怎的才佳么？"大姓大声叱他道："人有贵贱，年有老少。贵贱非伦，老少不偶，也不肚里想一想，敢来唐突，戏弄吾家！此非病狂，必是丧心，何足计较！"叫家人们持仗赶逐。仇妈妈只是在旁边夹七夹八的骂。老道笑嘻嘻，且走且说道："不必赶逐，我去罢了。只是后来追悔，要求见我，就无门了。"大姓又指着他骂道："你这个老枯骨！我要求见你做甚么？少不得看见你早晚倒在路旁，被狗拖鸦啄的日子在那里。"老道把手掀着须髯，长笑而退。

笑者不可测也。

大姓叫闭了门，夫妻二人气得个懑胸塞肚，两相埋怨道："只为女儿不受得人聘，受此大辱。"分付当直的，分头去寻媒婆来说亲。这些媒婆走将来，闻知老道自来求亲之事，笑一个不住道："天下有此老无知！前日也曾央我们几次，我们没一个肯替他说，他只得自来了。"大姓道："此老腹中有些文才，最好调戏。他晓得吾家择婿太严，未有聘定，故此奚落我。你们如今留心,快与我寻寻,人家差不多的,也罢了。我自重谢则个。"媒人应承自去了,不题。

过得两日,夜珠靠在窗上绣鞋,忽见大蝶一双飞来,红翅黄身,黑须紫足,且是好看。旋绕夜珠左右不舍,恰像眷恋他这身子芳香的意思。夜珠又喜又异,轻以罗帕扑他,扑个不着,略略飞将开去。夜珠忍耐不定,笑呼丫鬟同来扑他,看看飞得远了,夜珠一同丫鬟随他飞去处,赶将来。直到后园牡丹花侧,二蝶渐大如鹰。说时迟,那时快,飞近夜珠身边来,各将翅攒定夜珠两腋,就如两个大箬笠一般,扶挟夜珠从空而起。夜珠口里大喊,丫鬟惊报,大姓夫妻急忙赶至园中,已见夜珠同两蝶在空中向墙外飞去了。大姓惊喊号叫,没法救得。老夫妻两个放声大哭道:"不知是何妖术,摄将去了。"却没个头路猜得出,从此各处探访,不在话下。

却说夜珠被两蝶夹起在空中,如登云雾,心里明知堕了妖术,却是脚不点地,身不自主。眼望下去,却见得明白。看见过了好些荆蓁路径,几个险峻山头,到一巑岏山窟中,方才渐渐放下。看看小小一洞,止可容头,此外别无走路。那两蝶已自不见了,只见洞边一个老人家,道者装扮,拱立在那里。见了夜珠,欢欢喜喜伸手来拽了夜珠的手,对洞口喝了一声。听得轰雷也似响亮,洞忽开裂。老道同夜珠身子已在洞内,夜珠急回头看时,洞已抱合如旧,出去不得了。

夜珠慌忙之中,偷眼看那洞中,宽敞如堂。有人面猴形之辈,二十余个,皆来迎接这老道,口称"洞主"。老道分付道:"新人到了,可设筵席。"猴形人应诺。又看见旁边一房,甚是精洁,颇似僧室,几窗间有笔砚书史;竹床石凳,摆列两行。又有美妇四五人,丫鬟六七人,妇人坐,丫鬟立侍。床前特设一席,不见荤腥,只有香花酒果。老道对众道:"吾今且与新人成礼则个。"就来牵夜珠同坐。夜珠又恼又怕,只是站立不动。老道着恼,喝叫猴形人四五个来揪采将来,按住在坐上。夜珠到此无奈,只得坐了。老道大喜,频频将酒来劝,夜珠只推不饮。老道自家大碗价吃,不多时大醉了。一个妇人,一个丫鬟,扶去床中相伴寝了。夜珠只在石凳之下蹲着,心中苦楚。想着父母,只是哭泣,一夜不曾合眼。

明早起来,老道看见夜珠泪痕不干,双眼尽肿,将手抚他背,安慰他道:"你家中甚近,胜会方新,何乃不趁少年取乐,自苦如此?若从了我,就同你还家拜见爹娘,骨肉完聚,极是不难。你若执迷不从,凭你石烂海枯,此中不可复出了。只凭你算计,走那一条路?"夜珠闻言自想:"我断不从他!料无再出之日了,要这性命做甚?不如死休!"将头撞在石壁上去,要求自尽。老道忙使众妇人拦住,好言劝他道:"娘子既已到此,事不由己,且从容住着。休得如此轻生!"夜珠只是啼哭,从此不进饮食,欲要自饿而死。不想不吃了十多日,一毫无事。

夜珠求死不得,无计可施,自怕不免污辱,只是心里暗祷观世音,求他救拔。老道日与众妇淫戏,要动夜珠之心,争奈夜珠心如铁石,毫不为动。老道见他不快,也不来强他,只是在他面前百般弄法

<small>亦无别法。</small>

弄巧，要图他笑颜开了，欢喜成事。所以日逐把些奇怪的事，做与他看，一来要他快活，二来卖弄本事高强，使他绝了出外之念，死心塌地随他。你道他如何弄法？他秋时出去，取田间稻花，放好在石柜中了，每日只将花合米爨起，开锅时满锅多是香米饭。又将一瓮水，用米一撮，放在水中，纸封了口，藏于松间，两三日开封取吸，多变做扑鼻香醪。所以供给满洞人口，酒米不须营求，自然丰足。若是天雨不出，就剪纸为戏，或蝶或凤，或狗或燕，或狐狸、猿猱、蛇鼠之类皆有。嘱他去到某家取某物来用，立刻即至。前取夜珠的双蝶，即是此法。若取着家火什物之类，用毕无事，仍教拿去还了。桃梅果品，日轮猴形人两个供办，都是带叶连珠，是山中树上所取，不是摄将来的。夜珠日日见他如此作用，虽然心里也道是奇怪，再没有一毫随顺他的意思。老道略来缠缠，即便要死要活，大哭大叫。老道不耐烦，便去搂着别个妇女去适兴了。还亏得老道心性，只爱喜欢不爱烦恼的，所以夜珠虽摄在洞里多时，还得全身不损。

　　一日，老道出去了，夜珠对众妇人道："你我俱是父母遗体，又非山精木魅，如何随顺了这妖人，自受其辱？"众美叹息，对夜珠道："我辈皆是人身，岂甘做这妖人野偶？但今生不幸被他用术陷在此中，撇父母，弃糟糠，虽朝暮忧思，竟成无益，所

有如此术，洞中尽白足乐，何以色为？

以忍耻偷生，譬如做了一世猪羊犬马罢了。事势如此，你我拗他何用？不若放宽了心度日去，听命于天，或者他罪恶有个终时，那日再见人世。"言罢，各各泪下如雨。有《商调·醋葫芦》一篇，咏着众妇云：

众娇娥，黯自伤，命途乖，遭魍魉。虽然也颠鸾倒凤喜非常，觑形容不由心内慌。总不过匆匆完帐，须不是桃花洞里老刘郎。

又有一篇咏着仇夜珠云：

夜光珠，世所希，未登盘，坠于泥。清光到底不差池，笑妖人枉劳色自迷。有一日天开日霁，只怕得便宜，翻做了落便宜。

众人正自各道心事，哀伤不已。忽见猴形人传来道："洞主回来了。"众人恐怕他知觉，掩泪而散，只有夜珠泪不曾干。老道又对他道："多时了，还哭做甚？我只图你渐渐厮熟，等你心顺了我，大家欢畅。省得逼你做事，终久不像我意，故不强你。今日子已久，你只不转头，不要讨我恼怒起来，叫几个按住了你，强做一番，不怕你飞上天去。"夜珠见说，心慌不敢啼哭。只是心中默祷观音救护，不在话下。

却是个老在行。

却说仇大姓夫妻二人,自不见了女儿,终日思念,出一单榜在通衢,道:"有能探访得女儿消息来报者,罄赔家产,将女儿与他妻。"虽然如此,荏苒多时,并无影响。又且目见他飞升去的,晓得是妖人摄去,非人力可及。没计奈何,只好日日在慈悲大士像前,悲哭拜祝道:"灵感菩萨,女儿夜珠元是在菩萨面前求得的,今遭此妖术摄去,若菩萨不救拔还我,当时何不不要见赐,也到罢了。望菩萨有灵有感。"日日如此叫号,精诚所感,真是叫得泥神也该活现起来的。 _{可怜。}

一日会骸山岭上,忽然有一根幡竿,逼直竖将起来,竿末挂着一件物事。这岭上从无此竿的,一时哄动了许多人,万众齐观。竿末之物,俱各不识明白,胡猜乱讲。内中有一秀士,姓刘名德远,乃是名家之子,少年饱学,极是个负气好事的人。他见了这个异事,也是书生心性,心里毕竟要跟寻着一个实实下落。便叫几个家人,去拿了些粗布绳索,做了软梯,带些挠钩、钢叉、木板之类,叫一声道:"有高兴要看的,都随我来。"你看他使出聪明,山高无路处,将钢叉叉着软梯,搭在大树上去;不平处,用板衬着;有路险难走处,用挠钩吊着。他一个上前,赶兴的就不少了。连家人共有一二十人,一直吊了上去。到得岭上,地却平宽。立定了脚,望下一看,只见山腰一个巉岏之处,有洞甚大。妇女十数个，或眠或坐，多如醉迷之状。有老猴数十，皆身首二段，血流满地。站得高了，自上看下，纤细皆见。然后看那幡竿及所挂之物，乃是一个老猕猴的骷髅。

刘德远大加惊异。先此那仇家失女出榜，是他一向知道的。当时便自想道："这些妇女里头，莫不仇氏之女也在？"急忙下岭来叫人报了县里，自己却走去报了仇大姓。大姓喜出非常，同他到县里听候遣拨施行。县令随即差了一队兵快到彼收勘。兵快同了刘德远再上岭来，大姓年老，走不得山路，只在县前伺候。德远指与兵快路径，一拥前来。元来那洞在高处方看得见，在山下却与外不通，所以妖魅藏得许多人在里头。今在岭上，却都在目前了。兵快看见了这些妇女，攀藤附葛，开条路径，一个个领了出来，到了县里。仇大姓还不知女儿果在内否，远远望去，只见夜珠头蓬发乱，杂随在妇女队里。大姓吊住夜珠，父子抱头大哭。

到了县堂，县令叫众妇上来，问其来历备细。众妇将始终所见，日逐事体说了。县令晓得多是良家妇女，为妖术所迷的。又问道："今日谁把这些妖物斩了？"众妇道："今日正要强奸仇夜珠，忽然天昏地暗，昏迷之中，只听得一派喧嚷啼哭之声，刀剑乱响，却不知个缘故。直等兵快人众来救，方才苏醒。只见群猴多杀倒在地，那老妖不见了。"刘

_{众妇愧夜珠多矣。}

德远同众人献上髑髅与幡竿,禀道:"那髑髅标示在幡竿之首,必竟此是老妖为神明所诛的。"县令道:"那幡竿一向是岭上的么?"众人道:"岭上并无。"县令道:"奇怪!这却那里来的?"叫刘德远把竿验看,只见上有细字数行,乃是上天竺大士殿前之物,年月犹存。县令晓得是观音显见,不觉大骇。随令该房出示,把妇女逐名点明,召本家认领。

那仇大姓在外边伺候,先具领状,领了夜珠出来。真就是黑夜里得了一颗明珠,心肝肉的,口里不住叫。到家里见了妈妈,又哭个不住。问夜珠道:"你那时被妖法摄起半空,我两个老人家赶来,已飞过墙了。此后将你到那里去?却怎么?"夜珠道:"我被两个大蝶抬在空中,心中明白的。只是身子下来不得。爸妈叫喊,都听得的。到得那里,一个道装的老人家,迎着进了洞去。这些妖怪叫老人家做'洞主',逼我成亲。这里头先有这几个妇女在内,却是同类之人,被他摄在洞奸宿的,也来相劝。我到底只是执意不肯。"妈妈便道:"儿,只要今日归来,再得相见便好了。随是破了身子,也是出于无奈,怪不得你的。"夜珠道:"娘,不是这话!亏我只是要死要活,那老妖只去与别个淫媾了,不十分来缠我,幸得全身。今日见我到底不肯,方才用强,叫几个猴形人拿住手脚,两三个妇女来脱小衣。正要奸淫,儿晓得此番定是难免,心下发极,大叫'灵感观世音'起来。只听得一阵风过处,天昏地黑,鬼哭神嚎,眼前伸手不见五指,一时晕倒了。直到有许多人进洞相救,才醒转来。看见猴形人个个被杀了,老妖不见了,正不知是个甚么缘故?"大姓道:"自你去后,爹妈只是拜祷观世音,日夜不休。人多见我虔诚,十分怜悯,替我体访,却再无消耗。谁想今日果是观世音显灵，诛了妖邪！前日这老道便来求亲时，我们只怪他不揣，岂知是个妖魔！今日也现世报了。虽然如此，若非刘秀才做主为头，定要探看幡竿上物事下落，怎晓得洞里有人？又得他报县救取，又且先来报我，此恩不可忘了。"

正说话处，只见外边有几个妇女，同了几家亲识，来访夜珠并他爹妈。三人出来接进，乃是同在洞中还家的。各人自家里相会过了，见外边传说仇家爹妈祈祷虔诚，又得夜珠力拒妖邪，大呼菩萨，致得神明感应，带挈他们重见天日，齐来拜谢。爹妈方晓得夜珠所言全身是真话。

众人称谢已毕，就要商量被害几家协力出资，建庙山顶，奉祠观世音，尽皆喜跃。正在议论间，只见刘秀才也到仇家相访。他书生好奇，只要来问洞中事体备细，去书房里纪录新闻，原无他意，恰好撞见许多人在内。问着，却多是洞里出来的与亲眷人等，尽晓得是刘秀才是为头到岭上看见了报县的，方得救出，乃是大恩人，尽皆罗拜称谢。秀才便问："你们众人都聚此一家，是甚缘故？"众人把仇老虔诚祷神，女儿拒奸呼佛，方得观音灵感，带挈众人脱难，故此一来走谢，二来就要商量敛资造庙。"难得秀才官人在此，也是一会之人，替我们起个疏头，说个缘起，明日大家禀了县里，一同起事。"刘秀才道："这事在我身上。我明日到县间与

也是秀才该管之事。

县官说明，一来是造庙的事，二来难得仇家小娘子贞坚感应，也该表扬的。"那仇大姓口里连称"不敢"，看见刘秀才语言慷慨，意气轩昂，也就上心了。便问道："秀才官人，令岳是那家？"秀才道："年幼蹉跎，尚未娶得。"仇大姓道："老夫有誓言在先，有能探访女儿消息来报者，罄赔家产，将女儿与他为妻。这话人人晓得。今日得秀才亲至岭上，探得女儿归来，又且先报老夫，老夫不敢背前言。趁着众人都在舍下，做个证见，结此姻缘。意下如何？"众人大家喝采起来道："妙！妙！正是女貌郎才，一双两好。"刘秀才不肯起来道："老丈休如此说。小生不过是好奇高兴，故此不避险阻，穷讨怪迹。偶得所见如此，想起宅上失了令爱，沿街贴榜已久，故此一时喜事走来奉报，原无心望谢。若是老丈今日如此说，小觑了小生是一团私心了。不敢奉命。"众人共相撺掇，刘秀才反觉得没意思，不好回答得，别了自去。众人约他明日县前相会。

刘秀才去了，众人多称赞他果是个读书君子，有义气好人，难得。仇大姓道："明日老夫央请一人为媒，是必完成小女亲事。"众人中有个老成的走出来，道："我们少不得到县里动公举呈词，何不就把此事禀知知县相公，倒凭知县相公做个主，岂不妙哉！"众人齐道："有理。"当下散了。大姓与妈妈、女儿说知此事，又说刘秀才许多好处，大家赞 大是。

叹不题。

且说次日县令升堂,先是刘秀才进见,把大士显灵,众心喜舍造庙,及仇女守贞感得神力诛邪等事,一一禀知已过,众人才拿连名呈词进见。县令批准建造,又自取库中公费银十两,开了疏头,用了印信,就中给与老成耆民收贮了讫。众人谢了,又把仇老女儿要招刘生报德的情禀出来。县令问仇老道:"此意如何?"仇老道:"女儿被妖摄去,固然感得大士显应,诛杀妖邪,若非刘生出力,梯攀至岭,妖邪虽死,女儿到底也是洞中枯骨了。今一家完聚,庆幸非浅。情愿将女儿嫁他,实系真心。不道刘秀才推托,故此公同禀知爷爷,望与老汉做一个主。"

县令便请刘秀才过来,问道:"适才仇某所言姻事,众口一词,此美事也,有何不可?"刘秀才道:"小生一时探奇穷异,实出无心。若是就了此亲,外人不晓得的,尽道是小生有所贪求而为,此反觉无颜。亦且方才对父母大人说仇氏女守贞好处,若为己妻,此等言语,皆是私心。小生读几行书,义气廉耻为重,所以不敢应承。"县令跌足道:"难得!难得!仇女守贞,刘生尚义,仇某不忘报,皆盛事也。本县幸而躬逢目击,可不完成其美?本县权做个主婚,贤友万不可推托。"立命库上取银十两,以助聘礼。即令鼓乐送出县来,竟到仇家先行聘定了,

刘秀才可敬。

好个县令。

拣个吉日，入赘仇家，成了亲事。一月之后，双双到上天竺烧香，拜谢大士，就送还前日幡竿。过不多时，众人齐心协力，山岭庙也自成了。又去烧香点烛，自不消说。后来刘秀才得第，夫荣妻贵。仇大姓夫妻俱登上寿，同日念佛而终。此又后话。

又说会骸山石壁，自从诛邪之后，那《风》《花》《雪》《月》四词，却像那个刷洗过了一番的，毫无一字影迹。众人才悟前日老道便是老妖，不是个好人，踪迹方得明白。有诗为证：

嶻屼石洞老光阴，只此幽栖致自深。
诛殛忽然烦大士，方知佛戒重邪淫。

卷二十五 赵司户千里遗音 苏小娟一诗正果

蘇小妹一詩正果

卷二十五　赵司户千里遗音　苏小娟一诗正果

诗曰：

青楼原有掌书仙，未可全归露水缘。
多少风尘能自拔，淤泥本解出青莲。

这四句诗，头一句"掌书仙"，你道是甚么出处？列位听小子说来。唐朝时长安有一个倡女，姓曹名文姬，生四五岁，便好文字之戏。及到笄年，丰姿艳丽，俨然神仙中人。家人教以丝竹宫商，他笑道："此贱事，岂吾所为？惟墨池笔冢，使吾老于此间，足矣。"他出口落笔，吟诗作赋，清新俊雅，任是才人，见他钦伏。至于字法，上逼钟、王，下欺颜、柳，真是重出世的卫夫人，得其片纸只字者，重如拱璧，一时称他为"书仙"，他等闲也不肯轻与人写。长安中富贵之家，豪杰之士，辇输金帛，求聘他为偶的，不记其数。文姬对人道："此辈岂我之偶？如欲偶吾者，必先投诗，吾当自择。"此言一传出去，不要说吟坛才子，争奇斗异，各献所长，人人自以为得"大将"，就是张打油、胡钉铰，也来做首把，撮个空。至于那强斯文、老脸皮，虽不成诗，叶韵而已的，也偏不识廉耻，诒他娘两句出丑一番。谁知投去的，好歹多选不中。这些人还指望出张续案，放遭告考，把一个长安的子弟，弄得如醉如狂的。文姬只是冷笑。最后有个

只两字便佳。

不揣者多。

利害。

519

岷江任生，客于长安，闻得此事，喜道："吾得配矣。"旁人问之，他道："凤栖梧，鱼跃渊，物有所归，岂妄想乎？"遂投一诗云：

> 大胆！

玉皇殿上掌书仙，一染尘心谪九天。
莫怪浓香薰骨腻，霞衣曾惹御炉烟。

文姬看诗毕，大喜道："此真吾夫也！不然，怎晓得我的来处？吾愿与之为妻。"即以此诗为聘定，留为夫妇。自此，春朝秋夕，夫妇相携，小酌微吟，此唱彼和，真如比翼之鸟，并头之花，欢爱不尽。

> 即此已成仙人矣。

如此五年后，因三月终旬，正是九十日春光已满，夫妻二人设酒送春。对饮间，文姬忽取笔砚题诗云：

仙家无夏亦无秋，红日清风满翠楼。
况有碧霄归路稳，可能同驾五云虬？

题毕，把与任生看。任生不解其意。尚在沉吟。文姬笑道："你向日投诗，已知吾来历，今日何反生疑？吾本天上司书仙人，偶以一念情爱，谪居人间二纪。今限已满，吾欲归，子可偕行。天上之乐，胜于人间多矣。"说罢，只闻得仙乐飘空，异香满室。家人惊异间，只见一个朱衣吏，持一玉版，朱书篆文,向文姬前稽首道:"李长吉新撰《白玉楼记》成,天帝召汝写碑。"文姬拜命毕,携了任生的手,举步腾空而去。云霞闪烁,鸾鹤缭绕,于时观者万计,以其所居地,为书仙里。这是"掌书仙"的故事,乃是倡家第一个好门面话柄。

看官,你道倡家这派起于何时?元来起于春秋时节。齐大夫管仲设女闾七百,征其合夜之钱,以为军需。传至于后,此风大盛。然不过是侍酒陪歌,追欢买笑,遣兴陶情,解闷破寂,实是少不得的。岂至遂为人害?争奈"酒不醉人人自醉,色不迷人人自迷"。才以欢爱之事,便有迷恋之人;才有迷恋之人,便有坑陷之局。做姊妹的,飞絮飘花,原无定主;做子弟的,失魂落魄,不惜余生。怎当得做鸨儿、龟子的,吮血磨牙,不管天理,又且转眼无情,回头是计。所以弄得人倾家荡产,败名失德,丧躯殒命,尽道这娼妓一家是陷人无底之坑,填雪不满之井了。总由子弟少年浮浪没主意的多,有主意的少;娼家习惯风尘,有圈套的多,没圈套的少。至于那雏儿们,一发随波逐浪,那晓得叶落归根?所以百十个姊妹里头,讨不出几个要立妇名、从良到底的。就是从了良,非男负女,即女负男,有结果的也少。却是人非木石,那鸨儿只以钱为事,愚弄子弟,是他本等,自不必说。那些做妓女的,也一样娘生父养,有情有窍,日陪欢笑,夜伴枕席,难

畅论。

道一些心也不动,一些情也没有,只合着鸨儿做局骗人过日不成?这却不然。其中原有真心的,一意绸缪,生死不变;原有肯立志的,亟思超脱,时刻不忘。从古以来,不止一人。而今小子说一个妓女,为一情人相思而死,又周全所爱妹子,也得从良,与看官们听,见得妓女也有好的。有诗为证,诗云:

> 有心已解相思死,况复留心念连理。
> 似此多情世所稀,请君听我歌天水。
> 天水才华席上珍,苏娘相向转相亲。
> 一官各阻三年约,两地同归一日魂。
> 遗言弱妹曾相托,敢谓冥途忘旧诺?
> 爱推同气了良缘,赓歌一绝于飞乐。

话说宋朝钱塘有个名妓苏盼奴,与妹苏小娟,两人俱俊丽工诗,一时齐名。富豪子弟到临安者,无不愿识其面。真个车马盈门,络绎不绝。他两人没有嬷嬷,只是盼儿当门抵户,却是姐妹两个多自家为主的。自道品格胜人,不耐烦随波逐浪,虽在繁华绮丽所在,心中长怀不足,只愿得遇个知音之人,随他终身,方为了局的。姊妹两人意见相同,极是过得好。

【便妙了。】

盼奴心上有一个人,乃是皇家宗人,叫做赵不敏,是个太学生。元来宋时宗室自有本等禄食,本等职衔，若是情愿读书应举，就不在此例了。所以赵不敏有个房分兄弟赵不器，就自去做了个院判；惟有赵不敏自恃才高，务要登第，通籍在太学。他才思敏捷，人物风流；风流之中，又带些志诚真实，(要紧。)所以盼奴与他相好。盼奴不见了他，饭也是吃不下的。赵太学是个书生，不会经管家务，家事日渐萧条，盼奴不但不嫌他贫，凡是他一应灯火酒食之资，还多是盼奴周给他，恐怕他因贫废学，常对他道：(泂国之流。)"妾看君决非庸下之人，妾也不甘久处风尘。但得君一举成名，提掇了妾身出去，相随终身，虽布素亦所甘心。切须专心读书，不可懈怠，又不可分心他务。衣食之需，只在妾的身上，管你不缺便了。"

小娟见姐姐真心待赵太学，自也时常存一个拣人的念头，只是未曾有个中意的。盼奴体着小娟意思，也时常替他留心，对太学道："我这妹子性格极好，终久也是良家的货。他日你若得成名，完了我的事，你也替他寻个好主，不枉了我姊妹一对儿。"(岂知己事不完，反替他完了。)太学也自爱着小娟，把盼奴的话牢牢记在心里了。太学虽在盼奴家往来情厚，不曾破费一个钱，反得他资助读书，感激他情意，极力发愤。应过科试，果然高捷南宫。盼奴心中不胜欢喜，正是：

银缸斜背解鸣珰，小语低声唤玉郎。
从此不知兰麝贵，夜来新惹桂枝香。

太学榜下未授职,只在盼奴家里,两情愈浓,只要图个终身之事。_{乐哉。}却有一件:名妓要落籍,最是一件难事。官府恐怕缺了会承应的人,上司过往嗔怪,许多不便,十个到有九个不肯。所以有的批从良牒上道:"慕《周南》之化,此意良可矜;空冀北之群,所请宜不允。"官司每每如此。不是得个极大的情分,或是撞个极帮衬的人,方肯周全。而今苏盼奴是个有名的能诗妓女,正要插趣,谁肯轻轻便放了他?_{不在行人,大率如此。}前日与太学往来虽厚,太学既无钱财,也无力量,不曾替他营脱得乐籍。此时太学固然得第,盼奴还是个官身,却就娶他不得。

正在计较间,却选下官来了,除授了襄阳司户之职。初受官的人,碍了体面,怎好就与妓家讨分上脱籍?况就是自家要取的,一发要惹出议论来。欲待别寻婉转,争奈凭上日子有限,一时等不出个机会。_{所以事机不可失也。}没奈何只得相约到了襄阳,差人再来营干。当下司户与盼奴两个抱头大哭,小娟在旁也陪了好些眼泪,当时作别了。盼奴自掩着泪眼归房,不题。

司户自此赴任襄阳,一路上鸟啼花落,触景伤情,只是想着盼奴。自道一到任所,便托能干之人进京做这件事。谁知到任事忙,匆匆过了几时,急切里没个得力心腹之人,可以相托。虽是寄了一两番信,又差了一两次人,多是不尴不尬,要能不够的。也曾写书相托在京友人,替他脱籍了当,然后图谋接到任所。争奈路途既远，亦且寄信做事，所托之人，不过道是娼妓的事，有紧没要，谁肯知痛着热，替你十分认真做的？不过讨得封把书信儿，传来传去，动不动便是半年多。司户得一番信，只添得悲哭一番，当得些甚么？

　　如此三年，司户不遂其愿，成了相思之病。自古说得好："心病还须心上医。"眼见得不是盼奴来，医药怎得见效？看看不起。只见门上传进来道："外边有个赵院判，称是司户兄弟，在此候见。"司户闻得，忙叫"请进"。相见了，道："兄弟，你便早些个来，你哥哥不见得如此！"院判道："哥哥，为何病得这等了？你要兄弟早来，便怎么？"司户道："我在京时，有个教坊妓女苏盼奴，与我最厚。他赀助我读书成名，得有今日。因为一时匆匆，不替他落得籍，同他到此不得。原约一到任所差人进京图干此事，谁知所托去的，多不得力。我这里好不盼望，不甫能勾回个信来，定是东差西误的。三年以来，我心如火，事冷如冰，一气一个死。兄弟，你若早来几时，把这个事托你，替哥哥干去，此时盼奴也可来，你哥哥也不死。如今却已迟了！"言罢，泪如雨下。院判道："哥哥，且请宽心！哥哥千金之躯，还宜调养，望个好日。如何为此闲事，伤了性命？"司户道："兄弟，你也是个中人，怎学别人说淡话？情上的事，各人心知，正是性命所关，岂是闲事！"

可怜。

说到痛切,又发昏上来。

隔不多两日,恍惚见盼奴在眼前,愈加沉重,自知不起。呼院判到床前,嘱付道:"我与盼奴,不比寻常,真是生死交情。今日我为彼而死,死后也还不忘的。我三年以来,共有俸禄余资若干,你与我均匀分作两分。一分是你收了,一分你替我送与盼奴去。盼奴知我既死,必为我守。他有妹小娟。俊雅能吟,盼奴曾托我替他寻人。我想兄弟风流才俊,能了小娟之事。你到京时,可将我言传与他家,他家必然喜纳。你若得了小娟,诚是佳配,不可错过了!一则完了我的念头,所谓志诚真实。一则接了我的瓜葛。此临终之托,千万记取!"院判涕泣领命,司户言毕而逝。院判勾当丧事了毕,带了灵柩归葬临安。一面收拾东西,竟望钱塘进发不题。

亏得是个中人,所以可托。不然,安保不浮沉其余资乎?

却说苏盼奴自从赵司户去后,足不出门,一客不见,只等襄阳来音。岂知来的信,虽有两次,却不曾见干着了当的实事。他又是个女流,急得乱跳也无用,终日盼望纳闷而已。一日,忽有个於潜商人,带着几箱官绢到钱塘来,闻着盼奴之名,定要一见,缠了几番,盼奴只是推病不见。以后果然病得重了,商人只认做推托,心怀愤恨。小娟虽是接待两番,晓得是个不在行的蠢物,也不把眼稍带着他。几番要砑在小娟处宿歇,小娟推道:"姐姐病重,晚间要相伴,伏侍汤药,留客不得。"毕竟缠不上,

所以为小娟。

商人自到别家嫖宿去了。

以后盼奴相思之极，恍恍惚惚。一日忽对小娟道："妹子好住，我如今要去会赵郎了。"小娟只道他要出门，便道："好不远的途程！你如此病体，怎好去得？可不是痴话么？"盼奴道："不是痴话，相会只在霎时间了。"看看声丝气咽，连呼赵郎而死。小娟哭了一回，买棺盛贮，设个灵位，还望乘便捎信赵家去。只见门外两个公人，大剌剌的走将进来，说道府判衙里唤他姊妹去对甚么官绢词讼。小娟不知事由，对公人道："姊姊亡逝已过，见有棺柩灵位在此，我却随上下去回覆就是。"免不得赔酒赔饭，又把使用钱送了公人，分付丫头看家，锁了房门，随着公人到了府前，才晓得於潜客人被同伙首发，将官绢费用宿娼，拿他到官。怀着旧恨，却把盼奴、小娟攀着。小娟好生负屈，只待当官分诉，带到时，府判正赴堂上公宴，没工夫审理。知是钱粮事务，喝令："权且寄监！"可怜：

<blockquote>
粉黛丛中艳质，囹圄队里愁形。
吉凶全然未保，青龙白虎同行。
</blockquote>

不说小娟在牢中受苦，却说赵院判扶了兄柩来到钱塘，安厝已了。奉着遗言，要去寻那苏家。却想道："我又不曾认得他一个，突然走去，那里晓得

祸不单行。

可恨，可恨！妓家最怕此等事。

真情？虽是吾兄为盼奴而死，知他盼奴心事如何？近日行径如何？却便孟浪去打破了？"猛然想道："此间府判，是我宗人，何不托他去唤他到官来，当堂问他明白，自见下落。"一直径到临安府来，与府判相见了，叙寒温毕，即将兄长亡逝已过，所托盼奴、小娟之事，说了一遍，要府判差人去唤他姊妹二人到来。府判道："果然好两个妓女，小可着人去唤来，宗丈自与他说端的罢了。"随即差个祗候人拿根签去唤他姊妹。

〔也是〕

祗候领命去了，须臾来回话道："小人到苏家去，苏盼奴一月前已死，苏小娟见系府狱。"院判、府判俱惊道："何事系狱？"祗候回答道："他家里说为於潜客人诬攀官绢的事。"府判点头道："此事正在我案下。"院判道："看亡兄分上，宗丈看顾他一分则个。"府判道："宗丈且到敝衙一坐，小可叫来问个明白，自有区处。"院判道："亡兄有书札与盼奴，谁知盼奴已死了。亡兄却又把小娟托在小可，要小可图他终身，却是小弟未曾与他一面，不知他心下如何。而今小弟且把一封书打动他，做个媒儿，烦宗丈与小可婉转则个。"府判笑道："这个当得，只是日后不要忘了媒人！"大家笑了一回，请院判到衙中坐了，自己升堂。

〔现在行了。〕

叫人狱中取出小娟来，问道："於潜商人，缺了官绢百匹，招道在你家花费，将何补偿？"小娟道：

卷二十五　赵司户千里遗音　苏小娟一诗正果

"亡姊盼奴在日，曾有个於潜客人来了两番。盼奴因病不曾留他，何曾受他官绢？今姊已亡故无证，所以客人落得诬攀。府判若赐周全开豁，非惟小娟感激，盼奴泉下也得蒙恩了。"府判见他出语婉顺，心下喜他，便问道："你可认得襄阳赵司户么？"小娟道："赵司户未第时，与姊盼奴交好，有婚姻之约，小娟故此相识。以后中了科第，做官去了，屡有书信，未完前愿。盼奴相思，得病而亡，已一月多了。"府判道："可伤！可伤！你不晓得赵司户也去世了？"小娟见说，想着姊姊，不觉凄然吊下泪来道："不敢拜问，不知此信何来？"府判道："司户临死之时，不忘你家盼奴，遣人寄一封书、一匣礼物与他。此外又有司户兄弟赵院判，有一封书与你，你可自开看。"小娟道："自来不认得院判是何人，如何有书？"府判道："你只管拆开，看是甚话，就知分晓。"

小娟领下书来，当堂拆开读着。元来不是甚么书，却是一首七言绝句。诗云：

当时名伎镇东吴，不好黄金只好书。
借问钱塘苏小小，风流还似大苏无？

可想其品。

小娟读罢诗，想道："此诗情意，甚是有情于我。若得他提挈，官事易解。但不知这院判何等人品？看

529

他诗句清俊,且是赵司户的兄弟,多应也是风流人物、多情种子。"心下踌躇,默然不语。府判见他沉吟,便道:"你何不依韵和他一首?"小娟对道:"从来不会做诗。"府判道:"说那里话?有名的苏家姊妹能诗,你如何推托?若不和诗,就要断赔官绢了。"小娟谦词道:"只好押韵献丑,请给纸笔。"府判叫取文房四宝与他。小娟心下道:"正好借此打动他官绢之事。"提起笔来,毫不思索,一挥而就,双手呈上府判。府判读之,诗云:

府判亦个中人。

　　君住襄江妾在吴,无情人寄有情书。
　　当年若也来相访,还有於潜绢也无?

府判读罢,道:"既有风致,又带诙谐玩世的意思,如此女子,岂可使溷于风尘之中?"遂取司户所寄盼奴之物,尽数交与了他,就准他脱了乐籍。官绢着商人自还,小娟无干,释放宁家。小娟既得辨白了官绢一事,又领了若干物件,更兼脱了籍。自想姊姊如此烦难,自身却如此容易,感激无尽,流涕拜谢而去。

妙,妙!

　　府判进衙,会了院判,把适才的说话与和韵的诗,对院判说了,道:"如此女子,真是罕有!小可体贴宗丈之意,不但免他偿绢,已把他脱籍了。"院判大喜,称谢万千,函辞了府判,竟到小娟家来。

　　小娟方才到得家里,见了姊姊灵位,感伤其事,

卷二十五　赵司户千里遗音　苏小娟一诗正果

把司户寄来的东西，一件件摆在灵位前。看过了，哭了一场，收拾了。只听得外面叩门响，叫丫头问明白了开门。丫头问："是那个？"外边答道："是适来寄书赵院判。"小娟听得"赵院判"三字，两步移做了一步，叫丫头急开了门迎接。院判进了门，抬眼看那小娟时，但见：

<small>怕复是商人之类故。</small>

脸际芙蓉掩映，眉间杨柳停匀。若教梦里去行云，管取襄王错认。　殊丽全由带韵，多情正在含颦。司空见惯也销魂，何况风流少俊？

说那院判一见了小娟，真个眼迷心荡，暗道："吾兄所言佳配，诚不虚也！"小娟接入堂中，相见毕。院判笑道："适来和得好诗。"小娟道："若不是院判的大情分，妾身官事何由得解？况且乘此又得脱籍，真莫大之恩，杀身难报。"院判道："自是佳作打动，故此府判十分垂情。况又有亡兄所嘱，非小可一人之力。"小娟垂泪道："可惜令兄这样好人，与妾亡姊真个如胶似漆的，生生的阻隔两处，俱谢世去了。"院判道："令姊是几时没有的？"小娟道："方才一月前某日。"院判吃惊道："家兄也是此日，可见两情不舍，同日归天，也是奇事！"小娟道："怪道姊姊临死，口口说去会赵郎，他两个而今必定做一处了。"院判道："家兄也曾累次打发人进京，当

<small>真是生死情缘。</small>

531

初为何不脱籍,以致阻隔如此?"小娟道:"起初令兄未第,他与亡姊恩爱,已同夫妻一般。未及虑到此地,匆匆过了日子。及到中第,来不及了。虽然打发几次人来,只因姊姊名重,官府不肯放脱。这些人见略有些难处,丢了就走,那管你死活?白白里把两个人的性命误杀了。岂知今日妾身托赖着院判,脱籍如此容易!若是令兄未死,院判早到这里一年半年,连姊姊也超脱去了。"院判道:"前日家兄也如此说,可惜小可浪游薄宦,到家兄衙里迟了,故此无及。这都是他两人数定,不必题了。前日家兄说,令姊曾把娟娘终身的事,托与家兄寻人,这话有的么?"小娟道:"不愿迎新送旧,我姊妹两人同心。故此姊姊以妾身托令兄寻人,实有此话的。"院判道:"亡兄临终把此言对小可说了,又说娟娘许多好处,撺掇小可来会令姊与娟娘,就与娟娘料理其事,故此不远千里到此寻问。不想盼娘过世,娟娘被陷,而今幸得保全了出来,脱了乐籍,已不负亡兄与令姊了。但只是亡兄所言娟娘终身之事,不知小可当得起否?凭娟娘意下裁夺。"小娟道:"院判是贵人,又是恩人,只怕妾身风尘贱质,不敢仰攀。赖得令兄与亡姊一脉,亲上之亲。前日蒙赐佳篇,已知属意;若蒙不弃,敢辞箕帚?"

院判见说得入港,就把行李什物都搬到小娟家来。是夜即与小娟同宿。赵院判在行之人,况且一

※ 旁批:
- 此辈皆宿世冤家。
- 老脸自媒,然亦非无功望报者矣。

个念着亡兄,一个念着亡姊,两个只恨相见之晚,分外亲热。此时小娟既已脱籍,便可自由。他见院判风流蕴藉,一心待嫁他了。只是亡姊灵柩未殡,有此牵带,与院判商量。院判道:"小可也为扶亡兄灵柩至此,殡事未完。而今择个日子,将令姊之柩与亡兄合葬于先茔之侧,完他两人生前之愿,有何不可!"小娟道:"若得如此,亡魂俱称心快意了。"院判一面择日,如言殡葬已毕。就央府判做个主婚,将小娟娶到家里,成其夫妇。

极是,司户所托得人。

是夜小娟梦见司户、盼奴如同平日,坐在一处,对小娟道:"你的终身有托,我两人死亦瞑目。又谢得你夫妻将我两人合葬,今得同栖一处,感恩非浅,我在冥中保佑你两人后福,以报成全之德。"言毕,小娟惊醒。把梦中言语对院判说了。院判明日设祭,到司户坟上致奠。两人感念他生前相托,指引成就之意,俱各恸哭一番而回。此后院判同小娟花朝月夕,赓酬唱和,诗咏成帙。后来生二子,接了书香。小娟直与院判齐白而终。

看官,你道此一事,苏盼奴助了赵司户功名,又为司户而死,这是他自己多情,已不必说。又念着妹子终身之事,毕竟所托得人,成就了他从良。那小娟见赵院判出力救了他,他一心遂不改变,从他到了底。岂非多是好心的伎女?而今人自没主见,不识得人,乱迷乱撞,着了道儿,不要冤枉了这一

家人,一概多似蛇蝎一般的,所以有编成《青泥莲花记》,单说的是好姊妹出处,请有情的自去看。有诗为证:

　　血躯总属有情伦,宁有章台独异人?
　　试看死生心似石,反令交道愧沉沦。

卷二十六 夺风情村妇捐躯
　　　　　假天语幕僚断狱

奉風情村婦捎簡

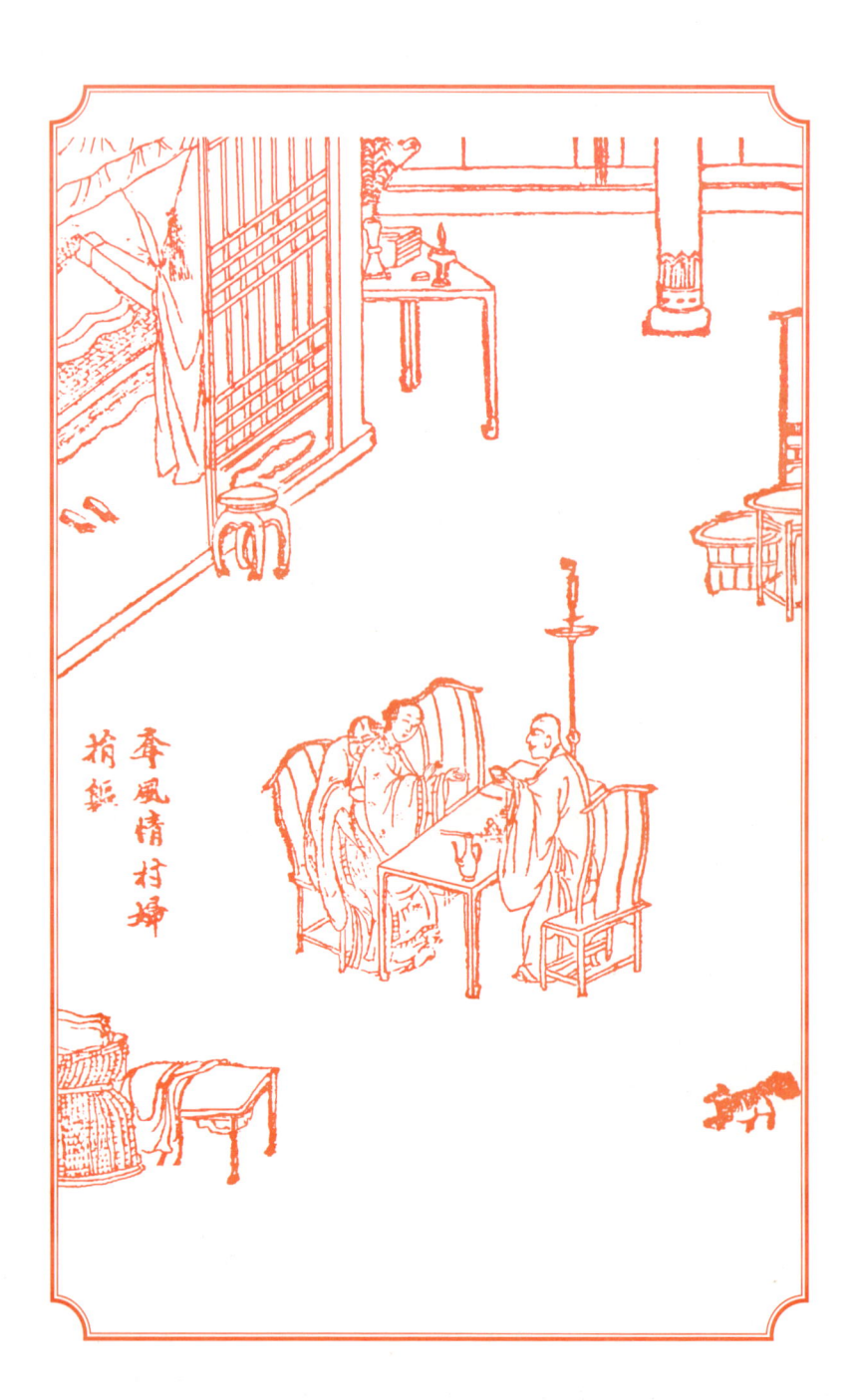

诗云：

美色从来有杀机，况同释子讲于飞。
色中饿鬼真罗刹，血污游魂怎得归？

话说临安有一个举人姓郑，就在本处庆福寺读书。寺中有个西北房，叫做净云房。寺僧广明，做人俊爽风流，好与官员士子每往来。亦且衣钵充牣，家道从容，所以士人每喜与他交游。那郑举人在他寺中最久，与他甚是说得着，情意最密。凡是精致禅室，曲折幽居，广明尽引他游到。只有极深奥的所在一间小房，广明手自锁闭出入，等闲也不开进去，终日是关着的，也不曾有第二个人走得进。虽是郑举人如此相知，无有不到的所在，也不领他进去。郑举人也只道是僧家藏叠资财的去处，大家凑趣，不去窥觑他。一日殿上撞得钟响，不知是什么大官府来到，广明正在这小房中，慌忙趋出山门外迎接去了。郑生独自闲步，偶然到此房前，只见门开在那里。郑生道："这房从来锁着，不曾看见里面。今日为何却不锁？"一步步进房中来，却是地板铺的房，四下一看，不过是摆设得精致，别无甚奇怪珍秘，与人看不得的东西。郑生心下道："这些出家人毕竟心性古撒，此房有何秘密，直得转手关门？"带眼看去，那小床帐钩上吊着一个紫檀的小

既从不看见的，
老成者却宜避嫌。

木鱼,连槌系着,且是精致滑泽。郑生好戏子,除下来,手里捏了看看,有要没紧的,把小槌敲他两下。忽听得床后地板"铛"的一声铜铃响,一扇小地板推起,一个少年美貌妇人钻头出来。见了郑生,吃了一惊,缩了下去。郑生也吃了一惊,仔细看去,却是认得的中表亲戚某氏。元来那个地板,做得巧,合缝处推开来,就当是扇门,关上了,原是地板。里头顶得上,外头开不进。只听木鱼为号,里头铃声相应,便出来了。里头是个地窖,别开窗牖,有暗弄地道,到灶下通饮食,就是神仙也不知道的。郑生看见了道:"怪道贼秃关门得紧,元来有此缘故。我却不该撞破了他,未必无祸。"心下慌张,急挂木鱼在原处了,疾忙走出来,劈面与广明撞着。广明见房门失锁,已自心惊;又见郑生有些仓惶气质,面上颜色红紫,再眼瞟去,小木鱼还在帐钩上摇动未定,晓得事体露了。问郑生道:"适才何所见?"郑生道:"不见什么。"广明道:"便就房里坐坐何妨!"挽着郑生手进房,就把门闩了,床头掣出一把刀来道:"小僧虽与足下相厚,今日之事,势不两立。不可使吾事败,死在别人手里。只是足下自己晦气到了,错进此房,急急自裁,休得怨我!"郑生哭道:"我不幸自落火坑,晓得你们不肯舍我,我也逃不得死了。只是容我吃一大醉,你断我头去,庶几醉后无知,不觉痛苦。我与你往来多时,也须

狠甚。

怜我。"广明也念平日相好的，说得可怜，只得依从，反锁郑生在里头了。带了刀走去厨下，取了一大锡壶酒来，就把大碗来灌郑生。郑生道："寡酒难吃，须赐我盐菜少许。"广明又依他到厨下去取菜了。

郑生寻思走脱无路，要寻一件物事暗算他。房中多是轻巧物件，并无砖石棍棒之类。见酒壶罍巨，便心生一计，扯下一幅衫子，急把壶口塞得紧紧的，连酒连壶，约有五六斤重了。一手提着，站在门背后。只见广明搪门进来，郑生估着光头，把这壶尽着力一下打去。广明打得头昏眼暗，急伸手摸头时，郑生又是两三下，打着脑袋，扑的晕倒。郑生索性把酒壶在广明头上似砧杵捶衣一般，连打数十下，脑浆迸出而死，眼见得不活了。

郑生反锁僧尸在房内，走将出来，外边未有人知觉。忙到县官处说了，县官差了公人，又添差兵快，急到寺中，把这本房围住。打进房中，见一个僧人脑破血流，死于地下，搜不出妇女来。只见郑生嘻嘻笑道："我有一法，包得就见。"伸手去帐钩上取了木鱼敲得两下，果然一声铃响，地板顶将起来，一个妇女钻出。公人看见，发一声喊，抢住地板，那妇人缩进不迭。一伙公人打将进去，元来是一间地窖子，四围磨砖砌着，又有周围栅栏，一面开窗，对着石壁天井，乃是人迹不到之所。有五六个妇人在内，一个个领了出来，问其来历，多是乡村人家

_{人极智生。}

_{有用之才。}

拐将来的。郑生的中表，乃是烧香求子被他灌醉了轿夫，溜了进去的。家里告了状，两个轿夫还在狱中。这个广明既有世情，又无踪迹，所以累他不着，谁知正在他处！县官把这一房僧众尽行屠戮了。

看官，你道这些僧家受用了十方施主的东西，不忧吃，不忧穿，收拾了干净房室、精致被窝，眠在床里没事得做，只想得是这件事体。虽然有个把行童解馋，俗语道"吃杀馒头当不得饭"，亦且这些妇女们，偏要在寺里来烧香拜佛，时常在他们眼前，晃来晃去。看见了美貌的，叫他静夜里怎么不想？所以千方百计弄出那奸淫事体来。只这般奸淫，已是罪不容诛了。况且不毒不秃，不秃不毒，转毒转秃，转秃转毒，为那色事上专要性命相搏、杀人放火的。就是小子方才说这临安僧人，既与郑举人是相厚的，就被他看见了破绽，只消求告他，买嘱他，要他不泄漏罢了，何至就动了杀心，反丧了自己？这须是天理难容处，要见这些和尚狠得没道理的。而今再讲一个狠得咤异的，来与看官们听着。有诗为证：

奸杀本相寻，其中妒更深。
若非男色败，何以警邪淫？

话说四川成都府汶川县有一个庄农人家，姓井

妇女宜听。

名庆。有妻杜氏,生得有些姿色,颇慕风情,嫌着丈夫粗蠢,不甚相投,每日寻是寻非的激聒。一日,也为有两句口面,走到娘家去,住了十来日。大家厮劝,气平了,仍旧转回夫家来。两家隔不上三里多路,杜氏长独自个来去惯了的。也是合当有事,正行之间,遇着大雨下来,身边并无雨具,又在荒野之中,没法躲避。远远听得铃声响,从小径里望去,有所寺院在那里。杜氏只得冒着雨,迂道走去避着,要等雨住再走。

> 便有死道。

那个寺院叫做太平禅寺,是个荒僻去处。寺中共有十来个僧人,门首一房,师徒三众。那一个老的,叫做大觉,是他掌家。一个后生的徒弟,叫做智圆,生得眉清目秀,风情可喜,是那老和尚心头的肉。又有一个小沙弥,叫做慧观,只有十一二岁。这个大觉年有五十七八岁,却是极淫毒的心性,不异少年,夜夜搂着这智圆做一床睡了。两个说着妇人家滋味,好生动兴,就弄那话儿消遣一番,淫亵不可名状。是日师徒正在门首闲站,忽见个美貌妇人走进来避雨。正似老鼠走到猫口边,怎不动火?老和尚看见了,丢眼色对智圆道:"观音菩萨进门了,好生迎接着。"智圆头颠尾颠,走上前来问杜氏道:"小娘子,敢是避雨的么?"杜氏道:"正是,路上逢雨,借这里避避则个。"智圆嘻着脸笑道:"这雨还有好一会下,这里没好坐处,站着不雅,请到小房坐了，奉杯清茶。等雨住了走路，何如？"那妇人家若是个正气的，由他自说，你只外边站站，等雨过了走路便罢。那僧房里好是轻易走得进的？谁知那杜氏是个爱风月的人，见小和尚生得青头白脸，语言聪俊，心里先有几分看上了。暗道："总是雨大，在此闲站，便依他进去坐坐也不妨事。"就一步步随了进来。

那老和尚见妇人挪动了脚，连忙先走进去，开了卧房等候。小和尚陪了杜氏，你看我，我看你，同走了进门。到得里头坐下了，小沙弥掇了茶盘送茶。智圆拣个好磁碗，把袖子展一展，亲手来递与杜氏。杜氏连忙把手接了，看了智圆丰度，越觉得可爱，偷眼觑着，有些魂出了，把茶侧翻了一袖。智圆道："小娘子茶泼湿了衣袖，到房里薰笼上烘烘。"杜氏见要他房里去，心里已瞧科了八九分，怎当得是要在里头的，并不推阻，反问他那个房里是。智圆领到师父房前，晓得师父在里头等着，要让师父，不敢抢先。见杜氏进了门里，指着薰笼道："这个上边烘烘就是，有火在里头的。"却把身子倒退了出来。

杜氏见他不进来，心里不解，想道："想是他未敢轻动手。"正待将袖子去薰笼上烘，只见床背后一个老和尚，扑地跳出来，一把抱住。杜氏杀猪也似叫将起来。老和尚道："这里无人，叫也没干。谁教你走到我房里来？"杜氏却待奔脱，外边小和尚

老僧便有极态。

凑趣，已把门拽上了。老和尚擒住了杜氏身子，将阳物隔着衣服只是乱送。杜氏虽推拒了一番，不觉也有些兴动，问道："适才小师父那里去了？却换了你？"老和尚道："你动火我的徒弟么？这是我心爱的人儿，你作成我完了事，我叫他与你快活。"杜氏心里道："我本看上他小和尚，谁知被这老厌物缠着。虽然如此，到这地位，料应脱不得手，不如先打发了他，他徒弟少不得有分的了。"只得勉强顺着。老和尚搂到床上，行起云雨来：

极态。

一个欲动情浓，仓忙唐突；一个心慵意懒，勉强应承。一个相会有缘，吃了自来之食；一个偶逢无意，栽着无主之花。喉急的浑如那扇火的风箱，体懒的只当得盛血的皮袋。虽然卤莽无些趣，也算依稀一度春。

那老和尚淫兴虽高，精力不济，起初搂抱推拒时，已此有好些流精淌出来，及至干事不多一会，就弄倒了。杜氏本等不耐烦的，又见他如此光景，未免有些不足之意。一头走起来系裙，一头怨怅道："如此没用的老东西，也来厌世，死活缠人做甚么？"老和尚晓得扫了兴，自觉没趣，急叫徒弟把门开了。

门开处，智圆迎着，问师父道："意兴如何？"老和尚道："好个知味的人，可惜今日本事不帮衬，弄得出了丑。"智圆道："等我来助兴。"急跑进房，把门掩了，回身来抱着杜氏道："我的亲亲，你被老头儿缠坏了。"杜氏道："多是你哄我进房，却叫这厌物来摆布我！"智圆道："他是我师父，没奈何，而今等我赔礼罢。"一把搂着，就要床上去。杜氏刚被老和尚一出完得，也觉没趣，拿个班道："那里有这样没廉耻的？师徒两个，轮替缠人！"智圆道："师父是冲头阵垫刀头的，我与娘子须是年貌相当，不可错过了姻缘！"扑的跪将下去。杜氏扶起道："我怪你让那老物，先将人冥落，故如此说。其实我心上也爱你的。"智圆就势抱住，亲了个嘴。挽到床上，弄将起来。这却与先前的情趣大不相同：

一个身逢美色，犹如饿虎吞羊；一个心慕少年，好似渴龙得水。庄家妇，性情淫荡，本自爱耍贪欢；空门人，手段高强，正是能征惯战。籴的籴，粜的粜，没一个肯将就伏输；往的往，来的来，都一般愿辛勤出力。虽然老和尚先开方便之门，争似小阇黎漫领菩提之水！

说这小和尚正是后生之年，阳道壮伟，精神旺相，亦且杜氏见他标致，你贪我爱，一直弄了一个多时辰，方才歇手，弄得杜氏心满意足。杜氏道："一向闻得僧家好本事，若如方才老厌物，羞死了

所以肯入寺。

人。元来你如此着人,我今夜在此与你睡了罢。"智圆道:"多蒙小娘子不弃,不知小娘子何等人家,可是住在此不妨的?"杜氏道:"奴家姓杜,在井家做媳妇,家里近在此间。只因前日与丈夫有两句说话,跑到娘家这几日,方才独自个回转家去。遇着雨走进来避,撞着你这冤家的。我家未知道我回,与娘家又不打照会,便私下住在此两日,无人知觉。"智圆道:"如此却侥幸,且图与娘子做个通宵之乐。只是师父要做一床。"杜氏道:"我不要这老厌物来。"智圆道:"一家是他做主,须却不得他,将就打发他罢了。"杜氏道:"羞人答答的,怎好三人在一块做事?"智圆道:"老和尚是个骚头,本事不济,南北齐来,或是你,或是我,做一遭不着,结识了他,他就没用了。我与你自在快活,不要管他。"

两人说得着,只管说了去,怎当得老和尚站在门外,听见床响了半日,已自恨着自己忒快,不曾插得十分趣,倒让他们恣意去了,好些妒忌。等得不耐烦,再不出来,忍不住开房进去。只见两个紧紧搂抱,舌头还在口里,老和尚便有些怒意。暗想道:"方才待我怎肯如此亲热?"就不觉拈酸起来,嚷道:"得了些滋味,也该商量个长便。青天白日,没廉没耻的,只顾关着门睡甚么?"智圆见师父发话,笑道:"好教师父得知,这滋味长哩。"老和尚道:"怎见得?"智圆道:"那娘子今晚不去了。"老和尚放下笑脸道："我们也不肯放他就去。"智圆道："我们强主张不放，须防干系。而今是这娘子自家主意，说道可以住得的，我们就放心得下了。"老和尚道："这小娘子何宅？"智圆把方才杜氏的言语，述了一遍。老和尚大喜，急整夜饭，摆在房中，三人共桌而食。杜氏不十分吃酒，老和尚劝他，只是推故。智圆斟来，却又吃了。坐间眉来眼去，与智圆甚是肉麻。老和尚硬挨光，说得句把风话，没着没落的，冷淡的当不得。老和尚也有些看得出，却如狗舔热煎盘，恋着不放。夜饭撤去，毕竟赖着三人一床睡了。到得床里，杜氏与小和尚先自搂得紧紧的，不管那老和尚。老和尚刚是日里弄得过，那话软郎当，也没力量再举。意思便等他们弄一火看看，发了自己的兴再处。果然他两个击击格格弄将起来，极得老和尚在旁边东呜一口，西咂一口，左勾一勾，右抱一抱，一手捏着自己的阳物摩弄，又将手去摸他两个斗笋处。觉得有些兴动了，半硬起来，就要推开了小和尚，自家上场。那小和尚正在兴头上，那里肯放？杜氏又双手抱住，推不开来。小和尚叫道："师父，我住不得手了，你十分高兴，倒在我背后，做个天机自动罢。"老和尚道："使不得！野味不吃吃家食。"咬咬揸揸，缠帐不住，小和尚只得爬了下来让他。杜氏心下好些不像意，那有好气待他！任他抽了两抽，杜氏带恨的撇了两撇。

杜氏乡妇真率，不能假意周旋，自摄其祸。

真厌物。

那老和尚是极坏了的,忍不住一泄如注,早已气喘声嘶不济事了。杜氏冷笑道:"何苦呢!"老和尚羞惭无地,不敢则声。寂寂向了里床,让他两个再整旗枪,恣意交战。两人多是少年,无休无歇的,略略睡睡又弄起来。老和尚只好咽唾,蛊毒魇魅的,做尽了无数的厌景。

　　天明了,杜氏起来梳洗罢,对智圆道:"我今日去休。"智圆道:"娘子昨日说多住几日不妨的。况且此地僻静,料无人知觉,我你方得欢会,正在好头上,怎舍得就去,说出这话来?"杜氏悄悄说道:"非是我舍得你去,只是吃老头子缠得苦。你若要我住在此,我须与你两个自做一床睡,离了他才使得。"智圆道:"师父怎么肯?"杜氏道:"若不肯时,我也不住在此。"智圆没奈何,只得走去对师父说道:"那杜娘子要去,怎么好?"老和尚道:"我看他和你好得紧,如何要去?"智圆道:"他须是良人家出身,有些羞耻,不肯三人同床,故此要去。依我愚见,不若等我另铺下一床,在对过房里,与他两个同睡晚把,哄住了他,师父乘空便中取事。等他熟分了,然后团做一块不迟。不然逆了他性,他走了去,大家多没分了。"老和尚听说罢,想着:"夜间三人一床,枉动了许多火,讨了许多厌,不见快活;又恐怕他去了,连寡趣多没绰处,不如便等他们背后去做事,有时我要他房里来独享一夜也好,何苦在旁边惹厌?"便对智圆道:"就依你所见也好。只要留得他住,毕竟大家有些滋味。况且你是我的心,替你好了,也是好的。"老和尚口里如此说,心里原有许多醋意,只得且如此许了他,慢慢再看。智圆把铺房另睡的话,回了杜氏。杜氏千欢万喜住下了,只等夜来欢乐。

到了晚间，老和尚叫智圆分付道："今夜我养养精神，让你两个去快活一夜，须把好话哄住了他，明日却要让我。"智圆道："这个自然，今夜若不是我伴住他，只如昨夜混搅，大家不爽利，留他不住的。等我团熟了他，牵与师父，包你像意。"老和尚道："这才是知心着意的肉。"智圆自去与杜氏关了房睡了。此夜自由自在，无拘无束，快活不尽。

却说那老和尚一时怕妇人去了，只得依了徒弟的言语，是夜独自个在房里，不但没有了妇人，反去了个徒弟，弄得孤眠独宿了，好些不像意。又且想着他两个此时快乐，一发睡不去了。倒枕搥床了一夜，次日起来，对智圆道："你们好快活！撇得我清冷。"智圆道："要他安心留住，只得如此。"老和尚道："今夜须等我像心像意一晚。"

到得晚间，智圆不敢逆师父，劝杜氏到师父房中去。杜氏死也不肯，道："我是替你说过了，方住在此的。如何又要我去陪这老厌物？"智圆道："他须是吾主家的师父。"杜氏道："我又不是你师父讨的，我怕他做甚！逼我紧，我连夜走了家去。"智圆晓得他不肯去，对师父道："他毕竟有些害羞，不肯来，师父你到他房里去罢。"老和尚依言，摸将进去。杜氏先自睡好了，只待等智圆来干事。不晓得是老和尚走来，跳上床去，杜氏只道是智圆，一把抱来亲个嘴，老和尚骨头都酥了。直等做起事来，杜氏才晓得不是了，骂道："又是你这老厌物，只管缠我做甚么？"老和尚不揣，恨命价弄送抽拽，只指望讨他的好处，不想用力太猛，忍不住呼呼气喘将来。杜氏方得他抽拽一番，正略觉有些兴动，只见已是收兵锣光景，晓得阳精将泄，一场扫兴，把自家身子一歪，

卷二十六　夺风情村妇捐躯　假天语幕僚断狱

将他尽力一推,推下床来。那老和尚的阳精不曾泄　原毒。
得在里头,粘粘涎涎,都弄在床沿上与自己腿上了。
老和尚地上爬起来,心里道:"这婆娘如此狠毒!"
狠狠地走了自房里去。智圆见师父已出来了,然后
自己进去补空。杜氏正被老和尚引起了兴头没收场
的,却得智圆来,正好解渴。两个不及讲话,搂着
就弄,好不热闹。只有老和尚到房中气还未平,想
道:"我出来了,他们又自快活,且去听他一番。"
走到房前,只听得山摇地动的,在床里淫戏。摩拳
擦掌的道:"这婆娘直如此分厚薄?你便多少分些
情趣与我,也图得大家受用。只如此让了你两个罢。
明日拼得个大家没帐!"闷闷的自去睡了。

　　一觉睡到天明起来,觉得阳物茎中有些作痒,
又有些梗痛,走去撒尿,点点滴滴的,元来昨夜被
杜氏推落身子,阳精泄得不畅,弄做了个白浊之病。
一发恨道:"受这歹婆娘这样累!"及至杜氏起来
了,老和尚还皮着脸撩拨他几句。杜氏一句话也不
来招揽,老大没趣。又见他与智圆交头接耳,嘻嘻
哈哈,心怀忿毒。到得夜来,智圆对杜氏道:"省得
老和尚又来歪厮缠,等我先去弄倒了他。"杜氏道:
"你快去,我睡着等你。"智圆走到老和尚房中,装
出平日的媚态,说道:"我两夜抛撇了师父,心里过
意不去,今夜同你睡休。"老和尚道:"见放着雌儿
在家里,却自寻家常饭吃!你好好去叫他来相伴我

549

一夜。"智圆道："我叫他不肯来，除非师父自去求他。"老和尚发狠道："我今夜不怕他不来！"一直的走到厨下，拿了一把厨刀走进杜氏房来道："看他若再不知好歹，我结果了他！"

杜氏见智圆去了好一会，一定把师父安顿过。听得床前脚步响，只道他来了，口里叫道："我的哥，快来关门罢！我只怕老厌物又来缠。"老和尚听得明白，真个怒从心上起，恶向胆边生，厉声道："老厌物今夜偏要你去睡一觉！"就把一只手去床上拖他下来。杜氏见他来的狠，便道："怎地如此用强？我偏不随你去！"吊住床楞，恨命挣住。老和尚力拖不休。杜氏喊道："杀了我，我也不去！"老和尚大怒道："真个不去，吃我一刀，大家没得弄！"按住脖子一勒，老和尚是性发的人，使得力重，早把咽喉勒断。杜氏跳得两跳，已此呜呼了。

智圆自师父出了房门，且眠在床里等师父消息。只听得对过房里叫喊罢，就劈扑的响，心里疑心，跑出看时，正撞着老和尚拿了把刀，房里出来。看见智圆，便道："那鸟婆娘可恨！我已杀了。"智圆吃了一惊道："师父当真做出来？"老和尚道："不当真？只让你快活！"智圆移个火，进房一看，只叫得苦，道："师父直如此下得手！"老和尚道："那鸟婆娘嫌我，我一时性发了。你不要怪我，而今事已如此，不必迟疑，且并叠过了。明日另弄个好的

_{智圆亦危。}

来与你快活便是。"智圆苦在肚里,说不出,只得随了老和尚,拿着锹镢,背到后园中埋下了。智圆暗地垂泪道:"早知这等,便放他回去了也罢,直恁地害了他性命!"老和尚又怕智圆烦恼,越越的撺哄他欢喜,瞒得水泄不通。只有小沙弥怪道不见了这妇人,却是娃子家不来跟究,以此无人知道,不题。

却说杜氏家里见女儿回去了两三日,不知与丈夫和睦未曾,[与和尚和睦了。]叫个人去望望。那井家正叫人来杜家接着,两下里都问个空。井家又道:"杜家因夫妻不睦,将来别嫁了。"杜家又道:"井家夫妻不睦,定然暗算了。"两边你赖我,我赖你,争个不清,各写一状,告到县里。

县里此时缺大尹,却是一个都司断事在那里署印。这个断事,姓林名大合,是个福建人,虽然太学出身,却是吏才敏捷,见事精明。提取两家人犯审问。那井庆道:"小的妻子向来与小的争竞口舌,别气归家的。丈人欺心,藏过了,不肯还了小的,须有王法。"杜老道:"专为他夫妻两个不和,归家几日。三日前老夫妻已相劝他,气平了,打发他到夫家去。又不知怎地相争,将来磨灭死了,反来相赖。望青天做主。"言罢,泪如雨下。

林断事看那井庆是个朴野之人,不像恶人,便问道:"儿女夫妻,为甚么不和?"井庆道:"别无甚差池,只是平日嫌小的粗卤,不是他对头,所以寻非闹吵。"断事问道:"你妻子生得如何?"井庆道:"也有几分颜色的。"断事点头,叫杜老问道:"你女儿心嫌错了配头,鄙薄其夫。你父母之情,未免护短,敢是赖着另要嫁人,这样事也有。"杜老道:"小的家里与女婿家,差不多路,早晚婚嫁之事,瞒得那个?难道小的藏了女儿,舍得私下断送在他乡外府，再不往来不成？是必有个人家，人人晓得的。这样事怎么做得？小的藏他何干？自然是他家摆布死了，所以无影无踪。"林断事想了一回道："都不是这般说，必是一边归来，两不照会，遇不着好人，中途差池了。且各召保听候缉访。"遂出了一纸广缉的牌，分付公人，四下探访。过了多时，不见影响。

却说那县里有一门子，姓俞，年方弱冠，姿容娇媚，心性聪明。元来这家男风是福建人的性命，林断事喜欢他，自不必说。这门子未免恃着爱宠，做件把不法之事。一日当堂犯了出来，林断事虽然要护他，公道上却去不得。便思量一个计较周全他，等他好将功折罪。密叫他到衙中，分付道："你罪本当革役，我若轻恕了你，须被衙门中谈议。我而今只得把你革了名，贴出墙上，塞了众人之口。"门子见说要革他名字，叩头不已，情愿领责。断事道："不是这话，我有周全你处。那井、杜两家不见妇人的事，其间必有缘故。你只做得罪于我，逃出去替我密访。在两家相去的中间路里，不分乡村市井，道院僧房，俱要走到，必有下落。你若访得出来，我不但许你复役，且有重赏。那时别人就议论我不得了。"

门子不得已领命而去。果然东奔西撞，无处不去探听。他是个小厮家，就到人家去处绰着嘴闲话，带着眼瞧科，人都不十分疑心的。却不见甚么消息。一日有一伙闲汉，聚坐闲谈，门子挨去听着。内中

〔怕公道上去不得的，即是好官。〕

一个抬眼看见了,魆魆对众人道:"好个小官儿!"又一个道:"这里太平寺中有个小和尚,还标致得紧哩。可恨那老和尚,又骚又吃醋,极不长进。"门子听得,只做不知,洋洋的走了开来。想道:"怎么样的一个小和尚,这等赞他?我便去寻他看看,有何不可?"元来门子是行中之人,风月心性。见说小和尚标致,心里就有些动兴,问着太平寺的路走来。进得山门,看见一个僧房门槛上坐着一个小和尚,果然清秀异常。心里道:"这个想是了。"那小和尚见个美貌小厮来到,也就起心,立起身来迎接道:"小哥何来?"门子道:"闲着进寺来顽耍。"小和尚殷勤请进奉茶,门子也贪着小和尚标致,欢欢喜喜随了进去。老和尚在里头看见徒弟引得个小伙子进来,道:"是个道地货来了。"笑逐颜开,来问他姓名居址。门子道:"我原是衙中门官,为了些事逐了出来。今无处栖身,故此游来游去。"老和尚见说大喜,说道:"小房尽可住得,便宽留几日不妨。"便同徒弟留茶留酒,着意殷勤。老僧趁着两杯酒兴,便溜他进房,褪下裤儿,行了一度。门子是个惯家,就是老僧也承受了,不比那庄家妇女,见人不多,嫌好道歉的。老和尚喜之不胜。看官听说:元来是本事不济的,专好男风。你道为甚么?男风勉强做事,受淫的没甚大趣,软硬迟速,一随着你,图个完事罢了,所以好打发。不像妇女,彼此兴高,

接缝甚妙!

透彻之极。

若不满意,半途而废,没些收场,要发起极来的。故此支吾不过,不如男风自得其乐。这番老和尚算是得趣的了。事毕,智圆来对师父说:"这小哥是我引进来的,到让你得了先头,晚间须与我同榻。"老和尚笑道:"应得,应得。"那门子也要在里头的,晚间果与智圆宿了。有诗为证:

少年彼此不相饶,我后伊先递自熬。
虽是智圆先到手,劝酬毕竟也还遭。

说这两个都是美少,各干一遭已毕,搂抱而睡。第二日,老和尚只管来绰趣,又要缠他到房里干事。智圆经过了前边的毒,这番倒有些吃醋起来,道:"天理人心,这个小哥该让与我,不该又来抢我的。"老和尚道:"怎见得?"智圆道:"你终日把我泄火,我须没讨还伴处,忍得不好过。前日这个头脑,正有些好处,又被你乱吵,弄断绝了。而今我引得这小哥来,明该让我与他乐乐,不为过分。"老和尚见他说得倔强,心下好些着恼,又不敢冲撞他,嘴骨都的,彼此不快活。那门子是有心的,晚间兑得高兴时,问智圆道:"你日间说前日甚么头脑,弄断绝了?"智圆正在乐头上,不觉说道:"前日有个邻居妇女,被我们留住,大家耍耍罢了。且是弄得兴头,不匡老无知,见他与我相好,只管吃醋拈酸,搅得没收场。至今想来可惜。"门子道:"而今这妇女那里去了?何不再寻将他来走走?"智圆叹个气道:"还再那里寻处?"门子见说得有些缘故,还要探他备细。智圆却再不把以后的话漏出来,门子没计奈何。

明日，见小沙弥在没人处，轻轻问他道："你这门中前日有个妇女来？"小沙弥道："有一个。"门子道："在此几日？"小沙弥道："不多几日。"门子道："而今那里去了？"小沙弥道："不曾那里去，便是这样一夜不见了。"门子道："在这里这几日，做些甚么？"小沙弥道："不晓得做些甚么。只见老师父与小师父，搅来搅去了两夜，后来不见了。两个常自激激聒聒的一番，我也不知一个清头。"门子虽不曾问得根由，却想得是这件来历了。只做无心的走来，对他师徒二人道："我在此两日了，今日外边去走走再来。"老和尚道："是必再来，不要便自去了。"智圆调个眼色，笑嘻嘻的道："他自不去的，掉得你下，须掉我不下。"门子也与智圆调个眼色道："我就来的。"门子出得寺门，一径的来见林公，把智圆与小沙弥话，备细述了一遍。林公点头道："是了，是了。只是这样看起来，那妇人必死于恶僧之手了。不然，三日之后既不见在寺中了，怎不到他家里来？却又到那里去？以致争讼半年，尚无影踪。"分付门子不要把言语说开了。

明日起早，率了随从人等，打桥竟至寺中。分付头踏先来报道："林爷做了甚么梦，要来寺中烧香。"寺中纠了合寺众僧，都来迎接。林公下轿拜神焚香已毕。主持送茶过了，众僧正分立两旁。只见林公走下殿阶来，仰面对天看着，却像听甚说话的。看了一回，忽对着空中打个躬道："臣晓得这事了。"再仰面上去，又打一躬道："臣晓得这个人了。"急走进殿上来，喝一声："皂隶那里？快与我拿杀人贼！"众皂隶吆喝一声，答应了。林公偷眼看去，众僧虽然有些惊异，却只恭敬端立，不见慌张。其中独有一个半老的，面如土色，牙关寒战。林公把手指定，叫皂隶捆将起来。对众僧道:"你们见么?上天对我说道:'杀井家妇人杜氏的,是这个大觉。'快从实招来!"众僧都不知详悉,却疑道:"这老爷不曾到寺中来,如何晓得他叫大觉?分明是上天说话,是真了。"却不晓得尽是门子先问明了去报的。

那老和尚出于突然,不曾打点,又道是上天显应,先吓软了,那里还遮饰得来?只是叩头,说不出一句。林公叫取夹棍夹起,果然招出前情:是长是短,为与智圆同奸,争风致杀。林公又把智圆夹起,那小和尚柔脆,一发禁不得,套上未收,满口招承:"是师父杀的,尸见埋后园里。"林公叫皂隶押了二僧到园中。掘下去,果然一个妇人项下勒断,血迹满身。林公喝叫带了二僧到县里来,取了供案。大觉因奸杀人,问成死罪。智圆同奸不首,问徒三年,满日还俗当差。随唤井杜两家进来认尸领埋,方才两家疑事得解。

林公重赏了俞门子,准其复役。合县颂林公神明,恨和尚淫恶。后来上司详允,秋后处决了,人人称快。都传说林公精明,能通天上,辨出无头公事,至今蜀中以为美谈。有诗为证:

庄家妇拣汉太分明,色中鬼争风忒没情。
舍得去后庭俞门子,妆得来鬼脸林县君。

卷二十七

顾阿秀喜舍檀那物
崔俊臣巧会芙蓉屏

崔俊臣巧會
芙蓉屏

卷二十七　顾阿秀喜舍檀那物　崔俊臣巧会芙蓉屏

诗曰：

夫妻本是同林鸟，大限来时各自飞。
若是遗珠还合浦，却教拂拭更生辉。

话说宋朝汴梁有个王从事，同了夫人到临安调官。赁一民房，居住数日，嫌他窄小不便。王公自到大街坊上寻得一所宅子，宽敞洁净，甚是像意，当把房钱赁下了。归来与夫人说："房子甚是好住，我明日先搬东西去了，临完，我雇轿来接你。"次日并叠箱笼，结束齐备，王公押了行李先去收拾。临出门，又对夫人道："我先去，你在此等等，轿到便来就是。"王公分付罢，到新居安顿了。就叫一乘轿到旧寓接夫人。轿已去久，竟不见到。王公等得心焦，重到旧寓来问。旧寓人道："官人去不多时，就有一乘轿来接夫人，夫人已上轿去了。后边又是一乘轿来接，我回他夫人已有轿去了，那两个就打了空轿回去。怎么还未到？"王公大惊，转到新寓来看。只见两个轿夫来讨钱道："我等打轿去接夫人，夫人已先来了。我等虽不抬得，却要赁轿钱与脚步钱。"王公道："我叫的是你们的轿，如何又有甚人的轿先去接着？而今竟不知抬向那里去了。"轿夫道："这个我们却不知道。"王公将就拿几十钱打发了去，心下好生无主，暴躁如雷，没个出豁处。

夫人亦剪却络乎？

次日到临安府进了状，拿得旧主人来，只如昨说，并无异词。问他邻舍，多见是上轿去的。又拿后边两个轿夫来问，说道："只打得空轿往回一番，地方街上人多看见的，并不知余情。"临安府也没奈何，只得行个缉捕文书，访拿先前的两个轿夫。却又不知姓名住址，有影无踪，海中捞月，眼见得一个夫人送在别处去了。王公凄凄惶惶，苦痛不已。自此失了夫人，也不再娶。

五年之后，选了衢州教授。衢州首县是西安县附郭的，那县宰与王教授时相往来。县宰请王教授衙中饮酒，吃到中间，嘎饭中拿出鳖来。王教授吃了两箸，便停了箸，哽哽咽咽，眼泪如珠，落将下来。县宰惊问缘故，王教授道："此味颇似亡妻所烹调，故此伤感。"县宰道："尊阃夫人，几时亡故？"王教授道："索性亡故，也是天命。只因在临安移寓，相约命轿相接，不知是甚奸人，先把轿来骗，拙妻错认是家里轿，上的去了。当时告了状，至今未有下落。"县宰色变了道："小弟的小妾，正是在临安用三十万钱娶的外方人。适才叫他治庖，这鳖是他烹煮的。其中有些怪异了。"登时起身，进来问妾道："你是外方人，如何却在临安嫁得在此？"妾垂泪道："妾身自有丈夫，被奸人赚来卖了，恐怕出丈夫的丑，故此不敢声言。"县宰问道："丈夫何姓？"妾道："姓王名某，是临安听调的从事官。"县宰大

鳖作因缘。

惊失色，走出对王教授道："略请先生移步到里边，有一个人要奉见。"王教授随了进去。县宰声唤处，只见一个妇人走将出来。教授一认，正是失去的夫人。两下抱头大哭。王教授问道："你何得在此？"夫人道："你那夜晚间说话时，民居浅陋，想当夜就有人听得把轿相接的说话。只见你去不多时，就有轿来接。我只道是你差来的，即便收拾上轿去。却不知把我抬到一个甚么去处，乃是一个空房。有三两个妇女在内，（还好）一同锁闭了一夜。明日把我卖在官船上。明知被赚，我恐怕你是调官的人，说出真情，添你羞耻，只得含羞忍耐，直至今日。不期在此相会。"那县官好生过意不去，传出外厢，忙唤值日轿夫将夫人送到王教授衙里。王教授要赔还三十万原身钱，（不堪再费）县宰道："以同官之妻为妾，不曾察听得备细。恕不罪责，勾了，还敢说原钱耶？"教授称谢而归，夫妻欢会，感激县宰不尽。

元来临安的光棍，欺王公远方人，是夜听得了说话，即起谋心，拐他卖到官船上。又是到任去的，他州外府，道是再无有撞着的事了。谁知恰恰选在衢州，以致夫妻两个失散了五年，重得在他方相会。也是天缘未断，故得如此。却有一件：破镜重圆，离而复合，固是好事，这美中有不足处。那王夫人虽是所遭不幸，却与人为妾，已失了身，又不曾查得奸人跟脚出，报得冤仇，不如《崔俊臣芙蓉

旁批：
此妇恁愤愤，所以有此。
三十万钱作缠头矣。

屏》故事，又全了节操，又报了冤仇，又重会了夫妻，这个话本好听。看官，容小子慢慢敷演，先听《芙蓉屏歌》一篇，略见大意。歌云：

画芙蓉，妾忍题屏风，屏间血泪如花红。败叶枯梢两萧索，断缣遗墨俱零落。去水奔流隔死生，孤身只影成漂泊。成漂泊，残骸向谁托？泉下游魂竟不归，图中艳姿浑似昨。浑似昨，妾心伤，那禁秋雨复秋霜！宁肯江湖逐舟子，甘从宝地礼医王。医王本慈悯，慈悯超群品。逝魄愿提撕，茕嫠赖将引。芙蓉颜色娇，夫婿手亲描。花萎因折蒂，干死为伤苗。蕊干心尚苦，根朽恨难消！但道章台泣韩翃，岂期甲帐遇文箫？芙蓉良有意，芙蓉不可弃。幸得宝月再团圆，相亲相爱莫相捐！谁能听我芙蓉篇？人间夫妇休反目，看此芙蓉真可怜！

<small>歌意未尽。</small>

这篇歌，是元朝至正年间真州才士陆仲旸所作。你道他为何作此歌？只因当时本州有个官人，姓崔名英，字俊臣，家道富厚，自幼聪明，写字作画，工绝一时。娶妻王氏，少年美貌，读书识字，写染皆通。夫妻两个，真是才子佳人，一双两好，无不斯称，恩爱异常。是年辛卯，俊臣以父荫得官，补浙江温州永嘉县尉，同妻赴任。就在真州闸边，有一只苏州大船，惯走杭州路的，船家姓顾。赁定了，

下了行李，带了家奴使婢，由长江一路进发，包送到杭州交卸。行到苏州地方，船家道："告官人得知，来此已是家门首了。求官人赏赐些，并买些福物纸钱，赛赛江湖之神。"俊臣依言，拿出些钱钞，教如法置办。完事毕，船家送一桌牲酒到舱里来。俊臣叫家僮接了，摆在桌上同王氏暖酒少酌。俊臣是宦家子弟，不晓得江湖上的禁忌。吃酒高兴，把箱中带来的金银杯觥之类，拿出与王氏欢酌。却被船家后舱头张见了，就起不良之心。孩子气。

此时是七月天气，船家对官舱里道："官人、娘子在此闹处歇船，恐怕热闷。我们移船到清凉些的所在泊去，何如？"俊臣对王氏道："我们船中闷躁得不耐烦，如此最好。"王氏道："不知晚间谨慎否？"俊臣道："此处须是内地，不比外江。况船家是此间人，必知利害，何妨得呢？"就依船家之言，凭他移船。那苏州左近太湖，有的是大河大洋，官塘路上，还有不测。若是傍港中去，多是贼的家里。俊臣是江北人，只晓得扬子江有强盗，道是内地港道小了，境界不同，岂知这些就里？是夜船家直把船放到芦苇之中，泊定了。黄昏左侧，提了刀，竟奔舱里来。先把一个家人杀了，俊臣夫妻见不是头，磕头讨饶道："是有的东西，都拿了去，只求饶命！"船家道："东西也要，命也要。"两个只是磕头，船家把刀指着王氏道："你不必慌，我不杀你。其余都王氏毕竟能□。

饶不得。"俊臣自知不免,再三哀求道:"可怜我是个书生,只教我全尸而死罢。"船家道:"这等,饶你一刀,快跳在水中去!"也不等俊臣从容,提着腰胯,扑通的撩下水去。其余家僮、使女尽行杀尽,只留得王氏一个。对王氏道:"你晓得免死的缘故么?我第二个儿子,未曾娶得媳妇,今替人撑船到杭州去了。再是一两个月,才得归来,就与你成亲。你是吾一家人了,你只安心住着,自有好处,不要惊怕。"一头说,一头就把船中所有,尽检点收拾过了。

> 若遇着扒灰老,如何能免?

　　王氏起初怕他来相逼,也拼一死。听见他说了这些话,心中略放宽些道:"且到日后再处。"果然此后船家只叫王氏做媳妇,王氏假意也就应承。凡是船家教他做些甚么,他千依百顺,替他收拾零碎,料理事务,真像个掌家的媳妇伏侍公公一般,无不任在身上,是件停当。船家道:"是寻得个好媳妇。"真心相待,看看熟分,并不提防他有外心了。

> 老脸船家,知幾女子?

　　如此一月有余,乃是八月十五日中秋节令。船家会聚了合船亲属、水手人等,叫王氏治办酒肴,盛设在舱中饮酒看月。个个吃得酩酊大醉,东倒西歪,船家也在船里宿了。王氏自在船尾,听得鼾睡之声彻耳,于时月光明亮如昼,仔细看看舱里,没有一个不睡沉了。王氏想道:"此时不走,更待何时?"喜得船尾贴岸泊着,略摆动一些些就好上岸。王氏轻身跳了起来,趁着月色,一气走了二三里路。

走到一个去处，比旧路绝然不同。四望尽是水乡，只有芦苇菰蒲，一望无际。仔细认去，芦苇中间有一条小小路径。草深泥滑，且又双弯纤细，鞋弓袜小，一步一跌，吃了万千苦楚。又恐怕后边追来，不敢停脚，尽力奔走。

渐渐东方亮了，略略胆大了些。遥望林木之中，有屋宇露出来。王氏道："好了，有人家了。"急急走去，到得面前，抬头一看，却是一个庵院的模样，门还关着。王氏欲待叩门，心里想道："这里头不知是男僧女僧，万一敲开门来是男僧，撞着不学好的，非礼相犯，不是才脱天罗，又罹地网？且不可造次。总是天已大明，就是船上有人追着，此处有了地方，可以叫喊求救，须不怕他了。只在门首坐坐，等他开出来的是。"

须臾之间，只听得里头托的门栓响处，开将出来，乃是一个女僮，出门担水。王氏心中喜道："元来是个尼庵。"一径的走将进去。院主出来见了，问道："女娘是何处来的？大清早到小院中。"王氏对蓦生人，未知好歹，不敢把真话说出来，哄他道："妾是真州人，乃是永嘉崔县尉次妻，大娘子凶悍异常，万般打骂。近日家主离任归家，泊舟在此。昨夜中秋赏月，叫妾取金杯饮酒，不料偶然失手，落到河里去了。大娘子大怒，发愿必要置妾死地。妾自想料无活理，乘他睡熟，逃出至此。"院主道："如此

<small>不说出盗来，因其地近，或恐其与盗有往还也。煞甚精细。</small>

说来，娘子不敢归舟去了。家乡又远，若要别求匹偶，一时也未有其人。孤苦一身，何处安顿是好？"王氏只是哭泣不止。

院主见他举止端重，情状凄惨，好生慈悯，有心要收留他。便道："老身有一言相劝，未知尊意若何？"王氏道："妾身患难之中，若是师父有甚么处法，妾身敢不依随？"院主道："此间小院，僻在荒滨，人迹不到，茭葑为邻，鸥鹭为友，最是个幽静之处。幸得一二同伴，都是五十以上之人。要紧。侍者几个，又皆淳谨。老身在此住迹，甚觉清修味长。娘子虽然年芳貌美，争奈命蹇时乖，何不舍离爱欲，披缁削发，就此出家？禅榻佛灯，晨飧暮粥，且随缘度其日月，岂不强如做人婢妾，受今世的苦恼，结来世的冤家么？"王氏听说罢，拜谢道："师父若肯收留做弟子，便是妾身的有结果了。还要怎的？急于落发，亦是避祸之心。就请师父替弟子落了发，不必迟疑。"果然院主装起香，敲起磬来，拜了佛，就替他落了发。

可怜县尉孺人，忽作如来弟子。

落发后，院主起个法名，叫做慧圆。参拜了三宝，就拜院主做了师父，与同伴都相见已毕，从此在尼院中住下了。

王氏是大家出身，性地聪明，一月之内，把经典之类，一一历过，尽皆通晓。院主大相敬重，又见他知识事体，凡院中大小事务，悉凭他主张。不问过他，一件事也不敢轻做。且是宽和柔善，一院中的人没一个不替他相好，说得来的。每日早晨，在白衣大士前礼拜百来拜，密诉心事。任是大寒大暑，再不间断。拜完，只在自己静室中清坐。自怕貌美，惹出事来，再不轻易露形，外人也难得见他面的。是个能人。

　　如是一年有余。忽一日，有两个人到院随喜，乃是院主认识的近地施主，留他吃了些斋。这两个人是偶然闲步来的，身边不曾带得甚么东西来回答。明日将一幅纸画的芙蓉来，施在院中张挂，以答谢昨日之斋。院主受了，便把来裱在一格素屏上面。王氏见了，仔细认了一认，问院主道："此幅画是那里来的？"院主道："方才檀越布施的。"王氏道："这檀越是何姓名？住居何处？"院主道："就是同县顾阿秀兄弟两个。"王氏道："做甚么生理的？"院主道："他两个原是个船户，在江湖上赁载营生。近年忽然家事从容了，有人道他劫掠了客商，以致如此。未知真否如何。"王氏道："长到这里来的么？"院主道："偶然来来，也不长到。"小人客财，故以芙蓉准折，亦天意也。恐与有往还，方知初时不说破之妙。

　　王氏问得明白，记了顾阿秀的姓名，就提起笔来写一首词在屏上。词云：

少日风流张敞笔，写生不数今黄筌。芙蓉画出最鲜妍。岂知娇艳色，翻抱死生缘？　粉绘凄凉余幻质，只今流落有谁怜？素屏寂寞伴枯禅。今生缘已断，愿结再生缘！——右调《临江仙》

院中之尼，虽是识得经典上的字，文义不十分精通。看见此词，只道是王氏卖弄才情，偶然题咏，不晓中间缘故。谁知这画来历，却是崔县尉自己手笔画的，也是船中劫去之物。王氏看见物在人亡，心内暗暗伤悲。又晓得强盗踪迹，已有影响，只可惜是个女身，又已做了出家人，一时无处申理。忍在心中，再看机会。却是冤仇当雪，姻缘未断，自然生出事体来。

姑苏城里有一个人，名唤郭庆春，家道殷富，最肯结识官员士夫。心中喜好的是文房清玩。一日游到院中来，见了这幅芙蓉画得好，又见上有题咏，字法俊逸可观，心里喜欢不胜。问院主要买，院主与王氏商量，王氏自忖道："此是丈夫遗迹，本不忍舍；却有我的题词在上，中含冤仇意思在里面，遇着有心人玩着词句，究问根由，未必不查出踪迹来。若只留在院中，有何益处？就叫师父卖与他罢。"庆春买得，千欢万喜去了。

<small>王氏亦有心人也。</small>

其时有个御史大夫高公，名纳麟，退居姑苏，最喜欢书画。郭庆春想要奉承他，故此出价钱买了

这幅纸屏去献与他。高公看见画得精致,收了他的,忙忙里也未看着题词,也不查着款字,交与书僮,分付且张在内书房中,送庆春出门来别了。只见外面一个人,手里拿着草书四幅,插个标儿要卖。高公心性既爱这行物事,眼里看见,就不肯便放过了,叫取过来看。那人双手捧过,高公接上手一看:

字格类怀素,清劲不染俗。
若列法书中,可载《金石录》。

高公看毕,道:"字法颇佳,是谁所写?"那人答道:"是某自己学写的。"高公抬起头来看他,只见一表非俗,不觉失惊。问道:"你姓甚名谁?何处人氏?"那个人吊下泪来道:"某姓崔名英,字俊臣,世居真州。以父荫补永嘉县尉,带了家眷同往赴任,自不小心,为船人所算,将英沉于水中。家财妻小,都不知怎么样了?幸得生长江边,幼时学得泅水之法,伏在水底下多时,量他去得远了,然后爬上岸来,投一民家。浑身沾湿,并无一钱在身。赖得这家主人良善,将干衣出来换了,待了酒饭,过了一夜。明日又赠盘缠少许,打发道:'既遭盗劫,理合告官。恐怕连累,不敢奉留。'英便问路进城,陈告在平江路案下了。只为无钱使用,缉捕人役不十分上紧。今听候一年,杳无消耗。无计可奈,只得写两

_{可知有盗。}

_{失盗告官而居停乃怕累及,安得不滋盗也!}

幅字卖来度日。乃是不得已之计，非敢自道善书，不意恶札，上达钧览。"

高公见他说罢，晓得是衣冠中人，遭盗流落，深相怜悯。又见他字法精好，仪度雍容，便有心看顾他。对他道："足下既然如此，目下只索付之无奈，且留吾西塾，教我诸孙写字，再作道理。意下如何？"崔俊臣欣然道："患难之中，无门可投。得明公提携，万千之幸！"高公大喜，延入内书房中，即治酒榼相待。正欢饮间，忽然抬起头来，恰好前日所受芙蓉屏，正张在那里。俊臣一眼瞧去见了，不觉泫然垂泪。高公惊问道："足下见此芙蓉，何故伤心？"俊臣道："不敢欺明公，此画亦是舟中所失物件之一，即是英自己手笔。只不知何得在此。"站起身来再看看，只见上有一词。俊臣读罢，又叹息道："一发古怪！此词又即是英妻王氏所作。"高公道："怎么晓得？"俊臣道："那笔迹从来认得，且词中意思有在，真是拙妻所作无疑。但此词是遭变后所题，拙妇想是未曾伤命，还在贼处。干系。明公推究此画来自何方，便有个根据了。"高公笑道："此画来处有因，当为足下任捕盗之责，且不可泄漏！"是日酒散，叫两个孙子出来拜了先生，就留在书房中住下了。自此俊臣只在高公门馆，不题。

却说高公明日密地叫当直的请将郭庆春来，问道："前日所惠芙蓉屏，是那里得来的？"庆春道：

好关目。

"买自城外尼院。"高公问了去处,别了庆春,就差当直的到尼院中仔细盘问:"这芙蓉屏是那里来的?又是那个题咏的?"王氏见来问得蹊跷,就叫院主转问道:"来问的是何处人?为何问起这些缘故?"当直的回言:"这画而今已在高府中,差来问取来历。"王氏晓得是官府门中来问,或者有些机会在内,叫院主把真话答他道:"此画是同县顾阿秀舍的,就是院中小尼慧圆题的。"当直的把此言回覆高公。高公心下道:"只须赚得慧圆到来,此事便有着落。"进去与夫人商议定了。

到处留心。

隔了两日,又差一个当直的,分付两个轿夫抬了一乘轿到尼院中来。当直的对院主道:"在下是高府的管家。本府夫人喜诵佛经,无人作伴。闻知贵院中小师慧圆了悟,愿礼请拜为师父,供养在府中。不可推却!"院主迟疑道:"院中事务大小都要他主张,如何接去得?"王氏闻得高府中接他,他心中怀着复仇之意,正要到官府门中走走,寻出机会来。亦且前日来盘问芙蓉屏的,说是高府,一发有些疑心。便对院主道:"贵宅门中礼请,岂可不去?万一推托了,惹出事端来,怎生当抵?"院主晓得王氏是有见识的,不敢违他,但只是道:"去便去,只不知几时可来?院中有事,怎么处?"王氏道:"等见夫人过,住了几日,觑个空便,可以来得就来。想院中也没甚事,倘有疑难的,高府在城不远,可以

高公细心极矣!
宜其遇着有心人。

来问信商量得的。"院主道："既如此，只索就去。"当直的叫轿夫打轿进院，王氏上了轿，一直的抬到高府中来。

高公未与他相见，〔大是。〕只叫他到夫人处见了，就叫夫人留他在卧房中同寝，高公自到别房宿歇。〔反便宜了高公。〕夫人与他讲些经典，说些因果，王氏问一答十，说得夫人十分喜欢敬重。〔内人之常。〕闲中问道："听小师父口谈，不是这里本处人。还是自幼出家的？还是有过丈夫，半路出家的？"王氏听说罢，泪如雨下道："覆夫人：小尼果然不是此间人，是真州人。丈夫是永嘉县尉，姓崔名英，一向不曾敢把实话对人说，而今在夫人面前，只索实告，想自无妨。"随把赴任到此，舟人盗劫财物，害了丈夫全家，自己留得性命，脱身逃走，幸遇尼僧留住，落发出家的说话，从头至尾，说了一遍，哭泣不止。〔宜虚则虚，宜实则实，王氏可以行兵。〕

夫人听他说得伤心，恨恨地道："这些强盗，害得人如此！天理昭彰，怎不报应？"王氏道："小尼躲在院中一年，不见外边有些消耗。前日忽然有个人拿一幅画芙蓉到院中来施。小尼看来，却是丈夫船中之物。即向院主问施人的姓名，道是同县顾阿秀兄弟。小尼记起丈夫赁的船正是船户顾姓的。而今真赃已露，这强盗不是顾阿秀是谁？小尼当时就把舟中失散的意思，做一首词，题在上面。后来被人买去了。前日贵府有人来院，查问题咏芙蓉下落。

其实即是小尼所题，有此冤情在内。"即拜夫人一拜道："强盗只在左近，不在远处了。只求夫人转告相公，替小尼一查。若是得了罪人，雪了冤仇，以下报亡夫，相公、夫人恩同天地了！"夫人道："既有了这些影迹，事不难查，且自宽心！等我与相公说就是。"

夫人果然把这些备细，一一与高公说了。又道："这人且是读书识字，心性贞淑，决不是小家之女。"高公道："听他这些说话与崔县尉所说正同。又且芙蓉屏是他所题，崔县尉又认得是妻子笔迹。此是崔县尉之妻，无可疑心。夫人只是好好看待他，且不要说破。"高公出来见崔俊臣时，俊臣也屡屡催高公替他查查芙蓉屏的踪迹。高公只推未得其详，略不提起慧圆的事。<small>妙在此。</small>

高公又密密差人问出顾阿秀兄弟居址所在，平日出没行径，晓得强盗是真。却是居乡的官，未敢轻自动手。私下对夫人道："崔县尉事，查得十有七八了，不久当使他夫妻团圆。但只是慧圆还是个削发尼僧，他日如何相见，好去做孺人？你须慢慢劝他长发改妆才好。"夫人道："这是正理。只是他心里不知道丈夫还在，如何肯长发改妆？"高公道："你自去劝他，或者肯依固好。毕竟不肯时节，我另自有说话。"夫人依言，来对王氏道："吾已把你所言尽与相公说知，相公道：'捕盗的事，多在他身上，

<small>高公亦大是精细人。</small>

管取与你报冤。'"王氏稽首称谢。夫人道:"只有一件:相公道,你是名门出身,仕宦之妻,岂可留在空门没个下落?叫我劝你长发改妆。你若依得,一力与你擒盗便是。"王氏道:"小尼是个未亡之人,长发改妆何用?只为冤恨未伸,故此上求相公做主。若得强盗歼灭,只此空门静守,便了终身。还要甚么下落?"夫人道:"你如此妆饰,在我府中也不为便。不若你留了发,认义我老夫妇两个,做个孀居寡女,相伴终身,未为不可。"王氏道:"承蒙相公、夫人抬举,人非木石,岂不知感?但重整云鬟,再施铅粉,丈夫已亡,有何心绪?况老尼相救深恩,一旦弃之,亦非厚道。所以不敢从命。"

〔长起来就有用。〕

〔夫人也来得。〕

〔好人。〕

夫人见他说话坚决,一一回报了高公。高公称叹道:"难得这样立志的女人!"〔果然。〕又叫夫人对他说道:"不是相公苦苦要你留头,其间有个缘故。前日因去查问此事,有平江路官吏相见,说旧年曾有人告理,也说是永嘉县尉,只怕崔生还未必死。若是不长得发,他日一时擒住此盗,查得崔生出来,此时僧俗各异,不好团圆,悔之何及!何不权且留了头发,等事体尽完,崔生终无下落,那时任凭再净了发,还归尼院,有何妨碍?"王氏见说是有人还在此告状,心里也疑道:"丈夫从小会没水,是夜眼见得囫囵抛在水中的,或者天幸留得性命也不可知。"遂依了夫人的话,虽不就改妆,却从此不剃发,

〔不由不长发矣。〕

权扮作道姑模样了。

又过了半年，朝廷差个进士薛溥化为监察御史，来按平江路。这个薛御史乃是高公旧日属官，他吏才精敏，是个有手段的。到了任所，先来拜谒高公。高公把这件事密密托他，连顾阿秀姓名、住址、去处，都细细说明白了。薛御史谨记在心，自去行事，不在话下。

且说顾阿秀兄弟，自从那年八月十五夜一觉直睡到天明，醒来不见了王氏，明知逃去，恐怕形迹败露，不敢明明追寻。虽在左近打听两番，并无踪影。这是不好告诉人的事，只得隐忍罢了。此后一年之中，也曾做个十来番道路，虽不能如崔家之多，侥幸再不败露，甚是得意。一日正在家欢呼饮酒间，只见平江路捕盗官带着一哨官兵，将宅居围住，拿出监察御史发下的访单来。顾阿秀是头一名强盗，其余许多名字，逐名查去，不曾走了一个。又拿出崔县尉告的赃单来，连他家里箱笼，悉行搜卷，并盗船一只，即停泊门外港内，尽数起到了官，解送御史衙门。

薛御史当堂一问，初时抵赖；及查物件，见了永嘉县尉的敕牒尚在箱中，赃物一一对款，薛御史把崔县尉旧日所告失盗状，念与他听，方各俯首无词。薛御史问道："当日还有孺人王氏，今在何处？"顾阿秀等相顾不出一语。御史喝令严刑拷讯。顾阿秀招道："初意实要留他配小的次男，故此不杀。因他一口应承，愿做新妇，所以再不防备。不期当年 *妙在此。*

八月中秋，乘睡熟逃去，不知所向。只此是实情。"御史录了口词，取了供案，凡是在船之人，无分首从，尽问成枭斩死罪，决不待时。原赃照单给还失主。御史差人回覆高公，就把赃物送到高公家来，交与崔县尉。俊臣出来，一一收了。晓得敕牒还在，家物犹存，只有妻子没查下落处，连强盗肚里也不知去向了，真个是渺茫的事。俊臣感新思旧，不觉恸哭起来。有诗为证：

堪笑聪明崔俊臣，也应落难一时浑。
既然因画能追盗，何不寻他题画人？

元来高公有心，只将画是顾阿秀施在尼院的说与俊臣知道，并不曾提起题画的人，就在院中为尼。所以俊臣但得知盗情因画败露，妻子却无查处，竟不知只在画上，可以跟寻得出来的。

善藏其用，益能令人感激。

当时俊臣恸哭已罢，想道："既有敕牒，还可赴任。若再稽迟，便恐另补有人，到不得地方了。妻子既不见，留连于此无益。"请高公出来拜谢了，他就把要去赴任的意思说了。高公道："赴任是美事，但足下青年无偶，岂可独去？待老夫与足下做个媒人，娶了一房孺人，然后夫妻同往也未为迟。"俊臣含泪答道："糟糠之妻，同居贫贱多时，今遭此大难，流落他方，存亡未卜。然据着芙蓉屏上尚及题

反跌法，妙，妙。

词,料然还在此方。今欲留此寻访,恐事体渺茫,稽迟岁月,到任不得了。愚意且单身到彼,差人来高揭榜文,四处追探。拙妇是认得字的,传将开去,他闻得了,必能自出。除非忧疑惊恐,不在世上了。万一天地垂怜,尚然留在,还指望伉俪重谐。英感明公恩德,虽死不忘,若别娶之言,非所愿闻。"高公听他说得可怜,晓得他别无异心,也自凄然道:"足下高谊如此,天意必然相佑,终有完全之日。吾安敢强逼?只是相与这几时,容老夫少尽薄设奉饯,然后起程。"

次日开宴饯行,邀请郡中门生、故吏、各官与一时名士毕集,_{此亦高公有意收名处}俱来奉陪崔县尉。酒过数巡,高公举杯告众人道:"老夫今日为崔县尉了今生缘。"众人都不晓其意,连崔俊臣也一时未解。只见高公命传呼后堂:"请夫人打发慧圆出来!"俊臣惊得木呆,只道高公要把甚么女人强他纳娶,故设此宴,说此话,也有些着急了。梦里也不晓得他妻子叫得甚么慧圆!当时夫人已知高公意思,把崔县尉在馆内多时,昨已获了强盗,问了罪名,追出敕牒,今日饯行赴任,特请你到堂厮认团圆,逐项逐节的事情,说了一遍。王氏如梦方醒,不胜感激。先谢了夫人,走出堂前来。此时王氏发已半长,照旧妆饰。崔县尉一见,乃是自家妻子,惊得如醉里梦里。高公笑道:"老夫原说道与足下为媒,这可做得着

（高公只恐崔生疑妻为盗污而疏之,故不得不郑重耳。）

（善戏谑兮。）

么？"崔县尉与王氏相持大恸，说道："自料今生死别了，谁知在此，却得相见？"

座客见此光景，尽有不晓得详悉的，向高公请问根由。高公便叫书童去书房里取出芙蓉屏来，对众人道："列位要知此事！须看此屏。"众人争先来看，却是一画一题。看的看，念的念，却不明白这个缘故。高公道："好教列位得知，只这幅画，便是崔县尉夫妻一段大姻缘。这画即是崔县尉所画，这词即是崔孺人所题。他夫妻赴任到此，为船上所劫。崔孺人脱逃于尼院出家，遇人来施此画，认出是船中之物，故题此词。后来此画却入老夫之手。遇着崔县尉到来，又认出是孺人之笔。老夫暗地着人细细问出根由，乃知孺人在尼院，叫老妻接将家来住着。密行访缉，备得大盗踪迹。托了薛御史究出此事，强盗俱已伏罪。崔县尉与孺人在家下，各有半年多，只道失散在那里，竟不知同在一处多时了。老夫一向隐忍，不通他两人知道，只为崔孺人头发未长，崔县尉敕牒未获，不知事体如何，两人心事如何，不欲造次漏泄。今罪人既得，试他义夫节妇，<small>要老成。</small>两下心坚，今日特地与他团圆这段因缘，故此方才说替他了今生缘。即是崔孺人词中之句，方才说'请慧圆'，乃是崔孺人尼院中所改之字，特地使崔君与诸公不解，为今日酒间一笑耳。"崔俊臣与王氏听罢，两个哭拜高公，连在座之人无不下泪，

<small>此公老成，而亦高兴。</small>

称叹高公盛德，古今罕有。王氏自到里面去拜谢夫人了。高公重入座席，与众客尽欢而散。是夜特开别院，叫两个养娘伏侍王氏与崔县尉在内安歇。凑趣。

明日，高公晓得崔俊臣没人伏侍，赠他一奴一婢，又赠他好些盘缠，当日就道。他夫妻两个感念厚恩，不忍分别，大哭而行。王氏又同丈夫到尼院中来。院主及一院之人，见他许久不来，忽又改妆，个个惊异。王氏备细说了遇合缘故，并谢院主看待厚意。院主方才晓得顾阿秀劫掠是真，前日王氏所言妻妾不相容，乃是一时掩饰之词。院中人个个与他相好的，多不舍得他去。事出无奈，各各含泪而别。夫妻两个同到永嘉去了。

真大恩人。

好照应。

在永嘉任满回来，重过苏州，差人问候高公，要进来拜谒。谁知高公与夫人俱已薨逝，殡葬已毕了。崔俊臣同王氏大哭，如丧了亲生父母一般。问到他墓下，拜奠了，就请旧日尼院中各众，在墓前建起水陆道场三昼夜，以报大恩。王氏还不忘经典，自家也在里头持诵。事毕，同众尼再到院中。崔俊臣出宦资，厚赠了院主。王氏又念昔日朝夜祷祈观世音暗中保佑，幸得如愿，夫妇重谐，出白金十两，留在院主处，为烧香点烛之费。不忍忘院中光景，立心自此长斋念观音不辍，以终其身。当下别过众尼，自到真州宁家，另日赴京补官，这是后事，不

应得如此。

好妆点。

必再题。

　　此本话文，高公之德，崔尉之谊，王氏之节，皆是难得的事。各人存了好心，所以天意周全，好人相逢。毕竟冤仇尽报，夫妇重完，此可为世人之劝。

　　诗云：

　　　王氏藏身有远图，间关到底得逢夫。
　　　舟人妄想能同志，一月空将新妇呼。

可笑舟人。

又云：

　　　芙蓉本似美人妆，何意飘零在路旁？
　　　画笔词锋能巧合，相逢犹自墨痕香。

又有一首赞叹御史大夫高公云：

　　　高公德谊薄云天，能结今生未了缘。
　　　不使初时轻逗漏，致令到底得团圆。
　　　芙蓉画出原双蒂，萍藻浮来亦共联。
　　　可惜白杨堪作柱，空教洒泪及黄泉。

卷二十八　金光洞主談舊迹
　　　　玉虛尊者悟前身

王虚尊者樂育圖

诗云：

近有人从海上回，海山深处见楼台。
中有仙童开一室，皆言此待乐天来。

又云：

吾学空门不学仙，恐君此语是虚传。
海山不是吾归处，归即应归兜率天。

这两首绝句，乃是唐朝侍郎白香山白乐天所作，答浙东观察使李公的。乐天一生精究内典，勤修上乘之业，一心超脱轮回，往生净土。彼时李公师稷观察浙东，有一个商客，在他治内明州同众下海，遭风飘荡，不知所止，一月有余，才到一个大山。瑞云奇花，白鹤异树，尽不是人间所见的。山侧有人出来迎问道："是何等人来得到此？"商客具言随风飘到。岸上人道："既到此地，且系定了船，上岸来见天师。"同舟中胆小，不知上去有何光景，个个退避。只有这一个商客，跟将上去。岸上人领他到一个所在，就像大寺观一般。商客随了这人，依路而进。见一个道士，须眉皆白，两旁侍卫数十人，坐大殿上，对商客道："你本中国人，此地有缘，方得一到。此即世传所称蓬莱山也。你既到此地，可

_{缘之不同也。}

要各处看看去么？"商客口称要看。道士即命左右领他宫内游观。玉台翠树，光彩夺目。有数十处院宇，多有名号。只有一院，关锁得紧紧的，在门缝里窥进去，只见满庭都是奇花，堂中设一虚座。座中有裀褥，阶下香烟扑鼻。商客问道："此是何处？却如此空锁着？"那人答道："此是白乐天前生所驻之院。乐天今在中国未来，故关闭在此。"商客心中原晓得白乐天是白侍郎的号，便把这些去处光景，一一记着。别了那边人，走下船来。随风使帆，不上十日，已到越中海岸。商客将所见之景，备细来禀知李观察。李观察尽录其所言，书报白公。白公看罢，笑道："我修净业多年，西方是我世界，岂复往海外山中去做神仙耶？"故此把这两首绝句回答李公，见得他修的是佛门上乘，要到兜率天宫，不希罕蓬莱仙岛意思。

焉知非观察粉饰以谄白公乎？

后人评论道：是白公脱屣烟埃，投弃轩冕，一种非凡光景，岂不是个谪仙人？海上之说，未为无据。但今生更复勤修精进，直当超脱玄门，上证大觉，后来果位，当胜前生。这是正理。要知从来名人达士，巨卿伟公，再没一个不是有宿根再来的人。若非仙官谪降，便是古德转生。所以聪明正直，在世间做许多好事。如东方朔是岁星，马周是华山素灵宫仙官，王方平是琅琊寺僧，真西山是草庵和尚，苏东坡是五戒禅师。就是死后或原归故处，或另补仙曹。如卜子夏为修文郎，郭璞为水仙伯，陶弘景为蓬莱都水监，李长吉召撰《白玉楼记》，皆历历可考，不能尽数。至如奸臣叛贼，必是药叉、罗刹、修罗、鬼王之类，决非善根。乃有小说中说：李林甫遇道士，卢杞遇仙女，说他本是仙种，特来度他。他两个都不愿做仙人，愿做宰相，以至堕落。此多是其家门生、故吏一党之人，撰造出来，以掩其平生过恶的。若依他说，不过迟做得仙人五六百年，为何阴间有"李林甫十世为牛九世娼"之说？就是说道业报尽了，还归本处，五六百年后，便不可知。为何我朝万历年间，河南某县，雷击死娼妇，背上还有"唐朝李林甫"五字？此却六百年不止了。可见说恶人也是仙种，其说荒唐，不足凭信。

凿凿名论，可证诬妄。

小子如今引白乐天的故事说这一番话，只要有好根器的人，不可在火坑欲海恋着尘缘，忘了本来面目。待小子说一个宋朝大臣，在当生世里，看见本来面目的一个故事，与看官听一听。诗曰：

老婆心。

> 昔为东掖垣中客，今作西方社里人。
> 手里杨枝临水坐，寻思往事是前身。

却说西方双摩诃池边，有几个洞天。内中有两个洞，一个叫做金光洞，一个叫做玉虚洞。凡是洞中各有一个尊者，在内做洞主，住居极乐胜境，同修无上菩提。忽一日,玉虚洞中尊者来对金光洞中尊者道:"吾佛以救度众生为本,吾每静修洞中,固是正果。但只独善其身,便是辟支小乘。吾意欲往震旦地方,打一转轮回,游戏他七八十年,做些济人利物的事,然后回来,复居于此,可不好么?"金光洞尊者道:"尘世纷嚣,有何好处?虽然可以济人利物,只怕为欲火所烧,迷恋起来。没人指引回头,忘却本来面目,便要堕落轮回道中,不知几劫才得重修圆满,怎么说得'复居此地'这样容易话?"玉虚洞尊者见他说罢,自悔错了念头。金光洞尊者道:"此念一起,吾佛已知。伽蓝韦驮,即有密报,岂可复悔?须索向阎浮界中去走一遭,受享些荣华富贵,就中做些好事,切不可迷了本性。倘若恐怕浊界汩没,一时记不起,到得五十年后,我来指你个境头,等你心下洞彻罢了。"玉虚洞尊者当下别了金光洞尊者,自到洞中,分付行童:"看守着洞中,原自早夜焚香诵经,我到人间走一遭去也。"一灵真性,自去拣那善男信女、有德有福的人家好处投生,不题。

行童后来照应。

却说宋朝鄂州江夏有个官人,官拜左侍禁,姓冯名式,乃是个好善积德的人。夫人一日梦一金身罗汉下降,产下一子,产时异香满室。看那小厮时,生得天庭高耸,地角方圆,两耳垂珠,是个不凡之相。两三岁时,就颖悟非凡。看见经卷上字,恰像原是认得的,一见不忘。送入学中,取名冯京,表字当世。过目成诵,万言立就。虽读儒书,却又酷好佛典,敬重释门,时常瞑目打坐,学那禅和子的模样。不上二十岁,连中了三元。

说话的,你错了。据着《三元记》戏本上,他父亲叫做冯商,是个做客的人,如何而今说是做官的,连名字多不是了?看官听说:那戏文本子,多是胡诹,岂可凭信!只如南北戏文,极顶好的,多说《琵琶》《西厢》。那蔡伯喈,汉时人,未做官时,父母双亡,庐墓致瑞,公府举他孝廉,何曾为做官不归,父母饿死?且是汉时不曾有状元之名,汉朝当时正是董卓专权,也没有个牛丞相。郑恒是唐朝大官,夫人崔氏,皆有封号,何曾有失身张生的事?后人虽也有晓得是元微之不遂其欲,托名丑诋的,却是戏文倒说崔张做夫妻到底,郑恒是个花脸衙内,撞阶死了,却不是颠倒得没道理!只这两本出色的,就好笑起来,何况别本可以准信得的?所以小子要说冯当世的故事,先据正史,把父亲名字说明白了,免得看官每信着戏文上说话,千古不决。闲话休题。

且说那冯公自中三元以后,任官累典名藩,到处兴利除害,流播美政,护持佛教,不可尽述。后来入迁政府,做了丞相。忽一日,体中不快,遂告个朝假,在寓静养调理。其时英宗皇帝,圣眷方隆,连命内臣问安,不绝于道路。又诏令翰院有名医人

借此以发挥传奇之误。

恐小说亦未必不然也,尽信书不如无书。

数个，到寓诊视，圣谕尽心用药，期在必愈。服药十来日，冯相病已好了，却是羸瘦了好些，拄了杖才能行步。久病新愈，气虚多惊，倦视绮罗，厌闻弦管，思欲静坐养神，乃策杖徐步入后园中来。后园中花木幽深之处，有一所茅庵，名曰容膝庵，乃是取陶渊明《归去来辞》中语，见得庵小，只可容着两膝的话。冯相到此，心意欣然，便叫侍妾每都各散去，自家取龙涎香，焚些在博山炉中，叠膝瞑目，坐在禅床中蒲团上。默坐移时，觉神清气和，肢体舒畅。徐徐开目，忽见一个青衣小童，神貌清奇，冰姿潇洒，拱立在禅床之右。冯相问小童道："婢仆皆去，你是何人，独立在此？"小童道："相公久病新愈，心神忻悦，恐有所游，小童愿为参从，不敢擅离。"公伏枕日久，沉疾既愈，心中正要闲游，忽闻小童之言，意思甚快。乘兴离榻，觉得体力轻健，与平日无病时节无异。步至庵外，小童禀道："路径不平，恐劳尊重，请登羊车，缓游园圃。"冯相喜小童如此慧黠，笑道："使得，使得。"

说话之间，小童挽羊车一乘，来到面前。但见：

帘垂斑竹，轮斫香檀。同心结带系鲛鮹，盘角曲栏雕美玉。坐裀铺锦褥，盖顶覆青毡。

冯相也不问羊车来历，忻然升车而坐。小童挥

<small>便是宿性。</small>

鞭在前驭着，车去甚速，势若飘风。冯相惊怪道："无非是羊，为何如此行得速？"低头前视，见驾车的全不似羊，也不是牛马之类。凭轼仔细再看，只见背尾皆不辨，首尾足上毛五色，光彩射人。奔走挽车，稳如磐石。冯相公大惊，方欲询问小童，车行已出京都北门，渐渐路入青霄，行去多是翠云深处。下视尘寰，直在底下，虚空之中。过了好些城郭，将有一饭时候，车才着地住了。小童前禀道："此地胜绝，请相公下观。"冯相下得车来，小童不知所向，连羊车也不见了。举头四顾，身在万山之中。但见：

乐哉。

山川秀丽，林麓清佳。出没万壑烟霞，高下千峰花木。静中有韵，细流石眼水涓涓；相逐无心，闲出岭头云片片。溪深绿草茸茸茂，石老苍苔点点斑。

冯相身处朝市，向为尘俗所役，乍见山光水色，洗涤心胸，正如酷暑中行，遇着清泉百道，多时病滞，一旦消释。冯相心中喜乐，不觉拊腹而叹道："使我得顶笠披蓑，携锄趁犊，躬耕数亩之田，归老于此地，每到秋苗熟后，稼穑登场，旋煮黄鸡，新刍白酒，与邻叟相邀，瓦盆磁瓯，量晴较雨，此乐虽微，据我所见，虽玉印如霜，金印如斗，不足比之！所恨者君恩未报，不敢归田。他日必欲遂吾所志！"

可怜，可警。

美境佳话。

方欲纵步玩赏，忽闻清磬一声，响于林杪。冯相举目仰视,向松阴竹影疏处,隐隐见山林间有飞檐碧瓦,栋宇轩窗。冯相道:"适才磬声,必自此出。想必有幽人居止,何不前去寻访?"遂穿云踏石,历险登危,寻径而走。过往处,但闻流水松风,声喧于步履之下。渐渐林麓两分,峰峦四合。行至一处,溪深水漫,风软云闲,下枕清流,有千门万户。但见:

巍巍宫殿,虬松镇碧瓦朱扉;寂寂回廊,风竹映雕栏玉砌。

玲珑楼阁,干霄覆云,工巧非人世之有。岩畔洞门开处,挂一白玉牌,牌上金书"金光第一洞"。冯相见了洞门,知非人世,惕然不敢进步入洞。因是走得路多了,觉得肢体倦怠,暂歇在门阃石上坐着。坐还未定,忽闻大声起于洞中,如天摧地塌,岳撼山崩。大声方住,狂风复起。松竹低偃,瓦砾飞扬,雄气如奔,顷刻而至。冯相惊骇,急回头看时,一巨兽自洞门奔出外来。你道怎生模样?但见:

目光闪烁,毛色斑斓。剪尾岩谷风生,移步郊园草偃。山前一吼,摄将百兽潜形;林下独行,威使群毛震悚。满口利牙排剑戟,四蹄刚爪利锋芒。

_{须此一惊,不然只是佳处,便少起伏。}

奔走如飞,将至坐侧。冯相怆惶,欲避无计。忽闻

金锡之声震地，那个猛兽恰像有人赶逐他的，窜伏亭下，敛足瞑目，犹如待罪一般。

冯相惊异未定，见一个胡僧自洞内走将出来。你道怎生模样？但见：

修眉垂雪，碧眼横波。衣披烈火，七幅鲛绡；杖拄降魔，九环金锡。若非圆寂光中客，定是楞迦峰顶人。

将至洞门，将锡杖横了，稽首冯相道："小兽无知，惊恐丞相。"冯相答礼道："吾师何来，得救残喘？"胡僧道："贫僧即此间金光洞主也。相公别来无恙？粗茶相邀，丈室闲话则个。"冯相见他说"别来无恙"的话，举目细视胡僧面貌，果然如旧相识，但仓卒中不能记忆。遂相随而去。

到方丈室中，啜茶已罢。正要款问仔细，金光洞主起身对冯相道："敝洞荒凉，无以看玩。若欲游赏烟霞，遍观云水，还要邀相公再游别洞。"遂相随出洞后而去。但觉天清景丽，日暖风和，与世俗溪山，迥然有异。须臾到一处，飞泉千丈，注入清溪，白石为桥，斑竹夹径。于巅峰之下，见一洞门，门用玻璃为牌，牌上金书"玉虚尊者之洞"。冯相对金光洞主道："洞中景物，料想不凡。若得一观，此心足矣。"金光洞主道："所以相邀相公远来者，正要相公游此间耳。"遂排扉而入。

冯相本意，只道洞中景物可赏。既到了里面，尘埃满地，门户寂寥，似若无人之境。但见：

金炉断烬，玉磬无声。绛烛光消，仙扃昼掩。蛛网遍生虚室，宝钩低压重帘。壁间纹幕空垂，架上金经生蠹。闲庭悄悄，芊绵碧草侵阶；幽槛沉沉，散漫绿苔生砌。松阴满院鹤相对，山色当空人未归。

<small>好作山间对子。</small>

冯相犹豫不决，逐步走至后院。忽见一个行童，凭案诵经。冯相问道："此洞何独无僧？"行童闻言，掩经离榻，拱揖而答道："玉虚尊者游戏人间，今五十六年，更三十年方回此洞。缘主者未归，是故无人相接。"金光洞主道："相公不必问，后当自知。此洞有个空寂楼台，迥出群峰，下视千里，请相公登楼，款歇而归。"遂与登楼。

看那楼上时，碧瓦甃地，金兽守扃。饰异宝于虚檐，缠玉虬于巨栋。犀轴仙书，堆积架上。冯相正要取卷书来看看，<small>凤习。</small>那金光洞主指楼外云山，对冯相道："此处尽堪寓目，何不凭栏一看？"冯相就不去看书，且凭栏凝望，遥见一个去处：

翠烟掩映，绛雾氤氲。美木交枝，清阴接影。琼楼碧瓦玲珑，玉树翠柯摇曳。波光拍岸，银涛映天。翠色逼人，冷光射目。

其时，日影下照，如万顷琉璃。冯相注目细视良久，问金光洞主道："此是何处，其美如此？"金光洞主愕然而惊，对冯相道："此地即双摩诃池也。此处溪山，相公多曾游赏，怎么就不记得了？"冯相闻得此语，低头仔细回想，自儿童时，直至目下，一一追算来，并不记曾到此。却又有些依稀认得，正不知甚么缘故。乃对金光洞主道："京心为事夺，壮岁旧游，悉皆不记。不知几时曾到此处？隐隐已如梦寐。人生劳役，至于如此！对景思之，令人伤感！"金光洞主道："相公儒者，当达大道，何必浪自伤感？人生寄身于太虚之中，其间荣瘁悲欢，得失聚散，彼死此生，投形换壳，如梦一场。方在梦中，原不足问；及到觉后，又何足悲？岂不闻《金刚经》云：'一切有为法，如梦幻泡影，如露亦如电，应作如是观。'自古皆以浮生比梦，相公只要梦中得觉，回头即是，何用伤感！此尽正理，愿相公无轻老僧之言！"

（凤根人，转头甚快。）

冯相闻语，贴然敬伏。方欲就坐款话，忽见虚檐日转，晚色将催。冯相意要告归，作别金光洞主道："承挈游观，今尽兴而返。此别之后，未知何日再会？"金光洞主道："相公是何言也？不久当与相公同为道友，相从于林下，日子正长，岂无相见之期！"冯相道："京病既愈，旦夕朝参，职事相索，自无暇日，安能再到林下，与吾师游乐哉？"金光洞主笑道："浮世光阴迅速，三十年只同瞬息。老僧

（还在梦中不醒。）

593

在此，转眼间伺候相公来，再居此洞便了。"冯相道："京虽不才，位居一品。他日若荷君恩，放归田野，苟不就宫祠微禄，亦当为田舍翁，躬耕自乐，以终天年。况自此再三十年，京已寿登耄耋，岂更削发披缁坐此洞中为衲僧耶？"金光洞主但笑而不答。冯相道："吾师相笑，岂京之言有误也？"金光洞主道："相公久羁浊界，认杀了现前身子。竟不知身外有身耳。"_{禅理。}冯相道："岂非除此色身之外，别有身耶？"金光洞主道："色身之外，元有前身。今日相公到此，相公的色身又是前身了。若非身外有身，相公前日何以离此？今日怎得到此？"冯相道："吾师何术使京得见身外之身？"金光洞主道："欲见何难？"就把手指向壁间画一圆圈，以气吹之，对冯相道："请相公观此景界。"

冯相遂近壁视之，圆圈之内，莹洁明朗，如挂明镜。注目细看其中，见有：

风轩水榭，月坞花庄。小桥跨曲水横塘，垂柳笼绿窗朱户。

遍看池亭，皆似曾到，但不知是何处园圃在此壁间。冯相疑心是障眼之法，正色责金光洞主道："我佛以正法度人，吾师何故将幻术变现，惑人心目？"金光洞主大笑而起，手指园圃中东南隅道："如此景

（旁批：只管说梦话。）
（旁批：着实提醒。）

物,岂是幻也?请相公细看,真伪可见。"冯相走近前边,注目再看,见园圃中有粉墙小径,曲槛雕栏。向花木深处,有茅庵一所:

半开竹牖,低下疏帘。闲阶日影三竿,古鼎香烟一缕。

茅庵内有一人,叠足瞑目,靠蒲团坐禅床上。冯相见此,心下踌躇。金光洞主将手拍着冯相背上道:"容膝庵中,尔是何人?"大喝一偈道:

棒喝机锋。

五十六年之前,各占一所洞天。
容膝庵中莫误,玉虚洞里相延。

向冯相耳畔叫一声:"咄!"冯相于是顿省,游玉虚洞者,乃前身;坐容膝庵者,乃色身。不觉失声道:"当时不晓身外身,今日方知梦中梦。"因此顿悟无上菩提,喜不自胜。

方欲参问心源,印证禅觉,回顾金光洞主,已失所在。遍视精舍迦蓝,但只见:

如云藏宝殿,似雾隐回廊。审听不闻钟磬之清音,仰视已失峰岩之险势。玉虚洞府,想却在海上瀛洲;空寂楼台,料复归极乐国土。只疑看罢僧繇画,卷起丹青十二图。

一时廊殿洞府溪山,拈指皆无踪迹,单单剩得一身,俨然端坐后园容膝庵中禅床之上。觉茶味犹甘,松风在耳。鼎内香烟尚袅,座前花影未移。入定一晌之间,身游万里之外。冯相想着境界了然,语话分明,全然不像梦境。晓得是禅静之中,显见宿本。况且自算其寿,正是五十六岁,合着行童说尊者游戏人间之年数,分明己身是金光洞主的道友玉虚尊者的转世。

自此每与客对,常常自称老僧。后三十年,一日无疾而终。自然仍归玉虚洞中去矣。诗曰:

> 玉虚洞里本前身,一梦回头八十春。
> 要识古今贤达者,阿谁不是再来人?

卷二十九 通闺阃坚心灯火
闹图圄捷报旗铃

通閨閫墊心燈火

卷二十九　通闺闼坚心灯火　闹图圉捷报旗铃

诗曰：

世间何物是良图？惟有科名救急符。
试看人情翻手变，窗前可不下功夫！

话说自汉以前，人才只是举荐征辟，故有贤良、方正、茂才异等之名；其高尚不出，又有不求闻达之科。所以野无遗贤，人无匿才，天下尽得其用。自唐宋以来，俱重科名。虽是别途进身，尽能致位权要，却是惟以此为华美。往往有只为不得一第，情愿老死京华的。到我国朝，初时三途并用，多有名公大臣不由科甲出身，一般也替朝廷干功立业，青史标名不朽。那见得只是进士才做得事？直到近来，把这件事越重了。不是科甲的人，不得当权。当权所用的，不是科甲的人，不与他好衙门、好地方，多是一帆布置。见了以下出身的，就不是异途，也必拣个惫懒所在打发他。不上几时，就勾销了。总是不把这几项人看得在心上。所以别项人内便尽有英雄豪杰在里头，也无处展布。晓得没甚长筵广席，要做好官也没干，都把那志气灰了，怎能勾有做得出头的！及至是个进士出身，便贪如柳盗跖，酷如周兴、来俊臣，公道说不去，没奈何考察坏了，或是参论坏了，毕竟替他留些根。又道是百足之虫，至死不僵，跌扑不多时，转眼就高官大禄，仍旧贵

确论。

可怜。

显；岂似科贡的人，一勾了帐？只为世道如此重他，所以一登科第，便像升天。却又一件好笑：就是科第的人，总是那穷酸秀才做的，并无第二样人做得。及至肉眼愚眉，见了穷酸秀才，谁肯把眼稍来管顾他？还有一等豪富亲眷，放出倚富欺贫的手段，做尽了恶薄腔子待他。到得忽一日榜上有名，掇将转来，呵脬捧卵，偏是平日做腔欺负的，名头就是他上前出力。真个世间惟有这件事，贱的可以立贵，贫的可以立富，难分难解的冤仇可以立消，极险极危的道路可以立平。遮莫做了没脊梁、惹羞耻的事，一床锦被可以遮盖了。说话的，怎见得便如此？看官，你不信，且先听在下说一件势利好笑的事。

　　唐时有个举子叫做赵琮，累随计吏赴南宫春试，屡次不第。他的妻父是个钟陵大将，赵琮贫穷，只得靠着妻父度日。那妻家武职官员，宗族兴旺，见赵琮是个多年不利市的寒酸秀才，没一个不轻薄他的。妻父妻母看见别人不放他在心上，也自觉得没趣，道女婿不争气、没长进，虽然是自家骨肉，未免一科厌一科，弄做个老厌物了。况且有心嫌鄙了他，越看越觉得寒酸，不足敬重起来。只是不好打发得他开去，心中好些不耐烦。赵琮夫妻两个，不要说看了别人许多眉高眼低，只是父母身边，也受多少两般三样的怠慢。没奈何争气不来，只得怨命忍耐。

（逼真。）

卷二十九　通闺闼坚心灯火　闹图圜捷报旗铃

　　一日，赵琮又到长安赴试去了。家里撞着迎春日子，军中高会，百戏施呈。唐时名为"春设"，倾城仕女没一个不出来看。大户人家搭了棚厂，设了酒席在内，邀请亲戚共看。大将阖门多到棚上去，女眷们各各盛妆斗富，惟有赵娘子衣衫蓝缕。虽是自心里觉得不入队，却是大家多去，又不好独自一人推掉不去得。只得含羞忍耻，随众人之后，一同上棚。众女眷们憎嫌他妆饰弊陋，恐怕一同坐着，外观不雅，将一个帷屏遮着他，叫他独坐在一处，不与他同席。他是受憎嫌惯的，也自揣己，只得凭人主张，默默坐下了。

　　正在摆设酣畅时节，忽然一个吏典走到大将面前，说道："观察相公特请将军，立等说话。"大将吃了一惊道："此与民同乐之时，料无政务相关，为何观察相公见召？莫非有甚不测事体？"心中好生害怕，捏了两把汗，到得观察相公厅前，只见观察手持一卷书，笑容可掬，当厅问道："有一个赵琮，是公子婿否？"大将答道："正是。"观察道："恭喜，恭喜。适才京中探马来报，令婿已及第了。"大将还谦逊道："恐怕未能有此地步。"观察即将手中所持之书，递与大将道："此是京中来的金榜，令婿名在其上，请公自拿去看。"大将双手接着，一眼瞟去，赵琮名字朗朗在上，不觉惊喜。谢别了观察，连忙走回。远望见棚内家人多在那里注目看外边，大举

＊人情可恨乃尔。

着榜，对着家人大呼道："赵郎及第了！赵郎及第了！"众人听见，大家都吃一惊。掇转头来看那赵娘子时，兀自寂寂寞寞，没些意思，在帷屏外坐在那里。却是耳朵里已听见了，心下暗暗地叫道："惭愧！谁知也有这日！"众亲眷急把帷屏撤开，到他跟前称喜道："而今就是夫人县君了。"一齐来拉他去同席。赵娘子回言道："衣衫蓝缕，玷辱诸亲，不敢来混。只是自坐了看看罢。"众人见他说呕气的话，一发不安，一个个强赔笑脸道："夫人说那里话！"就有献勤的，把带来包里的替换衣服，拿出来与他穿了。一个起头，个个争先。也有除下簪的，也有除下钗的，也有除下花钿的、耳铛的，霎时间把一个赵娘子打扮的花一团，锦一簇，还恐怕他不喜欢。是日那里还有心想看春会？只个个撺哄赵娘子，看他眉头眼后罢了。本是一个冷落的货，只为丈夫及第，一时一霎更变起来。人也原是这个人，亲也原是这些亲，世情冷暖，至于如此！在下为何说这个做了引头？只因有一个人为些风情事，做了出来，正在难分难解之际，忽然登第，不但免了罪过，反得团圆了夫妻。正应着在下先前所言，做了没脊梁、惹羞耻的事，一床锦被可以遮盖了的说话。看官每试听着，有诗为证：

同年同学，同林宿鸟。

此时真掇转头也。

科第妙处，正在此等。

卷二十九　通闺闼坚心灯火　闹图围捷报旗铃

好事多磨，受人颠倒。

私情败露，官非难了。

一纸捷书，真同月老。

这个故事，在宋朝端平年间，浙东有一个饱学秀才，姓张字忠父，是衣冠宦族。只是家道不足，靠着人家聘出去，随任做书记，馆谷为生。邻居有个罗仁卿，是崛起白屋人家，家事尽富厚。两家同日生产。张家得了个男子，名唤幼谦；罗家得了个女儿，名唤惜惜。多长成了。因张家有个书馆，罗家把女儿寄在学堂中读书。旁人见他两个年貌相当，戏道："同日生的，合该做夫妻。"他两个多是娃子家心性，见人如此说，便信杀道是真，私下密自相认，又各写了一张券约，发誓必同心到老。两家父母多不知道的。同学堂了四五年，各有十四岁了，情窦渐渐有些开了。见人说做夫妻的，要做那些事，便两个合了伴，商议道："我们既是夫妻，也学着他每做做。"两个你欢我爱，亦且不晓得些利害，有甚么不肯？书房前有株石榴树，树边有一只石凳，罗惜惜就坐在凳上，身靠着树，张幼谦早把他脚来跷起，就搂抱了弄将起来。两个小小年纪，未知甚么大趣味，只是两个心里喜欢做作耍笑。以后见弄得有些好处，就日日做番把，不肯住手了。

冬间，先生散了馆，惜惜回家去过了年。明年，

孩子光景，然亦有缘。

惜惜已是十五岁，父母道他年纪长成，不好到别人家去读书，不教他来了。幼谦屡屡到罗家门首探望，指望撞见惜惜。那罗家是个富家，闺院深邃，怎得轻易出来？惜惜有一丫鬟，名唤蕙英，常到书房中伏侍惜惜，相伴往返的。今惜惜不来读书，连蕙英也不来了。只为早晨采花，去与惜惜插戴，方得出门。到了冬日，幼谦思想惜惜不置，做成新词两首，要等蕙英来时递去与惜惜。词名《一剪梅》，词云：

> 同年同日又同窗，不似鸾凰，谁似鸾凰？石榴树下事匆忙，惊散鸳鸯，拆散鸳鸯。

> 一年不到读书堂，教不思量，怎不思量？朝朝暮暮只烧香，有分成双，愿早成双！

写词已罢，等那蕙英不来，又做诗一首。诗云：

> 昔人一别恨悠悠，犹把梅花寄陇头。
> 咫尺花开君不见，有人独自对花愁？

诗毕，恰好蕙英到书房里来采梅花，幼谦折了一枝梅花，同二词一诗，递与他去，又密嘱蕙英道："此花正盛开，你可托折花为名，递个回信来。"蕙英应诺，带了去与惜惜看了。惜惜只是偷垂泪眼，欲待

（已迟了。）

依韵答他,因是年底,匆匆不曾做得,竟无回信。

到得开年,越州太守请幼谦的父亲忠父去做记室,忠父就带了幼谦去,自教他。去了两年,方得归家。惜惜知道了,因是两年前不曾答得幼谦的信,密遣蜚英持一小箧子来赠他。幼谦收了,开箧来看,中有金钱十枚,相思子一粒。幼谦晓得是惜惜藏着哑谜:钱取团圆之象,相思子自不必说。心下大喜,对蜚英道:"多谢小娘子好情记念,何处再会得一会便好。"蜚英道:"姐姐又不出来,官人又进去不得,如何得会?只好传消递息罢了。"幼谦复作诗一首与蜚英拿去做回柬。诗云:

还债。

> 一朝不见似三秋,真个三秋愁不愁?
> 金钱难买尊前笑,一粒相思死不休。

蜚英去后,幼谦将金钱系在着肉的汗衫带子上,想着惜惜时节,便解下来跌卦问卜,又当耍子。被他妈妈看见了,问幼谦道:"何处来此金钱?自幼不曾见你有的。"幼谦回母亲道:"娘面前不敢隐情,实是与孩儿同学堂读书的罗氏女近日所送。"张妈妈心中已解其意,想道:"儿子年已弱冠,正是成婚之期。他与罗氏女幼年同学堂,至今寄着物件往来,必是他两情相爱。况且罗氏女在我家中,看他德容俱备,何不央人去求他为子妇,可不两全其美?"

隔壁有个卖花杨老妈,久惯做媒,在张罗两家多走动。张妈妈就接他到家来,把此事对他说道:"家里贫寒,本不敢攀他富室。但罗氏小娘子,自幼在我家与小官人同窗,况且是同日生的,或者为有这些缘分,不弃嫌肯成就也不见得。"杨老妈道:"孺人怎如此说?宅上虽然清淡些,到底是官宦人家。罗宅眼下富盛,却是个暴发。两边扯来相对,还亏着孺人宅上些哩。待老媳妇去说就是。"张妈妈道:"有烦妈妈委曲则个。"幼谦又私下叮嘱杨老妈许多说话,教他见惜惜小娘子时,千万致意。杨老妈多领诺去了,一径到罗家来。

罗仁卿同妈妈问其来意。杨老妈道:"特来与小娘子作伐。"仁卿道:"是那一家?"杨老妈道:"说起来连小娘子吉帖都不消求,那小官人就是同年月日的。"仁卿道:"这等说起来,就是张忠父家了。"杨老妈道:"正是。且是好个小官人。"仁卿道:"他世代儒家,门第也好,只是家道艰难,靠着终年出去处馆过日,有甚么大长进处?"杨老妈道:"小官人聪俊非凡,必有好日。"仁卿道:"而今时势,人家只论见前,后来的事,那个包得?小官人看来是好的,但功名须有命,知道怎么?若他要来求我家女儿,除非会及第做官,便与他了。"杨老妈道:"依老媳妇看起来,只怕这个小官人这日子也有。"仁卿道:"果有这日子,我家决不失信。"罗妈妈也是

<small>如今人岂肯作如是观!</small>

<small>会说。</small>

<small>俗见实是如此。</small>

一般说话。杨老妈道:"这等,老媳妇且把这话回覆张老孺人,教他小官人用心读书巴出身则个。"罗妈妈道:"正是,正是。"杨老妈道:"老媳妇也到小娘子房里去走走。"罗妈妈道:"正好在小女房里坐坐,吃茶去。"

杨老妈原在他家走熟的,不消引路,一直到惜惜房里来。惜惜请杨老妈坐了,叫蚩英看茶。就问道:"妈妈何来?"杨老妈道:"专为隔壁张家小官人求小娘子亲事而来。小官人多多拜上小娘子,说道:'自小同窗,多时不见,无刻不想。'今特教老身来到老员外、老安人处做媒,要小娘子怎生从中自做个主,是必要成!"惜惜道:"这个事须凭爹妈做主,我女儿家怎开得口!不知方才爹妈说话何如?"杨老妈道:"方才老员外与安人的意思,嫌张家家事淡泊些。说道:'除非张小官人中了科名,才许他。'"惜惜道:"张家哥哥这个日子倒有,只怕爹妈性急,等不得,失了他信。既有此话,有烦妈妈上覆他,叫他早自挣挫,我自一心一意守他这日罢了。"惜惜要杨老妈替他传话,密地取两个金指环送他,道:"此后有甚说话,妈妈悄悄替他传与我知道,当有厚谢。不要在爹妈面前说了。"看官,你道这些老妈家,是马泊六的领袖,有甚么解不出的意思?晓得两边说话多有情,就做不成媒,还好私下牵合他两个,赚主大钱。又且见了两个金指环,一

不止同窗。

猜得着。

面堆下笑来道:"小娘子,凡有所托,只在老身身上,不误你事。"

出了罗家门,再到张家来回覆,把这些说话,一一与张妈妈说了。张幼谦听得,便冷笑道:"登科及第,是男子汉分内事,何足为难?这老婆稳取是我的了。"杨老妈道:"他家小娘子,也说道官人毕竟有这日,只怕爹娘等不得,或有变卦。他心里只守着你,教你自要奋发。"张妈妈对儿子道:"这是好说话,不可负了他!"杨老妈又私下对幼谦道:"罗家小娘子好生有情于官人,临动身又分付老身道:'下次有说话悄地替他传传。'送我两个金指环,这个小娘子实是贤慧。"幼谦道:"他日有话相烦,是必不要推辞则个。"杨老妈道:"当得,当得。"当下别了去。

明年,张忠父在越州打发人归家,说要同越州太守到京候差,恐怕幼谦在家失学,接了同去。幼谦只得又去了,不题。

却说罗仁卿主意,嫌张家贫穷,原不要许他的。这句"做官方许"的说话,是句没头脑的话,做官是期不得的。女儿年纪一年大似一年,万一如姜太公八十岁才遇文王,那女儿不等做老婆婆了?又见张家只是远出,料不成事。他那里管女儿心上的事?其时同里有个巨富之家,姓辛,儿子也是十八岁了。闻得罗家女子,才色双全,央媒求聘。罗仁

侧批:有志哉。

侧批:肯送指环,即以为贤慧矣。

卿见他家富盛，心里喜欢。^{牛精常情。}又且张家只来口说得一番，不曾受他一丝，不为失约，那里还把来放在心上？一口许下了。辛家择日行聘，惜惜闻知这消息，只叫得苦。又不好对爹娘说得出心事，暗暗纳闷，私下对蛮英这丫头道："我与张官人同日同窗，谁不说是天生一对？我两个自小情如姊妹，谊等夫妻。^{不止于谊矣。}今日却叫我嫁着别个，这怎使得？不如早寻个死路，倒得干净。只是不曾会得张官人一面，放心不下。"蛮英道："前日张官人也问我要会姐姐，我说没个计较，只得罢了。而今张官人不在家，就是在时，也不便相会。"惜惜道："我到想上一计，可以相会，只等他来了便好。你可时常到外边去打听打听。"蛮英谨记在心。

且说张幼谦京中回来得，又是一年。闻得罗惜惜已受了辛家之聘，不见惜惜有甚么推托不肯的事。幼谦大恨道："他父母是怪不得，难道惜惜就如此顺从，并无说话？"一气一个死。提起笔来，做词一首。^{不见谅。}词名《长相思》，云：

天有神，地有神，海誓山盟字字真。如今墨尚新。　　过一春，又一春，不解金钱变作银。如何忘却人？

写毕了，放在袖中，急急走到杨老妈家里来。杨老妈接进了，问道："官人有何事见过？"幼谦道："妈妈晓得罗家小娘子已许了人家么？"杨老妈道："也见说，却不是我做媒的。好个小娘子，好生注意官人，可惜错过了。"幼谦道："我不怪他父母，到怪那小娘子，如何凭父母许别人，不则一声？"杨老妈道："叫他女孩儿家怎好说得？他必定有个主意，不要错怪了人！"幼谦道："为此要妈妈去通他一声，我有首小词，问他口气的，烦妈妈与我带一带去。"袖中摸出词来，并越州太守所送赆礼一两，转送与杨老妈做脚步钱。杨老妈见了银子，如苍蝇见血，有甚事不肯做？欣然领命去了。把卖花为由，竟到罗家，走进惜惜房中来。惜惜接着，问道："一向不见妈妈来走走。"杨老妈道："一向无事，不敢上门。今张官人回来了，有话转达，故此走来。"惜惜见说幼谦回了，道："我正叫蕙英打听，不知他已回来。"杨老妈道："他见说小娘子许了辛家，好生不快活。有封书托我送来小娘子看。"袖中摸出书来，递与惜惜。惜惜叹口气接了，拆开从头至尾一看，却是一首词。落下泪来道："他错怪了我也！"杨老妈道："老身不识字，书上不知怎地说？"惜惜道："他道我忘了他，岂知受聘，多是我爹妈的意思，怎由得我来？"杨老妈道："小娘子，你而今怎么发付他？"惜惜道："妈妈，你肯替张郎递信，必定受张郎之托。我有句真心话对你说，不妨么？"老妈

好个撮合山！

道:"去年受了小娘子尊赐,至今丝毫不曾出得力,又且张官人相托,随你分付,水里水里去,火里火里去,尽着老性命,做得的,只管做去,决不敢泄漏半句话的!"惜惜道:"多感妈妈盛心!先要你去对张郎说明白我的心事,我只为未曾面会得张郎,所以含忍至今。若得张郎当面一会,我就情愿同张郎死在一处,决不嫁与别人,偷生在世间的。"老妈道:"你心事我好替你去说得,只是要会他,却不能勾,你家院宇深密,张官人又不会飞,我衣袖里又袋他不下,如何弄得他来相会?"惜惜道:"我有一计,尽可使张郎来得。只求妈妈周全,十分稳便。"老妈道:"老身方才说过了,但凭使唤,只要早定妙计,老身无不尽心。"惜惜道:"奴家卧房,在这阁儿上,是我家中落末一层,与前面隔绝。阁下有一门,通后边一个小圃。圃周围有短墙,墙外便是荒地,通着外边的了。墙内有四五株大山茶花树,可以上得墙去的。烦妈妈相约张郎在墙外等,到夜来,我教丫头打从树枝上登墙,将个竹梯挂在墙外来,张郎从梯上上墙,也从山茶树上下地,可以径到我房中阁上了。妈妈可怜我两人情重如山,替奴家备细传与张郎则个。"走到房里,摸出一锭银子来,约有四五两重,望杨老妈袖中就塞,道:"与妈妈将就买些点心吃。"杨老妈假意道:"未有功劳,怎么当这样重赏?只一件,若是不受,又恐怕小娘子反要

<small>忙中混话,极肖婆子声口。</small>

疑心我未是一路,只得斗胆收了。"谢别了惜惜出来,一五一十,走来对张幼谦说了。

幼谦得了这个消息,巴不得立时间天黑将下来。张、罗两家相去原不甚远,幼谦日间先去把墙外路数看看,望进墙去,果然四五枝山茶花树透出墙外来。幼谦认定了,晚上只在这墙边等候。等了多时,并不见墙里有些些声响,不要说甚么竹梯不竹梯。等到后半夜,街鼓将动,方才闷闷回来了。到第二晚,第三晚,又复如此。白白守了三个深夜,并无动静。想道:"难道要我不成?还是相约里头,有甚么说话参差了?不然或是女孩儿家贪睡,忘记了?不知我外边人守候之苦,不免再央杨老妈去问个明白。"又题一首诗于纸,云:

<blockquote>
山茶花树隔东风,何啻云山万万重。
销金帐暖贪春梦,人在月明风露中。
</blockquote>

写完走到杨老妈家,央他递去,就问失约之故。元来罗家为惜惜能事,一应家务俱托他所管。那日央杨老妈约了幼谦,不想有个姨娘到来,要他支陪,自不必说;晚间送他房里同宿,一些手脚做不得了。等得这日才去,杨老妈恰好走来,递他这诗。惜惜看了道:"张郎又错怪了奴也!"对杨老妈道:"奴家因有姨娘在此房中宿,三夜不曾合眼。无半

(难为情。)

(不做美,姨娘前世冤家也。)

(忌在此。)

点空隙机会，非奴家失约。今姨娘已去，今夜点灯后，叫他来罢，决不误期了。"杨老妈得了消息，走来回覆张幼谦说："三日不得机会说话，准期在今夜点烛后了。"幼谦等到其时，踱到墙外去看，果然有一条竹梯倚在墙边。幼谦喜不自禁，蹑了梯子，一步一步走上去，到得墙头上，只见山茶树枝上有个黑影，吃了一惊。却是蜚英在此等候，咳嗽一声，大家心照了。攀着树枝，多挂了下去。蜚英引他到阁底下，惜惜也在了，就一同挽了手，登阁上来，灯下一看，俱觉长成得各别了。大家欢极，齐声道："也有这日相会也！"也不顾蜚英在面前，大家搂抱定了。蜚英会意，移灯到阁外来了。于时月光入室，两人厮偎厮抱，竟到卧床上云雨起来。

何异登云梯。

好个凑趣丫头。

一别四年，相逢半霎。回想幼时滋味，浑如梦境欢娱。当时小阵争锋，今日全军对垒。含苞微破，大创元有余红；玉茎顿雄，骤当不无半怯。只因尔我心中爱，拼却爷娘眼后身。

云雨既散，各诉衷曲。幼谦道："我与你欢乐，只是暂时，他日终须让别人受用。"惜惜道："哥哥兀自不知奴心事。奴自受聘之后，常拼一死，只为未到得嫁期，且贪图与哥哥落得欢会。若他日再把此身伴别人，犬豕不如矣！直到临时便见。"两人唧唧哝哝,讲了一夜的话。将到天明,惜惜叫幼谦起来,穿衣出去。幼谦问:"晚间事如何?"惜惜道:"我家中时常有事,未必夜夜方便,我把个暗号与你。我阁之西楼,墙外远望可见。此后楼上若点起三个灯来,便将竹梯来度你进来;若望来只是一灯,就是来不得的了,不可在外边痴等,似前番的样子,枉吃了辛苦。"_{亦是爱处。}如此约定而别。幼谦仍旧上山茶树,蹑竹梯而下。随后萋英就登墙抽了竹梯起来,真个神鬼不觉。

_{暗号甚妙,皆惜惜能事处。}

以后幼谦只去远望,但见楼西点了三个灯,就步至墙外来,只见竹梯早已安下了,即便进去欢会。如此,每每四五夜,连宵行乐。若遇着不便,不过隔得夜把儿。往来一月有多,正在快畅之际。真是好事多磨:有个湖北大帅,慕张忠父之名,礼聘他为书记。忠父辞了越州太守的馆,回家收拾去赴约,就要带了幼谦到彼乡试。幼谦得了这个消息,心中舍不得惜惜,甚是烦恼,却违拗不得。只得将情告知惜惜,就与哭别。惜惜拿出好些金帛来赠他做盘缠,哭对他道:"若是幸得未嫁,还好等你归来再会。倘若你未归之前,有了日子,逼我嫁人,我只是死在阁前井中,与你再结来世姻缘。今世无及,只当永别了。"哽哽咽咽,两个哭了半夜,虽是交欢,终带惨凄,不得如常尽兴。临别,惜惜执了幼谦的手,叮咛道:"你勿忘恩情,觑个空便,只是早归来得一

_{此时似是冤家,到底却得其力。}

日，也是好的。"幼谦道："此不必分付，我若不为乡试，定寻个别话，推着不去了。今却有此，便须推不得，岂是我的心愿？归得便归，早见得你一日，也是快活。"相抱着多时，不忍分开，各含眼泪而别。

幼谦自随父亲到湖北去，一路上触景伤心，自不必说。到了那边，正值试期。幼谦痴心自想："若夺得魁名，或者亲事还可挽回得转，也未可料。"尽着平生才学，做了文赋，出场来就对父亲说道："掉母亲家里不下，算计要回家。"忠父道："怎不看了榜去？"幼谦道："揭榜不中，有何颜面？况且母亲家里孤寂，早晚悬望。此处离家，须是路远，比不得越州时节，信息常通的。做儿的怎放心得下？那功名是外事，有分无分已前定了，看那榜何用？"缠了几日，忠父方才允了，放回家来。不则一日，到了家里。

于母恐未必惓惓如此。

元来辛家已拣定是年冬里的日子来娶罗惜惜了。惜惜心里着急，日望幼谦到家，真是眼睛多望穿了。时时叫蜚英寻了头由，到幼谦家里打听。此日蜚英打听得幼谦已回，忙来对惜惜说了。惜惜道："你快去约了他，今夜必要相会，原仍前番的法儿进来就是。"又写一首词，封好了，一同拿去与他看。

蜚英领命，走到张家门首，正撞见了张幼谦。幼谦道："好了，好了。我正走出来要央杨老妈来通信，恰好你来了。"蜚英道："我家姐姐盼官人不来，时常啼哭。日日叫我打听,今得知官人到了,登时遣我来约官人,今夜照旧竹梯上进来相会。有一个柬帖在此。"幼谦拆开来,乃是一首《卜算子》词。词云:

幸得那人归,怎便教来也?一日相思十二时,直是情难舍! 本是好姻缘,又怕姻缘假。若是教随别个人,相见黄泉下。

幼谦读罢词,回他说:"晓得了。"蚕英自去。幼谦把词来珍藏过了。

到得晚间,远望楼西,已有三灯明亮,急急走去墙外看,竹梯也在了。进去见了惜惜,惜惜如获珍宝,双手抱了,口里埋怨道:"亏你下得!直到这时节才归来!而今已定下日子了,我与你就是无夜不会,也只得两月多,有限的了。当与你极尽欢娱而死,无所遗恨。你少年才俊,前程未可量,奴不敢把世俗儿女态,强你同死。但日后对了新人,切勿忘我!"说罢大哭。幼谦也哭道:"死则俱死,怎说这话?我一从别去,那日不想你?所以试毕不等揭晓就回,只为不好违拗得父亲,故迟了几日。我认个不是罢了,不要怪我!蒙寄新词,我当依韵和一首,以见我的心事。"取过惜惜的纸笔,写道:

<small>有情人。</small>

去时不由人，归怎由人也？罗带同心结到成，底事教拼舍？　　心是十分真，情没些儿假。若道归迟打掉篦，甘受三千下。

惜惜看了词中之意，晓得他是出于无奈，也不怨他，同到罗帏之中，极其缱绻。俗语道"新婚不如远归"，况且晓得会期有数，又是一刻千金之价。你贪我爱，尽着心性做事，不顾死活。如是半月，幼谦有些胆怯了，对惜惜道："我此番无夜不来，你又早睡晚起，觉得忒胆大了些！万一有些风声，被人知觉，怎么了？"惜惜道："我此身早晚拼是死的，且尽着快活。就败露了，也只是一死，怕他甚么？"果然惜惜忒放泼了些。罗妈妈见他日间做事，有气无力，长打呵欠，又有时早晨起来，眼睛红肿的，心里疑惑起来道："这丫头有些改常了，莫不做下甚么事来？"就留了心。到人静后，悄悄到女儿房前察听动静。只听得女儿在阁上，低低微微与人说话。罗妈妈道："可不作怪！这早晚难道还与蚩英这丫头讲甚么话不成？就讲话，何消如此轻的，听不出落句来？"再仔细听了一回，又听得阁底下房里打鼾响，一发惊异道："上边有人讲话，下边又有人睡下，可不是三个人了？睡的若是蚩英丫头，女儿却与那个说话？这事必然跷蹊。"急走去对老儿说了这些缘故。罗仁卿大惊道："吉期近了，不要做

真是拼得做得。

却不道怎的。

将出来！"^{专为此要做。}对妈妈道："不必迟疑，竟闯上阁去一看，好歹立见。那阁上没处去的。"妈妈去叫起两个养娘，拿了两灯火，同妈妈前走，仁卿执着杆棒押后，一径到女儿房前来。见房门关得紧紧的，妈妈出声叫："蚩英丫头。"蚩英还睡着不应，阁上^{利害。}先听见了。惜惜道："娘来叫，必有甚家事。"幼谦慌张起来，惜惜道："你不要慌！悄悄住着，待我迎将下去。夜晚间他不走起来的。"忙起来穿了衣服，一面走下楼来。张幼谦有些心虚，怕不尴尬，也把衣服穿起，却是没个走路，只得将就闪在暗处静听。惜惜只认做母亲一个来问甚么话的，道是迎住就罢了，岂知一开了门，两灯火照得通红，连父亲也在，吃了一惊，正说不及话出来。只见母亲抓了养娘手^{此时真正着急。}里的火，父亲带着杆棒，望阁上直奔。惜惜见不是头，情知事发，便走向阁外来，望井里要跳。一个养娘见他走急，带了火来照；一个养娘是空手的，见他做势，连忙抱住道："为何如此？"便喊道："姐姐在此投井！"蚩英惊醒，走起来看，只见姐姐正在那里苦挣，两个养娘尽力抱住。蚩英走去伏在井栏上了，口里哼道："姐姐使不得！"

不说下边乌乱，且说罗仁卿夫妻走到阁上暗处，搜出一个人来。仁卿举起杆棒，正待要打。妈妈将灯上前一照，仁卿却认得是张忠父的儿子幼谦。且歇了手，骂道："小畜生！贼禽兽！你是我通家子侄，怎干出这等没道理的勾当来，玷辱我家！"幼谦只得跪下道："望伯伯恕小侄之罪，听小侄告诉。小侄自小与令爱只为同日同窗，心中相契。前年曾着人相求为婚，伯伯口许道：'等登第方可。'小侄为此发奋读书，指望完成好事。岂知宅上忽然另许了人家，故此令爱不忿，相招私合。原约同死同生，今日事已败露，令爱必死，小侄不愿独生，凭伯伯打死罢！"仁卿道："前日此话固有，你几时又曾登第了来，却怪我家另许人？你如此无行的禽兽，料也无功名之分。你罪非轻，自有官法，我也不私下打你。"一把扭住。妈妈听见阁前嚷得慌，也恐怕女儿短见，忙忙催下了阁。

仁卿拖幼谦到外边堂屋，把条索子捆住，关好在书房里。叫家人看守着他，只等天明送官。自家复身进来看女儿时，只见颠得头蓬发乱，妈妈与养娘们还搅做了一团，在那里嚷。仁卿怒道："这样不成器的！等他死了罢！拦他何用？"举起杆棒要打，却得妈妈与养娘们，搀的搀，驮的驮，拥上阁去了，剩得仁卿一个在底下。抬头一看，只见茧英还在井栏边。仁卿一肚子恼怒，正无发泄处，一手揪住头发，拖将过来便打道："多是你做了牵头，牵出事来的。还不实说，是怎么样起头的？"茧英起初还推一向在阁下睡，不知就里，被打不过，只得把来踪去迹细细招了，又说道："姐姐与张官人时常哭泣，

反罪其失信，亦无聊之极思。

仁卿语亦正。

晦气撞着。

> 此话要紧。

只求同死的。"仁卿见说了这话,喝退了蕙英,心里也有些懊悔道:"前日便许了他,不见得如此。而今却有辛家在那里,其事难处,不得不经官了。"

> 冷话。

闹嚷了大半夜,早已天明。元来但是人家有事,觉得天也容易亮些。妈妈自和养娘窝伴住了女儿,不容他寻死路,仁卿却押了幼谦一路到县里来。县宰升堂,收了状词,看是奸情事,乃当下捉获的,知是有据。又见状中告他是秀才,就叫张幼谦上来问道:"你读书知礼,如何做此败坏风化之事?"幼谦道:"不敢瞒大人,这事有个委曲,非孟浪男女宣淫也"。

> 巧言。

县宰道:"有何委曲?"幼谦道:"小生与罗氏女同年月日所生,自幼罗家即送在家下读书,又系同窗。情孚意洽,私立盟书,誓同偕老。后来曾央媒求聘,罗家回道:'必待登第,方许成婚。'小生随父游学,两年归家,谁知罗家不记前言,竟自另许了辛家。罗氏女自道难负前誓,只待临嫁之日,拼着一死,以谢小生,所以约小生去觌面永诀。踪迹不密,却被擒获。罗女强嫁必死,小生义不独生。

> 词甚强直。

事既败露,不敢逃罪。"

县宰见他人材俊雅,言词慷慨,有心要周全他。问罗仁卿道:"他说的是实否?"仁卿道:"话多实的,这事却是不该做。"县宰要试他才思,取过纸笔来与他道:"你情既如此,口说无凭,可将前后事写一供状来我看。"幼谦当堂提笔,一挥而就。供云:

卷二十九　通闱闼坚心灯火　闹图圊捷报旗铃

　　窃惟情之所钟，正在吾辈；义之不歉，何恤人言！罗女生同月日，曾与共塾而作书生；幼谦契合金兰，匪仅逾墙而搂处子。长卿之悦，不为挑琴；宋玉之招，宁关好色！原许乘龙须及第，未曾经打罷罷；却教跨凤别吹箫，忍使顿成怨旷！临嫁而期永诀，何异十年不字之贞；赴约而愿捐生，无忝千里相思之谊。既藩篱之已触，总桎梏而自甘。伏望悯此缘悭，巧赐续貂奇遇；怜其情至，曲施解网深仁。寒谷逢乍转之春，死灰有复燃之色。施同种玉，报拟衔环。上供。

自责反自誉，东方朔之遗风。

　　县宰看了供词，大加叹赏，对罗仁卿道："如此才人，足为快婿。尔女已是覆水难收，何不宛转成就了他？"罗仁卿道："已受过辛氏之聘，小人如今也不得自由。"亦是真话。县宰道："辛氏知此风声，也未必情愿了。"

好个县宰！

　　县宰正待劝化罗仁卿，不想辛家知道，也来补状，要追究奸情。那辛家是大富之家，与县宰平日原有往来的。这事是他理直，不好曲拗得，又恐怕张幼谦出去，被他两家气头上蛮打坏了，只得准了辛家状词，把张幼谦权且收监，还要提到罗氏再审虚实。

真好县宰！

　　却说张妈妈在家，早晨不见儿子来吃早饭，到书房里寻他，却又不见，正不知那里去了。只见杨

张妈妈一向在梦中。

老妈走来慌张道:"孺人知道么?小官人被罗家捉奸,送在牢中去了。"张妈妈大惊道:"怪道他连日有些失张失智,果然做出来。"杨老妈道:"罗、辛两家都是富豪,只怕官府处难为了小官人,怎生救他便好?"张妈妈道:"除非着人去对他父亲说知,讨个商量。我是妇人家,干不得甚么事,只好管他牢中送饭罢了。"张妈妈叫着一个走使的家人,写了备细书一封,打发他到湖北去通张忠父知道,商量寻个方便。家人星夜去了。

<small>此着得力。</small>

这边张幼谦在牢中,自想:"县宰十分好意,或当保全。但不知那晚惜惜死活何如,只怕今生不能再会了!"正在思念流泪,那牢中人来索常例钱、油火钱,亏得县宰曾分付过,不许难为他,不致动手动脚,却也言三语四,絮聒得不好听。幼谦是个书生,又兼心事不快时节,怎耐烦得这些模样?分解不开之际,忽听得牢门外一片锣声筛着,一伙人从门上直打进来,满牢中多吃一惊。

<small>也差得多了。</small>

<small>天下快事,无过于此。</small>

幼谦看那为头的肩上捎着一面红旗,旗上挂下铜铃,上写"帅府捷报"。乱嚷道:"那一位是张幼谦秀才?"众人指着幼谦道:"这个便是。你们是做甚么的?"那伙人不由分说,一拥将来,团团把幼谦围住了。道:"我们是湖北帅府,特来报秀才高捷的。快写赏票!"就有个摸出纸笔来揿住他手,要写五百贯、三百贯的乱嘈!幼谦道:"且不要忙,拿

出单来看是何名次，写赏未迟。"报的人道："高哩，高哩。"取出一张红单来，乃是第三名。幼谦道："我是犯罪被禁之人，你如何不到我家里报去，却在此狱中啰唣？知县相公知道，须是不便。"报的人道："咱们是府上来，见说秀才在此，方才也曾着人禀过知县相公的。这是好事，知县相公料不嗔怪。"幼谦道："我身命未知如何，还要知县相公做主，我枉自写赏何干？"报的人只是乱嚷，牢中人从旁撺哄，把一个牢里闹做了一片。只听得喝道之声，牢中人乱窜了去，喊道："知县相公来了。"须臾，县宰笑嘻嘻的踱进牢来。见众人尚拥住幼谦不放，县宰喝道："为甚么如此？"报的人道："正要相公来。张秀才自道在牢中，不肯写赏，要请相公做主。"县宰笑道："不必喧嚷，张秀才高中，本县原有公费，赏钱五十贯，在我库上来领。"取过笔来写与他了。众人嫌少，又添了十贯，然后散去。

　　县宰请过张幼谦来，换了衣巾，施礼过，拱他到公厅上，称贺道："恭喜高掇。"幼谦道："小生蒙覆庇之恩，虽得侥幸，所犯愆尤，还仗大人保全！"县宰道："此纤芥之事，不必介怀！下官自当宛转。"此时正出牌去拘罗惜惜出官对理未到，县宰当厅就发个票下来，票上写道："张子新捷，鼓乐送归；罗女免提，候申州定夺。"写毕，就唤吏典取花红鼓乐马匹伺候，县宰敬幼谦酒三杯，上了花红，送上了

到此地位，连犯罪二字也说得响了。

好推法。

马，鼓乐前导，送出县门来。正是：

> 昨日牢中囚犯，今朝马上郎君。
> 风月场添彩色，氤氲使也欢欣。

却说幼谦迎到半路上，只见前面两个公人，押着一乘女轿，正望着县里而来。轿中隐隐有哭声，这边领票的公人认得，知是罗惜惜在内，高叫道："不要来了，张秀才高中，免提了。"就取出票来与那边的公人看。惜惜在轿中分明听得，顶开轿帘窥看，只见张生气昂昂、笑欣欣骑在马上到面前来，心中暗暗自乐。幼谦望去，见惜惜在轿中，晓得那晚不曾死，心中放下了一个大疙瘩。当下四目相视，悲喜交集。抬惜惜的，转了轿，正在幼谦马的近边，先先后后，一路同走，恰像新郎迎着新人轿的一般，单少的是轿上结彩，直到分路处，两人各丢眼色而别。

幼谦回来见了母亲，拜过了，赏赐了迎送之人，俱各散讫。张妈妈道："你做了不老成的事，几把我老人家急死。若非有此番天救星，这事怎生了结？今日报事的打进来，还只道是官府门中人来嚷，慌得娘没躲处哩。直到后边说得明白，方得放心。我说你在县牢里，他们一径来了。却是县间如何就肯放了你？"幼谦道："孩儿不才，为儿女私情，做下

旁批：快哉！

旁批：惜惜此时之乐，不减于张。

了事,连累母亲受惊。亏得县里大人好意,原有周全婚姻之意,只碍着辛家不肯。而今侥幸有了这一步,县里大人十分欢喜,送孩儿回来,连罗氏女也免提了。孩儿痴心想着,不但可以免罪,或者还有些指望也不见得。"妈妈道:"虽然知县相公如此,却是闻得辛家恃富,不肯住手,要到上司陈告,恐怕对他不过。我起初曾着人到你父亲处商量去了,不知有甚关节来否?"幼谦道:"这事且只看县里申文到州,州里旨意如何,再作道理。娘且宽心。"须臾之间,邻舍人家多来叫喜,杨老妈也来了。母亲欢喜,不在话下。

却说本州太守升堂,接得湖北帅使的书一封,拆开来看,却为着张幼谦、罗氏事,托他周全。此书是张忠父得了家信,央求主人写来的。总是就托忠父代笔,自然写得十分恳切。那时帅府有权,太守不敢不尽心,只不知这件事的头脑备细,正要等县宰来时问他。恰好是日,本县申文也到,太守看过,方知就里。又晓得张幼谦新中,一发要周全他了。只见辛家来告状道:"张幼谦犯奸禁狱,本县为情擅放,不行究罪,实为枉法。"太守叫辛某上来,晓谕他道:"据你所告,那罗氏已是失行之妇,你争他何用?就断与你家了,你要了这媳妇,也坏了声名。何不追还了你原聘的财礼,另娶了一房好的,毫无瑕玷,可不是好?你须不比罗家,原是干净的门户,何苦争此

_{张生此时可以胆大了。}

闲气？"辛某听太守说得有理，一时没得回答，叩头道："但凭相公做主。"太守即时叫吏典取纸笔与他，要他写了情愿休罗家亲事一纸状词，周到。行移本县，在罗仁卿名下，追辛家这项聘财还他。辛家见太守处分，不敢生词说，叩头而出。

虽为张生，实是正理。

太守当下密写一书，钉封在文移中，与县宰道："张、罗，佳偶也。茂宰可为了此一段姻缘，此奉帅府处分，毋忽！"县宰接了州间文移，又看了这书，具两个名帖，先差一个吏典去请罗仁卿公厅相见，又差一个吏典去请张幼谦。分头去了。

罗仁卿是个白身富翁，见县官具帖相请，敢不急赴？即忙换了小帽，穿了大摆褶子，来到公厅。县宰只要完成好事，优礼相待。对他道："张幼谦是个快婿，本县前日曾劝足下纳了他。今已得成名，若依我处分，诚是美事。"罗仁卿道："相公分付，小人怎敢有违？只是已许下辛家，辛家断然要娶，小人将何辞回得他？有此两难，乞相公台鉴。"县宰道："只要足下相允，辛家已不必虑。"笑嘻嘻的叫吏典在州里文移中，取出辛家那纸休亲的状来，把与罗仁卿看。县宰道："辛家已如此，而今可以贺足下得佳婿矣。"仁卿沉吟道："辛家如何就肯写这一纸？"县宰笑道："足下不知，此皆州守大人主意，叫他写了以便令婿完姻的。"就在袖里摸出太守书来，与仁卿看了。仁卿见州、县如此为他，怎敢推

真好县宰，然而此时不为奇也。

辞？只得谢道："儿女小事，劳烦各位相公费心，敢不从命？"只见张幼谦也请到了，县宰接见，笑道："适才令岳亲口许下亲事了。"就把密书并辛氏休状与幼谦看过，说知备细。幼谦喜出望外，称谢不已。县宰就叫幼谦当堂拜认了丈人，罗仁卿心下也自喜欢。县宰邀进后堂，治酒待他翁婿两人。罗仁卿谦逊不敢与席，县宰道："有令婿面上，一坐何妨！"当下尽欢而散。

幼谦回去，把父亲求得湖北帅府关节托太守，太守又把县宰如此如此备细说一遍，张妈妈不胜之喜。那罗仁卿吃了知县相公的酒，身子也轻了好些，晓得是张幼谦面上带挈的，一发敬重女婿。罗妈妈一向护短女儿，又见仁卿说州县如此做主，又是个新得中的女婿，得意自不必说。次日，是黄道吉日，就着杨老妈为媒，说不舍得放女儿出门，把张幼谦赘了过来。洞房花烛之夜，两新人原是旧相知，又多是吃惊吃吓，哭哭啼啼死边过的，竟得团圆，其乐不可名状。

原侥幸。

成亲后，夫妇同到张家拜见妈妈。妈妈看见佳儿佳妇，十分美满。又分付道："州、县相公之恩，不可有忘！既已成亲，须去拜谢。"幼谦道："孩儿正欲如此。"遂留下惜惜在家相伴婆婆闲话，张妈妈从幼认得媳妇的，愈加亲热。幼谦却去拜谢了州、县。归来，州、县各遣人送礼致贺。打发了毕，依

旧一同到丈人家里来了。明年,幼谦上春官,一举登第,仕至别驾,夫妻偕老而终。诗曰:

漫说囹圄是福堂,谁知在内报新郎!
不是一番寒彻骨,怎得梅花扑鼻香?

卷三十 王大使威行部下
　　　　李参军冤报生前

李恭軍冤報生前

诗曰：

> 冤业相报，自古有之。
> 一作一受，天地无私。
> 杀人还杀，自刃何疑？
> 有如不信，听取谈资。

话说天地间最重的是生命。佛说戒杀，还说杀一物要填还一命。何况同是生人，欺心故杀，岂得不报？所以律法上最严杀人偿命之条，汉高祖除秦苛法，止留下三章，尚且头一句就是"杀人者死"。可见杀人罪极重，但阳间不曾败露，无人知道，那里正得许多法！尽有漏了网的。即不那死的人，落得一死了？所以就有阴报。那阴报事也尽多，却是在幽冥地府之中，虽是分毫不爽，无人看见。就有人死而复苏，传说得出来，那口强心狠的人，只认做说的是梦话，自己不曾经见，那里肯个个听？却有一等，即在阳间，受着再生冤家现世花报的，事迹显著，明载史传，难道也不足信？还要口强心狠哩！在下而今不说那彭生惊齐襄公，赵王如意赶吕太后，窦婴、灌夫鞭田蚡，这还是道"时衰鬼弄人"，又道是"疑心生暗鬼"，未必不是阳命将绝，自家心上的事发，眼花撩花上头起来的。只说些明明白白的现世报，但是报法有不同。看官不嫌絮烦，听小子多说一两件，然后入正话。

一件是唐逸史上说的：长安城南曾有僧日中求斋，偶见桑树上有一女子在那里采桑，合掌问道："女菩萨，此间侧近，何处有信心檀越，可化得一斋的么？"女子用手指道："去此三四里，有个王家，见在设斋之际，见和尚来到，必然喜舍，可速去！"僧随他所指处前往，果见一群僧，正要就坐吃斋。此僧来得恰好，甚是喜欢。斋罢，王家翁、姥见他来得及时，问道："师父像个远来的，谁指引到此？"僧道："三四里外，有一个小娘子在那里采桑，是他教导我的。"翁、姥大惊道："我这里设斋，并不曾传将开去。三四里外女子从何知道？必是个未卜先知的异人，非凡女也。"对僧道："且烦师父与某等同往，访这女子则个。"翁、姥就同了此僧，到了那边。那女子还在桑树上，一见了王家翁、姥，即便跳下树来，连桑篮丢下了，望前极力奔走。僧人自去了，翁、姥随后赶来。女子走到家，自进去了。王翁认得这家是村人卢叔伦家里，也走进来。女子跑进到房里，掇张床来抵住了门，牢不可开。卢母惊怪他两个老人家赶着女儿，问道："为甚么？"王翁、王母道："某今日家内设斋，落末有个远方僧来投斋，说是小娘子指引他的。某家做此功德，并不曾对人说，不知小娘子如何知道，故来问一声，并无甚么别故。"卢母见说，道："这等打甚么紧，老身去叫他出来。"就走去敲门叫女儿，女儿坚不肯出。卢母大怒道："这是怎的起？这小奴才作怪了！"女子在房内回言道："我自不愿见这两个老货，也没甚么罪过。"卢母道："邻里翁婆看你，有甚不好意思？为何躲着不出？"王翁、王姥见他躲避得紧，一发疑心道："必有奇异之处。"在门外着实恳求，必要一见。女子在房内大喝道："某年

_{前之访，此之求见，皆业使之也。}

月日有贩胡羊的父子三人，今在何处？"王翁、王姥听见说了这句，大惊失色，急急走出，不敢回头一看，恨不得多生两只脚，飞也似的去了。女子方开出门来，卢母问道："适才的话，是怎么说？"女子道："好叫母亲得知：儿再世前曾贩羊从夏州来，到此翁、姥家里投宿。父子三人，尽被他谋死了，劫了资货，在家里受用。儿前生冤气不散，就投他家做了儿子，聪明过人。他两人爱同珍宝，十五岁害病，二十岁死了。他家里前后用过医药之费，已比劫得的多过数倍了。又每年到了亡日，设了斋供，夫妻啼哭，总算他眼泪也出了三石多了。儿今虽生在此处，却多记得前事。偶然见僧化饭，所以指点他。这两个是宿世冤仇，我还要见他怎么？方才提破他心头旧事，吃这一惊不小，回去即死，债也完了。"卢母惊异，打听王翁夫妻，果然到得家里，虽不知这些清头，晓得冤债不了，惊悸恍惚成病，不多时，两个多死了。看官，你道这女儿三生，一生被害，一生索债，一生证明讨命，可不利害么？略听小子胡诌一首诗：

可畏哉，为恶岂有益乎？

采桑女子实堪奇，记得为儿索债时。
导引僧家来乞食，分明追取赴阴司。

这是三生的了，再说个两世的，死过了鬼来报冤的。这一件,在宋《夷坚志》上,说吴江县二十里外,因渎村有个富人吴泽,曾做个将仕郎,叫做吴将仕。生有一子,小字云郎。自小即聪明勤学,应进士第,预待补籍,父母望他指日峥嵘。绍兴五年八月,一病而亡。父母痛如刀割,竭尽资财,替他追荐超度,费了若干东西,心里只是苦痛,思念不已。明年冬,将仕有个兄弟做助教的,名滋,要到洞庭东山妻家去。未到数里,暴风打船,船行不得,暂泊在福善王庙下,躲过风势,登岸闲步。望庙门半掩,只见庙内一人,着皂绨背子,缓步而出,却像云郎。助教走上前,仔细一看,元来正是他。吃了一大惊,明知是鬼魂,却对他道:"你父母晓夜思量你,不知赔了多少眼泪,要会你一面不能勾,你却为何在此?"云郎道:"儿为一事,拘系在此,留连证对,况味极苦。叔叔可为我致此意于二亲。若要相见,须亲自到这里来乃可,我却去不得。"叹息数声而去。助教得此消息,不到妻家去了。急还家来,对兄嫂说知此事。三个人大家恸哭了一番,就下了助教这只原船,三人同到庙前来。只见云郎已立在水边,见了父母,奔到面前哭拜,具述幽冥中苦恼之状。父母正要问他详细,说自家思念他的苦楚,只见云郎忽然变了面孔,挺竖双眉,揪住父衣,大呼道:"你陷我性命,盗我金帛,使我衔冤茹痛四五十年,虽曾费耗过好些钱,性命却要还我。

真正有冤。

今日决不饶你！"说罢便两相击搏，滚入水中。助教慌了，喝叫仆从及船上人，多跳下水去捞救。那太湖边人都是会水的，救得上岸，还见将仕指手画脚，挥拳相争，到夜方定。助教不知甚么缘故，却听得适才的说话，分明晓得定然有些蹊跷的阴事，来问将仕。将仕蹙着眉头道："昔日壬午年间，虏骑破城，一个少年子弟相投寄宿，所赍囊金甚多，吾心贪其所有。数月之后，乘醉杀死，尽取其资。自念冤债在身，从壮至老，心中长怀不安。此儿生于壬午，定是他冤魂再世。今日之报，已显然了。"自此忧闷不食，十余日而死。这个儿子，只是两生。一生被害，一生讨债，却就做了鬼来讨命，比前少了一番，又直捷些。再听小子胡诌一首诗：

晓得不安，何苦为此。

冤魂投托原财耗，落得悲伤作利钱。
儿女死亡何用哭？须知作业在生前。

这两件希奇些的说过，至于那本身受害，即时作鬼取命的，就是年初一起说到年晚除夜，也说不尽许多。小子要说正话，不得工夫了。说话的，为何还有一个正话？看官，小子先前说这两个，多是一世再世，心里牢牢记得前生，以此报了冤仇，还不希罕。又有一个再世转来，并不知前生甚么的，遇着各别道路的一个人，没些意思，定要杀他，谁知是前世冤家做定的。天理自然果报,人多猜不出来,报的更为直捷,事儿更为奇幻,听小子表白来。

这本话,却在唐朝贞元年间,有一个河朔李生,从少时膂力过人,恃气好侠,不拘细行。常与这些轻薄少年,成群作队,驰马试剑,黑夜里往来太行山道上,不知做些甚么不明不白的事。_{可想而知。}后来家事忽然好了,尽改前非,折节读书,颇善诗歌,有名于时,做了好人了。累官河朔,后至深州录事参军。李生美风仪,善谈笑,曲晓吏事,又且廉谨明干,甚为深州太守所知重。至于击鞠、弹棋、博弈诸戏,无不曲尽其妙。又饮量尽大,酒德又好,凡是宴会酒席,没有了他,一坐多没兴。太守喜欢他,真是时刻少不得的。

其时成德军节度使王武俊自恃曾为朝廷出力,与李抱真同破朱滔,功劳甚大,又兼兵精马壮,强横无比,不顾法度。属下州郡太守,个个惧怕他威令,心胆俱惊。其子士真就受武俊之节,官拜副大使。少年骄纵,倚着父亲威势,也是个杀人不眨眼的魔君。一日,武俊遣他巡行属郡,真个是:

轰天吓地,掣电奔雷。喝水成冰,驱山开路。川岳为之震动,草木尽是披靡。深林虎豹也潜形,村舍犬鸡都不乐。

别郡已过，将次到深州来。太守畏惧武俊，正要奉承得士真欢喜，好效殷勤。预先打听他前边所经过喜怒行径详悉，闻得别郡多因陪宴的言语举动，每每触犯忌讳，不善承颜顺旨，以致不乐。太守于是大具牛酒，精治肴馔，广备声乐。妻孥手自烹庖，太守躬亲陈设，百样整齐，只等副大使来。只见前驱探马来报，副大使头踏到了。但见：

　　旌旗蔽日，鼓乐喧天。开山斧闪烁生光，还带杀人之血；流星锤蓓蕾出色，犹闻磕脑之腥。铁链响琅玱，只等悔气人冲节过；铜铃声杂沓，更无拼死汉逆前来。蹂躏得地上草不生，蒿恼得梦中魂也怕。

士真既到，太守郊迎过，请在极大的一所公馆里安歇了。登时酒筵嘎程礼物抬将过来，太守恐怕有人触犯，只是自家一人小心陪侍。一应僚吏宾客，一个也不召来与席。士真见他酒肴丰美，礼物隆重，又且太守谦恭谨慎，再无一个杂客敢轻到面前，心中大喜。道是经过的各郡，再没有到得这郡齐整谨饬了。饮酒至夜。

　　士真虽是威严，却是年纪未多，兴趣颇高，饮了半日酒，止得一个太守在面前唯喏趋承，心中虽是喜欢，觉得没些韵味。对太守道："幸蒙使君雅

岂知此间陪宴的不乐更甚耶？

原乏趣致。

意，相待如此之厚，欲尽欢于今夕。只是我两人对酌，觉得少些高兴，再得一两个人同酌，助一助酒兴为妙。"太守道："敝郡偏僻，实少名流。况兼惧副大使之威，恐忤尊旨，岂敢以他客奉陪宴席？"士真道："饮酒作乐，何所妨碍？况如此名郡，岂无嘉宾？愿得召来帮我们鼓一鼓兴，可以尽欢。不然酒伴寂寥，虽是盛筵，也觉吃不畅些。"太守见他说得在行，想道："别人卤莽，不济事。难得他恁地喜欢高兴，不要请个人不凑趣，弄出事来。只有李参军风流蕴藉，且是谨慎，又会言谈戏艺，酒量又好。除非是他，方可中意，我也放得心下。第二个就使不得了。"想了一回，方对士真说道："此间实少韵人，可以佐副大使酒政。止有录事参军李某，饮量颇洪，兴致亦好。且其人善能诙谐谈笑，广晓技艺，或者可以赐他侍坐，以助副大使雅兴万一。不知可否，未敢自专，仰祈尊裁。"士真道："使君所举，必是妙人。召他来看。"太守呼唤从人："速请李参军来！"

　　看官，若是说话的人，那时也在深州地方与李参军一块儿住着，又有个未卜先知之法，自然拦腰抱住，劈胸揪住，劝他不吃得这样吕太后筵席也罢，叫他不要来了。只因李生闻召，虽是自觉有些精神恍惚，却是副大使的钧旨，本郡太守命令，召他同席，明明是抬举他，怎敢不来？谁知此一去，却似：

_{暴戾人亦知酒中趣。}

_{请了别人，反未必惹事。}

猪羊入屠户之家，一步步来寻死路。

说话的，你差了，无非叫他去帮吃杯酒儿，是个在行的人，难道有甚么言语冲撞了他，闯出祸来不成？看官，你听，若是冲撞了他，惹出祸来，这是本等的事，何足为奇！只为不曾说一句，白白的就送了性命，所以可笑。且待我接上前因，便见分晓。

那时李参军随命而来，登了堂望着士真就拜。拜罢抬起头来，士真一看，便勃然大怒。既召了来，免不得赐他坐了。李参军勉强坐下，心中悚惧，状貌益加恭谨。士真越看越不快活起来。看他揎拳裸袖，两眼睁得铜铃也似，一些笑颜也没有，一句闲话也不说，却像个怒气填胸，寻事发作的一般，比先前竟似换了一个人了。太守慌得无所措手足，且又不知所谓，只得偷眼来看李参军。但见李参军面如土色，冷汗淋漓，身体颤抖抖的坐不住，连手里拿的杯盘也只是战，几乎掉下地来。太守恨不得身子替了李参军，说着句把话，发个甚么喜欢出来便好。争奈一个似鬼使神差，一个似失魂落魄。李参军平日枉自许多风流俏倬，谈笑科分，竟不知撩在爪哇国那里去了，比那泥塑木雕的，多得一味抖。连满堂伏侍的人，都慌得来没头没脑，不敢说一句话，只冷眼瞧他两个光景。

只见不多几时，士真像个忍耐不住的模样，忽

突如其来如。

两人光景俱好看，忒难为太守一人。

好形容。

地叫一声："左右那里？"左右一伙人暴雷也似答应了一声："喏！"士真分付把李参军拿下。左右就在席上，如鹰拿雁雀，揪了下来听令。士真道："且收郡狱！"左右即牵了李参军衣袂，付在狱中，来回话了。士真冷笑了两声，仍旧欢喜起来。照前发兴吃酒，他也不说出甚么缘故来。太守也不敢轻问，战战兢兢陪他酒散，早已天晓了。

> 何以此时不即杀之？盖因果未为人知也。

太守只这一出，被他惊坏，又恐怕因此惹恼了他，连自家身子立不勾。却又不见得李参军触恼他一些处，正是不知一个头脑。叫着左右伏侍的人，逐个盘问道："你们旁观仔细，曾看出甚么破绽么？"左右道："李参军自不曾开一句口，在那里触犯了来？因是众人多疑心这个缘故，却又不知李参军如何便这般惊恐，连身子多主张不住，只是个颤抖抖的。"太守道："既是这等，除非去问李参军他自家，或者晓得甚么冲撞他处，故此先慌了也不见得。"

> 正此为奇。

太守说罢，密地叫个心腹的祗候人去到狱中，传太守的说话，问李参军道："昨日的事，参军貌甚恭谨，且不曾出一句话，原没处触犯了副大使。副大使为何如此发怒，又且系参军在狱？参军自家，可晓得甚么缘故么？"李参军只是哭泣，把头摇了又摇，只不肯说甚么出来。祗候人又道是奇怪，只得去告诉太守道："李参军不肯说话，只是一味哭。"

太守一发疑心了，道："他平日何等一个精细爽利的人，今日为何却失张失智到此地位？真是难解。"只得自己走进狱中来问他。

他见了太守，想着平日知重之恩，越哭得悲切起来。太守忙问其故。李参军沉吟了半晌，叹了一口气，才拭眼泪说道："多感君侯惓惓垂问，某有心事，今不敢隐。曾闻释家有现世果报，向道是惑人的说话，今日方知此话不虚了。"太守道："怎见得？"李参军道："君侯不要惊怪，某敢尽情相告。某自少贫，无以自资衣食，因恃有几分膂力，好与侠士、剑客往来，每每掠夺里人的财帛，以充己用。时常驰马腰弓，往还太行道上，每日走过百来里路，遇着单身客人，便劫了财物归家。一日，遇着一个少年手持皮鞭，赶着一个骏骡，骡背负着两个大袋。某见他沉重，随了他一路走去，到一个山坳之处，左右岩崖万仞。彼时日色将晚，前无行人，就把他尽力一推，推落崖下，不知死活。因急赶了他这头骏骡，到了下处，解开囊来一看，内有缯缣百余匹。自此家事得以稍赡。自念所行非谊，因折弓弃矢。闭门读书，再不敢为非。遂出仕至此官位。从那时算至今岁，凡二十七年了。昨蒙君侯台旨召侍王公之宴，初召时，就有些心惊肉颤，不知其由。自料道决无他事，不敢推辞。及到席间，灯下一见王公之貌，正是我向时推在崖下的少年，相貌一毫不异。

也算回头早的，然犹冤业不散，况不回头者乎？

一拜之后，心中悚惕，魂魄俱无。晓得冤业见在面前了，自然死在目下，只消延颈待刃，还有甚别的说话来？幸得君侯知我甚深，不敢自讳，而今再无可逃，敢以身后为托，不使吾暴露尸骸足矣。"言毕大哭。太守也不觉惨然。欲要救解，又无门路。又想道："既是有此冤业，恐怕到底难逃。"似信不信的，且看怎么？

太守叫人悄地打听副大使起身了来报，再伺候有甚么动静，快来问话。太守怀着一肚子鬼胎，正不知葫芦里卖出甚么药来。还替李参军希冀道："或者酒醒起来，忘记了便好。"<small>爱李生之念。</small>须臾之间，报说副大使睡醒了。即叫了左右进去，不知有何分付。太守叫再去探听，只见士真刚起身来，便问道："昨夜李某今在何处？"左右道："蒙副大使发在郡狱。"士真便怒道："这贼还在，快枭他首来！"左右不敢稽迟，来禀太守，早已有探事的人飞报过了。太守大惊失色，叹道："虽是他冤业，却是我昨日不合举荐出来，害了他也！"好生不忍，没计奈何。只得任凭左右到狱中斩了李参军之首。正是：

<small>李生应得之报，急杀这个太守。</small>

阎王注定三更死，定不留人到四更。

眼见得李参军做了一世名流，今日死于非命。左右取了李参军之头，来士真跟前献上取验。士真反覆把他的头看了又看，哈哈大笑，喝叫："拿了去！"

士真梳洗已毕，太守进来参见，心里虽有此事恍惚，却妆做个不以为意的坦然模样，又请他到自家郡斋赴宴。逢迎之礼，一发小心了。士真大喜，比昨日之情，更加款洽。太守几番要问他，嗫嚅数次，不敢轻易开口。直到见他欢喜头上，太守先起请罪道："有句说话，斗胆要请教副大使。副大使恕某之罪，不嫌唐突，方敢启口。"士真道："使君相待甚厚，我与使君相与甚欢，有话尽情直说，不必拘忌。"太守道："某本不才，幸得备员，叨守一郡。副大使车驾枉临，下察弊政，宽不加罪，恩同天地了。昨日副大使酒间，命某召他客助饮。某属郡僻小，实无佳宾可以奉欢宴者。某愚不揣事，私道李某善能饮酒，故请命召之。不想李某愚戆，不习礼法，触忤了副大使，实系某之大罪。今副大使既已诛了李某，李某已伏其罪，不必说了。但某心愚鄙，窃有所未晓。敢此上问：不知李某罪起于何处？愿得副大使明白数他的过误，使某心下洞然，且用诫将来之人，晓得奉上的礼法，不致舛错，实为万幸。"士真笑道："李某也无罪过，但吾一见了他，便忿然激动吾心，就有杀之之意。今既杀了，心方释然，连吾也不知所以然的缘故。使君但放心吃酒罢，再不必提起他了。"宴罢，士真欢然致谢而行，又到别郡去了。来这一番，单单只结果得一个李参军。

虽为冤报，然而唐藩镇之横极矣！

太守能□。

太守得他去了，如释重负，背上也轻松了好些。只可惜无端害了李参军，没处说得苦。太守记着狱中之言，密地访问王士真的年纪，恰恰正是二十七岁，方知太行山少年被杀之年，士真已生于王家了。真是冤家路窄，今日一命讨了一命。那心上事只有李参军知道，连讨命的做了事，也不省得。不要说旁看的人，那里得知这些缘故？太守嗟叹怪异，坐卧不安了几日。因念他平日交契的分上，又是举他陪客，致害了他，只得自出家财，厚葬了李参军。常把此段因果劝人，教人不可行不义之事。有诗为证：

冤债原从隔世深，相逢便起杀人心。
改头换面犹相报，何况容颜俨在今？

可畏。

卷三十一 何道士因术成奸
周经历因奸破贼

周經歷曰夜破賊

诗云：

天命从来自有真，岂容奸术恣纷纭？
黄巾张角徒生乱，大宝何曾到彼人？

话说唐乾符年间，上党铜鞮县山村有个樵夫，姓侯名元，家道贫穷，靠着卖柴为业。己亥岁，在县西北山中，采樵回来，歇力在一个谷口，旁有一大石，峭然像几间屋大。侯元对了大石自言自语道："我命中直如此辛苦！"叹息声未绝，忽见大石砉然豁开如洞，中有一老叟，羽衣乌帽，鬓发如霜，拄仗而出。侯元惊愕，急起前拜。老叟道："吾神君也。你为何如此自苦？学吾法，自能取富，可随我来！"老叟复走入洞，侯元随他走去。走得数十步，廓然清朗，一路奇花异草，修竹乔松；又有碧槛朱门，重楼复榭。老叟引了侯元，到别院小亭子坐了。两个童子请他进食，食毕，复请他到便室具汤沐浴，进新衣一袭；又命他冠戴了，复引至亭上。老叟命僮设席于地，令侯元跪了。老叟授以秘诀数万言，多是变化隐秘之术。侯元素性蠢戆，到此一听不忘。老叟诫他道："你有些小福分，该在我至法中进身。却是面有败气未除，也要谨慎。若图谋不轨，祸必丧生。今且归去习法，如欲见吾，但至心叩石，自当有人应门与你相见。"元因拜谢而去，老叟仍令

知其无成，何为传之以法？岂有缘而数复不可逃乎？

一童送出洞门。既出来了,不见了洞穴,依旧是块大石;连采樵家火,多不见了。

到得家里,父母兄弟多惊喜道:"去了一年多,道是死于虎狼了,幸喜得还在。"其实,侯元只在洞中得一日。家里又见他服装华洁,神气飞扬,只管盘问他。他晓得瞒不得,一一说了。遂入静室中,把老叟所传术法,尽行习熟。不上一月,其术已成:变化百物,役召鬼魅,遇着草木土石,念念有词,便多是步骑甲兵。神通既已广大,传将出去,便自有人来扶从。于是收好些乡里少年勇悍的为将卒,出入陈旌旗,鸣鼓吹,宛然像个小国诸侯,自称曰"贤圣"。设立官爵,有三老、左右弼、左右将军等号。每到初一、十五即盛饰,往谒神君。神君每见必戒道:"切勿称兵!若必欲举事,须待天应。"侯元唯唯。

> 不反不能矣。

到庚子岁,聚兵已有数千人了。县中恐怕妖术生变,乃申文到上党节度使高公处,说他行径。高公令潞州郡将以兵讨之。侯元已知其事,即到神君处问事宜。神君道:"吾向已说过,但当偃旗息鼓以应之。彼见我不与他敌,必不乱攻。切记不可交战!"侯元口虽应着,心里不伏。想道:"出我奇术,制之有余。且此是头一番,小敌若不能当抵,后有大敌来,将若之何?且众人见吾怯弱,必不伏我,何以立威?"归来不用其言,戒令党与勒兵以待。

是夜潞兵离元所三十里，据险扎营。侯元用了术法，潞兵望来，步骑戈甲，蔽满山泽，尽有些胆怯。明日，潞兵结了方阵前来，侯元领了千余人，直突其阵，锐不可当。潞兵少却。侯元自恃法术，以为无敌，且叫拿酒来吃，以壮军威。谁知手下之人，多是不习战阵，乌合之人，毫无纪律。侯元一个吃酒，大家多乱撺起来。潞兵乘乱，大队赶来，多四散落荒而走。刚剩得侯元一个，带了酒性，急念不出咒语，被擒住了。送至上党，发在潞州府狱，重枷枷着，团团严兵卫守。

天明看枷中，只有灯台一个，已不见了侯元。却连夜遁到铜鞮，径到大石边，见神君谢罪。神君大怒，骂道："庸奴！不听吾言，今日虽然幸免，到底难逃刑戮，非吾徒也。"拂衣而入，洞门已闭上，是块大石。侯元悔之无及，虔心再叩，竟不开了。自此侯元心中所晓符咒，渐渐遗忘。就记得的做来，也不十分灵了。却是先前相从这些党羽，不知缘故，聚着不散，还推他为主。自恃其众，是秋率领了人，在并州大谷地方劫掠。也是数该灭了，恰好并州将校，偶然领了兵马经过，知道了，围之数重。侯元极了，施符念咒，一毫不灵，被斩于阵，党羽遂散。不听神君说话，果然没个收场。可见悖叛之事，天道所忌，若是得了道术，辅佐朝廷，如张留侯、陆信州之类，自然建功立业，传名后世。若是萌了私

犹可及也。

意，打点起兵谋反，不曾见有妖术成功的。从来张角、徵侧、徵贰、孙恩、卢循等，非不也是天赐的兵书法术，毕竟败亡。所以《平妖传》上也说道"白猿洞天书后边，深戒着谋反一事"的话。就如侯元，若依得神君分付，后来必定有好处，都是自家弄杀了。事体本如此明白，不知这些无主意的愚人，住此清平世界，还要从着白莲教到处哨聚倡乱，死而无怨，却是为何？而今说一个得了妖书倡乱被杀的，与看官听一听。有诗为证：

蚤通武艺杀亲夫，反获天书起异图。
扰乱青州旋被戮，福兮祸伏理难诬。

话说国朝永乐中，山东青州府莱阳县有个妇人，姓唐名赛儿。其母少时，梦神人捧一金盒，盒内有灵药一颗，令母吞之。遂有娠，生赛儿。自幼乖觉伶俐，颇识字，有姿色，常剪纸人马厮杀为儿戏。年长嫁本镇石麟街王元椿。这王元椿弓马熟娴，武艺精通，家道丰裕。自从娶了赛儿，贪恋女色，每日饮酒取乐。时时与赛儿说些弓箭刀法，赛儿又肯自去演习戏耍。光阴捻指，不觉陪费五六年，家道萧索，衣食不足。

> 本有宿根。便露头角。

赛儿一日与丈夫说："我们枉自在此忍饥受饿，不若将后面梨园卖了，买匹好马，干些本分求财的

卷三十一　何道士因术成奸　周经历因奸破贼

勾当，却不快活？"王元椿听得，说道："贤妻何不早说？今日天晚了，不必说。"明日，王元椿早起来，写个出帐，央李媒为中，卖与本地财主贾包，得银二十余两。王元椿就去青州镇上，买一匹快走好马回来。弓箭腰刀自有。

　　拣个好日子，元椿打扮做马快手的模样，与赛儿相别，说："我去便回。"赛儿说："保重，保重。"元椿叫声"惭愧"，飞身上马，打一鞭，那马一道烟去了。来到酸枣林，是琅琊后山。止有中间一条路，若是阻住了，不怕飞上天去。王元椿只晓得这条路上好打劫人，不想着来这条路上走的人，只贪近，都不是依良本分的人，不便道白白的等你拿了财物去。

　　也是元椿合当晦气，却好撞着这一起客人，望见褡连颇有些油水。元椿自道："造化了。"把马一拍，攒风的一般，前后左右，都跑过了。见没人，王元椿就扯开弓，搭上箭，飕地一箭射将来。那客人伙里有个叫做孟德，看见元椿跑马时，早已防备。拿起弓梢，拨过这箭，落在地下。王元椿见头箭不中，煞住马，又放第二箭来。孟德又照前拨过了，就叫："汉子，我也回礼。"把弓虚扯一扯，不放。元椿只听得弦响，不见箭。心里想道："这男女不会得弓马的，他只是虚张声势。"只有五分防备，把马慢慢的放过来。孟德又把弓虚扯一扯，口里叫道："看箭！"又

贼心早定。

日子未必好。

是个江湖上老手段，元椿新试，落其彀中。

651

不放箭来。王元椿不见箭来,只道是真不会射箭的,放心赶来。不晓得孟德虚扯弓时,就乘势搭上箭射将来,妙!正对元椿当面。说时迟,那时快,元椿却好抬头看时,当面门上中一箭,从脑后穿出来,翻身跌下马来。孟德赶上,拔出刀来,照元椿喉咙里连槊上几刀,眼见得元椿不活了。诗云:

>剑光动处悲流水,羽簇飞时送落花。
>欲寄兰闺长夜梦,清魂何自得还家?

孟德与同伙这五六个客人说:"这个男女,也是才出来的,不曾得手。我们只好去罢,不要担误了程途。"一伙人自去了。

且说唐赛儿等到天晚,不见王元椿回来,心里记挂。自说道:"丈夫好不了事!这早晚还不回来,想必发市迟,只叫我记挂。"等到一二更,又不见王元椿回来,只得关上门进房里,不脱衣裳去睡,只是睡不着。直等到天明,又不见回来。赛儿正心慌撩乱,没做道理处。只听得街坊上说道:"酸枣林杀死个兵快手。"赛儿又惊又慌,来与间壁卖豆腐的沈老儿叫做沈印时两老口儿说这个始末根由。沈老儿说:"你不可把真话对人说!大郎在日,原是好人家,又不惯做这勾当的,又无赃证。只说因无生理,前日卖个梨园,得些银子,买马去青州镇上贩卖,身边只有五六钱盘缠银子,别无余物。且去酸枣林看得真实,然后去见知县相公。"赛儿就与沈印时一同来到酸枣林。看见王元椿尸首,赛儿哭起来。惊动地方里甲人等,都来说得明白,就同赛儿一干人都到莱阳县见史知县相公。赛儿照前说一遍,知县相公说:"必然是强盗,劫了银子并马去了。你且去殡葬丈夫，我自去差人去捕缉强贼。拿得着时，马与银子都给还你。"

赛儿同里甲人等拜谢史知县，自回家里来，对沈老儿公婆两个说："亏了干爷、干娘，瞒到瞒得过了，只是衣衾棺椁，无从置办，怎生是好？"沈老儿说道："大娘子，后面园子既卖与贾家，不若将前面房子再去戤典他几两银子来殡葬大郎，他必不推辞。"赛儿就央沈公沈婆同到贾家，一头哭，一头说这缘故。贾包见说，也哀怜王元椿命薄，说道："房子你自住着，我应付你饭米两担，银子五两，待卖了房子还我。"赛儿得了银米，急忙买口棺木，做些衣服，来酸枣林盛贮王元椿尸首了当，送在祖坟上安厝。做些羹饭，看匠人攒砌得了时，急急收拾回来，天色已又晚了。与沈公沈婆三口儿取旧路回家。来到一个林子里古墓间，见放出一道白光来。正值黄昏时分，照耀如同白日。三个人见了，吃这一惊不小。沈婆惊得跌倒在地下摇，赛儿与沈公还耐得住。两个人走到古墓中，看这道光从地下放出来。赛儿随光将根竹杖头儿挂将下去，挂得一挂，这土就似虚的一般，脱将下去，露出一个小石匣来。赛儿乘着这白光看里面时，有一口宝剑，一副盔甲，都叫沈公拿了。赛儿扶着沈婆回家里来，吹起灯火，开石匣看时，别无他物，止有抄写得一本天书。沈公沈婆又不识字，说道："要他做甚么？"赛儿看见天书卷面上，写道《九天玄元混世真经》，旁有一诗，诗云：

唐唐女帝州，赛比玄元诀。
儿戏九环丹，收拾朝天阙。

赛儿虽是识字的，急忙也解不得诗中意思。

沈公两口儿辛苦了，打熬不过，别了赛儿自回家里去睡。赛儿也关上了门睡，方才合得眼，梦见一个道士对赛儿说："上帝特命我来教你演习九天玄旨，普救万民，与你宿缘未了，辅你做女主。"醒来犹有馥馥香风，记得且是明白。次日，赛儿来对沈公夫妻两个备细说夜里做梦一节，便道："前日得了天书，恰好又有此梦。"沈公说："却不怪哉！有这等事！"

<日眉>救万民，上天本旨也。若使之反，而又败耳，天书多此一番出世矣。</日眉>

元来世上的事最巧，赛儿与沈公说话时，不想有个玄武庙道士何正寅在间壁人家诵经，备细听得，他就起心。因日常里走过，看见赛儿生得好，就要乘着这机会来骗他。晓得他与沈家公婆往来，故意不走过沈公店里，倒大宽转往上头走回玄武庙里来。独自思想道："帝王非同小可，只骗得这个妇人做一处，便死也罢。"当晚置办些好酒食来，请徒弟董天然、姚虚玉，家童孟靖、王小玉一处坐了，同吃酒。这道士何正寅殷富，平日里作聪明，做模样，今晚如此相待，四个人心疑，齐说道："师傅若有用着我四人处，我们水火不避，报答师傅。"正寅对四个人悄悄的说唐赛儿一节的事："要你们相帮我做这件事。我自当好看待你们，决不有负。"四人应允了，当夜尽欢而散。

<日眉>何道意止贪此，先已无大志。</日眉>

次日，正寅起来梳洗罢，打扮做赛儿梦儿里说

卷三十一　何道士因术成奸　周经历因奸破贼

的一般,齐齐整整。且说何正寅如何打扮,诗云:

秋水盈盈玉绝尘,簪星闲雅碧纶巾。
不求金鼎长生药,只恋桃源洞里春。

何正寅来到赛儿门首,咳嗽一声,叫道:"有人在此么?"只见布幕内走出一个美貌年少的妇人来。何正寅看看赛儿,深深的打个问讯,说:"贫道是玄武殿里道士何正寅。昨夜梦见玄帝分付贫道说:'这里有个唐某当为此地女主,尔当辅之!汝可急急去讲解天书,共成大事。'"赛儿听得这话,一来打动梦里心事;二来又见正寅打扮与梦里相同;三来见正寅生得聪俊,心里也欢喜,说:"师傅真天神也。前日送丧回来,果然掘得个石匣,盔甲、宝剑、天书,奴家解不得,望师傅指迷,请到里边看。"赛儿指引何正寅到草堂上坐了,又自去央沈婆来相陪。赛儿忙来到厨下,点三盏好茶,自托个盘子拿出来。正寅看见赛儿尖松松雪白一双手,春心摇荡,说道:"何劳女主亲自赐茶!"赛儿说:"因家道消乏,女使伴当都逃亡了,故此没人用。"正寅说:"若要小厮,贫道着两个来服事,再讨大些的女子,在里面用。"又见沈婆在旁边,想道:"世上虔婆无不爱财,我与他些甜头滋味,就是我心腹,怕不依我使唤?"就身边取出十两一锭银子来与赛儿,说:"央干爷

此时犹存别嫌之意。

干娘作急去讨个女子，如少，我明日再添。只要好，不要计较银子。"赛儿只说："不消得。"沈婆说："赛娘，你权且收下，待老拙去寻。"赛儿就收了银子，入去烧炷香，请出天书来与何正寅看。却是金书玉篆，韬略兵机。

正寅自幼曾习举业，晓得文理，看了面上这首诗，偶然心悟说："女主解得这首诗么？"赛儿说："不晓得。"正寅说："'唐唐女帝州'，头一字是个'唐'字。下边这二句，头上两字说女主的名字。末句头上是'收'字，说：'收了，就成大事。'"赛儿被何道点破机关，心里痒将起来，说道："万望师傅扶持，若得成事时，死也不敢有忘。"正寅说："正要女主抬举，如何恁的说？"又对赛儿说："天书非同小可，飞沙走石，驱逐虎豹，变化人马，我和你日间演习，必致疏漏，不是要处。况我又是出家人，每日来往不便。不若夜间打扮着平常人来演习，到天明依先回庙里去。待法术演得精熟，何用怕人？"赛儿与沈婆说："师傅高见。"赛儿也有意了，巴不得到手，说："不要迟慢了，只今夜便请起手。"正寅说："小道回庙里收拾，到晚便来。"赛儿与沈婆相送到门边，赛儿又说："晚间专等，不要有误。"

正寅回到庙里，对徒弟说："事有六七分了。只今夜，便可成事。我先要董天然、王小玉你两个，只扮做家里人模样，到那里，务要小心在意，随机

> 正寅心里只图夜间来，未必要演法。

卷三十一　何道士因术成奸　周经历因奸破贼

应变。"又取出十来两碎银子，分与两个。两个欢天喜地，自去收拾衣服箱笼，先去赛儿家里。来到王家门首，叫道："有人在这里么？"赛儿知道是正寅使来的人，就说道："你们进里面来。"二人进到堂前，歇下担子，看着赛儿跪将下去，叫道："董天然、王小玉叩奶奶的头。"赛儿见二人小心，又见他生得俊俏，心里也欢喜，说道："阿也！不消如此，你二人是何师傅使来的人，就是自家人一般。"领到厨房小侧门，打扫铺床。自来拿个篮秤，到市上用自己的碎银子，买些东西，无非是鸡鹅鱼肉、时鲜果子点心回来。赛儿见天然拿这许多物事回来，说道："在我家里，怎么叫你们破费？是何道理？"天然回话道："不多大事，是师傅分付的。"又去拿了酒回来，到厨下自去整理，要些油酱柴火，奶奶不离口，不要赛儿费一些心。

正寅是偷婆娘老手。

看看天色晚了，何正寅儒巾便服，扮做平常人，先到沈婆家里，请沈公沈婆吃夜饭。又送二十两银子与沈公，说："凡百事要老爹老娘看取，后日另有重报。"沈公沈婆自暗里会意道："这贼道来得跷蹊，必然看上赛儿，要我们做脚。我看这妇人，日里也骚托托的，做妖撒娇，捉身不住。我不应承，他两个夜里演习时，也自要做出来。我落得做人情，骗些银子。"夫妻两个回覆道："师傅但放心！赛娘没了丈夫，正妙在此。又无亲人，我们是他心腹。凡百事奉承，

这乖落得使的，不费气力。

657

只是不要忘了我两个。"何正寅对天说誓。三个人同来到赛儿家里，正是黄昏时分。关上门，进到堂上坐定。赛儿自来陪侍，董天然、王小玉两个来摆列果子下饭，一面烫酒出来。正寅请沈公坐客位，沈婆、赛儿坐主位，正寅打横坐，沈公不肯坐。正寅说："不必推辞。"各人多依次坐了。吃酒之间，不是沈公说何道好处，就是沈婆说何道好处，兼入些风情话儿，打动赛儿。赛儿只不做声。正寅想道："好便好了，只是要个杀着，如何成事？"就里生这计出来。

<small>二十两之验也。</small>

元来何正寅有个好本钱，又长又大，道："我不卖弄与他看，如何动得他？"此时是十五六天色，那轮明月照耀如同白日一般，何道说："好月！略行一行再来坐。"沈公众人都出来，堂前黑地里立着看月，何道就乘此机会，走到女墙边月亮去处，假意解手，护起那物来，拿在手里撒尿。赛儿暗地里看明处，最是明白。见了何道这条物件，累累垂垂，且是长大。赛儿夫死后，旷了这几时，怎不动火？恨不得抢了过来。何道也没奈何，只得按住再来邀坐。说话间，两个不时丢个情眼儿，又冷看一看，别转头暗笑。何道就假装个要吐的模样，把手扪着肚子，叫："要不得！"沈老儿夫妻两个会意，说道："师傅身子既然不好，我们散罢了。师傅胡乱在堂前权歇，明日来看师傅。"相别了自去，不在话下。

<small>酷肖调情之态。</small>

赛儿送出沈公，急忙关上门，略略温存何道了，

就说："我入房里去便来。"一径走到房里来，也不关门，就脱了衣服，上床去睡。意思明是叫何道走入来。不知何道已此紧紧跟入房里来，双膝跪下道："小道该死，冒犯花魁，可怜见小道则个。"赛儿笑着说："贼道不要假小心，且去拴了房门来说话。"正寅慌忙拴上房门，脱了衣服，扒上床来，尚自叫"女主"不迭。诗云：

> 绣枕鸳衾叠紫霜，玉楼并卧合欢床。
> 今宵别是阳台梦，惟恐银灯剔不长。

且说二人做了些不伶不俐的事，枕上说些知心的话，那里管天晓日高，还不起身。董天然两个早起来，打点面汤、早饭齐整等着。正寅先起来，穿了衣服，又把被来替赛儿塞着肩头，说："再睡睡起来。"开得房门，只见天然托个盘子，拿两盏早汤过来。正寅拿一盏放在桌上，拿一盏在手里，走到床头，傍着赛儿，口叫："女主吃早汤。"赛儿撒娇，抬起头来，吃了两口，就推与正寅吃。正寅也吃了几口。天然又走进来接了碗去，依先扯上房门。赛儿说："好个伴当，百能百俐。"正寅说："那灶下是我的家人，这个是我心腹徒弟，特地使他来伏侍你。"赛儿说："这等难为他两个。"又摸索了一回，赛儿也起来，只见天然就拿着面汤进来，叫："奶奶，

如何不说起演法，先以此为始耶？固知其不克终矣。

是夜竟不演法。

面汤在这里。"赛儿脱了上盖衣服,洗了面,梳了头。正寅也梳洗了头。天然就请赛儿吃早饭,正寅又说道:"去请间壁沈老爹老娘来同吃。"沈公夫妻二人也来同吃。沈公又说道:"师傅不要去了,这里人眼多,不见走入来,只见你走出去,人要生疑。且在此再歇一夜,明日要去时,起个早去。"赛儿道:"说得是。"正寅也正要如此。沈公别了,自过家里去。

<small>怎得余功?</small>

话不细烦,赛儿每夜与正寅演习法术符咒,夜来晓去,不两个月,都演得会了。赛儿先剪些纸人纸马来试看,果然都变得与真的人马一般。二人且来拜谢天地,要商量起手。却不防街坊邻里都晓得赛儿与何道两个有事了,又有一等好闲的,就要在这里用手钱。有首诗说这些闲中人,诗云:

每日张鱼又捕虾,花街柳陌是生涯。
昨宵赊酒秦楼醉,今日帮闲进李家。

<small>闲汉多事。</small>

为头的叫做马绶,一个叫做福兴,一个叫做牛小春,还有几个没三没四帮闲的,专一在街上寻些空头事过日子。当时马绶先得知了,撞见福兴、牛小春,说:"你们近日得知沈豆腐隔壁有一件好事么?"福兴说:"我们得知多日了。"马绶道:"我们捉破了他,赚些油水何如?"牛小春道:"正要来见阿哥,求带挈。"马绶说:"好便好,只是一件,何道那厮也是个

了得的,广有钱钞,又有四个徒弟。沈公沈婆得那贼道东西,替他做眼,一伙人干这等事,如何不做手脚?若是毛团把戏,做得不好,非但不得东西,反遭毒手,到被他笑。"牛小春说:"这不打紧。只多约几个人同去,就不妨了。"马绶又说道:"要人多不打紧,只是要个安身去处。我想陈林住居与唐赛儿远不上十来间门面,他那里最好安身。小牛即今便可去约石丢儿、安不着、褚偏嘴、朱百简一班兄弟,明日在陈林家取齐。陈林我须自去约他。"各自散了。

且说马绶径来石麟街来寻陈林,远远望见陈林立在门首,马绶走近前与陈林深喏一个。陈林慌忙回礼,就请马绶来里面客位上坐。陈林说:"连日少会,阿哥下顾,有何分付?"马绶将众人要拿唐赛儿的奸,就要在他家里安身的事,备细对陈林说一遍。陈林道:"都依得。只一件:这是被头里做的事,兼有沈公沈婆,我们只好在外边做手脚,如何俟候得何道着?我有一计:王元椿在日,与我结义兄弟,彼此通家。王元椿杀死时,我也曾去送殡。明日叫老妻去看望赛儿,若何道不在,罢了,又别做道理。若在时,打个暗号,我们一齐入去,先把他大门关了,不要大惊小怪,替别人做饭。等捉住了他,若是如意,罢了;若不如意,就送两个到县里去,没也诈出有来。此计如何?"马绶道:"此计极妙!"两个相别,陈林送得马绶出门,慌忙来对妻子钱氏要说这话。钱氏说:"我在屏风后,都听得了,不必烦絮,明日只管去便了。"当晚过了。

次日,陈林起来买两个荤素盒子,钱氏就随身打扮,不甚穿带,也自防备。到时分,马绶一起,前后各自来陈林家里躲着。陈林就打发钱氏起身。是日,却好沈公下乡去取帐,沈婆也不在。只见钱氏领着挑盒子的小厮在后,一径来到赛儿门首。见没人,悄悄的直走到卧房门口，正撞着赛儿与何道同坐在房里说话。赛儿先看见，疾忙跑出来迎着钱氏，厮见了。钱氏假做不晓得，也与何道万福。何道慌忙还礼。赛儿红着脸，气塞上来，舌滞声涩，指着何道说："这个是我嫡亲的堂兄，自幼出家，今日来望我，不想又起动老娘来。"正说话未了，只见一个小厮挑两个盒子进来，钱氏对着赛儿说："有几个枣子送来与娘子点茶。"就叫赛儿去出盒子，要先打发小厮回去。赛儿连忙去出盒子时，顾不得钱氏，被钱氏走到门首，见陈林把嘴一努，仍又忙走入来。

> 如何不关门？亦是疏处。想自恃其术成耳。

陈林就招呼众人，一齐赶入赛儿家里，拴上门，正要拿何道与赛儿。不晓得他两个妖术已成，都遁去了。那一伙人眼花撩乱，倒把钱氏拿住，口里叫道："快拿索子来！先捆了这淫妇。"就踩倒在地下。只见是个妇人，那里晓得是钱氏？元来众人从来不认得钱氏，只早晨见得一见，也不认得真。钱氏在地喊叫起来说："我是陈林的妻子。"陈林慌忙分开人，叫道不是。扯得起来时，已自旋得蓬头乱鬼了。众人吃一惊，叫道："不是着鬼？明明的看见赛儿与何道在这里，如何就不见了？"元来他两个有化身法，众人不看见他，他两个明明看众人乱窜，只是暗笑。牛小春说道："我们一齐各处去搜。"前前后后，搜到厨下，先拿住董天然；柴房里又拿得王小玉，将条索子缚了，吊在房门前柱子上，问道："你

> 错认，可为笑资。

> 只如此，足乐矣，何为思乱？

卷三十一　何道士因术成奸　周经历因奸破贼

两个是甚么人？"董天然说："我两个是何师傅的家人。"又道："你快说，何道、赛儿躲在那里？直直说，不关你事。若不说时，送你两个到官，你自去拷打。"董天然说："我们只在厨下伏侍，如何得知前面的事？"众人又说道："也没处去，眼见得只躲在家里。"小牛说："我见房侧边有个黑暗的阁儿，莫不两个躲在高处？待我掇梯子扒上去看。"何正寅听得小牛要扒上阁儿来，就拿根短棍子先伏在阁子黑地里等，小牛掇得梯子来，步着阁儿口，走不到梯子两格上，正寅照小牛头上一棍打下来。小牛儿打昏晕了，就从梯子上倒跌下来。正寅走去空处立了看，小牛儿醒转来，叫道："不好了！有鬼。"众人扶起小牛来看时，见他血流满面，说道："梯子又不高，扒得两格，怎么就跌得这样凶？"小牛说："却好扒得两格梯子上，不知那里打一棍子在头上，又不见人，却不是作怪？"众人也没做道理处。

钱氏说："我见房里床侧首，空着一段有两扇纸风窗门，莫不是里边还有藏得身的去处？我领你们去搜一搜去看。"正寅听得说，依先拿着棍子在这里等。只见钱氏在前，陈林众人在后，一齐走过来。正寅又想道："这花娘吃不得这一棍子。"等钱氏走近来，伸出那一只长大的手来，撑起五指，照钱氏脸上一掌打将去。钱氏着这一掌，叫声："呵也！不好了！"鼻子里鲜血喷流出来，眼睛里都是金圈儿，

亦耍得趣。

又得陈林在后面扶得住，不跌倒。陈林道："却不作怪！我明明看见一掌打来，又不见人，必然是这贼道有妖法的。不要只管在这里缠了，我们带了这两个小厮，径送到县里去罢。"众人说："我们被活鬼弄这一日，肚里也饥了。做些饭吃了去见官。"陈林道："也说得是。"钱氏带着疼，就在房里打米出来，去厨下做饭。石丢儿说着："小牛吃打坏了，我去做。"走到厨下，看见风炉子边，有两坛好酒在那里。又看见几只鸡在灶前，丢儿又说道："且杀了吃。"这里方要淘米做饭，且说赛儿对正寅说："你耍了两次，我只文耍一耍。"正寅说："怎么叫做文耍？"赛儿说："我做出你看。"石丢儿一头烧着火，钱氏做饭，一头拿两只鸡来杀了，破洗了，放在锅里煮。那饭也却好将次熟了，赛儿就扒些灰与鸡粪放在饭锅里，搅得匀了，依先盖了锅。鸡在锅里正滚得好，赛儿又挽几杓水浇灭灶里火。丢儿起去作用，并不晓得灶底下的事。

　　此时众人也有在堂前坐的，也有在房里寻东西出来的。丢儿就把这两坛好酒，提出来开了泥头，就兜一碗好酒先敬陈林吃。陈林说："众位都不曾吃，我如何先吃？"丢儿说："老兄先尝一尝。"随后又敬，陈林吃过了，丢儿又兜一碗送马绶吃。陈林说："你也吃一碗。"丢儿又倾一碗，正要吃时，被赛儿劈手打一下，连碗都打坏。赛儿就走一边。三个人说道："作怪，就是这贼道的妖法。"三个说："不要吃了，留

此话老成。

贪小害事。

甚趣。

这酒待众人来同吃。"众人看不见赛儿，赛儿又去房里拿出一个夜壶来，每坛里倾半壶尿在酒里，依先盖了坛头，众人也不晓得。众人又说道："鸡想必好了，且捞起来，切来吃酒。"丢儿揭开锅盖看时，这鸡还是半生半熟，锅里汤也不滚。众人都来埋怨丢儿说："你不管灶里，故此鸡也煮不熟。"丢儿说："我烧滚了一会，又添许多柴，煏得好了才去，不晓得怎么不滚？"低倒头去张灶里时，黑洞洞都是水，那里有个火种？丢儿说："那个把水浇灭了灶里火？"众人说道："终不然是我们伙里人，必是这贼道，又弄神通。我们且把厨里见成下饭，切些去吃酒罢。"众人依次坐定，丢儿拿两把酒壶出来装酒，不开坛罢了，开来时满坛都是尿骚臭的酒。陈林说："我们三个吃时，是喷香的好酒，如何是恁的？必然那个来偷吃，见浅了，心慌撩乱，错拿尿做水，倒在坛里。"

众人鬼厮闹，赛儿、正寅两个看了只是笑。赛儿对正寅说："两个人被缚在柱子上一日了，肚子饥，趁众人在堂前，我拿些点心、下饭与他吃。又拿些碎银子与两个。"来到柱边傍着天然耳边，轻轻的说："不要慌！若到官直说，不要赖了吃打。我自来救你。东西银子，都在这里。"天然说："全望奶奶救命。"赛儿去了。众人说："酒便吃不得了，败杀老兴，且胡乱吃些饭罢。"丢儿厨下去盛饭，都是乌黑臭的，闻也闻不得，那里吃得？说道："又着这贼道的手了！可恨这厮无礼！被

尿鳖二字新甚，以其为道士之幸童也。

他两个侮弄这一日。我们带这两个尿鳖送去县里，添差了人来拿人。"一起人开了门走出去。只因里面嚷得多时了，外边晓得是捉奸。看的老幼男妇，立满在街上，只见人丛里缚着两个俊俏后生，又见陈林妻子跟在后头，只道是了，一齐拾起砖头土块来，口里喊着，望钱氏、两个道童乱打将来。那时那里分得清洁？钱氏吃打得头开额破，救得脱，一道烟逃走去了。一行人离了石麟街径望县前来。正值相公坐晚堂点卯，众人等点了卯，一齐跪过去，禀知县相公：从沈公做脚，赛儿、正寅通奸，妖法惑众，扰害地方情由，说了一遍。两个正犯脱逃，只拿得为从的两个董天然、王小玉送在这里。知县相公就问董天然两个道："你直说，我不拷打你。"董天然答应道："不须拷打，小人只直说，不敢隐情。"备细都招了。知县对众人说："这奸夫、淫妇还躲在家里。"就差兵快头吕山、夏盛两个带领一千余人，押着这一干人，认拿正犯。两个小厮，权且收监。

又错认，可笑。

怎见得便扰害地方？唯其逼之，扰害乃不得不然耳。大凡致乱之始皆然。

知县亦多事。

吕山领了相公台旨，出得县门时，已是一更时分。与众人商议道："虽是相公立等的公事，这等乌天黑地，去那里敲门打户，惊觉他，他又要遁了去，怎生回相公的话？不若我们且不要惊动他，去他门外埋伏，等待天明了拿他。"众人道："说得是。"又请吕山两个到熟的饭铺里赊些酒饭吃了，都到赛儿门首埋伏。连沈公也不惊动他，怕走了消息。

卷三十一　何道士因术成奸　周经历因奸破贼

　　且说姚虚玉、孟清两个在庙，见说师傅有事，恰好走来打听。赛儿见众人已去，又见这两个小厮，问得是正寅的人，放他进来，把门关了，且去收拾房里。一个收拾厨下做饭吃了。对正寅说："这起男女去县禀了，必然差人来拿，我与你终不成坐待死？预先打点在这里，等他那悔气的来着毒手！"赛儿就把符咒、纸人马、旗仗打点齐备了，两个自去宿歇。直待天明起来，梳洗饭毕了，叫孟清去开门。

　　孟清开得门，只见吕山那伙人，一齐跄入来。孟清见了，慌忙趄转身望里面跑，口里一头叫。赛儿看见兵快来拿人，嘻嘻的笑，拿出二三十纸人马来，往空一撒，叫声："变！"只见纸人都变做彪形大汉，各执枪刀，就里面杀出来。又叫姚虚玉把小皂旗招动，只见一道黑气，从屋里卷出来。吕山两个还不晓得，只管催人赶入来，早被黑气遮了，不看见人。赛儿是王元椿教的武艺，尽去得。被赛儿一剑一个，都斫下头来。众人见势头不好，都慌了，转身齐跑。前头走的还跑了几个，后头走的，反被前头的拉住，一时跑不脱。赛儿说："一不做，二不休。"随手杀将去，也被正寅用棍打死了好几个，又去追赶前头跑得脱的，直喊杀过石麟桥去。

　　赛儿见众人跑远了，就在桥边收了兵回来，对正寅说："杀的虽然杀了，走的必去禀知县。那厮必起兵来杀我们，我们不先下手，更待何时？"就带上

赛儿颇狠颇能。

盔甲，变二三百纸人马，竖起七星旗号来招兵，使人叫道："愿来投兵者，同去打开库藏，分取钱粮财宝！"街坊远近人因昨日这番，都晓得赛儿有妖法，又见变得人马多了，道是气概兴旺，城里城外人猴极的，齐来投他。有地方豪杰方大、康昭、马效良、戴德如四人为头，一时聚起二三千人，又抢得两匹好马来与赛儿、正寅骑。鸣锣擂鼓，杀到县里来。

招徕之法。

说这史知县听见走的人，说赛儿杀死兵快一节，慌忙请典史来商议时，赛儿人马早已跑入县来，拿住知县、典史，就打开库藏门，搬出金银来分给与人，监里放出董天然、王小玉两个。其余狱囚尽数放了，愿随顺的，共有七八十人。到申未时，有四个人，原是放响马的，风闻赛儿有妖法，都来归顺赛儿。此四人叫做郑贯、王宪、张天禄、祝洪，各带小喽啰，共有二千余名，又有四五十匹好马。赛儿见了，十分欢喜。这郑贯不但武艺出众，更兼谋略过人，来禀赛儿，说道："这是小县，僻在海角头，若坐守日久，朝廷起大军，把青州口塞住了，钱粮没得来，不须厮杀，就坐困死了。这青州府人民稠密，钱粮广大，东据南徐之险，北控渤海之利，可战可守。兵贵神速，莱阳县虽破，离青州府颇远。一日之内，消息未到。可乘此机会，连夜去袭了，权且安身。养成蓄锐，气力完足，可以横行。"赛儿说："高见。"每人各赏元宝二锭、四表礼，权受都

卷三十一　何道士因术成奸　周经历因奸破贼

指挥,说:"待取了青州,自当升赏重用。"四人去了。

赛儿就到后堂,叫请史知县、徐典史出来,说道:"本府知府是你至亲,你可与我写封书。只说这县小,我在这里安身不得,要过东去打汶上县,必由府里经过。恐有疏虞,特着徐典史领三百名兵快,协同防守。你若替我写了,我自厚赠盘缠,连你家眷同送回去。"知县初时不肯,被赛儿逼勒不过,只得写了书。赛儿就叫兵房吏做角公文,把这私书都封在文书里,封筒上用个印信。仍送知县、典史软监在衙里。

赛儿自来调方大、康昭、马效良、戴德如四员骁将,各领三千人马,连夜悄悄的到青州曼草坡,听候炮响,都到青州府东门策应。又寻一个像徐典史的小卒,着上徐典史的纱帽圆领,等候赛儿。又留一班投顺的好汉,协同正寅守着莱阳县,自选三百精壮兵快,并董天然、王小玉二人,指挥郑贯四名,各与酒饭了。赛儿全装披挂,骑上马,领着人马,连夜起行。行了一夜,来到青州府东门时,东方才动,城门也还未开。赛儿就叫人拿着这角文书朝城上说:"我们是莱阳县差捕衙里来下文书的。"守门军就放下篮来,把文书吊上去。又晓得是徐典史,慌忙拿这文书径到府里来。正值知府温章坐衙,就跪过去呈上文书。温知府拆开文书看见印信、图书都是真的,并不疑忌。就与递文书军说:"先放徐典史进来,兵快人等且住着在城外。"守门军领知府钧语,径来开门,

赛儿尽有谋略,亦天纵之也。

说道："太爷只叫放徐老爹进城，其余且不要入去。"赛儿叫人答应说："我们走了一夜，才到得这里，肚饥了，如何不进城去寻些吃？"三百人一齐都跄入门里去，五六个人怎生拦得住？一搅入得门，就叫人把住城门。一声炮响，那曼草坡的人马都趱入府里来，填街塞巷。赛儿领着这三百人，真个是疾雷不及掩耳，杀入府里来。知府还不晓得，坐在堂上等徐典史。见势头不好，正待起身要走，被方大赶上，望着温知府一刀，连肩砍着，一交跌倒在地下挣命。又复一刀，就割下头来，提在手里，叫道："不要乱动！"惊得两廊门隶人等，尿流屁滚，都来跪下。康昭一伙人打入知府衙里来，只获得两个美妾，家人并媳妇共八名。同知、通判都越墙走了。赛儿就挂出安民榜子，不许诸色人等抢掳人口财物，开仓赈济，招兵买马，随行军官兵将都随功升赏。莱阳知县、典史不负前言，连他家眷放了还乡，俱各抱头鼠窜而去，不在话下。

只见指挥王宪押两个美貌女子，一个十八九岁的后生。这个后生，比这两个女子更又标致，献与赛儿。赛儿问王宪道："那里得来的？"王宪禀道："在孝顺街绒线铺里萧家得来的。这个女子，大的叫做春芳，小的叫做惜惜，这小厮叫做萧韶。三个是姐妹兄弟。"赛儿就将这大的赏与王宪做妻子，看上了萧韶，欢喜倒要偷他。与萧韶道："你姐妹两个，只在我身边服侍，我自看待你。"赛儿又把知府衙里的两个美妾紫兰、香娇配与董天然、王小玉。赛儿也自叫萧韶去宿歇。说这萧韶，正是妙年好头上，带些惧怕，夜里尽力奉承赛儿，只要赛儿欢喜，赛儿得意非常。两个打得熟了，一步也离不得萧韶，那里记挂何正寅？〔岂知为祸根。乃知色能杀人，不独女也。〕

且说府里有个首领官周经历，叫做周雄。当时逃出府，家眷都被赛儿软监在府里。周经历躲了几日，没做道理处，要保全老小，只得假意来投顺赛儿。见赛儿下个礼，说道："小官原是本府经历，自从奶奶得了莱阳县、青州府，爱军惜民，人心悦服，必成大事。经历去暗投明，家眷俱蒙奶奶不杀之恩，周某当倾心竭力，图效犬马。"〔此人去得。〕赛儿见他说家眷在府里，十分疑也只有五六分，就与周经历商议守青州府并取旁县的事务。周经历说："这府上倚滕县，下通临海卫，两处为青府门户，若取不得滕县与这卫，就如没了门户的一般，这府如何守得住？实不相瞒，这滕县许知县是经历姑表兄弟，经历去，必然说他来降。若说得滕县下了，这临海卫就如没了一臂一般，他如何支撑得住？"赛儿说："若得如此，事成与你同享富贵。家眷我自好好的供养在这里，不须记挂。"周经历说道："事不宜迟，恐他那里做了手脚。"赛儿忙拨几个伴当，一匹好马，就送周经历起身。

周经历来到滕县见了许知县。知县吃一惊说："老兄如何走得脱，来到这里？"周经历将假意投顺赛儿，赛儿使来说降的话，说了一遍。许知县回话道："我与你虽是假意投顺，朝廷知道，不是等闲的事。"周经历道："我们一面去约临海卫戴指挥同降，一面申闻各该抚按上司，计取赛儿。日后复了地方，有何不可？"许知县忙使人去请戴指挥来见周经历，三个商议伪降计策定了。许知县又说："我们先备些金花表礼羊酒去贺，说：'离不得地方，恐有疏失。'"周经历领着一行拿礼物的人来见赛儿，递上降书。赛儿接着降书看了，受了礼物，伪升许知县为知府，戴指挥做都指挥，仍着二人各照旧守着地方。戴指挥见了这伪升的文书，就来见许知县说："赛儿必然疑忌我们，故用阳施阴夺的计策。"许知县说道："贵卫有一班女乐、小俏儿，不若送去与赛儿做谢礼，就做我们里应外合的眼目。"戴指挥说："极妙！"就回衙里叫出女使王娇莲，小俏头儿陈鹦儿来，说："你二人是我心腹，我欲送你们到府里去，做个反间细作。若得成功，升赏我都不要，你们自去享用富贵。"二人都欢喜应允了。戴指挥又做些好锦绣鲜明衣服、乐器，县、卫各差两个人送这两班人来献与赛儿。且看这歌童舞女如何？诗云：

好见识。

小俏用得着，女乐第二义也。

舞袖香茵第一春，清歌婉转貌超群。
剑霜飞处人星散，不见当年劝酒人。

赛儿见人物标致，衣服齐整，心中欢喜，都受了，留在衙里，每日吹弹歌舞取乐。

且说赛儿与正寅相别半年有余，时值冬尽年残，正寅欲要送年礼物与赛儿，就买些奇异吃食，蜀锦文葛，金银珍宝，装做一二十小车，差孟清同车脚人等送到府里来。世间事最巧，也是正寅合该如此。两月前正寅要去奸宿一个女子，这女子苦苦不从，自缢死了。怪孟清说"是唐奶奶起手的，不可背本，万一知道，必然见怪"，谏得激切，把孟清一顿打得几死，却不料孟清仇恨在心里。孟清领着这军从来到府里见赛儿。赛儿一见孟清，就如见了自家里人一般，叫进衙里去安歇。孟清又见董天然等都有好妻子，又有钱财，自思道："我们一同起手的人，他两个有造化，落在这里，我如何能勾也同来这里受用？"自思量道："何不将正寅在县里的所为，说他一番？倘或赛儿欢喜，就留在衙里，也不见得。"到晚，赛儿退了堂来到衙里，乘间叫过孟清，问正寅的事。孟清只不做声。赛儿心疑，越问得紧，孟清越不做声。问不过，只得哭将起来。赛儿就说道："不要哭。必然在那里吃亏了，实对我说，我也不打发你去了。"孟清假意口里咒着道："说也是死，不说也是死。爷爷在县里，每夜挨去排门轮要两个好妇人好女子，送在衙里歇。标致得紧的，多歇几日；少不中意的，一夜就打发出来。又娶了个卖唱的妇

赛儿胸中已无正寅矣。正寅总重礼，能挽之乎。

还能念之耶？

孟清亦狡甚。

人李文云，时常乘醉打死人，每日又要轮坊的一百两坐堂银子。百姓愁怨思乱，只怕奶奶这里不敢。两月前，蒋监生有个女子，果然生得美貌，爷爷要奸宿他，那女子不从，逼迫不过，自缢死了。小人说：'奶奶怎生看取我们！别得半年，做出这勾当来，这地方如何守得住？'怪小人说，将小人来吊起，打得几死，半月扒不起来。"

> 毒甚。

赛儿听得说了，气满胸膛，顿着足说道："这禽兽，忘恩负义！定要杀这禽兽，才出得这口气！"董天然并伙妇人都来劝道："奶奶息怒，只消取了老爷回来便罢。"赛儿说："你们不晓得这般事，从来做事的人，一生嫌隙，不知火并了多少！如何好取他回来？"一夜睡不着。

> 淫妇未有不妒者，何不以萧韶一自反耶？

> 取回来何处着萧郎？

> 何不以萧韶遣兴？

次日来堂上，赶开人，与周经历说："正寅如此淫顽不法，全无仁义，要自领兵去杀他。"周经历回话道："不知这话从那里来的？未知虚实，倘或是反间，也不可知。地方重大，方才取得，人心未固，如何轻易自相厮杀？不若待周雄同个奶奶的心腹去访得的实，任凭奶奶裁处，也不迟。"赛儿道："说得极是，就劳你一行。若访得的实，就与我杀了那禽兽。"周经历又说道："还得几个同去才好，若周雄一个去时，也不济事。"赛儿就令王宪、董天然领一二十人去。又把一口刀与王宪，说："若这话是实，你便就取了那禽兽的头来！违误者以军法从

> 周经历每做假心腹，所以到底不疑。

> 赛儿利害！

事！"又与郑贯一角文书："若杀了何正寅，你就权摄县事。"一行人辞别了赛儿，取路往莱阳县来。周经历在路上还恐怕董天然是何道的人，假意与他说："何公是奶奶的心腹，若这事不真，谢天地，我们都好了。若有这话，我们不下手时，奶奶要军法从事。这事如何处？"董天然说："我那老爷是个多心的人，性子又不好，若后日知道你我去访他，他必仇恨。羹里不着饭里着，倒遭他毒手。若果有事，不若奉法行事，反无后患。"郑贯打着鼋鼓儿，巴不得杀了何正寅，他要权摄县事。周经历见众人都是为赛儿的，不必疑了。又说："我们先在外边访得的确，若要下手时，我捻须为号，方可下手。"一行人入得城门，满城人家都是咒骂何正寅的。董天然说："这话真了。"

　　一行径入县里来见何正寅。正寅大落落坐着，不为礼貌，看着董天然说："拿得甚么东西来看我？"董天然说："来时慌忙，不曾备得，另差人送来。"又对周经历说："你们来我这县里来何干？"周经历假小心轻轻的说："因这县里有人来告奶奶，说大人不肯容县里女子出嫁，钱粮又比较得紧，因此奶奶着小官来禀上。"正寅听得这话，拍案高嗔大骂道："泼贱婆娘！你亏我夺了许多地方，享用快活，必然又搭上好的了。猜得着就这等无礼！你这起人不晓得事体，没上下的！"王宪见不是头，紧紧

（批注：如此则正寅已无活法矣。）

（批注：周经历精细甚。）

（批注：天然亦如此，可知何道不善御人，自送其死。）

（批注：猜得着）

的帮着周经历,走近前说:"息怒消停,取个长便。待小官好回话。"正寅又说道:"不取长便,终不成不去回话。"周经历把须一捻,王宪就人嚷里拔出刀来,望何正寅项上一刀,早斫下头来,提在手里,说:"奶奶只叫我们杀何正寅一个,余皆不问。"郑贯就把权摄的文书来晓谕各人,就把正寅先前强留在衙里的妇人女子都发出,着娘家领回,轮坊银子也革了,满城百姓无不欢喜。衙里有的是金银,任凭各人取了些,又拿几车,并绫缎送到府里来。周经历一起人到府里回了话,各人自去方便,不在话下。

> 郑贯弄上了手,却也行得好事。

说这山东巡按金御史因失了青州府,杀了温知府,起本到朝廷,兵部尚书接着这本,是地方重务,连忙转奏朝廷。朝廷就差总兵官傅奇充兵马副元帅,两个游骑将军黎晓、来道明充先锋,领京军一万,协同山东巡抚都御史杨汝待克日进剿扑灭,钱粮兵马,除本省外,河南、山西两省,任从调用。傅总兵带领人马,来到总督府,与杨巡抚一班官军说"朝廷紧要擒拿唐赛儿"一节。杨巡抚说:"唐赛儿妖法通神,急难取胜。近日周经历与滕县许知县、临海卫戴指挥诈降,我们去打他后面莱阳县,叫戴指挥、许知县从那青州府后面杀出来,叫他首尾不能相顾,可获全胜。"傅总兵说:"此计大妙。"傅总兵就分五千人马与黎晓充先锋,来取莱阳县;又调都指挥

卷三十一　何道士因术成奸　周经历因奸破贼

杜总、吴秀，指挥六员高雄、赵贵、赵天汉、崔球、密宣、郭谨，各领新调来二万人马，离莱阳县二十里下寨，次日准备厮杀。

郑贯得了这个消息，闭上城门，连夜飞报到府里来。赛儿接得这报子，就集各将官说："如今傅总兵领大军来征剿我们，我须亲自领兵去杀退他。"着王宪、董天然守着这府，又调马效良、戴德如各领人马一万去滕县、临海卫三十里内，防备袭取的人马。就是滕县、临海卫的人马，也不许放过来。周经历暗地叫苦说："这妇人这等利害！"赛儿又调方大领五千人马先行，随后赛儿自也领二万人马到莱阳县来。离县十里就着个大营，前、后、左、右、正中五寨。又置两枝游兵在中营，四下里摆放鹿角、蒺藜、铃索齐整，把辕门闭上，造饭吃了，将息一回。就有人马来冲阵，也不许轻动。

且说黎先锋领着五千人马喊杀半日，不见赛儿营里动静，就着人来禀总兵，如此如此。傅总兵同杨巡抚领一班将官到阵前来，扒上云梯，看赛儿营里布置整齐，兵将猛勇，旗帜鲜明，戈戟光耀，褐罗伞下坐着那个英雄美貌的女将。左右立着两个年少标致的将军，一个是萧韶，一个是陈鹦儿，各拿一把小七星皂旗。又有两个俊俏女子，都是戎装，一个是萧惜惜，捧着一口宝剑，一个是王娇莲，捧着一袋弓箭。营前树着一面七星玄天上帝皂旗，飘扬飞绕。总兵

尽有兵机，非酒色自败，胜之难矣。

好看。

看得呆了，走下云梯来，令先锋领着高雄、赵贵、赵天汉、崔球等一齐杀入去。且看赛儿如何？诗云：

剑光动处见玄霜，战罢归来意气狂。
堪笑古今妖妄事，一场春梦到高唐。

赛儿就开了辕门，令方大领着人马也杀出来。正好接着，两员将斗不到三合，赛儿不慌不忙，口里念起咒来，两面小皂旗招动，那阵黑气从寨里卷出来，把黎先锋人马罩得黑洞洞的，你我不看见。黎晓慌了手脚，被方大拦头一方天戟打下马来，脑浆奔流。高雄、赵天汉俱被拿了。傅总兵见先锋不利，就领着败残人马回大营里来纳闷。方大押着，把高雄两个解入寨里见赛儿。赛儿命："监候在县里，我回军时发落便了。"赛儿又与方大说："今日虽赢得他一阵，他的大营人马还不损折，明日又来厮杀。不若趁他喘息未定，众人慌张之时，我们赶到，必获全胜。"留方大守营。令康昭为先锋，赛儿自领一万人马，悄悄的赶到傅总兵营前，呐声喊，一齐杀将入去。傅总兵只防赛儿夜里来劫营，不防他日里乘势就来，都慌了手脚，厮杀不得。傅总兵、杨巡抚二人，骑上马往后逃命。二万五千人杀不得一二千人，都齐齐投降。又拿得千余匹好马，钱粮器械，尽数搬掳，自回到青州府去了。

_{先发制人，即袭县之故智。}

卷三十一　何道士因术成奸　周经历因奸破贼

　　军官有逃得命的，跟着傅总兵到都堂府来商议。再欲起奏，另自添遣兵将。杨巡抚说："没了三四万人马，杀了许多军官，朝廷得知，必然加罪我们。我晓得滕县许知县是个清廉能干忠义的人，与周经历、戴指挥委曲协同，要保这地方无事，都设计诈降。而今周经历在贼中，不能得出。许、戴二人原在本地方，不若密密取他来，定有破敌良策。"傅总兵慌忙使人请许知县、戴指挥到府，计议要破赛儿一事。许知县近前轻轻的与傅总兵、杨巡抚二人说："如此如此，不出旬日，可破赛儿。"傅总兵说："若得如此，我自当保奏升赏。"许知县辞了总制，回到县里，与戴指挥各备礼物，各差个的当心腹人来贺赛儿，就通消息与周经历，却不知周经历先有计了。

　　元来周经历见萧韶甚得赛儿之宠，又且乖觉聪明，时时结识他做个心腹，着实奉承他。萧韶不过意，说："我原是治下子民，今日何当老爷如此看觑？"周经历说："你是奶奶心爱的人，怎敢怠慢？"萧韶说道："一家被害了，没奈何偷生，甚么心爱不心爱？"周经历道："不要如此说，你姐妹都在左右，也是难得的。"萧韶说："姐姐嫁了个响马贼，我虽在被窝里，也只是伴虎眠，有何心绪？妹妹只当得丫头，我一家怨恨，在何处说？"周经历见他如此说，又说："既如此，何不乘机反邪归正？朝廷必有酬报。不然他日一败，玉石俱焚。你是同衾共枕之

<small>深心妙用。</small>

<small>萧韶亦是有志之人，不为色迷。</small>

人，一发有口难分了。不要说被害冤仇，没处可报。"萧韶道："我也晓得事体果然如此，只是没个好计脱身。"周经历说："你在身伴，只消如此如此，外边接应都在于我。"却把许、戴来的消息通知了他。萧韶欢喜说："我且通知妹子，做一路则个。"（有心人）计议得熟了，只等中秋日起手，后半夜点天灯为号。周经历就通这个消息与许知县、戴指挥，这是八月十二日的话。到十三日，许知县、戴指挥各差能事兵快应捕，各带士兵、军官三四十人，预先去府里四散埋伏，只听炮响，策应周经历拿贼。许知县又密令亲子许德来约周经历，十五夜放炮夺门的事，都得知了，不必说。

且说萧韶姐妹二人，来对王娇莲、陈鹦儿通知外边消息，他两人原是戴家细作，自然留心。至十五日晚上，赛儿就排筵宴来赏月，饮了一回，只见王娇莲来禀赛儿说："今夜八月十五日，难得晴明，更兼破了傅总兵，得了若干钱粮人马。我等蒙奶奶抬举，无可报答，每人各要与奶奶上寿。"王娇莲手执檀板唱一歌，歌云：

虎渡三江迅若风，龙争四海竞长空。
光摇剑术和星落，狐兔潜藏一战功。

赛儿听得，好生欢喜，饮过三大杯。女人都依次奉酒。俱是不会唱的，就是王娇莲代唱。众人只要灌得赛儿醉了好行事，陈鹦儿也要上寿。赛儿又说道："我吃得多了。你们恁的好心，每一人只吃一杯罢。"又饮了二十余杯，已自醉了。又复歌舞起来，轮番把盏，灌得赛儿烂醉，赛儿就倒在位上。萧韶说："奶奶醉了，我们扶奶奶进房里去罢。"萧韶抱住赛儿，众人齐来相帮，抬进房里床

卷三十一　何道士因术成奸　周经历因奸破贼

上去。萧韶打发众人出来，就替赛儿脱了衣服，盖上被，拴上房门。众人也自去睡，只有与谋知因的人都不睡，只等赛儿消息。萧韶又恐假醉，把灯剔得明亮，仍上床来搂住赛儿，扒在赛儿身上故意着实耍戏，赛儿那里知得？被萧韶舞弄得久了，料算外边人都睡静了，自想道："今不下手，更待何时？"起来慌忙再穿上衣服，庆头拔出那口宝刀来，轻轻的掀开被来，尽力朝着赛儿项上剁下一刀来，连肩斫做两段。赛儿醉得凶了，一动也动不得。

　　萧韶慌忙走出房来，悄悄对妹妹、王娇莲、陈鹦儿说道："赛儿被我杀了。"王娇莲说："不要惊动董天然这两个，就暗去袭了他。"陈鹦儿道："说得是。"拿着刀来敲董天然的房门，说道："奶奶身子不好，你快起来！"董天然听得这话，就瞌睡里慌忙披着衣服来开房门，不防备，被陈鹦儿手起刀落，斫倒在房门边挣命，又复一刀，就放了命。这王小玉也醉了，不省人事，众人把来杀了。众人说："好到好了，怎么我们得出去？"萧韶说："不要慌！约定的。"就把天灯点起来，扯在灯竿上。

　　不移时，周经历领着十来名火夫，平日收留的好汉，敲开门一齐拥入衙里来。萧韶对周经历说："赛儿、董天然、王小玉都杀了，这衙里人都是被害的，望老爷做主。"周经历道："不须说，衙里的金银财宝，各人尽力拿了些。其余山积的财物，都封

有心人，亦是硬心人。

萧韶有主意。

681

周经历有擘划。锁了入官。"周经历又把三个人头割下来,领着萧韶一起开了府门,放个铳。只见兵快应捕共有七八十人齐来见周经历说:"小人们是县、卫两处差来兵快,策应拿强盗的。"周经历说:"强盗多拿了,杀的人头在这里。都跟我来。"到得东门城边,放三个炮,开得城门,许知县、戴指挥各领五百人马杀入城来。保得胜后紧着。周经历说:"不关百姓事。赛儿杀了,还有余党,不曾剿灭,各人分头去杀。"

且说王宪、方大听得炮响,都起来,不知道为着甚么。正没做道理处,周经历领的人马早已杀入方大家里来。方大正要问备细时,被侧边一枪搠倒,就割了头。戴指挥拿得马效良、戴德如,阵上许知县杀死康昭、王宪一十四人。沈印时两月前害疫病死了,不曾杀得。又恐军中有变,急忙传令:"只杀有职事的。小卒良民,一概不究。"多属周经历招抚。

许知县对众人说:"这里与莱阳县相隔四五十里,他那县里未便知得。兵贵神速,我与戴大人连夜去袭了那县,留周大人守着这府。"二人就领五千人马,杀奔莱阳县来,即用赛儿袭青州故智。假说道:"府里调来的军,去取旁县的。"城上径放入县里来。郑贯正坐在堂上,被许知县领了兵齐抢入去,将郑贯杀了。张天禄、祝洪等慌了,都来投降。把一干人犯,解到府里监禁,听候发落。安了民,许知县仍回到府里,同周经历、萧韶一班解赛儿等首级来见傅总兵、杨巡抚,把赛儿事说一遍。傅总兵说:"足见各官神算。"称誉不已。就起奏捷本,一边打点回京。

_{总兵、巡抚因人成事而已。}

朝廷升周经历做知府,戴指挥升都指挥,萧韶、陈鹦儿各授个巡检,许知县升兵备副使,各随官职大小,赏给金花银子表礼。王娇莲、萧惜惜等俱着择良人为聘,其余的在赛儿破败之后投降的,不准投首,另行问罪。此可为妖术杀身之鉴。有诗为证:

_{两个标致巡检。}

四海纵横杀气冲,无端女寇犯山东。
吹箫一夕妖氛尽,月缺花残送落风。

卷三十二

乔兑换胡子宣淫
显报施卧师入定

喬乂換胡
子宣淫

卷三十二　乔兑换胡子宣淫　显报施卧师入定

词云：

丈夫只手把吴钩，欲斩万人头。如何铁石打成心性，却为花柔？　君看项籍并刘季，一怒使人愁。只因撞着虞姬戚氏，豪杰都休。

这首词是昔贤所作，说着人生世上，"色"字最为要紧。随你英雄豪杰，杀人不眨眼的铁汉子，见了油头粉面，一个袋血的皮囊，就弄软了三分。假如楚霸王、汉高祖分争天下，何等英雄！一个临死不忘虞姬，一个酒后不忍戚夫人，仍旧做出许多缠绵景状出来，何况以下之人？风流少年，有情有趣的，牵着个"色"字，怎得不荡了三魂，走了七魄？却是这一件事关着阴德极重，那不肯淫人妻女、保全人家节操的人，阴受厚报：有发了高魁的，有享了大禄的，有生了贵子的，往往见于史传，自不消说。至于贪淫纵欲，使心用腹污秽人家女眷，没有一个不减算夺禄，或是妻女见报，阴中再不饶过的。

且如宋淳熙末年间舒州有个秀才刘尧举，表字唐卿，随着父亲在平江做官，是年正当秋荐，就依随任之便，雇了一只船往秀州赴试。开了船，唐卿举目向梢头一看，见了那持楫的，吃了一惊。元来是十六七岁一个美貌女子，鬒鬟䩱媚，眉眼含娇，虽是荆布淡妆，种种绰约之态，殊异寻常女子。当

着眼。

梢而立，俨然如海棠一枝，斜映水面。唐卿观之不足，看之有余，不觉心动。在舟中密密体察光景，晓得是船家之女，称叹道："从来说老蚌出明珠，果有此事。"欲待调他一二句话，碍着他的父亲，同在梢头行船，恐怕识破，妆做老成，不敢把眼正觑梢上。却时时偷看他一眼，越看越媚，情不能禁。心生一计，只说舟重行迟，赶路不上，要船家上去帮扯纤。

元来这只船上老儿为船主，一子一女相帮。是日儿子三官保，先在岸上扯纤，唐卿定要强他老儿上去了，止是女儿在那里当梢。唐卿一人在舱中，像意好做光了。未免先寻些闲话试问他。他十句里边，也回答着一两句，韵致动人。唐卿趁着他说话，就把眼色丢他。他有时含羞敛避，有时正颜拒却。及至唐卿看了别处，不来兜搭了，却又说句把冷话，背地里忍笑，偷眼斜盼着唐卿。正是明中妆样暗地撩人，一发叫人当不得，要神魂飞荡了。

唐卿思量要大大撩拨他一撩拨，开了箱子取出一条白罗帕子来，将一个胡桃系着，绾上一个同心结，抛到女子面前。女子本等看见了，故意假做不知，呆着脸只自当橹。唐卿恐怕女子真个不觉，被人看见，频频把眼送意，把手指着，要他收取。女子只是大剌剌的在那里，竟像个不会意的。看看船家收了纤，将要下船，唐卿一发着急了，指手画脚，

<small>自是拿人的老手，亦老江湖人物耳。唐卿自是酸子，眼孔小。</small>

<small>唐卿嫩甚。</small>

见他只是不动，没个是处，倒懊悔无及。恨不得伸出一只长手，仍旧取了过来。船家下得舱来，唐卿面挣得通红，冷汗直淋，好生置身无地。只见那女儿不慌不忙，轻轻把脚伸去帕子边，将鞋尖勾将过来，遮在裙底下了。慢慢低身倒去，拾在袖中，腆着脸对着水外，只是笑。唐卿被他急坏，却又见他正到利害头上如此做作，遮掩过了，心里私下感他，越觉得风情着人。自此两下多有意了。

　　明日复依昨说，赶那船家上去，两人扯纤。唐卿便老着面皮谢女子道："昨日感卿包容，不然小生面目难施了。"女子笑道："胆大的人，元来恁地虚怯么？"唐卿道："卿家如此国色，如此慧巧，宜配佳偶，方为厮称。今文鸳彩凤，误堕鸡栖中，岂不可惜？"女子道："君言差矣。红颜薄命，自古如此，岂独妾一人！此皆分定之事，敢生嗟怨？"唐卿一发伏其贤达。自此语话投机，一在舱中，一在梢上，相隔不多几尺路，眉来眼去，两情甚浓。却是船家虽在岸上，回转头来，就看得船上见的，只好话说往来，做不得一些手脚，干热罢了。

　　到了秀州，唐卿更不寻店家，就在船上作寓。入试时，唐卿心里放这女子不下，题目到手，一挥而就，出院甚早。急奔至船上，只见船家父子两人趁着舱里无人，身子闲着，叫女儿看好了船，进城买货物去了。唐卿见女儿独在船上，喜从天降。

[眉批：痴心人见之，能不心死。]
[眉批：老手，却有趣。]
[眉批：一发难过。]
[眉批：有意。]
[眉批：天与之缘，何复夺之算？]

急急跳下船来,问女子道:"你父亲兄弟那里去了?"女子道:"进城去了。"唐卿道:"有烦娘子移船到静处一话何如?"说罢,便去解缆。女子会意,即忙当橹,把船移在一个无人往来的所在。唐卿便跳在梢上来,搂着女子道:"我方壮年,未曾娶妻。倘蒙不弃,当与子缔百年之好。"女子推逊道:"陋质贫姿,得配君子,固所愿也。但枯藤野蔓,岂敢仰托乔松?君子自是青云之器,他日宁肯复顾微贱?妾不敢承,请自尊重。"唐卿见他说出正经话来,一发怜爱,欲心如火,恐怕强他不得,发起极来,不必。拍着女子背道:"怎么说那较量的话?我两日来,被你牵得我神魂飞越,不能自禁,恨没个机会,得与你相近,一快私情。今日天与其便,只吾两人在此,正好恣意欢乐,遂平生之愿。你却如此坚拒,再没个想头了。男子汉不得如愿,要那性命何用?你昨者为我隐藏罗帕,感恩非浅,今既无缘,我当一死以报。"说罢,望着河里便跳。女子急牵住他衣裾道:"不要慌!且再商量。"唐卿转身来抱住道:"还商量甚么!"抱至舱里来,同就枕席。乐事出于望外,真个如获珍宝。事毕,女子起身来,自掠了乱发,就与唐卿整了衣,老手,必非处子矣。说道:"辱君俯爱,冒耻仰承,虽然一霎之情,义坚金石,他日勿使剩蕊残葩,空随流水!"唐卿道:"承子雅爱,敢负心盟?目今揭晓在即,倘得寸进,必当以礼娶

既肯移船,即不必发极。唐卿真是嫩货。

子，贮于金屋。"两人千恩万爱，欢笑了一回。女子道："恐怕父亲城里出来。"原移船到旧处住了。唐卿假意上岸，等船家归了，方才下船，竟无人知觉此事。谁想：

倘无寸进，将如何？非有成算者。

　　暗室亏心，神目如电！

　　唐卿父亲在平江任上，悬望儿子赴试消息。忽一日晚间得一梦，梦见两个穿黄衣的人，手持一张纸突然来报道："天门放榜，郎君已得首荐。"旁边走过一人，急掣了这张纸去，道："刘尧举近日作了欺心事，已压了一科了。"父亲吃一惊，觉来乃是一梦。思量来得古怪，不知儿子做甚么事。想了此言，未必成名了。果然秀州揭晓，唐卿不得与荐。元来场中考官道是唐卿文卷好，要把他做头名。有一个考官，另看中了一卷，要把唐卿做第二。那个考官不肯道："若要做第二，宁可不中，留在下科，不怕不是头名，不可中坏了他。"忍着气，把他黜落了。

考官误人多矣。

　　唐卿在船等候，只见纷纷嚷乱，各自分头去报喜。唐卿船里静悄悄，鬼也没个走将来，晓得没帐，只是叹气。连那梢上女子，也道是失望了，暗暗泪下。唐卿只得看无人处，把好言安慰他，就用他的船，转了到家，见过父母。父亲把梦里话来问他道："我梦如此，早知你不得中。只是你曾做了甚欺心

即不第，以一贵家子，岂不能得一舟中女，而必待成名方踪迹之乎？唐卿自是无志人。

事来？"唐卿口里赖道："并不曾做甚事。"却是老大心惊，道："难道有这样话？"似信不信。及到后边，得知场里这番光景，才晓得本该得荐，却为阴德上损了，迟了功名。心里有些懊悔，却还念那女子不置。到第二科，唐卿果然领了首荐，感念女子旧约，遍令寻访，竟无下落，不知流泛在那里去了。后来唐卿虽得及第，终身以此为恨。

> 不得不恨。

看官，你看刘唐卿只为此一着之错，罚他蹉跎了一科，后边又不得团圆。盖因不是他姻缘，所以阴骘越重了。奉劝世上的人，切不可轻举妄动，淫乱人家妇女。古人说得好：

> 好话有益。

我不淫人妻女，妻女定不淫人。
我若淫人妻女，妻女也要淫人。

而今听小子说一个淫人妻女，妻女淫人，转辗果报的话。元朝沔州原上里有个大家子，姓铁名镕，先祖为绣衣御史。娶妻狄氏，姿容美艳，名冠一城。那汉沔风俗，女子好游，贵宅大户，争把美色相夸。一家娶得个美妇，只恐怕别人不知道，倒要各处去卖弄张扬，出外游耍，与人看见。每每花朝月夕，士女喧阗，稠人广众，挨肩擦背，目挑心招，恬然不以为意。临晚归家，途间一一品题，某家第一，某家第二。说着好的，喧哗谑浪，彼此称羡，

> 恶俗。

也不管他丈夫听得不听得。就是丈夫听得了，也道是别人赞他妻美，心中暗自得意。便有两句取笑了他，总是不在心上的。到了至元、至正年间，此风益甚。铁生既娶了美妻，巴不得领了他各处去摇摆。每到之处，见了的无不啧啧称赏。那与铁生相识的，调笑他，夸美他，自不必说；只是那些不曾识面的，一见了狄氏，问知是铁生妻子，便来挨相知，把言语来撩拨，酒食来撺哄，道他是有缘之人，有福之人，大家来奉承他。所以铁生出门，不消带得本钱在身边，自有这一班人扳他去吃酒吃肉，常得醉饱而归。满城内外人没一个不认得他，没一个不怀一点不良之心，打点勾搭他妻子。只是铁生是个大户人家，又且做人有些性气刚狠，没个因由，不敢轻惹得他。只好干咽唾沫，眼里口里讨些便宜罢了。古人两句说得好：

　　　　谩藏诲盗，冶容诲淫。

狄氏如此美艳，当此风俗，怎容得他清清白白过世？自然生出事体来。又道是"无巧不成话"，其时同里有个人，姓胡名绥，有妻门氏，也生得十分娇丽，虽比狄氏略差些儿，也算得是上等姿色。若没有狄氏在面前，无人再赛得过了。这个胡绥亦是个风月浪荡的人，虽有了这样好美色，还道是让狄

无耻极矣。

所谓有妻福。

氏这一分，好生心里不甘伏。谁知铁生见了门氏也羡慕他，思量一网打尽，两美俱备，方称心愿。因而两人各有欺心，彼此交厚，共相结纳。意思便把妻子大家兑用一用，也是情愿的。铁生性直，胡生性狡。铁生在胡生面前，时常露出要勾上他妻子的意思来。胡生将计就计，把说话曲意倒在铁生怀里，再无推拒。铁生道是胡生好说话，毕竟可以图谋。不知胡生正要乘此机会营勾狄氏，却不漏一些破绽出来。铁生对狄氏道："外人都道你是第一美色，据我所见，胡生这妻也不下于你，怎生得设个法儿到一到手？人生一世，两美俱为我得，死也甘心。"狄氏道："你与胡生恁地相好，把话实对他说不得？"铁生道："我也曾微露其意，他也不以为怪。却是怎好直话得出？必是你替我做个牵头，才弄得成。只怕你要吃醋拈酸。"狄氏道："我从来没有妒心的，可以帮衬处，无不帮衬。却有一件：女人的买卖，各自门各自户，如何能到惹得他？除非你与胡生内外通家，出妻见子，彼此无忌，时常引得他我家里来，方好觑个机会，弄你上手。"铁生道："贤妻之言，甚是有理。"

从此愈加结识胡生，时时引他到家里吃酒，连他妻子请将过来，叫狄氏陪着。外边广接名姬狎客，调笑戏谑。一来要奉承胡生喜欢，二来要引动门氏情性。但是宴乐时节，狄氏引了门氏在里面帘内窥

（眉批）
- 俱不知足，所以俱败家风。
- 毕竟深心者事先成，而报亦速。
- 便有机械。
- 赔了夫人又折兵，铁生之谓也。

看，看见外边淫昵亵狎之事，无所不为，随你石人也要动火。两生心里各怀着一点不良之心，多多卖弄波俏，打点打动女佳人。谁知里边看的女人，先动火了一个！你道是谁？元来门氏虽然同在那里窥看，到底是做客人的，带些拘束，不像狄氏自家屋里，恣性瞧看，惹起春心。那胡生比铁生，不但容貌胜他，只是风流身分，温柔性格，在行气质，远过铁生。狄氏反看上了，时时在帘内露面调情，越加用意支持酒肴，毫无倦色。铁生道是有妻内助，心里快活，那里晓得就中之意？铁生酒后对胡生道："你我各得美妻，又且两人相好至极，可谓难得。"胡生谦逊道："拙妻陋质，怎能比得尊嫂生得十全？"铁生道："据小弟看来，不相上下的了。只是一件：你我各守着自己的，亦无别味。我们做个痴兴不着，彼此更换一用，交收其美，心下何如？"此一句话正中胡生深机，假意答道："拙妻陋质，虽蒙奖赏，小弟自揣，怎敢有犯尊嫂？这个于理不当。"铁生笑道："我们醉后谑浪至此，可谓忘形之极！"彼此大笑而散。

　　铁生进来，带醉看了狄氏，抬他下颏道："我意欲把你与胡家的兑用一兑用，何如？"狄氏假意骂道："痴乌龟！你是好人家儿女，要偷别人的老婆，到舍着自己妻子身体！亏你不羞，说得出来！"铁生道："总是通家相好的，彼此便宜何妨？"狄氏道：

（批注：自招之，尤开门揖盗。）

（批注：痴汉。）

（批注：良心已丧，安得不败坏。）

（批注：铁生痴甚，胡生可恨，狄氏尤狠。）

"我在里头帮衬你凑趣使得，要我做此事，我却不肯。"铁生道："我也是取笑的说话，难道我真个舍得你不成？我只是要勾着他罢了。"狄氏道："此事性急不得，你只要撺哄得胡生快活，他未必不像你一般见识，舍得妻子也不见得。"铁生搂着狄氏道："我那贤惠的娘！说得有理。"一同狄氏进房睡了，不题。

却说狄氏虽有了胡生的心，只为铁生性子不好，想道："他因一时间思量勾搭门氏，高兴中有此痴话。万一做下了事，被他知道了，后边有些嫌忌起来，碍手碍脚，到底不妙。何如只是用些计较，瞒着他做，安安稳稳，快乐不得？"心中算计已定了。一日，胡生又到铁生家饮酒，此日只他两人，并无外客。狄氏在帘内往往来来示意胡生。胡生心照了，留量不十分吃酒，却把大瓯劝铁生，哄他道："小弟一向蒙兄长之爱，过于骨肉。兄长俯念拙妻，拙妻也仰慕兄长。小弟乘间下说词说他，已有几分肯了。只要兄长看顾小弟，不消说。先要兄长做百来个妓者东道请了我，方与兄长图成此事。"铁生道："得兄长肯赐周全，一千东道也做。"铁生见说得快活，放开了量，大碗价吃。胡生只把肉麻话哄他吃酒，不多时烂醉了。胡生假做扶他的名头，抱着铁生进帘内来。狄氏正在帘边，他一向不避忌的，就来接手搀扶，铁生已自一些不知。胡生把嘴唇向狄氏脸

老面皮。

正是。

此意更狠。

恶毒甚！

上做要亲的模样，狄氏就把脚尖儿勾他的脚，声唤使婢艳雪、卿云两人来扶了家主进去。刚剩得胡生、狄氏在帘内，胡生便抱住不放，狄氏也转身来回抱。胡生就求欢道："渴慕极矣，今日得谐天上之乐，三生之缘也。"狄氏道："妾久有意，不必多言。"褪下裤来，就在堂中椅上坐了，跷起双脚，任胡生云雨起来。可笑铁生心贪胡妻，反被胡生先淫了妻子。正是：

可谓朋友先施。

舍却家常慕友妻，谁知背地已偷期？
卖了馄饨买面吃，恁样心肠痴不痴！

胡生风流在行，放出手段，尽意舞弄。狄氏欢喜无尽，叮嘱胡生："不可泄漏！"胡生道："多谢尊嫂不弃小生，赐与欢会。却是尊兄许我多时，就知道了也不妨碍。"狄氏道："拙夫因贪贤阃，故有此话。虽是好色心重，却是性刚心直，不可惹他！只好用计赚他，私图快活，方为长便。"胡生道："如何用计？"狄氏道："他是个酒色行中人。你访得有甚名妓，牵他去吃酒嫖宿，等他不归来，我与你就好通宵取乐了。"胡生道："这见识极有理，他方才欲营勾我妻，许我妓馆中一百个东道，我就借此机会，撺唆一两个好妓者绊住了他，不怕他不留恋。只是怎得许多缠头之费供给他？"狄氏道："这个多在我

可畏。

身上。"胡生道:"若得尊嫂如此留心,小生拚尽着性命陪尊嫂取乐。"两个计议定了,各自散去。

元来胡家贫,铁家富,所以铁生把酒食结识胡生,胡生一面奉承,怎知反着其手?铁生家道虽富,因为花酒面上费得多,把膏腴的产业,逐渐费掉了。又遇狄氏搭上了胡生,终日撺掇他去出外取乐,狄氏自与胡生治酒欢会,珍馐备具,日费不资。狄氏喜欢过甚,毫不吝惜,只乘着铁生急迫,就与胡生内外撺哄他,把产业贱卖了。狄氏又把价钱藏起些,私下奉养胡生。胡生访得有名妓就引着铁生去入马,置酒留连,日夜不归。狄氏又将平日所藏之物,时时寄些与丈夫,为酒食犒赏之助。只要他不归来,便与胡生畅情作乐。妙着。

铁生道是妻贤不妒,越加放恣,自谓得意。有两日归来,狄氏见了千欢万喜,毫无嗔妒之意。铁生感激不胜,梦里也道妻子是个好人。有一日,正安排了酒果,要与胡生享用,恰遇铁生归来,见了说道:"为何置酒?"狄氏道:"晓得你今日归来,恐怕寂寞,故设此等待,已着人去邀胡生来陪你了。"铁生道:"知我心者,我妻也。"须臾胡生果来,铁生又与尽欢,商量的只是衚衕门中说话,有时醉了,又挑着门氏的话。胡生道:"你如今有此等名姬相交,何必还顾此糟糠之质?果然不嫌丑陋,到底设法上你手罢了。"铁生感谢不尽,却是口里虽如此真痴。落得口许,只叫他应接不暇,可谓真狡。

说，终日被胡生哄到妓家醉梦不醒，弄得他眼花撩乱，也那有闲日子去与门氏做绰趣工夫？

　　胡生与狄氏却打得火一般热，一夜也间不的。碍着铁生在家，须不方便。胡生又有一个吃酒易醉的方，私下传授了狄氏，做下了酒，不上十来杯，便大醉软摊，只思睡去。自有了此方，铁生就是在家，或与狄氏，或与胡生，吃不多几杯，已自颓然在旁。胡生就出来与狄氏换了酒，终夕笑语淫戏，铁生竟是不觉得。有番把归来时，撞着胡生狄氏正在欢饮，胡生虽悄地避过，杯盘狼藉，收拾不迭。铁生问起，狄氏只说某亲眷来，留着吃饭，怕你来强酒，吃不过，逃去了。铁生便就不问。只因前日狄氏说了不肯交兑的话，信以为实，道是个心性贞洁的人。那胡生又狎昵奉承，惟恐不及，终日陪嫖妓，陪吃酒的，一发那里疑心着？况且两个有心人算一个无心人，使婢又做了脚，便有些小形迹，也都遮饰过了。到底外认胡生为良朋，内认狄氏为贤妻，迷而不悟。街坊上人知道此事的渐渐多了，编着一只《奋调山坡羊》来嘲他道：

　　那风月场，那一个不爱？只是自有了娇妻，也落得个自在。又何须终日去乱走胡行，反把个贴肉的人儿，送别人还债？你要把别家的，一手挈来，谁知在家的，把你双手托开！果然是籴的到先籴

真狡。

忒不精细。

如铁生者，即不瞒亦可，何必算耶？

了,你曾见他那门儿安在?割猫儿尾拌着猫饭来,也落得与人用了些不疼的家财。乖乖!这样贪花,只算得折本消灾。乖乖!这场交易,不做得公道生涯。

却说铁生终日耽于酒色,如醉如梦,过了日子,不觉身子淘出病来,起床不得,眠卧在家。胡生自觉有些不便,不敢往来。狄氏通知他道:"丈夫是不起床的,亦且使婢们做眼的多,只管放心来走,自不妨事。"胡生得了这个消息,竟自别无顾忌,出入自擅,惯了脚步,不觉忘怀了,错在床面前走过。铁生忽然看见了,怪问起来道:"胡生如何在里头走出来?"狄氏与两个使婢同声道:"自不曾见人走过,那里甚么胡生?"铁生道:"适才所见,分明是胡生,你们又说没甚人走过,难道病眼模糊,见了鬼了?"狄氏道:"非是见鬼。你心里终日想其妻子,想得极了,故精神恍惚,开眼见他,是个眼花。"

次日,胡生知道了这话,说道:"虽然一时扯谎,哄了他,他后边病好了,必然静想得着,岂不疑心?他既认是鬼,我有道理。真个把个鬼来与他看看。等他信实是眼花了,以免日后之疑。"狄氏笑道:"又来调喉,那里得有个鬼?"胡生道:"我今夜乘暗躲在你家后房,落得与你欢乐,明日我妆做一个鬼,走了出去,却不是一举两得。"果然是夜狄氏安顿

太昏。

巧言之妇。

狡极。

胡生在别房，却叫两个使婢在床前相伴家主，自推不耐烦伏侍，图在别床安寝，撇了铁生径与胡生睡了一晚。

明日打听得铁生睡起朦胧，胡生把些靛涂了面孔，将鬓发染红了，用绵裹了两只脚要走得无声，故意在铁生面前直冲而出。铁生病虚的人，一见大惊，喊道："有鬼！有鬼！"忙把被遮了头，只是颤。狄氏急忙来问道："为何大惊小怪？"铁生哭道："我说昨日是鬼，今日果然见鬼了。此病凶多吉少，急急请个师巫，替我禳解则个！"

自此一惊，病势渐重。狄氏也有些过意不去，只得去访求法师。其时离原上百里有一个了卧禅师，号虚谷，戒行为诸山首冠。铁生以礼请至，建忏悔法坛，以祈佛力保佑。是日卧师入定，过时不起，至黄昏始醒。问铁生道："你上代有个绣衣公么？"铁生道："就是吾家公公。"卧师又问道："你朋友中，有个胡生么？"铁生道："是吾好友。"狄氏见说着胡生，有些心病，也来侧耳听着。卧师道："适间所见甚奇。"铁生道："有何奇处？"卧师道："贫僧初行，见本宅土地，恰遇宅上先祖绣衣公在那里诉冤，道其孙为胡生所害。土地辞是职卑，理不得这事，教绣衣公道：'今日南北二斗会降玉笥峰下，可往诉之，必当得理。'绣衣公邀贫僧同往，到得那里，果然见两个老人。一个着绯，一个着绿，对坐下棋。

一似弄小孩子。

坠其计中。

岂不阴骘！

干系。

绣衣公叩头仰诉，老人不应。绣衣公诉之不止。棋罢，方开言道：'福善祸淫，天自有常理。尔是儒家，乃昧自取之理，为无益之求。尔孙不肖，有死之理，但尔为名儒，不宜绝嗣，尔孙可以不死。胡生宣淫败度，妄诱尔孙，不受报于人间，必受罪于阴世。尔且归，胡生自有主者，不必仇他，也不必诉我。'说罢，顾贫僧道：'尔亦有缘，得见吾辈。尔既见此事，尔须与世人说知，也使知祸福不爽。'言讫而去。贫僧定中所见如此。今果有绣衣公与胡生，岂不奇哉！"狄氏听见大惊，没做理会处。铁生也只道胡生诱他嫖荡，故公公诉他，也还不知狄氏有这些缘故。但见说可以不死，是有命的，把心放宽了，病体减动好些。反是狄氏替胡生耽忧，害出心病来。

（太昏。）

不多几时，铁生全愈，胡生腰痛起来。旬日之内，痈疽大发。医者道："是酒色过度，水竭无救。"铁生日日直进卧内问病，一向通家，也不避忌。门氏在床边伏侍，遮遮掩掩，见铁生日常周济他家的，心中带些感激，渐渐交通说话，眉来眼去。

（也吃了狄氏之亏。）

铁生出于久慕，得此机会，老大撩拨。调得情热，背了胡生眼后，两人已自搭上了。铁生从来心愿，赔了妻子多时，至此方才勾帐。正是：

（今日之姑苏，前日之会稽。）

　　一报还一报，皇天不可欺。
　　向来打交易，正本在斯时。

门氏与铁生成了此事,也似狄氏与胡生起初一般的如胶似漆。晓得胡生命在旦夕,到底没有好的日子了,两人恩山义海,要做到头夫妻。铁生对门氏道:"我妻甚贤,前日尚许我接你来,帮衬我成好事。而今若得娶你同去相处,是绝妙的了。"门氏冷笑了一声道:"如此肯帮衬人,所以自家也会帮衬。"铁生道:"他如何自家帮衬?"门氏道:"他与我丈夫往来已久,晚间时常不在我家里睡。但看你出外,就到你家去了。你难道一些不知?"铁生方才如梦初觉,如醉方醒,晓得胡生骗着他,所以卧师入定,先祖有此诉。今日得门氏上手,也是果报。对门氏道:"我前日眼里亲看见,却被他们把鬼话遮掩了。今日若非娘子说出,到底被他两人瞒过。"门氏道:"切不可到你家说破,怕你家的怪我。"铁生道:"我既有了你,可以释恨。况且你丈夫将危了,我还家去张扬做甚么?"悄悄别了门氏回家里来,且自隐忍不言。

不两日,胡生死了。铁生吊罢归家,狄氏念着旧情,心中哀痛,不觉掉下泪来。铁生此时有心看人的了,有甚么看不出?冷笑道:"此泪从何而来?"狄氏一时无言。铁生道:"我已尽知,不必瞒了。"狄氏紫涨了面皮,强口道:"是你相好往来的死了,不觉感叹堕泪,有甚么知不知?瞒不瞒?"铁生道:"不必口强!我在外面宿时,他何曾在自

赤巧言。

本初心也,元不可恨。

家家里宿？你何曾独自宿了？我前日病时亲眼看见的，又是何人？还是你相好往来的死了，故此感叹堕泪。"狄氏见说着真话，不敢分辩，默默不乐。又且想念胡生，阖眼就见他平日模样，恹恹成病，饮食不进而死。

<small>却不道怎的。</small>

死后半年，铁生央媒把门氏娶了过来，做了续弦。铁生与门氏甚是相得，心中想着卧师所言祸福之报，好生警悟，对门氏道："我只因见你姿色，起了邪心，却被胡生先淫媾了妻子，这是我的花报。胡生与吾妻子背了我淫媾，今日却一时俱死，你归于我，这却是他们的花报。此可为妄想邪淫之戒！先前卧师入定转来，已说破了。我如今悔心已起，家业虽破，还好收拾支撑，我与你安分守己，过日罢了。"铁生就礼拜卧师为师父，受了五戒，戒了邪淫，也再不放门氏出去游荡了。<small>要紧。</small>

<small>大功。</small>

汉沔之间，传将此事出去，晓得果报不虚。卧师又到处把定中所见劝人，变了好些风俗。有诗为证：

江汉之俗，其女好游。自非文化，谁不可求！
睹色相悦，彼此营勾。宁知捷足，反占先头？
诱人荡败，自己绸缪。一朝身去，田土人收。
眼前还报，不爽一筹。奉劝世人，莫爱风流！

卷三十三

张员外义抚螟蛉子
包龙图智赚合同文

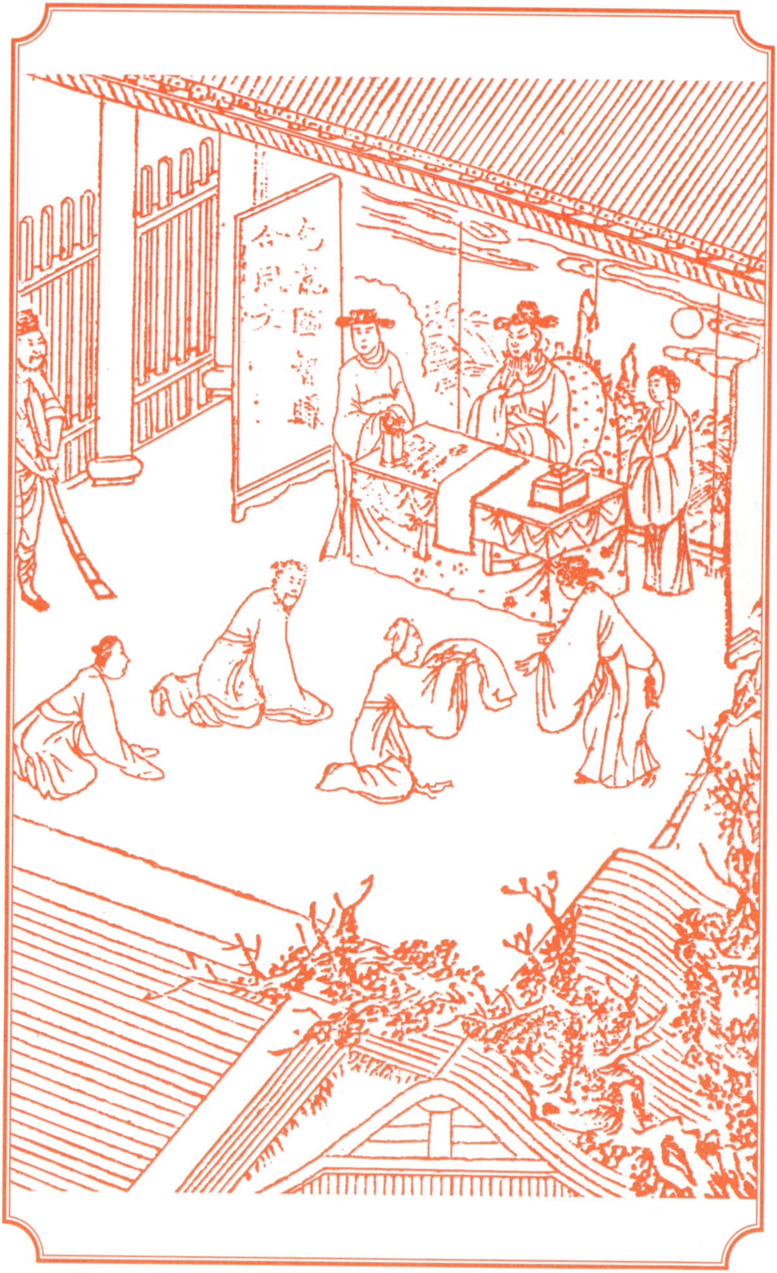

卷三十三　张员外义抚螟蛉子　包龙图智赚合同文

诗曰：

得失枯荣总在天，机关用尽也徒然。
人心不足蛇吞象，世事到头螳捕蝉。
无药可延卿相寿，有钱难买子孙贤。
甘贫守分随缘过，便是逍遥自在仙。

话说大梁有个富翁姓张，妻房已丧，没有孩儿，止生一女，招得个女婿。那张老年纪已过七十，因把田产家缘尽交女婿，并做了一家，赖其奉养，以为终身之计。女儿女婿也自假意奉承，承颜顺旨，他也不作生儿之望了。不想已后，渐渐疏懒，老大不堪。

忽一日在门首闲立，只见外孙走出来寻公公吃饭。张老便道："你寻我吃饭么？"外孙答道："我寻自己的公公，不来寻你。"张老闻得此言，满怀不乐。自想道："'女儿落地便是别家的人'，果非虚语。我年纪虽老，精力未衰，何不娶个偏房？倘或生得一个男儿，也是张门后代。"随把自己留下余财，央媒娶了鲁氏之女。成婚未久，果然身怀六甲，方及周年，生下一子。张老十分欢喜，亲戚之间，都来庆贺。惟有女儿女婿，暗暗地烦恼。[人情之常。]张老随将儿子取名一飞，众人皆称他为张一郎。

又过了一二年，张老患病，沉重不起，将及危急之际,写下遗书二纸。将一纸付与鲁氏道:"我只为女婿、外孙不孝,故此娶你做个偏房。天可怜见,生得此子,本待把家私尽付与他,争奈他年纪幼小,你又是个女人,不能支持门户,不得不与女婿管理。我若明明说破他年要归我儿,又恐怕他每暗生毒计。而今我这遗书中暗藏哑谜,你可紧紧收藏。且待我儿成人之日,从公告理。倘遇着廉明官府,自有主张。"鲁氏依言,收藏过了。张老便叫人请女儿女婿来,嘱付了几句,就把一纸遗书与他,女婿接过看道:

张一非我子也,家财尽与我婿,外人不得争占。

女婿看过,大喜,就交付浑家收讫。张老又私把自己余资与鲁氏母子,为日用之费,赁间房子与他居住。数日之内,病重而死。那女婿殡葬丈人已毕,道是家缘尽是他的,夫妻两口,洋洋得意,自不消说。

却说鲁氏抚养儿子,渐渐长成。因忆遗言,带了遗书,领了儿子,当官告诉。争奈官府都道是亲笔遗书,既如此说,自应是女婿得的。又且那女婿有钱买嘱,谁肯与他分剖?亲戚都为张一不平,齐道:"张老病中乱命,如此可笑!"却是没做理会处。

<small>亲戚有公道,官府不如矣。官府有欲,亲戚无欲也。若亦以钱嘱之,不难改口。</small>

卷三十三　张员外义抚螟蛉子　包龙图智赚合同文

又过了几时,换了个新知县,大有能声。鲁氏又领了儿子到官告诉,说道:"临死之时,说书中暗藏哑谜。"那知县把书看了又看,忽然会意,便叫人唤将张老的女儿、女婿众亲眷们及地方父老都来。知县对那女婿说道:"你妇翁真是个聪明的人,若不是这遗书,家私险被你占了。待我读与你听:张一非,我子也,家财尽与。我婿外人,不得争占!你道怎么把'飞'字写做'非'字?只恐怕舅子年幼,你见了此书,生心谋害,故此用这机关。如今被我识出,家财自然是你舅子的,再有何说?"当下举笔把遗书圈断,家财尽判还张一飞,众人拱服而散。才晓得张老取名之时,就有心机了。正是:

异姓如何拥厚资?应归亲子不须疑。
书中哑谜谁能识?大尹神明果足奇。

只这个故事,可见亲疏分定,纵然一时朦胧,久后自有廉明官府剖断出来,用不着你的瞒心昧己。如今待小子再宣一段话本,叫做《包龙图智赚合同文》。你道这话本出在那里?乃是宋朝汴梁西关外义定坊有个居民刘大,名天祥,娶妻杨氏;兄弟刘二,名天瑞,娶妻张氏。嫡亲数口儿,同家过活,不曾分居。天祥没有儿女,杨氏是个二婚头,初嫁时带个女儿来,俗名叫做"拖油瓶"。天瑞生个孩儿,叫做刘安住。本处有个李社长,生一女儿,名唤定奴,与刘安住同年。因为李社长与刘家交厚,从未生时指腹为婚,刘安住二岁时节,天瑞已与他聘定李家之女了。那杨氏甚不贤惠,又私心要等女儿长大,招个女婿,把家私多分与他。因此妯娌间,

709

时常有些说话的。亏得天祥兄弟和睦，张氏也自顺气，不致生隙。

不想遇着荒歉之岁，六料不收，上司发下明文，着居民分房减口，往他乡外府趁熟。天祥与兄弟商议，便要远行。天瑞道："哥哥年老，不可他出。待兄弟带领妻儿去走一遭。"天祥依言，便请将李社长来，对他说道："亲家在此：只因年岁凶歉，难以度日。上司旨意着居民减口，往他乡趁熟。如今我兄弟三口儿，择日远行。我家自来不曾分另，意欲写下两纸合同文书，把应有的庄田物件，房廊屋舍，都写在这文书上。我每各收留下一纸，兄弟一二年回来便罢，若兄弟十年五年不来，其间万一有些好歹，这纸文书便是个老大的证见。特请亲家到来，做个见人，与我每画个字儿。"李社长应承道："当得，当得。"天祥便取出两张素纸，举笔写道：

上司多事。救荒无奇策，不扰之足矣。

东京西关义定坊住人刘天祥，弟刘天瑞，幼侄安住，只为六料不收，奉上司文书分房减口，各处趁熟。弟天瑞自愿挈妻带子，他乡趁熟。一应家私房产，不曾分另。今立合同文书二纸，各收一纸为照。

年　月　日。立文书人刘天祥。

亲弟刘天瑞。

见人李社长。

当下各人画个花押,兄弟二人,每人收了一纸,管待了李社长,自别去了。天瑞拣个吉日,收拾行李,辞别兄嫂而行。弟兄两个,皆各流泪。惟有杨氏巴不得他三口出门,甚是得意。有一只《仙吕赏花时》,单道着这事:

两纸合同各自收,一日分离无限忧。辞故里,往他州,只为这荒苗不救,可兀的心去意难留。

且说天瑞带了妻子,一路餐风宿水,无非是逢桥下马,过渡登舟。不则一日,到了山西潞州高平县下马村。那边正是丰稔年时,诸般买卖好做,就租个富户人家的房子住下了。那个富户张员外,双名秉彝,浑家郭氏。夫妻两口,为人疏财仗义,好善乐施。广有田庄地宅,只是寸男尺女并无,以此心中不满。见了刘家夫妻,为人和气,十分相得。那刘安住年方三岁,张员外见他生得眉清目秀,乖觉聪明,满心欢喜。与浑家商议,要过继他做个螟蛉之子。郭氏心里也正要如此。便央人与天瑞和张氏说道:"张员外看见你家小官人,十二分得意,有心要把他做个过房儿子,通家往来。未知二位意下何如?"天瑞和张氏见富家要过继他儿子,有甚不像意处?便回答道:"只恐贫寒,不敢仰攀。若蒙员外如此美情,我夫妻两口住在这里,可也增好些光彩哩。"那人便将此话回复了张员外。张员外夫妻甚是快活,便拣个吉日,过继刘安住来,就叫他做张安住。那张氏与员外,为是同姓,又拜他做了哥哥。自此与天瑞认为郎舅。往来交厚,房钱衣食,都不要他出了。自此将及半年,谁想欢喜未来,烦恼又到,刘家夫妻二口,各各染了疫症，一卧不起。正是：

浓霜偏打无根草，祸来只奔福轻人。

张员外见他夫妻病了，视同骨肉，延医调理，只是有增无减。不上数日，张氏先自死了。天瑞大哭一场，又得张员外买棺殡殓，过几日，天瑞看看病重，自知不痊，便央人请将张员外来，对他说道："大恩人在上，小生有句心腹话儿，敢说得么？"员外道："姐夫，我与你义同骨肉，有甚分付，都在不才身上。决然不负所托，但说何妨。"天瑞道："小生嫡亲的兄弟两口，当日离家时节，哥哥立了两纸合同文书。哥哥收一纸，小生收一纸。怕有些好歹，以此为证。今日多蒙大恩人另眼相看，谁知命蹇时乖，果然做了他乡之鬼。安住孩儿幼小无知，既承大恩人过继，只望大恩人广修阴德，将孩儿抚养成人。长大把这纸合同文书，分付与他，将我夫妻俩把骨殖埋入祖坟。小生今生不能补报，来生来世情愿做驴做马，报答大恩。是必休迷了孩儿的本姓。"说罢，泪如雨下。张员外也自下泪，满口应承，又把好言安慰他。天瑞就取出文书，与张员外收了。捱至晚间，瞑目而死。张员外又备棺木衣衾，盛殓已毕，将他夫妻两口棺木权埋在祖茔之侧。

自此抚养安住，恩同己子。安住渐渐长成，也不与他说知就里，就送他到学堂里读书。安住伶俐聪明，过目成诵。年十余岁，五经子史，无不通晓。又且为人和顺，孝敬二亲。张员外夫妻珍宝也似的待他。每年春秋节令，带他上坟，就叫他拜自己的父母，但不与他说明缘故。真是光阴似箭，日月如梭。拈指之间，又是一十五年，安住已长成十八岁了。张员外正与郭氏商量要与他说知前事,着他归宗葬父。时遇清明节令,夫妻两口,又带安住上坟。只见安住指着旁边的土堆问员外道:"爹爹年年叫我拜这坟茔,一向不曾问得,不知是我甚么亲眷?乞与孩儿说知。"张员外道:"我儿,我正待要对你说,着你还乡,只恐怕晓得了自己的爹爹妈妈,便把我们抚养之恩,都看得冷淡了。你本不姓张,也不是这里人氏。你本姓刘,东京西关义定坊居民刘天瑞之子,你伯父是刘天祥。因为你那里六料不收,分房减口,你父亲母亲带你到这里趁熟。不想你父母双亡,埋葬于此。你父亲临终时节,遗留与我一纸合同文书,应有家私田产,都在这文书上。叫待你成人长大与你说知就里,着你带这文书去认伯父伯母,就带骨殖去祖坟安葬。儿哎,今日不得不说与你知道。我虽无三年养育之苦,也有十五年抬举之恩,却休忘我夫妻两口儿。"安住闻言,哭倒在地,员外和郭氏叫唤苏醒,安住又对父母的坟茔,哭拜了一场道:"今日方晓得生身的父母。"就对员外、郭氏道:"禀过爹爹母亲,孩儿既知此事,时刻也迟不得了,乞爹爹把文书付我,须索带了骨殖往东京走一遭去。埋葬已毕,重来侍奉二亲,未知二亲意下何如?"员外道:"这是行孝的事,我怎好阻当得你?但只愿你早去早回,免使我两口儿悬望。"

当下一同回到家中,安住收拾起行装,次日拜别了爹妈。员外就拿出合同文书与安住收了,又叫人起出骨殖来,与他带去。临行,员外又分付道:"休要久恋家乡,忘了我认义父母。"安住道:"孩儿怎肯做知恩不报恩!大事已完,仍到膝下侍养。"三人各各洒泪而别。

安住一路上不敢迟延,早来到东京西关义定坊了。一路问到刘家门首,只见一个老婆婆站在门前。安住上前唱了个喏道:"有烦妈妈与我通报一声，我姓刘名安住，是刘天瑞的儿子。问得此间是伯父伯母的家里，特来拜认归宗。"只见那婆子一闻此言，便有些变色，就问安住道："如今二哥二嫂在那里？你既是刘安住，须有合同文字为照。不然，一面不相识的人，如何信得是真？"安住道："我父母十五年前，死在潞州了。我亏得义父抚养到今，文书自在我行李中。"那婆子道："则我就是刘大的浑家，既有文书便是真的了。可把与我，你且站在门外，待我将进去与你伯伯看了，接你进去。"

骗他在门外，足知其不良矣。

安住道："不知就是我伯娘，多有得罪。"就解开行李，把文书双手递将送去。杨氏接得，望着里边去了。安住等了半晌不见出来。原来杨氏的女儿已赘过女婿，满心只要把家缘尽数与他，日夜防的是叔、婶、侄儿回来。今见说叔婶俱死，伯侄两个又从不曾识认，可以欺骗得的。当时赚得文书到手，把来紧紧藏在身边暗处，却待等他再来缠时，与他白赖。也是刘安住悔气，合当有事，撞见了他。若是先见了刘天祥，须不到得有此。

再说刘安住等得气叹口渴，鬼影也不见一个，又不好走得进去。正在疑心之际，只见前面走将一个老年的人来，问道："小哥，你是那里人？为甚事在我门首呆呆站着？"安住道："你莫非就是我伯伯么？则我便是十五年前父母带了潞州去趁熟的刘安住。"那人道："如此说起来，你正是我的侄儿。你那合同文书安在?"安住道:"适才伯娘已拿将进去了。"刘天祥满面堆下笑来,携了他的手,来到前厅。安住倒身下拜,天祥道:"孩儿行路劳顿,不须如此。我两口儿年纪老了,真是风中之烛。自你三口儿去后,一十五年,杳无音信。我们兄弟两个,只看你一个人。偌大家私,无人承受,烦恼得我眼也花、耳也聋了。如今幸得孩儿回来,可喜可喜。但不知你父母安否?如何不与你同归来看我们一看?"安住扑簌簌泪下,就把父母双亡、义父抚养的事体,从头至尾说了一遍。刘天祥也哭了一场,就唤出杨氏来道:"大嫂,侄儿在此见你哩。"杨氏道:"那个侄儿?"天祥道:"就是十五年前去趁熟的刘安住。"杨氏道:"那个是刘安住?这里哨子每极多,大分是见我每有些家私,假妆做刘安住来冒认的。他爹娘去时,有合同文书。若有便是真的,如无便是假的。有甚么难见处?"天祥道:"适才孩儿说道已交付与你了。"杨氏道:"我不曾见。"安住道:"是孩儿亲手交与伯娘的。怎如此说?"天祥道:"大嫂休斗我耍,孩儿说你拿了他的。"杨氏只是摇头,不肯承认。天祥又问安住道:"这文书委实在那里?你可实说。"安住道:"孩儿怎敢有欺?委实是伯娘拿了。人心天理,怎好赖得?"杨氏骂道:"这个说谎的小弟子孩儿,我几曾见那文书来?"天祥道:"大嫂休要斗气,你果然拿了,与我一看何妨?"杨氏大怒道:"这老子也好湖

> 既有偌大家私,当时何必分房?

涂！我与你夫妻之情，倒信不过；一个铁蓦生的人，倒并不疑心。这纸文书我要他糊窗儿，有何用处？若果侄儿来，我也欢喜，如何肯揞留他的？这花子故意来捏舌，哄骗我们的家私哩。"安住道："伯伯，你孩儿情愿不要家财，只要傍着祖坟上埋葬了我父母这两把骨殖，我便仍到潞州去了。你孩儿须自有安身立命之处。"杨氏道："谁听你这花言巧语？"当下提起一条杆棒，望着安住劈头劈脸打将过来，早把他头儿打破了，鲜血迸流。天祥虽在旁边解劝，喊道："且问个明白！"却是自己又不认得侄儿，见浑家抵死不认，不知是假是真，好生委决不下，只得由他。那杨氏将安住又出前门，把门闭了。正是：

黑蟒口中舌，黄蜂尾上针。
两般犹未毒，最毒妇人心。

刘安住气倒在地多时，渐渐苏醒转来，对着父母的遗骸，放声大哭，又道："伯娘你直下得如此狠毒！"正哭之时，只见前面又走过一个人来，问道："小哥，你那里人？为甚事在此啼哭？"安住道："我便是十五年前随父母去趁熟的刘安住。"那人见说，吃了一惊，仔细相了一相，问道："谁人打破你的头来？"安住道："这不干我伯父事，是伯娘不肯认我，拿了我的合同文书，抵死赖了，又打破了我的头。"那人道："我非别人，就是李社长。这等说起来，你是我的女婿。你且把十五年来的事情，细细与我说一遍，待我与你做主。"安住见说是丈人，恭恭敬敬，唱了个喏，哭告道："岳父听禀：当初父母同安住趁熟到山西潞州高平县下马村张秉彝员外家店房中安下，父母染病双亡。张员外认我为义子，抬举的成人长大。我如今十八岁了，义父才与我说知就里，因此担着我父母两把骨殖来认伯伯，谁想伯娘将合同文书赚的去了，又打破了我的头，这等冤枉那里去告诉？"说罢，泪如涌泉。

李社长气得面皮紫胀，又问安住道："那纸合同文书，既被赚去，你可记得么？"安住道："记得。"李社长道："你且背来我听。"安住从头念了一遍，一字无差。李社长道："果是我的女婿，再不消说。这虔婆好生无理！我如今敲进刘家去，说得他转便罢，说不转时，现今开封府府尹是包龙图相公，十分聪察。我与你同告状去，不怕不断还你的家私。"安住道："全凭岳父主张。"李社长当时敲进刘天祥的门，对他夫妻两个道："亲翁亲妈，什么道理，亲侄儿回来，如何不肯认他，反把他头儿都打破了？"杨氏道："这个，社长你不知，他是诈骗人的，故来我家里打浑。他既是我家侄儿，当初曾有合同文书，有你画的字。若有那文书时，便是刘安住。"李社长道："他说是你赚来藏过了，如何白赖？"杨氏道："这社长也好笑，我何曾见他的？却似指贼的一般。别人家的事情，谁要你多管！"当下又举起杆棒要打安住。李社长恐怕打坏了女婿，挺身拦住，领了他出来道："这虔婆使这般的狠毒见识！难道不认就罢了？不到得和你干休！贤婿不要烦恼，且带了父母的骨殖，和这行囊到我家中将息一晚。明日到开封府进状。"安住从命，随了岳丈一路到李家来。李社长又引他拜见了丈母，安排酒饭管待他，又与他包了头，用药敷治。

次日侵晨，李社长写了状词，同女婿到开封府来。等了一会，龙图已升堂了，但见：

冬冬衙鼓响,公吏两边排。

阎王生死殿,东岳吓魂台。

李社长和刘安住当堂叫屈,包龙图接了状词。看毕,先叫李社长上去,问了情由。李社长从头说了。包龙图道:"莫非是你包揽官司,教唆他的?"李社长道:"他是小人的女婿,文书上元有小人花押,怜他幼稚含冤,故此与他申诉。怎敢欺得青天爷爷!"包龙图道:"你曾认得女婿么?"李社长道:"他自三岁离乡,今日方归,不曾认得。"包龙图道:"既不认得,又失了合同文书,你如何信得他是真?"_{也是。}李社长道:"这文书除了刘家兄弟和小人,并无一人看见。他如今从前至后背来,不差一字,岂不是个老大的证见?"包龙图又唤刘安住起来,问其情由。安住也一一说了。又验了他的伤。问道:"莫非你果不是刘家之子,借此来行拐骗的么?"安住道:"爷爷,天下事是假难真,如何做得这没影的事体?况且小人的义父张秉彝,广有田宅,也勾小人一生受用了。小人原说过情愿不分伯父的家私,只要把父母的骨殖葬在祖坟,便仍到潞州义父处去居住。望爷爷青天详察。"包龙图见他两人说得有理,就批准了状词,随即拘唤刘天祥夫妇同来。

包龙图叫刘天祥上前,问道:"你是个一家之主,如何没些主意,全听妻言?你且说那小厮,果是你的侄儿不是?"天祥道:"爷爷,小人自来不曾认得侄儿,全凭着合同为证,如今这小厮抵死说是有的,妻子又抵死说没有,小人又没有背后眼睛,为此委决不下。"包龙图又叫杨氏起来,再三盘问,只是推说不曾看见。包龙图就对安住道:"你伯父伯娘如此无情,我如今听凭你着实打

卷三十三　张员外义抚螟蛉子　包龙图智赚合同文

他，且消你这口怨气！"安住恻然下泪道："这个 _{所以试安住也。}
使不得！我父亲尚是他的兄弟，岂有侄儿打伯父之
理？小人本为认亲葬父行孝而来，又非是争财竞产，
若是要小人做此逆伦之事，至死不敢。"包龙图听
了这一遍说话，心下已有几分明白。有诗为证：

包老神明称绝伦，就中曲直岂难分？
当堂不肯施刑罚，亲者原来只是亲。

当下又问了杨氏几句，假意道："那小厮果是个拐骗
的，情理难容。你夫妻们和李某且各回家去，把这
厮下在牢中，改日严刑审问。"刘天祥等三人，叩头
而出。安住自到狱中去了。杨氏暗暗地欢喜，李社
长和安住俱各怀着鬼胎，疑心道："包爷向称神明，
如何今日到把原告监禁？"

却说包龙图密地分付牢子每不许难为刘安住；
又分付衙门中人张扬出去，只说安住破伤风发，不
久待死；又着人往潞州取将张秉彝来。不则一日，张
秉彝到了。包龙图问了他备细，心下大明。就叫他牢
门首见了安住，用好言安慰他。次日，签了听审的牌，
又密嘱付牢子每临审时如此如此。随即将一行人拘
到。包龙图叫张秉彝与杨氏对辩。杨氏只是硬争，不
肯放松一句。包龙图便叫监中取出刘安住来，只见
牢子回说道："病重垂死，行动不得。"当下李社长见

了张秉彝问明缘故不差,又忿气与杨氏争辩了一会。又见牢子们来报道:"刘安住病重死了。"那杨氏不知利害,听见说是"死了",便道:"真死了,却谢天地,到免了我家一累!"包爷分付道:"刘安住得何病而死?快叫仵作人相视了回话。"仵作人相了,回说:"相得死尸,约年十八岁,太阳穴为他物所伤致死,四周有青紫痕可验。"包龙图道:"如今却怎么处?到弄做个人命事,一发重大了!兀那杨氏!那小厮是你甚么人?可与你关甚亲么?"杨氏道:"爷爷,其实不关甚亲。"包爷道:"若是关亲时节,你是大,他是小,纵然打伤身死,不过是误杀子孙,不致偿命,只罚些铜纳赎。既是不关亲,你岂不闻得'杀人偿命,欠债还钱'?他是各白世人,你不认他罢了,拿甚么器仗打破他头,做了破伤风身死。律上说:'殴打平人,因而致死者抵命。'左右,可将枷来,枷了这婆子!下在死囚牢里,交秋处决,偿这小厮的命。"只见两边如狼似虎的公人暴雷也似答应一声,就抬过一面枷来,唬得杨氏面如土色,只得喊道:"爷爷,他是小妇人的侄儿。"包龙图道:"既是你侄儿,有何凭据?"杨氏道:"现有合同文书为照。"当下身边摸出文书,递与包公看了。正是:

妙甚。

可谓诈而愚。

　　本说的丁一卯二,生扭做差三错四。
　　略用些小小机关,早赚出合同文字。

包龙图看毕,又对杨氏道:"刘安住既是你的侄儿,我如今着人抬他的尸首出来,你须领去埋葬,不可推却。"杨氏道:"小妇人情愿殡葬侄儿。"包龙图便叫监中取出刘安住来,对他说道:"刘安住,早被我赚出合同文书来也!"安住叩头谢道:"若非青天老爷,须是屈杀小人!"杨氏抬头看时,只见容颜如旧,连打破的头都好了。满面羞惭,无言抵对。包龙图遂提笔判云:

刘安住行孝,张秉彝施仁,都是罕有,俱各旌表门闾。李社长着女夫择日成婚。其刘天瑞夫妻骨殖准葬祖茔之侧。刘天祥朦胧不明,念其年老免罪。妻杨氏本当重罪,罚铜准赎。杨氏赘婿,原非刘门瓜葛,即时逐出,不得侵占家私!

判毕,发放一干人犯,各自宁家。众人叩头而出。张员外写了通家名帖,拜了刘天祥李社长先回潞州去了。刘天祥到家,将杨氏埋怨一场,就同侄儿将兄弟骨殖埋在祖茔已毕。李社长择个吉日,赘女婿过门成婚。一月之后,夫妻两口,同到潞州拜了张员外和郭氏。以后刘安住出仕贵显,刘天祥、张员外俱各无嗣,两姓的家私,都是刘安住一人承当。可见荣枯分定,不可强求。况且骨肉之间,如此昧己瞒心,最伤元气。所以宣这个话本,奉戒世人,切不可为着区区财产,伤了天性之恩。有诗为证:

蝘蛉义父犹施德,骨肉天亲反弄奸。
日后方知前数定,何如休要用机关。

卷三十四

闻人生野战翠浮庵

静观尼昼锦黄沙弄

静观尼姑说锦
裴四衙

卷三十四　闻人生野战翠浮庵　静观尼昼锦黄沙弄

诗云：

酒不醉人人自醉，色不迷人人自迷。
不是三生应判与，直须慧剑断邪思。

话说世间齐眉结发，多是三生分定，尽有那挥金霍玉，百计千方图谋成就的，到底却捉个空。有那一贫如洗，家徒四壁，似司马相如的，分定时，不要说寻媒下聘与那见面交谈，便是殊俗异类，素昧平生，意想所不到的，却得成了配偶。自古道：姻缘本是前生定，曾向蟠桃会里来。见得此一事，非同小可。只看从古至今，有那昆仑奴、黄衫客、许虞候，那一班惊天动地的好汉，也只为从险阻艰难中成全了几对儿夫妇，直教万古流传。奈何平人见个美貌女子，便待偷鸡吊狗，滚热了又妄想永远做夫妻。奇奇怪怪，用尽机谋，讨得些寡便宜，枉玷辱人家门风。直到弄将出来，十个九个死无葬身之地。

说话的，依你如此说，怎么今世上也有偷期的倒成了正果？也有奸骗的到底无事？怎见得便个个死于非命？看官听说，你却不知，一饮一啄，莫非前定。夫妻自不必说，就是些闲花野草，也只是前世的缘分。假如偷期的成了正果，前缘凑着，自然配合。奸骗的保身没事，前缘偿了，便可收心。为此也有这一辈，自与那痴迷不转头送了性命的不同。

如今且说一个男假为女，奸骗亡身的故事。苏州府城有一豪家庄院，甚是广阔。庄侧有一尼庵，名曰功德庵，也就是豪家所造。庵里有五个后生尼姑，其中只有一个出色的，姓王，乃是云游来的，又美丽，又风月，年可二十来岁。是他年纪最小，却是豪家主意，推他做个庵主。元来那王尼有一身奢嗻的本事。第一件，一张花嘴，数黄道白，指东话西，专一在官宦人家打趸，那女眷们没一个不被他哄得投机的。第二件，一付温存情性，善能体察人情，随机应变的帮衬。第三件，一手好手艺，又会写作，又会刺绣，那些大户女眷，也有请他家里来教的，也有到他庵里就教的。又不时有那来求子的，来做道场保禳灾悔的；他又去富贵人家及乡村妇女诱约到庵中作会。庵有静室十七间，各备床褥衾枕，要留宿的极便。所以他庵中没一日没女眷来往，或在庵过夜，或几日停留。又有一辈妇女，赴庵一次过，再不肯来了的。至于男人，一个不敢上门见面。因有豪家出告示，禁止游客闲人，就是豪家妻女在内，夫男也别嫌疑，恐怕罪过，不敢轻来打搅。所以女人越来得多了。便知有故。

话休絮烦，有个常州理刑厅随着察院巡历，查盘苏州府的，姓袁。因查盘公署就在察院相近不便，亦且天气炎热，要个宽敞所在歇足。县间借得豪家庄院，送理刑去住在里头。一日将晚，理刑在院中闲步，见有一小楼极高，可以四望。随步登楼，只见楼中尘积，蛛网蔽户，是个久无人登的所在。理刑喜他微风远至，心要纳凉，不觉迁延，伫立许久。遥望侧边，对着也是一座小楼。楼中有三五个少年女娘与一个美貌尼姑，嘻笑玩耍。理刑倒躲过身子，不使那边看见，偷眼在窗里张时，只见尼姑与那些女娘或是搂抱一会，或是勾肩搭背，偎脸接唇一会。理刑看了半晌，摇着头道："好生作怪！若是女尼，缘何作此等情状？事有可疑。"放在心里。

次日，唤皂隶来问道："此间左侧有个庵是甚么庵？"皂隶道："是某爷家功德庵。"理刑道："还是男僧在内？女僧在内？"皂隶道："止有女僧五人。"理刑道："可有香客与男僧来往么？"皂隶道："因是女僧在内，有某爷家做主，男人等闲也不敢进门，何况男僧？多只是乡宦人家女眷们往来，这是日日不绝的。"理刑心疑不定，恰好知县来参。理刑把昨晚所见与知县说了。知县分付兵快，随着理刑，抬到尼庵前来，把前后密地围住。

理刑亲自进庵来，众尼慌忙接着。理刑看时，只有四个尼姑，昨日眼中所见的，却不在内。问道："我闻说这庵中有五个尼姑，缘何少了一个？"四尼道："庵主偶出。"理刑道："你庵中有座小楼，从那里上去的？"众尼支吾道："庵中只是几间房子，不曾有甚么楼。"理刑道："胡说！"领了人，各处看一遍，众尼卧房多看过，果然不见有楼。理刑道："又来作怪！"就唤一个尼姑，另到一个所在，故意把闲话问了一会，带了开去，却叫带这三个来，发怒道："你们辄敢在吾面前说谎！方才这一个尼姑，已自招了。有楼在内，你们却怎说没有？这等奸诈可恶，快取拶来！"众尼慌了，只得说出道："实有一楼，从房里床侧纸糊门里进去就是。"理刑道："既如此，缘何隐瞒我？"众尼道："非敢隐瞒爷爷，实是还有几个乡宦家夫人小姐在内，<small>可知矣。</small>所以不敢说。"推官便叫众尼开了纸门，带了四五个皂隶，弯弯曲曲，走将进去，方是胡梯。只听得楼上嘻笑之声,理刑站住,分付皂隶道:"你们去看!有个尼姑在上面时,便与我拿下来!"皂隶领旨,一拥上楼去。只见两个闺女三个妇人,与一个尼姑,正坐着饮酒。见那几个公人蓦上来,吃那一惊不小,四分五落的,却待躲避。众皂隶一齐动手,把那娇娇嫩嫩的一个尼姑,横拖倒拽,捉将下来。拽到当面,问了他卧房在那里,到里头一搜,搜出白绫汗巾十九条,皆有女子元红在上。又有簿籍一本,开载明白,多是留宿妇女姓氏、日期,细注"某人是某日初至,某人是某人荐至,某女是元红,某女元系无红",一一明白。理刑一看,怒发冲冠,连四尼多拿了,带到衙门里来。庵里一班女眷,见捉了众尼去,不知甚么事发,一齐出庵,雇轿各自回去了。

　　且说理刑到了衙门里,喝叫动起刑来。坚称"身是尼僧,并无犯法"。理刑又取稳婆进来,逐一验过,多是女身。理刑没做理会处,思量道:"若如此,这些汗巾簿籍,如何解说?"唤稳婆密问道:"难道毫无可疑?"稳婆道:"止有年小的这个尼姑,虽不见男形,却与女人有些两样。"理刑猛想道:"从来闻有缩阳之术,既这一个有些两样,必是男子。我记得一法,可以破之。"命取油涂其阴处,牵一只狗来餂食,那狗闻了油香,伸了长舌餂之不止。元来狗舌最热,餂到十来餂,小尼热痒难煞,打一个寒噤,腾的一条棍子直脱出来,且是坚硬不倒,众尼与稳

如此等事如何记帐?得意之故也。然非此不致杀身。

婆掩面不迭。理刑怒极道："如此奸徒！死有余辜。"喝叫拖翻，重打四十，又夹一夹棍，教他从实供招来踪去迹。只得招道："身系本处游僧，自幼生相似女，从师在方上学得采战伸缩之术，可以夜度十女。一向行白莲教，聚集妇女奸宿。云游到此庵中，有众尼相爱留住。宜爱。因而说出能会缩阳为女，便充做本庵庵主，多与那夫人小姐们来往。来时诱至楼上同宿，人多不疑。直到引动淫兴，调得情热方放出肉具来，多不推辞。也有刚正不肯的，有个淫咒迷了他，任从淫欲，事毕方解。所以也有一宿过，再不来的。其余尽是两相情愿，指望永远取乐。不想被爷爷验出，甘死无辞。"

众尼熟知，不必掩面矣。

方在供招，只见豪家听了妻女之言，道是理刑拿了家庵尼姑去，写书来嘱托讨饶。理刑大怒，也不回书，竟把汗巾、簿籍，封了送去。豪家见了羞赧无地。理刑乃判云：

妙着。

审得王某系三吴亡命，优仆奸徒。倡白莲以惑黔首，抹红粉以涴朱颜。教祖沙门，本是登岸和尚；娇藏金屋，改为入幕观音。抽玉笋合掌禅床，孰信为尼为尚？脱金莲展身绣榻，谁知是女是男？譬之鹊入凤巢，始合《关雎》之和；蛇游龙窟，岂无云雨之私！明月本无心，照霜闺而寡居不寡；清风原有意，入朱户而孤女不孤。废其居，火其书，方足以灭其迹；剖其心，刽其目，不足以尽其辜。

判毕，分付行刑的，百般用法摆布，备受惨酷。那一个粉团也似的和尚，怎生熬得过？登时身死。四尼各责三十，官卖了，庵基拆毁。那小和尚尸首，抛在观音潭。闻得这事的，都去看他。见他阳物累垂，有七八寸长，一似驴马的一般，尽皆掩口笑道："怪道内眷们喜欢他！"平日与他往来的人家内眷，闻得此僧事败，吊死了好几个。这和尚奸骗了多年，却死无葬身之所。若前此回头，自想道不是久长之计，改了念头，或是索性还了俗，娶个妻子，过了一世，可不正应着看官们说的道"奸骗的也有没事"这句话了？便是人到此时，得了些滋味，昧了心肝，直待至死方休。所以凡人一走了这条路，鲜有不做出来的。正是：

善恶到头终有报，只争来早与来迟！

这是男妆为女的了，而今有一个女妆为男，偷期后得成正果的话。洪熙年间，湖州府东门外有一儒家，姓杨，老儿亡故，一个妈妈同着小儿子并一个女儿过活。那女儿年方一十二岁，一貌如花，且是聪明。单只从小的三好两歉，有些小病。老妈妈没一处不想到，只要保佑他长大，随你甚么事也去做了。忽一日，妈妈和女儿正在那里做绣作，只见一个尼姑步将进来，妈妈欢喜接待。元来那尼姑，是杭州翠浮庵的观主，与杨妈妈来往有年。那尼姑也是个花嘴骗舌之人，平素只贪些风月，庵里收拾下两个后生徒弟，多是通同与他做些不伶俐勾当的。那时将了一包南枣，一瓶秋茶，一盘白果,一盘栗子,到杨妈妈家来探望。叙了几句寒温,那尼姑看杨家女儿时,生得如何?

体态轻盈,丰姿旖旎。白似梨花带雨,娇如桃瓣随风。缓步轻移,裙拖下露两竿新笋;含羞欲语,领缘上动一点朱樱。直饶封涉不生心,便是鲁男须动念。

尼姑见了,问道:"姑娘今年尊庚多少?"妈妈答道:"十二岁了,诸事倒多伶俐,只有一件没奈何处:因他身子怯弱,动不动三病四痛,老身恨不得把身子替了他。为这一件上,常是受怕担忧。"尼姑道:"妈妈,可也曾许个愿心保禳保禳么?"妈妈道:"咳!那一件不做过?求神拜佛,许愿祷星,只是不能脱身。不知是什么悔气星进了命,再也退不去!"尼姑道:"这多是命中带来的。请把姑娘八字与小尼推一推看。"妈妈道:"师父元来又会算命,一向不得知。"便将女儿年月日时,对他说了。

尼姑做张做智,算了一回,说道:"姑娘这命,只不要在妈妈身伴便好。"妈妈道:"老身虽不舍得他离眼前,今要他病好,也说不得。除非过继到别家去,却又性急里没一个去处。"尼姑道:"姑娘可曾受聘了么?"妈妈道:"不曾。"尼姑道:"姑娘命中犯着孤辰,若许了人家时,这病一发了不得。除

到不犯孤辰,是犯红鸾耳。

非这个着落，方合得姑娘贵造，自然寿命延长，身体旺相。只是妈妈自然舍不得的，不好启齿。"妈妈道："只要保得没事时，随着那里去何妨？"尼姑道："妈妈若割舍得下时，将姑娘送在佛门做个世外之人，消灾增福，此为上着。"妈妈道："师父所言甚好，这是佛天面上功德。我虽是不忍抛撇，譬如多病多痛死了，没奈何走了这一着罢。也是前世有缘，得与师父厮熟。倘若不弃，便送小女与师父做个徒弟。"尼姑道："姑娘是一点福星，若在小庵，佛面上也增多少光辉，实是万分之幸。只是小尼怎做得姑娘的师父？"妈妈道："休恁地说！只要师父抬举他一分，老身也放心得下。"尼姑道："妈妈说那里话？姑娘是何等之人，小尼敢怠慢他！小庵虽则贫寒，靠着施主们看觑，身衣口食，不致淡泊，妈妈不必挂心。"妈妈道："恁地待选个日子，送到庵便了。"妈妈一头看历日，一头不觉簌簌的掉泪。尼姑又劝慰了一番。妈妈拣定日子，留尼姑在家，住了两日，雇只船叫女儿随了尼姑出家。母子两个抱头大哭一番。

　　女儿拜别了母亲，同尼姑来到庵里，与众尼相见了。拜了师父，择日与他剃发，取法名叫做静观。自此杨家女儿便在翠浮庵做了尼姑。这多是杨妈妈没主意，有诗为证：

弱质虽然为病磨，无常何必便来拖？

（眉批：女眷痼疾。）
（眉批：自贻伊戚。）

卷三十四　闻人生野战翠浮庵　静观尼昼锦黄沙弄

等闲送上空门路，却使他年自择窝。

你道尼姑为甚撺掇杨妈妈叫女儿出家？元来他日常要做些不公不法的事，全要那几个后生标致徒弟做个牵头，引得人动。他见杨家女儿十分颜色，又且妈妈只要保扶他长成，有甚事不依了他？所以他将机就计，以推命做个入话，唆他把女儿送入空门，收他做了徒弟。那时杨家女儿十二岁上，情窦未开，却也不以为意。若是再大几年的，也抵死不从了。自做了尼姑之后，每常或同了师父，或自己一身到家来看母亲，一年也往来几次。妈妈本是爱惜女儿的，在身边时节，身子略略有些不爽利，一分便认做十分，所以动不动，忧愁思虑。离了身伴，便有些小病，却不在眼前，倒省了许多烦恼。又且常见女儿到家，身子健旺。女儿怕娘记挂，口里只说旧病一些不发。为此，那妈妈一发信道该是出家的人，也倒不十分悬念了。姑息之爱每如此。

话分两头。却说湖州黄沙衖里有一个秀才，复姓闻人，单名一个嘉字，乃是祖贯绍兴。因公公在乌程处馆，超籍过来的。面似潘安，才同子建，年十七岁。堂上有四十岁的母亲，家贫未有妻室。为他少年英俊，又且气质闲雅，风流潇洒，十分在行，朋友中没一个不爱他敬他的。所以时常有人赍助他，至于遨游宴饮，一发罢他不得。但是朋友们相聚，多以闻人生不在为歉。

　　一日，正是正月中旬天气，梅花盛发。一个后生朋友，唤了一只游船，拉了闻人生往杭州耍子，就便往西溪看梅花。闻人生禀过了母亲同去，一日夜到了杭州。那朋友道："我们且先往西溪，看了梅花，明日进去。"便叫船家把船撑往西溪，不上个把时辰，到了。泊船在岸，闻人生与那朋友，步行上岸，叫仆从们挑了酒盒，相挈而行。约有半里多路，只见一个松林，多是合抱不交的树，林中隐隐一座庵观，周围一带粉墙包裹，向阳两扇八字墙门，门前一道溪水，甚是僻静。两人走到庵门前闲看，那庵门掩着，里面却像有人窥觑。那朋友道："好个清幽庵院！我们扣门进去讨杯茶吃了去，何如？"闻人生道："还是趁早去看梅花要紧。转来进去不迟。"那朋友道："有理，有理。"拽开脚步便去，顷刻间走到。两人看梅花时，但见：

　　烂银一片，碎玉千重。幽馥袭和风，贾午异香还较逊；素光映丽日，西子靓妆应不如。绰约干龙傲冰霜，参差影偏宜风月。骚人题咏安能尽，韵客杯盘何日休？

两人看了，闲玩了一回，便叫将酒盒来开怀畅饮。天色看看晚来，酒已将尽，两人吃个半酣，取路回舟中来。那时天已昏黑，只要走路，也不及进庵中观看，急急下船，过了一夜。次早，松木场上岸不题。

　　且说那个庵，正是翠浮庵，便是杨家女儿出家之处。那时静观已是十六岁了，更长得仪容绝世，且是性格幽闲。日常有这些俗客往来，也有注目看他的，也有言三语四挑拨他的。众尼便嘻笑趋陪，殷勤款送。他只淡淡相看，分毫不放在心上。闲常见众尼每干些勾当，只做不知，闭门静坐，看些古书，写些诗句，再不轻易出来走动。也是机缘凑泊，适才闻人生庵前闲看时，恰好静观偶然出来闲步，在门缝里窥看，只见那闻人生逸致翩翩，有出尘之态，静观注目而视，看得仔细。见闻人生去远了，恨不得赶上去饱看一回。无聊无赖的只得进房，心下想道："世间有这般美少年，莫非天仙下降？人生一世，但得恁地一个，便把终身许他，岂不是一对好姻缘？奈我已堕入此中，这事休题了。"叹口气，噙着眼泪。正是：

便是良人闺范。

哑子漫尝黄柏味，难将苦口向人言。

看官听说，但凡出家人，必须四大俱空，自己发得念尽，死心塌地，做个佛门弟子，早夜修持，凡心一点不动，却才算得有功行。若如今世上，小时凭着父母蛮做，动不动许在空门，那晓得起头易，到底难。到得大来，得知了这些情欲滋味，就是强制得来，原非他本心所愿。为此就有那不守分的，污秽了禅堂佛殿，正叫做作福不如避罪。奉劝世人再休把自己儿女送上这条路来。

议论警世不浅。

闲话休题，却说闻人生自杭州归来，荏苒间又过了四个多月。那年正是大比之年，闻人生已从道间取得头名，此时正是六月天气，却不甚热，打点束装上杭。他有个姑娘在杭州关内黄主事家做孤孀，要去他庄上寻间清凉房舍，静坐几时。看了出行的日子，已得朋友们资助了些盘缠，安顿了母亲，雇了只航船，带了家僮阿四，携了书囊前往。才出东门，正行之际，岸上一个小和尚说着湖州话叫道："船是上杭州去的么？"船家道："正是，送一位科举相公上去的。"和尚道："既如此，可带小僧一带，舟金依例奉上。"船家道："师父，杭州去做甚么？"和尚道："我出家在灵隐寺，今到俗家探亲，却要回去。"船家道："要问舱里相公，我们不敢自主。"只见那阿四便钻出船头上来，嚷道："这不识时务小秃驴！我家官人正去乡试，要讨采头，撞将你这一件秃光光不利市的物事来。去便去，不去时我把水兜豁上一顿水，替你洗洁净了那个乱代头。"你道怎地叫做"乱代头"？昔人有嘲诮和尚说话道："此非治世之头，乃乱代之头也。"盖为"乱""卵"二字，音相近。阿四见家主与朋友们戏谑，曾说过，故此学得这句话，骂那和尚。和尚道："载不载，问一声也不冲撞了甚么，何消得如此嚷？"闻人生在舱里听见，推窗看那和尚，且是生得清秀、娇嫩，甚觉可爱，又见说是灵隐寺的和尚，便想道："灵隐寺去处，山水最胜，我便带了这和尚去，与他做个相知

<small>小人只识如此。</small>

往来,到那里做下处也好。"慌忙出来喝住道:"小厮不要无理!乡里间的师父,既要上杭时,便下船来做伴同去何妨?"也是缘分该如此,船家得了这话,便把船拢岸。那和尚一见了闻人生,吃了一惊,一头下船,一头瞅着闻人生只顾看。闻人生想道:"我眼里也从不见这般一个美丽长老,容色绝似女人。若使是女身,岂非天姿国色?可惜个和尚了。"和他施礼罢,进舱里坐定。却值风顺,拽起片帆,船去如飞。

<small>与闻人所见正相反。</small>

两个在舱中,各问姓名了毕,知是同乡,只说着一样的乡语,一发投机。闻人生见那和尚谈吐雅致,想道:"不是个庸僧。"只见他一双媚眼,不住的把闻人生上下只顾看。天气暴暑,闻人生请他宽了上身单衣,和尚道:"小僧生性不十分畏暑,相公请自便。"

看看天晚,吃了些夜饭,闻人生便让和尚洗澡,和尚只推是不消。闻人生洗了澡,已自困倦,掭倒头,只寻睡了。阿四也往梢上去自睡。那和尚见人睡静,方灭了火,解衣与闻人生同睡。却自翻来覆去,睡不安稳,只自叹气。见闻人生已睡熟,悄悄坐起来,伸只手把他身上摸着。不想正摸着他一件跷尖尖、硬笃笃的东西,捏了一把。那时闻人生正醒来,伸了腰,那和尚流水放手,轻轻的睡了倒去。闻人生却已知觉,想道:"这和尚倒来惹骚!恁般一个标致的,想是师父也不饶他,倒是惯家了。我便兜他来男风一度也使得,如何肉在口边不吃？"闻人生正是少年高兴的时节,便爬将过来与和尚做了一头,伸将手去摸时,和尚做一团儿睡着,只不做声。闻人生又摸去,只见软团团两只奶儿。闻人生想道:"这小长老,又不肥胖,如何有恁般一对好奶？"再去摸他后庭时,那和尚却像惊怕的,流水翻转身来仰卧着。闻人生却待从前面抄将过去,才下手,却摸着前面高耸耸似馒头般一团肉,却无阳物。闻人生倒吃了一惊,道:"这是怎么说？"问他道:"你实说,是甚么人？"和尚道:"相公,不要则声,我身实是女尼。因怕路上不便,假称男僧。"闻人生道:"这等一发有缘,放你不过了。"不问事由,跳上身去。那女尼道:"相公可怜小尼还是个女身,难得。不曾破肉的,从容些则个。"闻人生此时欲火正高,那里还管？挨开两股,径将阳物直捣。无奈那尼姑含花未惯风和雨,怎当闻人生兴发忙施雨与风。迁延再四,方没其身。那女尼只得蹙眉啮齿忍耐。

　　霎时云收雨散。闻人生道:"小生无故得遇仙姑,知是睡里梦里？须道住止详细,好图后会。"女尼便道:"小尼非是别处人氏,就是湖州东门外杨家之女,为母亲所误,将我送入空门。今在西溪翠浮庵出家,法名静观。那里庵中也有来往的,都是些俗子村夫,没一个看得上眼。今年正月间,正在门首闲步,看见相公在门首站立,仪表非常,便觉神思不定,相慕已久。不想今日不期而会,得谐鱼水,正合凤愿,所以不敢推拒。非小尼之淫贱也。愿相公勿认做萍水相逢,须为我图个终身便好。"闻人生道:"尊翁尊堂还在否？"静观道:"父亲杨某,亡故已久,家中还有母亲与兄弟。昨日看母亲来,不想遇着相公。相公曾娶妻未？"闻人生道:"小生也未有室,今幸遇仙姑,年貌相当,正堪作配。况是同郡儒门之女,岂可埋没于此?须商量个长久见识出来。"静观道:"我身已托于君,必无二心。但今日事体匆忙,一时未有良计。小庵离城不远,且是僻静清凉,相公可到我庵中作寓,早晚可以攻书,自有道者在外打斋,不烦薪水之费,亦且可以相聚。日后相个机会,再作区处。相公意下何如?"闻人生道:"如此甚好,只恐同伴不容。"静观道:"庵中止有一个师父,是四十以内之人,色上且是要紧。两个同伴多不上二十来年纪,他们多不是清白之人。平日与人来往,尽在我眼里,那有及得你这样仪表?若见了你,定然相爱。你便结识了他们,以便就中取事。只怕你不肯留,那有不留你之事?"闻人生听罢,欢喜无限道:"仙姑高见极明,既恁地,来早到松木场,连我家小厮打发他随船回去。小生与仙姑同往便了。"说了一回,两人搂抱得有兴,再讲那欢娱起来。正是:

平生未解到花关,倏到花关骨尽寒。
此际不知真与梦,几回暗里抱头看。

事毕,只听得晨鸡乱唱,静观恐怕被人知觉,连忙披衣起身。船家忙起来行船,阿四也起来伏侍梳洗。吃早饭罢,赶早过了关。阿四问道:"那里歇船?好到黄家去问下处。"闻人生道:"不消得下处了。这小师父寺中有空房,我们竟到松木场上岸罢。"船到松木场,只说要到灵隐寺,雇了一个脚夫,将行李一担挑了。闻人生分付阿四道:"你可随船回去,对安人说声,不消记念!我只在这师父寺里看书。场毕,我自回来,也不须教人来讨信得。"打发了,看他开了船,闻人生才与静观雇了两乘轿,抬到翠浮庵去。另与脚夫说过，叫他跟来。霎时到了，还了轿钱脚钱，静观引了闻人生进庵道："这位相公要在此做下处，过科举的。"

众尼看见，笑脸相迎。把闻人生看了又看，愈加欢爱。殷殷勤勤的，陪过了茶，收拾一间洁净房子，安顿了行李。吃过夜饭，洗了浴。少不得先是那庵主起手快乐一宵。此后这两个，你争我夺轮番伴宿。静观恬然不来兜揽，让他们欢畅，众尼无不感激静观。混了月余，闻人生也自支持不过。他们又将人参汤、香薷饮、莲心、圆眼之类，调浆闻人生，无所不至。闻人生倒好受用。

不必另收拾房。

深于兜揽者也。

不觉已是穿针过期，又值七月半盂兰盆大斋时节。杭州年例，人家做功果，点放河灯。那日还是七月十二日，有一个大户人家差人来庵里请师父们念经，做功果。庵主应承了，众尼进来商议道："我们大众去做道场，十三至十五有三日停留。闻官人在此，须留一个相陪便好。只是忒便宜了他。"只见两尼，你也要住，我也要住，静观只不做声。庵主道："人家去做功果，我自然推不得，不消说。闻官人原是静观引来的，你两个讨他便宜多了，今日只该着静观在此相陪，也是公道。"众人道："师父处得有理。"静观暗地欢喜。众尼自去收拾法器经箱，连老道者多往那家去了。

庵主公道，亦以杨妈妈故。

静观送了出门，进来对闻人生道："此非久恋之所，怎生作个计较便好？今试期已近，若但迷恋于此，不惟攀桂无分，亦且身躯难保。"闻人生道："我岂不知？只为难舍着你，故此强与众欢，非吾愿也。"静观道："前日初会你时，非不欲即从你作脱身之计，因为我在家中来，中途不见了，庵主必到我家里要人，所以不便。今既在此多时了，我乘此无人在庵，与你逃去。他们多是与你有染的，心头病怕露出来，料不好追得你。"闻人生道："不如此说，我是个秀才家，家中况有老母。若同你逃至我家，不但老母惊异，未必相容；亦且你庵中追寻得着，惊动官府，我前程也难保。何况你身子不知作何着落？此事行不得。我意欲待赴试之后，如得一第，娶你不难。"静观道："就是中了个举人，也没有就娶个尼姑的理。况且万一不中，又却如何？亦非长算。我自出家来，与人写经写疏，得人衬钱，积有百来金。我撇了这里，将了这些东西做盘缠，寻一个寄迹所在，等待你名成了，再从容家去，可不好？"闻人生想一想道："此言有理，我有姑娘，嫁在这里关内黄乡宦家，今已守寡，极是奉佛。家里庄上造得有小庵，晨昏不断香火。那庵中管烧香点烛的老道姑，就是我的乳母。我如今不免把你此情告知姑娘，领你去放在他家家庵中，托我奶娘相伴着你，他是衙院人家，谁敢来盘问？你好一面留头长发，待我得意之后，以礼成婚，岂不妙哉？倘若不中，也等那时发长，便到处无碍了。"静观道："这个却好，事不宜迟，作急就去。若三日之后，便做不成了。

　　当下闻人生就奔至姑娘家去，见了姑娘。姑娘道罢寒温，问道："我久在此望你该来科举了，如何今日才来？有下处也未曾？"闻人生道："好叫姑娘得知，小侄因为做下处，寻出一件事头来，特求姑娘周全则个。"姑娘道："何事？"闻人生造个谎道：

"小侄那里有一个业师杨某，亡故多时，他止有一女，幼年间就与小侄相认。后来被个尼姑拐了去，不知所向。今小侄贪静寻下处，在这里西溪地方，却在翠浮庵里撞着了他，且是生得人物十全了。他心不愿出家，情愿跟着小侄去。也是前世姻缘，又是故人之女，推却不得。但小侄在此科举，怕惹出事来；若带他家去，又是个光头不便；欲待当官告理，场前没闲工夫，亦且没有闲使用。我想姑娘此处有个家庵，是小侄奶子在里头管香火，小侄意欲送他来姑娘庵里头暂住。就是万一他那里晓得了，不过在女眷人家香火庵里，不为大害。若是到底无人跟寻，小侄待乡试已毕，意欲与他完成这段姻缘，望姑娘作成则个。"姑娘笑道："你寻着了个陈妙常，也来求我姑娘了。姑娘妙人。既是你师长之女，怪你不得。你既有意要成就，也不好叫他在庵里住。你与他多是少年心性，若要往来，恐怕玷污了我佛地。我庄中自有静室，我收拾与他住下，叫他长起发来。我自叫丫鬟伏侍，你亦可以长来相处。若是晚来无人，叫你奶子伴宿，此为两便。"闻人生道："若得如此，姑娘再造之恩。小侄就去领他来拜见姑娘了。"

此以轿往，则不露矣。

别了出门，就在门外叫了一乘轿，竟到翠浮庵里，进庵与静观说了适才姑娘的话，静观大喜，连忙收拾，将自己所有，尽皆检了出来。闻人生道："我只把你藏过了，等他们来家，我不妨仍旧再来走走，使他们不疑心着我。*妙用。*我的行李且未要带去。"静观道："敢是你与他们业根未断么？"闻人生道："我专心为你，岂复有他恋？只要做得没个痕迹，如金蝉脱壳方妙。若他坐定道是我，无得可疑了，正是科场前利害头上，万一被他们官司绊住，不得入试怎好？"静观道："我平时常独自一个家去的。他们问时，你只推偶然不在，不知我那里去了，支吾着他。他定然疑心我是到娘家去，未必追寻。到得后来，晓得不在娘家，你场事已毕了，我与你别作计较。离了此地，你是隔府人，他那里来寻你？寻着了也只索白赖。"

计议已定，静观就上了轿，闻人生把庵门掩上，随着步行，竟到姑娘家来。姑娘一见静观，青头白脸，桃花般的两颊，吹弹得破的皮肉，心里也十分喜欢。笑道："怪道我家侄儿看上了你！你只在庄上内房里住，此处再无外人敢上门的，只管放心。"对着闻人生道："我庄上房中，你亦可同住。但你若竟住在此，恐怕有人跟寻得出，反为不美。况且要进场，还须别寻下处。"闻人生道："姑娘见得极是，小侄只可暂来。"从此，静观只在姑娘庄里住。闻人生是夜也就同房宿了，明日别了去，另寻下处不题。

却说翠浮庵三个尼姑，作了三日功果回来。到得庵前，只见庵门虚掩的。走将进去，静悄悄不见一人，惊疑道："多在何处去了？"他们心上要紧的是闻人生，静观倒是第二。着急到闻人生房里去 *不出闻人所料。*

看，行李书箱都在，心里又放下好些。只不见了静观，房里又收拾得干干净净，不知甚么缘故。正委决不下，只见闻人生踱将进来。众尼笑逐颜开道："来了！来了！"庵主一把抱住，且不及问静观的说话，笑道："隔别三日，心痒难熬。今且到房中一乐。"也不顾这两个小尼口馋，径自去做事了，闻人生只得勉强奉承。酣畅一度，才问道："你同静观在此，他那里去了？"闻人生道："昨日我到城中去了一日，天晚了，来不及，在朋友家宿了。直到今日来，不知他那里去了。"众尼道："想是见你去了，独自一个没情绪，自回湖州去了。他在此独受用了两日，也该让让我们，等他去去再处。"因贪着闻人生快乐，把静观的事到丢在一边了。谁知闻人生心却不在此处。鬼混了两三日，推道要到场前寻下处。众尼不好阻得，把行李挑了去。众尼千约万约道："得空原到这里来住。"闻人生满口应承，自去了。

庵主忒极相。

庵主过了几日，不见静观消耗，放心不下，叫人到杨妈妈家问问。说是不曾回家，吃了一惊。恐怕杨妈妈来着急，倒不敢声张，只好密密探听。又见闻人生一去不来，心里方才有些疑惑，待要去寻他盘问，却不曾问得下处明白，只得忍耐着，指望他场后还来。只见三场已毕，又等了几日，闻人生脚影也不见来。元来闻人生场中甚是得意，出场来竟到姑娘庄上，与静观一处了，那里还想着翠浮庵中?庵主与二尼,望不见到,恨道:"天下有这样薄情的人!静观未必不是他拐去了。不然便是这样不来,也没解说。"思量要把拐骗来告他,又碍着自家多洗不清,怕惹出祸来。正商量到场前寻他,或是问到他湖州家里去吵他,终是女人辈,未有定见。却又撞出一场巧事来。

> 不出静观所料。

说话间,忽然门外有人敲门得紧,众尼多心里疑道:"敢是闻人生来也?"齐走出来,开了门看,只见一乘大轿,三四乘小轿,多在门首歇着。敲门的家人报道:"安人到此。"庵主却认得是下路来的某安人,慌忙迎接。只见大轿里安人走出来,旁边三四个养娘出轿来,拥着进庵。坐定了,寒温过,献茶已毕,安人打发家人们:"到船上伺候。我在此过午下船。"家人们各去了。安人走进庵主房中来。安人道:"自从我家主亡过,我就不曾来此,已三年了。"庵主道:"安人今日贵脚踏贱地,想是完了孝服才来烧香的。"安人道:"正是。"庵主道:"如此秋光,正好闲耍。"安人叹了一口气道:"有甚心情游耍?"庵主有些瞧科,挑他道:"敢是为没有了老爷,冷静了些?"安人起身把门掩上,对庵主道:"我一向把心腹待你,你不要见外。我和你说句知心话:你方才说我冷静,我想我止隔得三年,尚且心情不奈烦,何况你们终身独守,如何过了?"庵主道:"谁说我们独守?不瞒安人说,全亏得有个把主儿相伴一相伴，不然冷落死了，如何熬得？"安人道："你如今见有何人？"庵主道："有个心上妙人，在这里科举的小秀才。这两日一去不来，正在此设计商量。"安人道："你且丢着此事，我有一件好事作成你。你尽心与我做着，管教你快活。"庵主道："何事？"安人道："我前日在昭庆寺中进香，下房头安歇。这房头有个未净头的小和尚，生得标致异常。我瞒你不得，其实隔绝此事多时，忍不住动火起来。因他上来送茶，他自道年幼不避忌，软嘴塌舌，甚是可爱。我一时迷了，遣开了人，抱他上床要试他做做此事看。谁知这小厮深知滋味，比着大人家更是雄健。我实是心吊在他身上，舍不得他了。我想了一夜，我要带他家去。须知我是寡居，要防生人眼，恐怕坏了名声。亦且拘拘束束，躲躲闪闪，怎能勾像意？我今与师父商量，把他来师父这里，净了头，他面貌娇嫩，只认做尼姑。我归去后，师父带了他，竟到我家来，说是师徒两个来投我。我供养在家里庵中，连我合家人，只认做你的女徒，我便好像意做事，不是神鬼不知的？所以今日特地到此，要你做这大事。你若依得，你也落得些快活。有了此人，随你心上人也放得下了。"庵主道："安人高见妙策，只是小尼也沾沾手，恐怕安人吃醋。"安人道："我要你帮衬做事，怎好自相妒忌？到得家里我还要牵你来做了一床，等外人永不疑心，

要偷和尚，反寻尼姑。

好算计。

方才是妙哩。"庵主道："我的知心的安人！这等说，我死也替你去。我这里三个徒弟，前日不见了一个小的。今恰好把来抵补，一发好瞒生人。只是如何得他到这里来？"安人道："我约定他在此。他许我背了师父，随我去的，敢就来也？"

正说之间，只见一个小尼敲门进房来道："外边一个拢头小伙子，在那里问安人。"安人忙道："是了，快唤他进来！"只见那小伙望内就走，两个小尼见他生得标致，个个眉花眼笑。安人见了，点点头叫他进来。他见了庵主，作个揖。庵主一眼不霎，估定了看他。安人拽他手过来，问庵主道："我说的如何？"庵主道："我眼花，见了善财童子，身子多软摊了。"安人笑将起来。庵主且到灶下看斋，就把这些话与二个小尼说了。小尼多咬着指头道："有此妙事！"庵主道："我多分随他去了。"小尼道："师父撇了我们，自去受用。"庵主道："这是天赐我的衣食，你们在此，料也不空过。"大家笑耍了一回。庵主复进房中。只见安人搂着小伙，正在那里说话。见了庵主，忙在扶手匣里取出十两一包银子来，与他道："只此为定，我今留此子在此，我自开船先去了。十日之内，望你两人到我家来，千万勿误！"安人又叮嘱那小伙几句话，出到堂屋里，吃了斋，自上轿去了。

庵主送了出去，关上大门，进来见了小伙，真

真有长算。

得意之状。

是黑夜里拾得一颗明珠,且来搂他去亲嘴。把手摸他阳物儿,捏捏掐掐,后生家火动了,一直挺将起来。庵主忙解裤就他,弄了一度,喜不可言。对他道:"今后我与某安人合用的了,只这几夜,且让让我着。"事毕,就取剃刀来与他落了发,仔细看一看,笑道:"也到与静观差不多,到那里少不得要个法名,仍叫做静观罢。"是夜就同庵主一床睡了,极得两个小尼姑咽干了唾沫。明日收拾了,叫个船,竟到下路去。分付两个小尼道:"你们且守在此,我到那里看光景若好,捎个信与你们。毕竟不来,随你们散伙家去罢。杨家有人来问,只说静观随师父下路人家去了。"两尼也巴不得师父去了,大家散火,连声答应道:"都理会得。"从此,老尼与小伙同下船来,人面前认为师弟,晚夕上只做夫妻。

不多几日,到了那一家,充做尼姑,进庵住好。安人不时请师徒进房留宿,常是三个做一床。尼姑又教安人许多取乐方法,三个人只多得一颗头,尽兴浮恣。那少年男子不敌两个中年老阴,几年之间,得病而死。安人哀伤郁闷,也不久亡故。老尼被那家寻他事故,告了他偷盗,监了追赃,死于狱中。这是后话。

且说翠浮庵自从庵主去后,静观的事一发无人提起,安安稳稳住在庄上。只见揭了晓,闻人生已中了经魁,喜喜欢欢,来见姑娘。又私下与静观相

老把势。

见，各各快乐。自此，日里在城中，完这些新中式的世事，晚上到姑娘庄上，与静观歇宿。密地叫人去翠浮庵打听，已知庵主他往，两小尼各归俗家去了，庵中空锁在那里。回覆了静观，掉下了老大一个跌蹹。闻人生事体已完，想要归湖州，来与姑娘商议："静观发未长，娶回未得，仍留在姑娘这里。待我去会试再处。"静观又嘱付道："连我母亲处，也未可使他知道。我出家是他的主意，如何蓦地还俗？且待我头发长了，与你双归，他才拗不得。"闻人生道："多是有见识的话。"别了荣归，拜过母亲，把静观的事，并不提起。

到得十月尽边，要去会试，来见姑娘。此时静观头发齐肩，可以梳得个假鬟了。闻人生意欲带他去会试，姑娘劝道："我看此女德性温淑，堪为你配。既要做正经婚姻，岂可仍复私下带来带去，不像事体。仍留我庄上住下，等你会试得意荣归，他发已尽长。此时只认是我的继女，迎归花烛，岂不正气！"闻人生见姑娘说出一段大道理话，只得忍情与静观别了。进京会试。果然一举成名，中了二甲，礼部观政。《同年录》上先刻了"聘杨氏"，就起一本"给假归娶"，奉旨：准给花红表礼，以备喜筵。

驰驿还家，拜过母亲。母亲闻知归娶，问道："你自幼未曾聘定，今娶何人？"闻人生道："好教母亲得知，孩儿在杭州，姑娘家有个继女许下孩儿了。"

乐极了。

大见识。

天下乐事，无过于此。

母亲道:"为何我不曾见说?"闻人生道:"母亲日后自知。"选个吉日,结起彩船,花红鼓乐,竟到杭州关内黄家来,拜了姑娘,说了奉旨归娶的话。姑娘大喜道:"我前者见识,如何?今日何等光采!"先与静观相见了,执手各道别情。静观此时已是内家装扮了,又道黄夫人待他许多好处,已自认义为干娘了。黄夫人亲自与他插戴了,送上彩轿,下了船。船中赶好日,结了花烛。正是:

红罗帐里,依然两个新人;锦被窝中,各出一般旧物。

到家里,齐齐拜见了母亲。母亲见媳妇生得标致,心下喜欢。又见他是湖州声口,问道:"既是杭州娶来,如何说这里的话?"闻人生方把杨家女儿错出了家,从头至尾的事,说了一遍。母亲方才明白。

次日,闻人生同了静观,竟到杨家来。先拿子婿的帖子与丈母,又一内弟的帖与小舅。杨妈只道是错了,再四不收。女儿只得先自走将进来,叫一声:"娘!"妈妈见是一个凤冠霞帔的女眷,吃那一惊不小。慌忙站起来,一时认不出了。女儿道:"娘休惊怪!女儿即是翠浮庵静观是也。"妈妈听了声音,再看面庞,才认得出;只是有了头发,妆扮异样,若不仔细,也要错过。妈妈道:"有一年多不见你面,又无音耗。后来闻得你同师父到那里下路去了,好不记挂!今年又着人去看,庵中鬼影也无。正自思念你,没个是处,你因何得到此地位?"女儿才把去年搭船相遇,直到此时,奉旨完婚,从头至尾说了一遍。喜得个杨妈妈双脚乱跳,口扯开了收不拢来,叫儿子去快请姊夫进来。儿子是学堂中出来的,也尽晓得趋跄，便拱了闻人生进来，一同姊姊站立，拜见了杨妈妈。此时真如睡里梦里，妈妈道："早知你有这一日，为甚把你送在庵里去？"女儿道："若不送在庵中，也不能勾有这一日。"当下就接了杨妈妈到闻家过门，同坐喜筵，大吹大擂，更余而散。

此后闻人生在宦途有蹉跌，不甚像意。年至五十，方得腰金而归。杨氏女得封恭人，林下偕老。闻人生曾遇着高明的相士，问他宦途不称意之故。相士道："犯了少年时风月，损了些阴德，故见如此。"闻人生也甚悔翠浮庵少年孟浪之事，常与人说尼庵不可擅居，以此为戒。这不是"偷期得成正果"之话？若非前生分定，如何得这样奇缘？有诗为证：

主婚靡不仗天公，堪叹人生尽聩聋。
若道姻缘人可强，氤氲使者有何功？

卷三十五　诉穷汉暂掌别人钱
　　　　　看财奴刁买冤家主

看財奴刀瞥家主

卷三十五　诉穷汉暂掌别人钱　看财奴刁买冤家主

诗云：

从来欠债要还钱，冥府于斯倍灼然。
若使得来非分内，终须有日复还原。

却说人生财物，皆有分定。若不是你的东西，纵然勉强哄得到手，原要一分一毫填还别人的。从来因果报应的说话，其事非一，难以尽述。在下先拣一个希罕些的，说来做个得胜头回。

晋州古城县有一个人，名唤张善友。平日看经念佛，是个好善的长者。浑家李氏却有些短见薄识，要做些小便宜勾当。夫妻两个过活，不曾生男育女，家道尽从容好过。其时本县有个越廷玉，是个贫难的人，平日也守本分。只因一时母亲亡故，无钱葬埋，晓得张善友家事有余，起心要去偷他些来用。算计了两日，果然被他挖个墙洞，偷了他五六十两银子去，将母亲殡葬讫。自想道："我本不是没行止的，只因家贫无钱葬母，做出这个短头的事来，扰了这一家人家，今生今世还不的他，来生来世是必填还他则个。"

张善友次日起来，见了壁洞，晓得失了贼，查点家财，箱笼里没了五六十两银子。张善友是个富家，也不十分放在心上，道是命该失脱，叹口气罢了。唯有李氏切切于心道："有此一项银子，做许多事，生许多利息，怎舍得白白被盗了去？"正在纳

（孝贼。）

（有本必成。）

闷间,忽然外边有一个和尚来寻张善友。张善友出去相见了,问道:"师傅何来?"和尚道:"老僧是五台山僧人,为因佛殿坍损,下山来抄化修造。抄化了多时,积得有百来两银子,还少些个。又有那上了疏未曾勾销的,今要往别处去走走,讨这些布施。身边所有银子,不便携带,恐有失所,要寻个寄放的去处,一时无有。一路访来,闻知长者好善,是个有名的檀越,特来寄放这一项银子。待别处讨足了,就来取回本山去也。"张善友道:"这是胜事,师父只管寄放在舍下,万无一误。只等师父事毕来取便是。"当下把银子看验明白,点计件数,拿进去交付与浑家了。出来留和尚吃斋。和尚道:"不劳檀越费斋,老僧心忙要去募化。"善友道:"师父银子,弟子交付浑家收好在里面。倘若师父来取时,弟子出外,必预先分付停当,交还师父便了。"和尚别了自去抄化。那李氏接得和尚银子在手,满心欢喜,想道:"我才失得五六十两,这和尚倒送将一百两来,岂不是补还了我的缺,还有得多哩。"就起一点心,打帐要赖他的。

一日,张善友要到东岳庙里烧香求子去,对浑家道:"我去则去,有那五台山的僧所寄银两,前日是你收着,若他来取时,不论我在不在,你便与他去。他若要斋吃,你便整理些蔬菜斋他一斋,也是你的功德。"李氏道:"我晓得。"张善友自烧香去了。

> 顶缸的。

> 不宜交付浑家。亦是善友失处,故受其报。

去后，那五台山和尚抄化完了，却来问张善友取这项银子。李氏便白赖道："张善友也不在家，我家也没有人寄甚么银子。师父敢是错认了人家了？"和尚道："我前日亲自交付与张长者，长者收拾进来交付孺人的，怎么说此话？"李氏便赌咒道："我若见你的，我眼里出血。"和尚道："这等说，要赖我的了。"李氏又道："我赖了你的，我堕十八层地狱。"和尚见他赌咒，明知白赖了。争奈是个女人家，又不好与他争论得。和尚没计奈何，合着掌，念声佛道："阿弥陀佛！我是十方抄化来的布施，要修理佛殿的，寄放在你这里。你怎么要赖我的？你今生今世赖了我这银子，到那生那世少不得要填还我。"带着悲恨而去。过了几时，张善友回来，问起和尚银子。李氏哄丈夫道："刚你去了，那和尚就来取，我双手还他去了。"张善友道："好，好，也完了一宗事。"

此一声甚毒。

过得两年，李氏生下一子。自生此子之后，家私火焰也似长将起来。再过了五年，又生一个，共是两个儿子了。大的小名叫做乞僧；次的小名叫做福僧。那乞僧大来极会做人家，披星戴月，早起晚眠，又且生性悭吝，一文不使，两文不用，不肯轻费着一个钱，把家私挣得偌大。可又作怪，一般两个弟兄，同胞共乳，生性绝是相反。那福僧每日只是吃酒赌钱，养婆娘，做子弟，把钱钞不着疼热的使用。乞僧旁看了，是他辛苦挣来的，老大的心疼。

福僧每日有人来讨债，多是瞒着家里外边借来花费的。张善友要做好汉的人，怎肯交儿子被人逼迫门户不清的？只得一主一主填还了。那乞僧只叫得苦。张善友疼着大孩儿苦挣，恨着小孩儿荡费，偏吃亏了。立个主意，把家私匀做三分分开。他弟兄们各一分，老夫妻留一分。等做家的自做家，破败的自破败，省得歹的累了好的，一总凋零了。那福僧是个不成器的肚肠，倒要分了，自由自在，别无拘束，正中下怀。家私到手，正如：

汤泼瑞雪，风卷残云。

势所必至，不如不分。

不上一年，使得光光荡荡了。又要分了爹妈的这半分，也自没有了，便去打搅哥哥，不由他不应手。连哥哥的，也布摆不来。他是个做家的人，怎生受得过？气得成病，一卧不起。求医无效，看看至死。张善友道："成家的倒有病，败家的倒无病。五行中如何这样颠倒？"恨不得把小的替了大的，苦在心头，说不出来。

那乞僧气蛊已成，毕竟不痊，死了。张善友夫妻大痛无声。那福僧见哥哥死了，还有剩下家私，落得是他受用，一毫不在心上。李氏妈妈见如此光景，一发舍不得大的，终日啼哭，哭得眼中出血而死。福僧也没有一些苦楚，带着母丧，只在花街柳

应了一句。

陌，逐日混帐，淘虚了身子，害了痨瘵之病，又看看死来。张善友此时急得无法可施，便是败家的，留得个种也好，论不得成器不成器了。正是：

前生注定今生案，天数难逃大限催。

福僧是个一丝两气的病，时节到来，如三更油尽的灯，不觉的息了。

张善友虽是平日不像意他的，而今自念两儿皆死，妈妈亦亡，单单剩得老身，怎由得不苦痛哀切？自道："不知作了什么罪业，今朝如此果报得没下稍！"一头愤恨，一头想道："我这两个业种，是东岳求来的，不争被你阎君勾去了。东岳敢不知道？我如今到东岳大帝面前，告苦一番。大帝有灵，勾将阎神来，或者还了我个把儿子，也不见得。"也是他苦痛无聊，痴心想到此，果然到东岳跟前哭诉道："老汉张善友一生修善，便是俺那两个孩儿和妈妈，也不曾做甚么罪过，却被阎神屈屈勾将去，单剩得老夫。只望神明将阎神追来，与老汉折证一个明白。若果然该受这业报，老汉死也得瞑目。"诉罢，哭倒在地，一阵昏沉晕了去。朦胧之间，见个鬼使来对他道："阎君有勾。"张善友道："我正要见阎君，问他去。"随了鬼使竟到阎君面前。阎君道："张善友，你如何在东岳告我？"张善友道："只为我妈妈和两

真知。

诉冤如写保状。

个孩儿,不曾犯下什么罪过,一时都勾了去。有此苦痛,故此哀告大帝做主。"阎王道:"你要见你两个孩儿么?"张善友道:"怎不要见?"阎王命鬼使:"召将来!"只见乞僧、福僧两个齐到。张善友喜之不胜,先对乞僧道:"大哥,我与你家去来!"乞僧道:"我不是你什么大哥。我当初是赵廷玉,不合偷了你家五十多两银子,如今加上几百倍利钱,还了你家。俺和你不亲了。"张善友见大的如此说了,只得对福僧说:"既如此,二哥随我家去了也罢。"福僧道:"我不是你家甚么二哥,我前生是五台山和尚。你少了我的,你如今也加百倍还得我勾了,与你没相干了。"张善友吃了一惊道:"如何我少五台山和尚的?怎生得妈妈来一问便好?"阎王已知其意,说道:"张善友,你要见浑家不难。"叫鬼卒:"与我开了酆都城,拿出张善友妻李氏来!"鬼卒应声去了。只见押了李氏,披枷带锁到殿前来。张善友道:"妈妈,你为何事,如此受罪?"李氏哭道:"我生前不合混赖了五台山和尚百两银子,死后叫我历遍十八层地狱。我好苦也!"张善友道:"那银子我只道还他去了,怎知赖了他的?这是自作自受!"李氏道:"你怎生救我?"扯着张善友大哭。阎王震怒,拍案大喝。张善友不觉惊醒,乃是睡倒在神案前做的梦,明明白白,才省悟多是宿世的冤家债主。住了悲哭,出家修行去了。

又应了一句。

卷三十五　诉穷汉暂掌别人钱　看财奴刁买冤家主

方信道暗室亏心，难逃他神目如电。
今日个显报无私，怎倒把阎君埋怨？

在下为何先说此一段因果？只因有个贫人，把富人的银子借了去，替他看守了几多年，一钱不破。后来不知不觉，双手交还了本主。这事更奇，听在下表白一遍。宋时汴梁曹州曹南村周家庄上有个秀才，姓周名荣祖，字伯成，浑家张氏。那周家先世，广有家财，祖公公周奉，敬重释门，起盖一所佛院，每日看经念佛。到他父亲手里，一心只做人家。为因修理宅舍，不舍得另办木石砖瓦，就将那所佛院尽拆毁来用了。比及宅舍功完，得病不起。人皆道是不信佛之报。父亲既死，家私里外，通是荣祖一个掌把。那荣祖学成满腹文章，要上朝应举。他与张氏生得一子，尚在襁褓，乳名叫做长寿。只因妻娇子幼，不舍得抛撇，商量三口儿同去。他把祖上遗下那些金银成锭的做一窨儿埋在后面墙下，怕路上不好携带。只把零碎的细软的，带些随身。房廊屋舍，着个当直的看守，他自去了。

话分两头。曹州有一个穷汉，叫做贾仁，真是衣不遮身，食不充口，吃了早起的，无那晚夕的。又不会做什么营生，则是与人家挑土筑墙，和泥托坯，担水运柴，做坌工生活度日。晚间在破窑中安身。外人见他十分过的艰难，都唤他做穷贾儿。却

此不舍得之念，正是穷根。

此不舍得亦然。

是这个人禀性古怪拗别，常道："总是一般的人，别人那等富贵奢华，偏我这般穷苦！"心中恨毒。有诗为证：

又无房舍又无田，每日城南窑内眠。
一般带眼安眉汉，何事囊中偏没钱？

亦是奇人奇事。说那贾仁心中不伏气，每日得闲空，便走到东岳庙中苦诉神灵道："小人贾仁特来祷告。小人想，有那等骑鞍压马，穿罗著锦，吃好的，用好的，他也是一世人。我贾仁也是一世人，偏我衣不遮身，食不充口，烧地眠，炙地卧，兀的不穷杀了小人！小人但有些小富贵，也为斋僧布施，盖寺建塔，修桥补路，惜孤念寡，敬老怜贫。上圣可怜见咱！"日日如此。真是精诚之极，有感必通，果然被他哀告不过，感动起来。一日祷告毕，睡倒在廊檐下，一灵儿被殿前灵派侯摄去，问他终日埋天怨地的缘故。贾仁把前言再述一遍，哀求不已。灵派侯也有些怜他，唤那增福神查他衣禄食禄，有无多寡之数。增福神查了回覆道："此人前生不敬天地，不孝父母，毁僧谤佛，杀生害命，抛撒净水，作贱五谷，今世当受冻饿而死。"世人着眼！贾仁听说，慌了，一发哀求不止道："上圣，可怜见！但与我些小衣禄食禄，我是必做个好人。我爷娘在时，也是尽力奉养的。亡化之后，不知甚么缘故，颠倒一日穷一日了。我也在爷娘坟上烧钱裂纸，浇茶奠酒，泪珠儿至今不曾干。我也是个行孝的人。"灵派侯道："吾神试点检他平日所为，虽是不见别的善事，却是穷养父母，也是有的。今日据着他埋天怨地，正当冻饿，念他一点小孝。可又道：天不生无禄之人，地不长无名之草。吾等体上帝好生之德，权且看有别家无碍的福力，借与他些。与他一个假子，奉养至死，偿他这一点孝心罢。"增福神道："小圣查得有曹州曹南周家庄上，他家福力所积，阴功三辈，为他拆毁佛地，一念差池，合受一时折罚。如今把那家的福力，权借与他二十年，待到限期已足，着他双手交还本主，这个可不两便？"灵派侯道："这个使得。"唤过贾仁，把前话分付他明白，叫他牢牢记取："比及你去做财主时，索还的早在那里等了。"贾仁叩头，谢了上圣济拔之恩，心里道："已是财主了。"出得门来，骑了高头骏马，放个辔头。那马见了鞭影，飞也似的跑，把他一交颠翻，大喊一声，却是南柯一梦，身子还睡在庙檐下。想一想道："恰才上圣分明的对我说，那一家的福力，借与我二十年，我如今该做财主。一觉醒来，财主在那里？梦是心头想，信他则甚？昨日大户人家要打墙，叫我寻泥坯，我不免去寻问一家则个。"

　　出了庙门去，真是时来福凑，恰好周秀才家里看家当直的，因家主出久未归，正缺少盘缠，又晚间睡着，被贼偷得精光。家里别无可卖的，止有后

（批注：一点小孝，便可增禄，着眼，着眼！）

（批注：即见富景。）

（批注：只怕后日的财主也在那里。）

园中这一垛旧坍墙。想道："要他没用，不如把泥坯卖了，且将就做盘缠度日。"走到街上，正撞着贾仁，晓得他是惯与人家打墙的，就把这话央他去卖。贾仁道："我这家正要泥坯，讲倒价钱，吾自来挑也。"果然走去说定了价，挑得一担算一担。开了后园，一凭贾仁自掘自挑。贾仁带了铁锹、锄头、土箕之类来动手。刚扒倒得一堵，只见墙脚之下，拱开石头，那泥簌簌的落将下去，恰像底下是空的。把泥拔开，泥下一片石板。撬起石板，乃是盖下一个石槽，满槽多是土墼块一般大的金银，不计其数。旁边又有小块零星楔着。吃了一惊道："神明如此有灵，已应着昨梦。惭愧！今日有分做财主了。"心生一计，就把金银放些在土箕中，上边覆着泥土，装了一担。且把在地中挑未尽的，仍用泥土遮盖，以待再挑。挑着担竟往栖身的破窑中，权且埋着，神鬼不知。运了一两日，都运完了。

　　他是极穷人，有了这许多银子，也是他时运到来，且会摆拨，先把些零碎小锞，买了一所房子，住下了。逐渐把窑里埋的，又搬将过去，安顿好了。先假做些小买卖，慢慢衍将大来，不上几年，盖起房廊屋舍，开了解典库、粉房、磨房、油房、酒房，做的生意，就如水也似长将起来。旱路上有田，水路上有船，人头上有钱，平日叫他做穷贾儿的，多改口叫他是员外了。又娶了一房浑家，却是寸男尺

浑家又是何处借的？

女皆无，空有那鸦飞不过的田宅，也没一个承领。又有一件作怪：虽有了这样大家私，生性悭吝苦克，一文也不使，半文也不用，要他一贯钞，就如挑他一条筋。别人的恨不得劈手夺将来；若要他把与人，就心疼的了不得。所以又有人叫他做"悭贾儿"。请着一个老学究，叫做陈德甫，在家里处馆。那馆不是教学的馆，无过在解铺里上些帐目，管些收钱举债的勾当。贾员外日常与陈德甫说："我枉有家私，无个后人承领，自己生不出，街市上但遇着卖的，或是肯过继的，是男是女，寻一个来与我两口儿喂眼也好。"说了不则一番，陈德甫又转分付了开酒务的店小二："倘有相应的，可来先对我说。"这里一面寻螟蛉之子，不在话下。

却说那周荣祖秀才，自从同了浑家张氏、孩儿长寿，三口儿应举去后，怎奈命运未通，功名不达。这也罢了，岂知到得家里，家私一空，止留下一所房子。去寻寻墙下所埋祖遗之物，但见墙倒泥开，刚剩得一个空石槽。从此衣食艰难，索性把这所房子卖了，复是三口儿去洛阳探亲。偏生这等时运，正是：

　　时来风送滕王阁，运退雷轰荐福碑。

那亲眷久已出外，弄做个满船空载月明归，身边盘缠用尽。到得曹南地方，正是暮冬天道，下着连日

> 正是财主相。

> 此想头便是要还人张本。

大雪。三口儿身上俱各单寒,好生行走不得。有一篇《正宫调·滚绣球》为证:

是谁人碾就琼瑶往下筛?是谁人剪冰花迷眼界?恰便似玉琢成六街三陌,恰便似粉妆就殿阁楼台。便有那韩退之蓝关前冷怎当?便有那孟浩然驴背上也跌下来。便有那剡溪中禁回他子猷访戴,则这三口儿,兀的不冻倒尘埃!眼见得一家受尽千般苦,可甚么十谒朱门九不开,委实难捱。

当下张氏道:"似这般风又大,雪又紧,怎生行去?且在那里避一避也好。"周秀才道:"我们到酒务里避雪去。"

两口儿带了小孩子,趓到一个店里来。店小二接着,道:"可是要买酒吃的?"周秀才道:"可怜,我那得钱来买酒吃?"店小二道:"不吃酒,到我店里做甚?"秀才道:"小生是个穷秀才,三口儿探亲回来,不想遇着一天大雪。身上无衣,肚里无食,来这里避一避。"店小二道:"避避不妨。那一个顶着房子走哩!"秀才道:"多谢哥哥。"叫浑家领了孩儿同进店来。身子扢抖抖的寒颤不住。店小二道:"秀才官人,你每受了寒了。吃杯酒不好?"秀才叹道:"我才说没钱在身边。"小二道:"可怜,可怜!那里不是积福处?我舍与你一杯烧酒吃,不要你

小二亦贤人也。

钱。"就在招财利市面前那供养的三杯酒内，取一杯递过来。周秀才吃了，觉得和暖了好些。浑家在旁，闻得酒香也要杯儿敌寒，不好开得口，正与周秀才说话。店小二晓得意思，想道："有心做人情，便再与他一杯。"又取那第二杯递过来道："娘子也吃一杯。"秀才谢了，接过与浑家吃。那小孩子长寿，不知好歹，也嚷道要吃。秀才簌簌地掉下泪来道："我两个也是这哥哥好意与我每吃的，怎生又有得到你？"小孩子便哭将起来。小二问知缘故，一发把那第三杯与他吃了。就问秀才道："看你这样艰难，你把这小的儿与了人家可不好？"秀才道："一时撞不着人家要。"小二道："有个人要，你与娘子商量去。"秀才对浑家道："娘子你听么，卖酒的哥哥说，你们这等饥寒，何不把小孩子与了人？他有个人家要。"浑家道："若与了人家，倒也强似冻饿死了，只要那人养的活，便与他去罢。"秀才把浑家的话对小二说。小二道："好教你们喜欢。这里有个大财主，不曾生得一个儿女，正要一个小的。我如今领你去，你且在此坐一坐，我寻将一个人来。"

　　小二三脚两步走到对门，与陈德甫说了这个缘故。陈德甫踱到店里，问小二道："在那里？"小二叫周秀才与他相见了。陈德甫一眼看去，见了小孩子长寿，便道："好个有福相的孩儿！"就问周秀才道："先生，那里人氏？姓甚名谁？因何就肯卖了这孩儿？"

（好接缝。）

（可怜。）

周秀才道:"小生本处人氏,姓周名荣祖,因家业凋零,无钱使用,将自己亲儿情愿过房与人为子。先生你敢是要么?"陈德甫道:"我不要。这里有个贾老员外,他有泼天也似家私,寸男尺女皆无。若是要了这孩儿,久后家缘家计都是你这孩儿的。"秀才道:"既如此,先生作成小生则个。"陈德甫道:"你跟着我来!"周秀才叫浑家领了孩儿一同跟了陈德甫到这家门首。

陈德甫先进去见了贾员外。员外问道:"一向所托寻孩子的,怎么了?"陈德甫道:"员外,且喜有一个小的了。"员外道:"在那里?"陈德甫道:"现在门首。"员外道:"是个什么人的?"陈德甫道:"是个穷秀才。"员外道:"秀才倒好,可惜是穷的。"陈德甫道:"员外说得好笑,那有富的来卖儿女?"员外道:"叫他进来我看看。"陈德甫出来与周秀才说了,领他同儿子进去。秀才先与员外叙了礼,然后叫儿子过来与他看。员外看了一看,见他生得青头白脸,心上喜欢,道:"果然好个孩子!"就问了周秀才姓名,转对陈德甫道:"我要他这个小的,须要他立纸文书。"陈德甫道:"员外要怎么样写?"员外道:"无过写道:'立文书人某人,因口食不敷,情愿将自己亲儿某过继与财主贾老员外为儿。'"陈德甫道:"只叫'员外'勾了,又要那'财主'两字做甚?"员外道:"我不是财主,难道叫我穷汉?"陈德甫晓得是有钱的心性,只顺着道:"是,是。只依着写'财主'罢。"员外道:"还有

> 此念之专,皆鬼神使之也。

一件要紧，后面须写道：'立约之后，两边不许翻悔。若有翻悔之人，罚钞一千贯与不悔之人用。'"陈德甫大笑道："这等，那正钱可是多少？"员外道："你莫管我，只依我写着。他要得我多少！我财主家心性，指甲里弹出来的，可也吃不了。"

陈德甫把这话一一与周秀才说了。周秀才只得依着口里念的写去，写到"罚一千贯"，周秀才停了笔道："这等，我正钱可是多少？"陈德甫道："知他是多少？我恰才也是这等说，他道：'我是个巨富的财主。他要的多少？'他指甲里弹出来的，着你吃不了哩。"周秀才也道："说得是。"依他写了，却把正经的卖价竟不曾填得明白。他与陈德甫多也是迂儒，不晓得这个圈套，只道口里说得好听，料必不轻的。岂知做财主的专一苦克算人，讨着小便宜，口里便甜如蜜，也听不得的。当下周秀才写了文书，陈德甫递与员外收了。

员外就领了进去与妈妈看了，妈妈也喜欢。此时长寿已有七岁，心里晓得了。员外教他道："此后有人问你姓什么，你便道我姓贾。"长寿道："我自姓周。"那贾妈妈道："好儿子，明日与你做花花袄子穿，有人问你姓，只说姓贾。"长寿道："做大红袍与我穿，我也只是姓周。"员外心里不快，竟不来打发周秀才。秀才催促陈德甫，德甫转催员外。员外道："他把儿子留在我家，他自去罢了。"陈德甫

赤子之心。

道："他怎么肯去？还不曾与他恩养钱哩。"员外就起个赖皮心，只做不省得，道："甚么恩养钱？随他与我些罢。"陈德甫道："这个，员外休耍人！他为无钱，才卖这个小的，怎么倒要他恩养钱？"员外道："他因为无饭养活儿子，才过继与我。如今要在我家吃饭，我不问他要恩养钱，他倒问我要恩养钱？"陈德甫道："他辛辛苦苦养这小的，与了员外为儿，专等员外与他些恩养钱回家做盘缠，怎这等耍他？"员外道："立过文书，不怕他不肯了。他若有说话，便是翻悔之人，教他罚一千贯还我，领了这儿子去。"陈德甫道："员外怎如此斗人耍，你只是与他些恩养钱去，是正理。"员外道："陈德甫看你面上，与他一贯钞。"陈德甫道："这等一个孩儿，与他一贯钞忒少。"员外道："一贯钞许多宝字哩。我富人使一贯钞，似挑着一条筋。你是穷人，怎倒看得这样容易？你且与他去，他是读书人，见儿子落了好处，敢不要钱也不见得。"陈德甫道："那有这事？不要钱，不卖儿子了。"再三说不听，只得拿了一贯钞与周秀才。秀才正走在门外与浑家说话，安慰他道："且喜这家果然富厚，已立了文书，这事多分可成。长寿儿也落了好地了。"浑家正要问道："讲到多少钱钞？"只见陈德甫拿得一贯出来。浑家道："我几杯儿水洗的孩儿偌大！怎生只与我一贯钞？便买个泥娃娃，也买不得。"陈德甫把这话又

※ 强词夺理，莫非财主本色。

※ 妙话。

※ 妙话。

进去与员外说。员外道:"那泥娃娃须不会吃饭。常言道有钱不买张口货,因他养活不过才卖与人,等我肯要,就勾了,如何还要我钱?既是陈德甫再三说,我再添他一贯,如今再不添了。他若不肯,白纸上写着黑字,教他拿一千贯来,领了孩子去。"陈德甫道:"他有得这一千贯时,倒不卖儿子了。"员外发作道:"你有得添添他,我却没有。"陈德甫叹口气道:"是我领来的不是了。员外又不肯添,那秀才又怎肯两贯钱就住?我中间做人也难。也是我在门下多年,今日得过继儿子,是个美事。做我不着,成全他两家罢。"就对员外道:"在我馆钱内支两贯,凑成四贯,打发那秀才罢。"员外道:"大家两贯,孩子是谁的?"陈德甫道:"孩子是员外的。"员外笑逐颜开道:"你出了一半钞,孩子还是我的,这等,你是个好人。"依他又支了两贯钞,帐簿上要他亲笔注明白了,共成四贯。拿出来与周秀才道:"这员外是这样悭吝苦克的,出了两贯,再不肯添了。小生只得自支两月的馆钱,凑成四贯,送与先生。先生,你只要儿子落了好处,不要计论多少罢。"周秀才道:"甚道理?倒难为着先生。"陈德甫道:"只要久后记得我陈德甫。"周秀才道:"贾员外则是两贯,先生替他出了一半,这倒是先生赍发了小生,这恩德怎敢有忘?唤孩儿出来叮嘱他两句,我每去罢。"

陈德甫叫出长寿来,三个抱头哭个不住。分付

妙话。

撞着这样财主,中人难以为情。

句句妙,非财主不能!

陈德甫亦贤人也!

也是。

道："爹娘无奈，卖了你。你在此可也免了些饥寒冻馁，只要晓得些人事，敢这家不亏你。我们得便来看你就是。"小孩子不舍得爹娘，吊住了，只是哭。陈德甫只得去买些果子来哄住了他，骗了他进去。周秀才夫妻自去了。

那贾员外过继了个儿子，又且放着刁勒买的，不费大钱，自得其乐，就叫他做了贾长寿。晓得他已有知觉，不许人在他面前提起一句旧话，也不许他周秀才通消息往来，古古怪怪，防得水泄不通。岂知暗地移花接木，已自双手把人家交还他。那长寿大来也看看把小时的事忘怀了，只认贾员外是自己的父亲。可又作怪，他父亲一文不使，半文不用，他却心性阔大，看那钱钞便是土块般相似。人道是他有钱，多顺口叫他为"钱舍"。那时妈妈亡故，贾员外得病不起。长寿要到东岳烧香，保佑父亲，与父亲讨得一贯钞，他便背地与家僮兴儿开了库，带了好些金银宝钞去了。到得庙上来，此时正是三月二十七日。明日是东岳圣帝诞辰，那庙上的人，好不来的多！天色已晚，拣着廊下一个干净处所歇息。可先有一对儿老夫妻在那里。但见：

枉用心机。

仪容黄瘦，衣服单寒。男人头上儒巾，大半是尘埃堆积；女子脚跟罗袜，两边泥土粘连。定然终日道途间，不似安居闺阁内。

你道这两个是甚人？元来正是卖儿子的周荣祖秀才夫妻两个。只因儿子卖了，家事已空。又往各处投人不着，流落在他方十来年。乞化回家，思量要来贾家探取儿子消息。路经泰安州，恰遇圣帝生日，晓得有人要写疏头，思量赚他几文，来央庙官。庙官此时也用得他着，留他在这廊下的。因他也是个穷秀才，庙官好意拣这搭干净地与他，岂知贾长寿见这带地好，叫兴儿赶他开去。兴儿狐假虎威，喝道："穷弟子快走开去，让我们！"周秀才道："你们是什么人？"兴儿就打他一下道："'钱舍'也不认得！问是什么人？"周秀才道："我须是问了庙官，在这里住的。什么'钱舍'来赶得我？"长寿见他不肯让，喝教打他。兴儿正在厮扭，周秀才大喊，惊动了庙官，走来道："甚么人如此无礼？"兴儿道："贾家'钱舍'要这搭儿安歇。"庙官道："家有家主，庙有庙主，是我留在这里的秀才，你如何用强，夺他的宿处？"兴儿道："俺家'钱舍'有的是钱，与你一贯钱，错这塌儿田地歇息。"庙官见有了钱，就改了口道："我便叫他让你罢。"劝他两个另换个所在。周秀才好生不伏气，没奈他何，只得依了。明日烧罢香，各自散去。长寿到得家里，贾员外已死了，他就做了小员外，掌把了偌大家私，不在话下。

且说周秀才自东岳下来，到了曹南村，正要去查问贾家消息。一向不回家，把巷陌多生疏了。在街上

世上谁人不见钱改口？

一路慢访问,忽然浑家害起急心疼来,望去一个药铺,牌上写着"施药",急走去求得些来,吃下好了。夫妻两口走到铺中,谢那先生。先生道:"不劳谢得,只要与我扬名。"指着招牌上字道:"须记我是陈德甫。"周秀才点点头,念了两声"陈德甫"。对浑家道:"这陈德甫名儿好熟,我那里曾会过来,你记得么?"浑家道:"俺卖孩儿时,做保人的,不是陈德甫?"周秀才道:"是,是。我正好问他。"又走去叫道:"陈德甫先生,可认得学生么?"德甫相了一相道:"有些面熟。"周秀才道:"先生也这般老了!则我便是卖儿子的周秀才。"陈德甫道:"还记我赍发你两贯钱?"周秀才道:"此恩无日敢忘,只不知而今我那儿子好么?"陈德甫道:"好教你欢喜,你孩儿贾长寿,如今长立成人了。"周秀才道:"老员外呢?"陈德甫道:"近日死了。"周秀才道:"好一个悭刻的人!"陈德甫道:"如今你孩儿做了小员外,不比当初老的了,且是仗义疏财。我这施药的本钱,也是他的。"周秀才道:"陈先生,怎生着我见他一面?"陈德甫道:"先生,你同嫂子在铺中坐一坐,我去寻将他来。"

　　陈德甫走来寻着贾长寿,把前话一五一十的对他说了。那贾长寿虽是多年没人题破,见说了,转想幼年间事,还自隐隐记得,急忙跑到铺中来要认爹娘。陈德甫领他拜见,长寿看了模样,吃了一惊道:"泰安州打的就是他,怎么了?"周秀才道:"这

不打不成相识。

不是泰安州夺我两口儿宿处的么？"浑家道："正是。叫得甚么'钱舍'？"秀才道："我那时受他的气不过，那知即是我儿子。"长寿道："孩儿其实不认得爹娘，一时冲撞，望爹娘恕罪。"两口儿见了儿子，心里老大喜欢。终久乍会之间，有些生煞煞。长寿过意不去，道是莫非还记着泰安州的气来？忙叫兴儿到家取了一匣金银来，对陈德甫道："小侄在庙中不认得父母，冲撞了些个。今先将此一匣金银，赔个不是。"陈德甫对周秀才说了。周秀才道："自家儿子，如何好受他金银赔礼？"长寿跪下道："若爹娘不受，儿心里不安，望爹娘将就包容。"

亦其当也。

金银如何父母前赔得不是？正因有钱人所见惟此重耳。

周秀才见他如此说，只得收了。开来一看，吃了一惊，元来这银子上凿着"周奉记"。周秀才道："可不原是我家的？"陈德甫道："怎生是你家的？"周秀才道："我祖公叫做周奉，是他凿字记下的。先生你看那字便明白。"陈德甫接过手，看了道："是倒是了，既是你家的，如何却在贾家？"周秀才道："学生二十年前，带了家小上朝取应去，把家里祖上之物，藏埋在地下。已后归来，尽数都不见了，以致赤贫，卖了儿子。"陈德甫道："贾老员外原系穷鬼，与人脱土坯的。以后忽然暴富起来，想是你家原物，被他挖着了，所以如此。他不生儿女，就过继着你家儿子，承领了这家私。物归旧主，岂非天意！怪道他平日一文不使，两文不用，不舍得浪

同里中人知贾之出身而不知周，何也？

费一些，元来不是他的东西，只当在此替你家看守罢了。"周秀才夫妻感叹不已，长寿也自惊异。周秀才就在匣中取出两锭银子，送与陈德甫，答他昔年两贯之费。陈德甫推辞了两番，只得受了。周秀才又念着店小二三杯酒，就在对门叫他过来，也赏了他一锭。那店小二因是小事，也忘记多时了。谁知出于不意，得此重赏，欢天喜地去了。

> 明眼。

> 何得不报？

长寿就接了父母到家去住。周秀才把适才匣中所剩的，交还儿子，叫他明日把来散与那贫难无倚的，须念着贫时二十年中苦楚。又叫儿子照依祖公公时节，盖所佛堂，夫妻两个在内双修。贾长寿仍旧复了周姓。贾仁空做了二十年财主，只落得一文不使，仍旧与他没帐。可见物有定主如此，世间人枉使坏了心机。有口号四句为证：

> 若能使，即是有帐矣。

想为人禀命生于世，但做事不可瞒天地。
贫与富一定不可移，笑愚民枉使欺心计。

卷三十六 东廊僧怠招魔
黑衣盗奸生杀

東廂僧念
松魔

诗云：

参成世界总游魂，错认讹闻各有因。
最是天公施巧处，眼花历乱使人浑。

话说天下的事，惟有天意最深，天机最巧。人居世间，总被他颠颠倒倒。就是那空幻不实境界，偶然人一个眼花错认了，明白是无端的，后边照应将来，自有一段缘故在内，真是人所不测。

唐朝牛僧孺任伊阙县尉时，有东洛客张生应进士举，携文往谒。至中路遇暴雨雷雹，日已昏黑，去店尚远，傍着一株大树下且歇。少顷雨定，月色微明，就解鞍放马，与僮仆宿于路侧。困倦已甚，一齐昏睡。良久，张生朦胧觉来，见一物长数丈，形如夜叉，正在那里吃那匹马。张生惊得魂不附体，不敢则声，伏在草中。只见把马吃完了，又取那头驴去啯啅啯啅的吃了。将次吃完，就把手去扯他从奴一人过来，提着两足扯裂开来。张生见吃动了人，怎不心慌？只得硬挣起来，狼狼逃命。那件怪物随后赶来，叫呼骂詈。张生只是乱跑，不敢回头。约勾跑了一里来路，渐渐不听得后面声响。往前走去，遇见一个大冢，冢边立着一个女人。张生慌忙之中，也不管是什么人，连呼："救命！"女人问道："为着何事？"张生把适才的事说了。女人道："此间是个古冢，内中空无一物，后有一孔,郎君可避在里头,不然,性命难存。"说罢,女子也不知那里去了。张生就寻冢孔,投身而入。冢内甚深,静听外边,已不见甚么声响。自道避在此,料无事了。

> 女子何人?岂即冢中魂耶?

须臾望去冢外,月色转明,忽闻冢上有人说话响。张生又惧怕起来,伏在冢内不动。只见冢外推将一物进孔中来,张生只闻得血腥气。黑中看去,月光照着明白,乃是一个死人,头已断了。正在惊骇,又见推一个进来,连推了三四个才住,多是一般的死人。已后没得推进来了,就闻得冢上人嘈杂道:"金银若干,钱物若干,衣服若干。"张生方才晓得是一班强盗了,不敢吐气,伏着听他。只见那为头的道:"某件与某人,某件与某人。"连唱十来人的姓名。又有嫌多嫌少,道分得不均匀相争论的,半日方散去。张生晓得外边无人了,对了许多死尸,好不惧怕!欲要出来,又被死尸塞住孔口,转动不得。没奈何只得蹲在里面,等天明了再处。静想方才所听唱的姓名,忘失了些,还记得五六个,把来念的熟了,看看天亮起来。

> 天意也。

却说那失盗的乡村里,一伙人各执器械来寻盗迹。到了冢旁,见满冢是血,就围住了,掘将开来。所杀之人,都在冢内。落后见了张生是个活人,喊道:"还有个强盗,落在里头。"就把绳捆将起来。张生道:"我是个举子,不是贼。"众人道:"既不是贼，缘何在此冢内？"张生把昨夜的事，一一说了。众人那里肯信，道："必是强盗杀人送尸到此，偶堕其内的。不要听他胡讲！"众人你住我不住的乱来踢打，张生只叫得苦。内中有老成的道："私下不要乱打，且送到县里去。"

一伙人望着县里来，正行之间，只见张生的从人驴马鞍驮尽到。张生见了，吃惊道："我昨夜见的是什么来？如何马、驴、从奴俱在？"那从人见张生被缚住在人丛中，也惊道："昨夜在路旁困倦，睡着了。及到天明不见了郎君，故此寻来。如何被这些人如此窘辱？"张生把昨夜话对从人说了一遍。从人道："我们一觉好睡，从不曾见个甚的，怎么有如此怪异？"乡村这伙人道："可见是一划胡话，明是劫盗。敢这些人都是一党。"并不肯放松一些，送到县里。县里牛公却是旧相识，见张生被乡人绑缚而来，大惊道："缘何如此？"张生把前话说了。牛公叫快放了绑，请起来细问昨夜所见。张生道："劫盗姓名，小生还记得几个。在冢上分散的衣物数目，小生也多听得明白。"牛公取笔，请张生一一写出，按名捕捉，人赃俱获，没一个逃得脱的。乃知张生夜来所见夜叉吃啖赶逐之景，乃是冤魂不散，鬼神幻出此一段怪异，逼那张生伏在冢中，方得默记劫盗姓名，使他逃不得。此天意假手张生以擒盗，不是正合着小子所言"眼花错认"，也自有缘故的话。

若非旧识，必受拷讯。

固是天意。张生何辜，受此非常惊恐？

而今更有个眼花错认了，弄出好些冤业因果来，理不清身子的，更为可骇可笑。正是：

道高一尺，魔高一丈。
冤业随身，终须还帐。

这话也是唐时的事。山东沂州之西，有个宫山，孤拔耸峭，迥出众峰，周围三十里，并无人居。贞元初年，有两个僧人，到此山中，喜欢这个境界幽僻，正好清修，不惜勤苦，满山拾取枯树丫枝，在大树之间，搭起一间柴棚来。两个敷坐在内，精勤礼念，昼夜不辍。四远村落闻知，各各喜舍资财布施，来替他两个构造屋室，不上旬月之间，立成一个院宇。两僧尤加惫励，远近皆来钦仰，一应斋供，多自日逐有人来给与。两僧各住一廊，在佛前共设咒愿：誓不下山，只在院中持斋，必祈修成无上菩提正果。正是：

白日禅关闲闭，落霞流水长天。
溪上丹枫自落，山僧自是高眠。

又：

檐外晴丝扬网，溪边春水浮花。

便是一重公案。

卷三十六　东廊僧怠招魔　黑衣盗奸生杀

尘世无心名利，山中有分烟霞。

如此苦行，已经二十余年。元和年间，冬夜月明，两僧各在廊中，朗声呗唱。于时空山虚静，闻山下隐隐有恸哭之声，来得渐近，须臾已到院门。东廊僧在静中听罢，忽然动了一念道："如此深山寂寞，多年不出，不知山下光景如何？听此哀声，令人凄惨感伤。"只见哭声方止，一个人在院门边墙上扑的跳下地来，望着西廊便走。东廊僧遥见他身躯绝大，形状怪异，吃惊不小，不敢声张，怀着鬼胎，且嘿观动静。 _{惹事了。}

自此人入西廊之后，那西廊僧呗唱之声，截然住了。但听得劈劈扑扑，如两下力争之状。过一回，又听得猖犺咀嚼，啖噬啜叱，其声甚厉。东廊僧慌了，道："院中无人，吃完了他，少不得到我。不如预先走了罢。"忙忙开了院门，惶骇奔突。久不出山，连路径都不认得了。颠颠仆仆，气力殆尽。回头看一看后面，只见其人跄跄踉踉，大踏步赶将来，一发慌极了，乱跑乱跳。忽逢一小溪水，褰衣渡毕。追者已到溪边，却不过溪来，只在隔水嚷道："若不阻水，当并啖之。"东廊僧且惧且行，也不知走到那里去的是，只信着脚步走罢了。

须臾大雪，咫尺昏黑，正在没奈何所在，忽有个人家牛坊，就躲将进去，隐在里面。此时已有半夜了，雪势稍晴。忽见一个黑衣的人，自外执刀枪徐至栏下。东廊僧吞声屏气，潜伏暗处，向明窥看。见那黑衣人踌躇四顾，恰像等些什么的一般。有好一会，忽然院墙里面抛出些东西来，多是包裹衣被之类。黑衣人看见，忙取来扎缚好了，装做了一担。墙里边一个女子，攀了墙跳将出来，映着雪月之光，东廊僧且是看得明白。黑衣人见女子下了墙，就把枪挑了包裹，不等与他说话，望前先走。女子随后，跟他去了。东廊僧想道："不尴尬，此间不是住处。适才这男子女人，必是相约私逃的。明日院中不见了人，照雪地行迹，寻将出来，见了个和尚，岂不把奸情事缠在身上来？不如趁早走了去为是。"

总是一些不认得路径，慌忙又走，恍恍惚惚，没个定向。又乱乱的不成脚步，走上十数里路，踹了一个空，扑通的撷了下去，乃是一个废井，亏得干枯没水，却也深广。月光透下来，看时，只见旁有个死人，身首已离，血体还暖，是个适才杀了的。东廊僧一发惊惶，却又无法上得来，莫知所措。到得天色亮了，打眼一看，认得是昨夜攀墙的女子。心里疑道："这怎么解？"正在没出豁处，只见井上有好些人喊嚷，临井一看，道："强盗在此了。"就将索缒人下来。东廊僧此时吓坏了心胆，冻僵了身体，挣扎不得，被那人就在井中绑缚了。先是光头上一顿栗暴，打得火星爆散。东廊僧没口得叫冤，真是在死边过。那人扎缚好了，先后同死尸吊将上来。只见一个老者，见了死尸，大哭一番。哭罢，道："你这那里来的秃驴？为何拐我女儿出来，杀死在此井中？"东廊僧道："小僧是宫山东廊僧人，二十年不下山，因为夜间有怪物到院中，唊了同侣，逃命至此。昨夜在牛坊中避雪，看见有个黑衣人进来，墙上一个女子跳出来，跟了他去。小僧因怕惹着是非，只得走脱。不想堕落井中，先已有杀死的人在内。小僧知他是甚缘故？小僧从不下山的，与人家女眷有何识熟可以拐带？又有何冤仇将他杀死？众位详察则个。"说罢，内中有好几个曾到山中，认得他的，晓得是有戒行的高僧。却是现今同个死女子在井中，解不出这事来，不好替他分辨得。免不得一同送到县里来。县令看见一干人绑了个和尚，又抬了一个死尸，备问根由。只见一个老者告诉道："小人姓马，是这本处人。这死的就是小人的女儿，年一十八岁，不曾许聘人家，这两日方才有两家来说起。只见今日早起来，家里不见了女儿。跟寻起来，看见院后雪地上鞋迹，晓得越墙而走了。依踪寻到井边，便不见女儿鞋迹，只有一团血洒在地上。向井中一看，只见女已杀死，这和尚却在里头。岂不是他杀的？"县令问："那僧人怎么说？"东廊僧道："小僧是个宫山中苦行僧人，二十余年不下本山。昨夜忽有怪物入院，将同住僧人唊噬。不得已

惟其在里头，决不是他杀的。

破戒下山逃命。岂知宿业所缠，撞在这网里来？"就把昨夜牛坊所见，已后虑祸再逃，坠井遇尸的话，细说了一遍。又道："相公但差人到宫山一查，看西廊僧人踪迹有无，是被何物唝噬模样，便见小僧不是诳语。"县令依言，随即差个公人到山查勘的确，立等回话。

> 一发误了。

公人到得山间，走进院来，只见西廊僧好端端在那里坐着看经。见有人来，才起问讯。公人把东廊僧所犯之事，一一说过，道："因他诉说，有甚怪物入院来吃人，故此逃下山来的。相公着我来看个虚实。今师父既在，可说昨夜怪物怎么样起？"西廊僧道："并无甚怪物，但二更时候，两廊方对持念。东廊道友，忽然开了院走了出去。我两人誓约已久，二十多年不出院门，见他独去，也自惊异，大声追呼，竟自不闻。小僧自守着不出院之戒，不敢追赶罢了。至于山下之事，非我所知。"

公人将此话回覆了县令。县令道："可见是这秃奴诳妄！"带过东廊僧，又加研审。东廊僧只是坚称前说。县令道："眼见得西廊僧人见在，有何怪物来院中？你恰恰这日下山，这里恰恰有脱逃被杀之女同在井中，天下有这样凑巧的事？分明是杀人之盗，还要抵赖？"用起刑来，喝道："快快招罢！"东廊僧道："宿债所欠，有死而已，无情可招。"恼了县令性子，百般拷掠，_{冤哉！}楚毒备施。东廊僧道：

> 惟凑巧者多，天下所以多冤狱也。

> 是僧家话。

"不必加刑，认是我杀罢了。"此时连原告见和尚如此受惨，招不出甚么来，也自想道："我家并不曾与这和尚往来，如何拐得我女着？就是拐了，怎不与他逃去，却要杀他？便做是杀了，他自家也走得去的，如何同住这井中做甚么？其间恐有冤枉。"倒走到县令面前，把这些话一一说了。县令道："是倒也说得是，却是这个奸僧，黑夜落井，必非良人。^{亦是。}况又口出妄语欺诳，眼见得中有隐情了。只是行凶刀杖无存，身边又无赃物，难以成狱。我且把他牢固监候，你们自去外边缉访。你家女儿平日必有踪迹可疑之处，与私下往来之人，^{这却是。}家中必有所失物件，你们逐一留心细查，自有明白。"众人听了分付，当下散了出来。东廊僧自到狱中受苦不题。

　　却说这马家是个沂州富翁，人皆呼为马员外。家有一女，长成得美丽非凡，从小与一个中表之兄杜生，彼此相慕，暗约为夫妇。杜生家中却是清淡，也曾央人来做几次媒妁，马员外嫌他家贫，几次回了。却不知女儿心里，只思量嫁他去的。其间走脚通风，传书递简，全亏着一个奶娘，是从幼乳这女子的。这奶子是个不良的婆娘，专一哄诱他小娘子动了春心，做些不恰当的手脚，便好乘机拐骗他的东西。所以晓得他心事如此，倒身在里头做马泊六，弄得他两下情热如火，只是不能成就这事。

　　那女子看看大了，有两家来说亲。马员外已有

（有此成心，又有此妄事，安得不枉之？）

（妇人们只为此一念，误人家儿女不少。）

拣中的,将次成约。女子有些着了急,与奶娘商量道:"我一心只爱杜家哥哥,而今却待把我许别家,怎生计较?"奶子就起个怠懒肚肠,哄他道:"前日杜家求了几次,员外只是不肯,要明配他,必不能勾。除非嫁了别家,与他暗里偷期罢。"〖奸话!〗女子道:"我既嫁了人,怎好又做得这事?我一心要随着杜郎,只不嫁人罢。"〖自在话。〗奶子道:"怎由得你不嫁?我有一个计较:趁着未许定人家时节,生做他一做。"女子道:"如何生做?"奶子道:"我去约定了他,你私下与他走了,多带了些盘缠,在他州外府过他几时,落得快活。且等家里寻得着时,你两个已自成合得久了,好人家儿女,不好拆开了另嫁得,别人家也不来要了。除非此计,可以行得。"女子道:"此计果妙,只要约得的确。"奶子道:"这个在我身上。"元来马员外家巨富,女儿房中东西,金银珠宝、头面首饰、衣服,满箱满笼的,都在这奶子眼里。奶子动火他这些东西,怎肯教富了别人?他有一个儿子,叫做牛黑子,是个不本分的人,专一在赌博行、厮扑行中走动,结识那一班无赖子弟,也有时去做些偷鸡吊狗的勾当。奶子欺心,当女子面前许他去约杜郎,他私下去与儿子商量,只叫他冒顶了名,骗领了别处去,卖了他,〖可恨!〗落得得他小富贵。〖杀身之媒。〗算计停当,来哄女子道:"已约定了,只在今夜月明之下,先把东西搬出院墙外牛坊中了,然后攀墙而出就是。"女子要奶子同去,奶子道:"这使不得。_{真孩子性,可怜,可怜!}你自去,须一时没查处;连我去了,他明知我在里头做事,寻到我家,却不做出来?"那女子不曾面订得杜郎,只听他一面哄词,也是数该如此,凭他说着就是信以为真,道是从此一走,便可与杜郎相会,遂了向来心愿了。_{可怜}。正是:

本待将心托明月,谁知明月照沟渠?

是夜女子与奶子把包裹扎好,先抛出墙外,落后女子攀墙而出。正是东廊僧在暗地里窥看之时,那时见有个黑衣人担着前走,女子只道是杜郎换了青衣,瞒人眼睛的,尾着随去,不以为意。到得野外井边,月下看得明白,是雄纠纠一个黑脸大汉,不是杜郎了。女孩儿家不知个好歹,不由的你不惊喊起来。黑子叫他不要喊,那里掩得住?黑子想道:"他有偌多的东西在我担里,我若同了这带脚的货去,前途被他喊破,可不人财两失?不如结果了他罢!"拔出刀来望脖子上只一刀,这娇怯怯的女子,_{小人惟以财为重,可恨!}能消得几时功夫?可怜一朵鲜花,一旦萎于荒草。也是他念头不正,以致有此。正是:

赌近盗兮奸近杀,古人说话不曾差。
奸赌两般都不染,太平无事做人家。

女子既死，黑子就把来撺入废井之中，带了所得东西，飞也似的去了。怎知这里又有这个悔气星照命的和尚来顶了缸，坐牢受苦。说话的，若如此，真是有天无日头的事了。看官，"天网恢恢，疏而不漏"，少不得到其间逐渐的报应出来。

却说马员外先前不见了女儿，一时纠人追寻，不匡撞着这和尚，鬼混了多时，送他在狱里了，家中竟不曾仔细查得。及到家中细想，只疑心道："未必关得和尚事。"到得房中一看，只见箱笼一空，道："是必有个人约着走的，只是平日不曾见什么破绽。若有奸夫同逃，如何又被杀死？"却不可解。没个想处，只得把所失之物，写个失单各处贴了招榜，出了赏钱，要明白这件事。

那奶子听得小娘子被杀了，只有他心下晓得，捏着一把汗，心里恨着儿子道："只教你领了他去，如何做出这等没脊骨事来？"私下见了，暗地埋怨一番，着实叮嘱他："要谨慎，关系人命事，弄得大了。"又过了几时，牛黑子渐把心放宽了，带了钱到赌坊里去赌。怎当得博去就是个叉色，一霎时把钱多输完了。欲待再去拿钱时，兴高了，却等不得，站在旁边看，又忍不住。伸手去腰里摸出一对金镶宝簪头来押钱再赌，指望就博将转来，自不妨事。谁知一去，不能复返，只得忍着输散了。那押的当头须不曾讨得去，在个捉头儿的黄胖哥手里。黄胖

天也。

哥带了家去，被他妻子看见了，道："你那里来这样好东西？不要来历不明，做出事来。"胖哥道："我须有个来处，有甚么不明？是牛黑子当钱的。"黄嫂子道："可又来，小牛又不曾有妻小，是个光棍哩，那里挣得有此等东西？"胖哥猛想起来道："是呀，马家小娘子被人杀死，有张失单，多半是头上首饰。他是奶娘之子，这些失物，或者他有些乘机偷盗在里头。"黄嫂子道："明日竟到他家解钱，必有说话。若认着了，我们先得赏钱去，可不好？"商量定了。

到了次日，胖哥竟带了簪子望马员外解库中来。恰好员外走将出来，胖哥道："有一件东西，拿来与员外认着。认得着，小人要赏钱。认不着，小人解些钱去罢。"黄胖哥拿那簪头，递与员外。员外一看，却认得是女儿之物，就诘问道："此自何来？"黄胖哥把牛黑子赌钱押簪的事，说了一遍。马员外点点头道："不消说了，是他母子两个商通合计的了。"款住黄胖哥，要他写了张首单，说："金宝簪一对，的系牛黑子押钱之物，所首是实。"对他说："外边且不可声张！"先把赏钱一半与他，事完之后找足。黄胖哥报得着，欢喜去了。员外袖了两个簪头，进来对奶子道："你且说，前日小娘子怎样逃出去的？"奶子道："员外好笑，员外也在这里，我也在这里，大家都不知道的，我如何晓得，倒来问我？"员外拿出簪子来道："既不晓得，这件东西为何在你家里拿出来？"奶子看了簪，虚心病发，晓得是儿子做出来，惊得面如土色，心头丕丕价跳，口里支吾道："敢是遗失在路旁，那个拾得的？"员外见他脸色红黄不定，晓得有些海底眼，且不说破，竟叫人寻将牛黑子来，把来拴住，一径投县里来。牛黑子还乱嚷乱跳道："我有何罪，把绳拴我？"马员外道："有人首你杀人公事，你且不要乱叫，有本事当官辨去。"

当下县令升堂，马员外就把黄胖哥这纸首状，同那簪子送将上去，与县令看，道："赃物证见俱有了，望相公追究真情则个。"县令看了，道："那牛黑子是什么人，干涉得你家着？"马员外道："是小女奶子的儿子。"县令点头道："这个不为无因了。"叫牛黑子过来，问他道："这簪是那里来的？"牛黑子一时无辞，只得推道："是母亲与他的。"县令叫连那奶子拘将来。县令道："这奸杀的事情，只在你这奶子身上，要跟寻出来。"喝令把奶子上了刑具。奶子熬不过，只得含糊招道："小娘子平日与杜郎往来相密。是夜约了杜郎私奔，跳出墙外，是老妇晓得的。出了墙去的事，老妇一些也不知道。"县令问马员外道："你晓得可有个杜某么？"员外道："有个中表杜某，曾来问亲几次。只为他家寒，不曾许他。不知他背地里有此等事？"县令又将杜郎拘来。杜郎但是平日私期密订，情意甚浓，忽然私逃被杀，暗称可惜，着实一些不知影响。县令问他道："你如何与马氏女约逃，中途杀了？"杜郎道："平日中表兄妹，柬帖往来契密则有之，何曾有私逃之约？是谁人来约？谁人证明的？"县令唤奶子来与他对，也只说得是平日往来；至于相约私逃，原无影响，却是对他不过。杜郎一向又见说失了好些东西，便辨道："而今相公只看赃物何在，便知与小生

<small>刁妇害人如此。</small>

无与了。"县令细想一回道："我看杜某软弱，必非行杀之人；牛某粗狠，亦非偷香之辈。其中必有顶冒假托之事。"就把牛黑子与老奶子着实行刑起来。老奶子只得把贪他财物，暗叫儿子冒名赴约，这是真情，以后的事，却不知了。牛黑子还自喳喳嘴强，推着杜郎道："既约的是他，不干我事。"县令猛想起道："前日那和尚口里明说：'晚间见个黑衣人，挈了女子同去的。'叫他出来一认，便明白了。"喝令狱中放出那东廊僧来。

东廊僧到案前，县令问道："你那夜说在牛坊中见个黑衣人进来，盗了东西，带了女子去。而今这个人若在，你认得他否？"东廊僧道："那夜虽然是夜里，雪月之光，不减白日。小僧静修已久，眼光颇清。若见其人，自然认得。"县令叫杜郎上来，问僧道："可是这个？"东廊僧道："不是。彼甚雄健，岂是这文弱书生？"又叫牛黑子上来，指着问道："这个可是？"东廊僧道："这个是了。"县令冷笑，对牛黑子道："这样，你母亲之言已真，杀人的不是你，是谁？况且赃物见在，有何理说？只可惜这和尚，没事替你吃打吃监多时。"东廊僧道："小僧宿命所招，自无可怨，所幸佛天甚近，得相公神明昭雪。"县令又把牛黑子夹起，问他道："同逃也罢，何必杀他？"黑子只得招道："他初时认做杜郎，到井边时，看见不是，乱喊起来，所以一时杀了。"县

令亦精明，而不能辨僧事者，夙冤为之也。

令道："晚间何得有刀？"黑子道："平时在厮扑行里走，身边常带有利器。况是夜间做事，防人暗算，故带在那里的。"县令道："我故知非杜子所为也。"遂将招情一一供明。把奶子毙于杖下。牛黑子强奸杀人，追赃完日，明正典刑。杜郎与东廊僧俱各释放。一行人各自散了，不题。

> 死有余辜。

那东廊僧没头没脑，吃了这场敲打，又监里坐了几时，才得出来。回到山上见了西廊僧，说起许多事体。西廊僧道："一同如此静修，那夜本无一物，如何偏你所见如此，以致惹出许多磨难来？"东廊僧道："便是不解。"回到房中，自思无故受此惊恐，受此苦楚，必是自家有甚修不到处。向佛前忏悔已过，必祈见个境头。蒲团上静坐了三昼夜，坐到那心空性寂之处，恍然大悟。元来马家女子是他前生的妾，为因一时无端疑忌，将他拷打锁禁，有这段冤怨。今世做了僧人，戒行清苦，本可消释了。只因那晚听得哭泣之声，心中凄惨，动了念头，所以魔障就到，现出许多恶境界，逼他走到冤家窝里去，偿了这些拷打锁禁之债，方才得放。他在静中悟彻了这段因果，从此坚持道心，与西廊僧到底再不出山，后来合掌坐化而终。有诗为证：

> 修道者念之！

有生总在业冤中，悟到无生始是空。
若是尘心全不起，任他宿债也消融。

卷三十七

屈突仲任酷杀众生
郓州司马冥全内侄

屈突仲任誓豉
張生

卷三十七　屈突仲任酷杀众生　郓州司马冥全内侄

诗云：

> 众生皆是命，畏死有同心。
> 何以贪饕者，冤仇结必深？

话说世间一切生命之物，总是天地所生，一样有声有气有知有觉，但与人各自为类。其贪生畏死之心，总只一般；衔恩记仇之报，总只一理。只是人比他灵慧机巧些，便能以术相制，弄得驾牛络马，牵苍走黄，还道不足，为着一副口舌，不知伤残多少性命。这些众生，只为力不能抗拒，所以任凭刀俎。然到临死之时，也会乱飞乱叫，各处逃藏，岂是蠢蠢不知死活任你食用的？乃世间贪嘴好杀之人与迂儒小生之论，道："天生万物以养人，食之不为过。"这句说话，不知还是天帝亲口对他说的，还是自家说出来的？若但道是人能食物，便是天意养人，那虎豹能食人，难道也是天生人以养虎豹的不成？蚊虻能嘬人，难道也是天生人以养蚊虻不成？若是虎豹蚊虻也一般会说、会话、会写、会做，想来也要是这样讲了，不知人肯服不肯服？<u>绝顶议论。</u>从来古德长者劝人戒杀放生，其话尽多，小子不能尽述，只趁口说这几句直捷痛快的与看官们笑一笑，看说的可有理没有理。至于佛家果报说六道众生，尽是眷属冤冤相报，杀杀相寻，就说他几年也说不了。小

<u>贪嘴好杀者不足怪，迂儒小生尤可恨耳。所谓弥近理而大乱真者也。</u>

子而今说一个怕死的众生,与人性无异的,随你铁石做心肠,也要慈悲起来。

宋时太平府有个黄池镇,十里间有聚落,多是些无赖之徒、不逞宗室屠牛杀狗所在。淳熙十年间,王叔端与表兄盛子东同往宁国府,过其处,少憩闲览,见野园内系水牛五头。盛子东指其中第二牛,对王叔端道:"此牛明日当死。"叔端道:"怎见得?"子东道:"四牛皆食草,独此牛不食草,只是眼中泪下,必有其故。"因到茶肆中吃茶,就问茶主人:"此第二牛是谁家的?"茶主人道:"此牛乃是赵三使所买,<small>即宗室也。</small>明早要屠宰了。"子东对叔端道:"如何?"明日再往,止剩得四头在了。仔细看时,那第四牛也像昨日的一样不吃草,眼中泪出。看见他两个踱来,把双蹄跪地,如拜诉的一般。复问,茶肆中人说道:"有一个客人,今早至此,一时买了三头,只剩下这头,早晚也要杀了。"子东叹息道:"畜类有知如此!"劝叔端访他主人,与他重价买了,置在近庄,做了长生的牛。<small>遇知者而长鸣也。</small>

只看这一件事起来,可见畜生一样灵性,自知死期,一样悲哀,祈求施主。如何而今人歪着肚肠,只要广伤性命,暂侈口腹,是甚缘故?敢道是阴间无对证么?不知阴间最重杀生,对证明明白白。只为人死去,既遭了冤对,自去一一偿报,回生的少,所以人多不及知道,对人说也不信了。小子如今说个回生转来，明白可信的话。正是：

> 一命还将一命填，世人难解许多冤。
> 闻声不食吾儒法，君子期将不忍全。

唐朝开元年间，温县有个人，复姓屈突，名仲任。父亲曾典郡事，止生得仲任一子，怜念其少，恣其所为。仲任性不好书，终日只是樗蒲、射猎为事。父死时，家僮数十人，家资数百万，庄第甚多。仲任纵情好色，荒饮博戏，如汤泼雪，不数年间，把家产变卖已尽。家童仆妾之类也多养口不活，各自散去。止剩得温县这一个庄，又渐渐把四围附近田畴多卖去了。过了几时，连庄上零星屋宇及楼房内室也拆来卖了，止是中间一正堂岿然独存，连庄子也不成模样了。家贫无计可以为生。

仲任多力，有个家僮叫做莫贺咄，是个蕃夷出身，也力敌百人。主仆两个好生说得着，大家各恃膂力，便商量要做些不本分的事体来。却也不爱去打家劫舍，也不爱去杀人放火。他爱吃的是牛马肉，又无钱可买，思量要与莫贺咄外边偷盗去。每夜黄昏后，便两人合伴，直走去五十里外，遇着牛，即执其两角，翻负在背上，背了家来；遇马骡，将绳束其颈，也负在背。到得家中，投在地上，都是死的。又于堂中崛地，埋几个大瓮在内，安贮牛马之

腐儒见戒杀者便目为异端，不知孔之网不射宿，孟之不忍见不忍食，亦异端否？

败落光景如此。

赋质既奇，出想皆异。

肉，皮骨剥剔下来，纳在堂后大坑，或时把火焚了。初时只图自己口腹畅快，后来偷得多起来，便叫莫贺咄拿出城市换米来吃，卖钱来用，做得手滑，日以为常，当做了是他两人的生计了。亦且来路甚远，脱膊又快，自然无人疑心，再也不弄出来。

仲任性又好杀，日里没事得做，所居堂中，弓箭、罗网、叉弹满屋，多是千方百计思量杀生害命。出去走了一番，再没有空手回来的，不论獐鹿兽兔、乌鸢鸟雀之类，但经目中一见，毕竟要算计弄来吃他。但是一番回来，肩提背负，手提足系，无非是些飞禽走兽，就堆了一堂屋角。两人又去舞弄摆布，思量巧样吃法。就是带活的，不肯便杀一刀、打一下死了罢，毕竟多设调和妙法：或生割其肝，或生抽其筋，或生断其舌，或生取其血。道是一死，便不脆嫩。假如取得生鳖，便将绳缚其四足，绷住在烈日中晒着，鳖口中渴甚，即将盐酒放在他头边，鳖只得吃了，然后将他烹起来。鳖是里边醉出来的，分外好吃。取驴缚于堂中，面前放下一缸灰水，驴四围多用火逼着，驴口干即饮灰水，须臾，屎溺齐来，把他肠胃中污秽多荡尽了。然后取酒调了椒盐各味，再复与他。他火逼不过，见了只是吃，性命未绝，外边皮肉已熟，里头调和也有了。一日拿得一刺猬，他浑身是硬刺，不便烹宰。仲任与莫贺咄商量道："难道便是这样罢了不成？"想起一法来，

一口有几？作业乃尔！

把泥着些盐在内，跌成熟团，把刺猬团团泥裹起来，火里煨着。烧得熟透了，除去外边的泥，只见猬皮与刺皆随泥脱了下来，剩的是一团熟肉。加了盐酱，且是好吃。凡所作为，多是如此。有诗为证：

> 捕飞逐走不曾停，身上时常带血腥。
> 且是烹炮多有术，想来手段会调羹。

且说仲任有个姑夫，曾做郓州司马，姓张名安。起初看见仲任家事渐渐零落，也要等他晓得些苦辣，收留他去，劝化他回头做人家。及到后来，看见他所作所为，越无人气，时常规讽，只是不听。张司马怜他是妻兄独子，每每挂在心上，怎当他气类异常，不是好言可以谕解，只得罢了。后来司马已死，一发再无好言到他耳中，只是逞性胡为，如此十多年。

忽一日，家僮莫贺咄病死，仲任没了个帮手，只得去寻了个小时节乳他的老婆婆来守着堂屋，自家仍去独自个做那些营生。过得月余，一日晚，正在堂屋里吃牛肉，忽见两个青衣人，直闯将入来，将仲任套了绳子便走。仲任自恃力气，欲待打挣，不知这时力气多在那里去了，只得软软随了他走。正是：

<注>正是万般将不去时节。</注>

有指爪劈开地面，会腾云飞上青霄。

若无入地升天术，目下灾殃怎地消？

仲任口里问青衣人道："拿我到何处去？"青衣人道："有你家家奴扳下你来，须去对理。"仲任茫然不知何事。

随了青衣人，来到一个大院。厅事十余间，有判官六人，每人据二间。仲任所对在最西头二间，判官还不在，青衣人叫他且立堂下。有顷，判官已到。仲任仔细一认，叫声："阿呀！如何却在这里相会？"你道那判官是谁？正是他那姑夫郓州司马张安。那司马也吃了一惊道："你几时来了？"引他登阶，对他道："你此来不好。你年命未尽，想为对事而来。却是在世为恶无比，所杀害生命千千万万，冤家多在。今忽到此，有何计较可以相救？"仲任才晓得是阴府，心里想着平日所为，有些惧怕起来，叩头道："小侄生前，不听好言，不信有阴间地府，妄作妄行。今日来到此处，望姑夫念亲戚之情，救拔则个。"张判官道："且不要忙，待我与众判官商议看。"因对众判官道："仆有妻侄屈突仲任造罪无数，今召来与奴莫贺咄对事，却是其人年命亦未尽，要放他去了，等他寿尽才来。只是既已到了这里，怕被害这些冤魂不肯放他。怎生为仆分上，商量开得一路放他生还么？"众判官道："除非召明法者与

业重者如何有此缘？当为年命未尽故。

冥中也作分上，何故？

他计较。"

张判官叫鬼卒唤明法人来。只见有个碧衣人前来参见,张判官道:"要出一个年命未尽的罪人,有路否?"明法人请问何事,张判官把仲任的话对他说了一遍。明法人道:"仲任须为对莫贺咄事而来,固然阳寿未尽,却是冤家太广,只怕一与相见,群至沓来,不由分说,恣行食啖。此皆宜偿之命,冥府不能禁得,料无再还之理。"张判官道:"仲任既系吾亲,又命未合死,故此要开生路救他。若是寿已尽时,自作自受,我这里也管不得了。你有何计可以解得此难?"明法人想了一会道:"唯有一路可以出得,却也要这些被杀冤家肯便好。若不肯也没干。"张判官道:"却待怎么?"明法人道:"此诸物类,被仲任所杀者,必须偿其身命,然后各去托生。今召他每出来,须诱哄他每道:'屈突仲任今为对莫贺咄事,已到此间,汝辈食啖了毕,即去托生。汝辈余业未尽,还受畜生身,是这件仍做这件,牛更为牛,马更为马。使仲任转生为人,还依旧吃着汝辈,汝辈业报,无有了时。今查仲任未合即死,须令略还,叫他替汝辈追造福因,使汝辈各舍畜生业,尽得人身,再不为人杀害,岂不至妙'?诸畜类闻得人身,必然喜欢从命,然后小小偿他些夙债,乃可放去。若说与这番说话,不肯依时,就再无别路了。"张判官道:"便可依此而行。"

冥中也有术笼络,何故?

明法人将仲任锁在厅事前房中了,然后召仲任所杀生类到判官庭中来,庭中地可有百亩,仲任所杀生命闻召都来,一时填塞皆满。但见:

牛马成群,鸡鹅作队。百般怪兽,尽皆舞爪张牙;千种奇禽,类各舒毛鼓翼。谁道赋灵独蠢,记冤仇且是分明;谩言禀质偏殊,图报复更为紧急。飞的飞,走的走,早难道天子上林;叫的叫,噪的噪,须不是人间乐土。

说这些被害众生,如牛马驴骡猪羊獐鹿雉兔以至刺猬飞鸟之类,不可悉数,凡数万头,共作人言道:"召我何为?"判官道:"屈突仲任已到。"说声未了,物类皆咆哮大怒,腾振蹴踏,大喊道:"逆贼,还我债来!还我债来!"这些物类忿怒起来,个个身体比常倍大:猪羊等马牛,马牛等犀象。只待仲任出来,大家吞噬。判官乃使明法人一如前话,晓谕一番,物类闻说替他追福,可得人身,尽皆喜欢,仍旧复了本形。判官分付诸畜且出,都依命退出庭外来了。

明法人方在房里放出仲任来,对判官道:"而今须用小小偿他些债。"说罢,即有狱卒二人手执皮袋一个、秘木二根到来,明法人把仲任袋将进去,狱卒将秘木秘下去,仲任在袋苦痛难禁,身上血簌

即不倍大,仲任之肉其足食乎?

簌的出来，多在袋孔中流下，好似浇花的喷筒一般。狱卒去了秘木，只提着袋，满庭前走转洒去。须臾，血深至阶，可有三尺了。然后连袋投仲任在房中，又牢牢锁住了。复召诸畜等至，分付道："已取出仲任生血，听汝辈食啖。"诸畜等皆作恼怒之状，身复长大数倍，骂道："逆贼，你杀吾身，今吃你血。"于是竞来争食，飞的走的，乱嚷乱叫，一头吃一头骂，只听得呼呼喻喻之声，三尺来血一霎时吃尽，还像不足的意，共舐地上。直等庭中土见，方才住口。

> 安得如许血？

明法人等诸畜吃罢，分付道："汝辈已得偿了些债。莫贺咄身命已尽，一听汝辈取偿。今放屈突仲任回家为汝辈追福，令汝辈多得人身。"诸畜等皆欢喜，各复了本形而散。判官方才在袋内放出仲任来，仲任出了袋，站立起来，只觉浑身疼痛。张判官对他说道："冤报暂解，可以回生。既已见了报应，便可努力修福。"仲任道："多蒙姑夫竭力周全调护，得解此难。今若回生，自当痛改前非，不敢再增恶业。但宿罪尚重，不知何法修福可以尽消？"判官道："汝罪业太重，非等闲作福可以免得，除非刺血写一切经，此罪当尽。不然，他日更来，无可再救了。"仲任称谢领诺。张判官道："还须遍语世间之人，使他每闻着报应，能生悔悟的，也多是你的功德。"说罢，就叫两个青衣人送归来路。又分付道："路中若有所见，切不可擅动念头，不依我戒，须要

> 血尚有遗耶？

吃亏。"叮嘱青衣人道:"可好伴他到家,他余业尽多,怕路中还有失处。"青衣人道:"本官分付,敢不小心?"

仲任遂同了青衣前走。行了数里,到了一个热闹去处,光景似阳间酒店一般。但见:

村前茅舍,庄后竹篱。村醪香透磁缸,浊酒满盛瓦瓮。架上麻衣,昨日村郎留下当;酒帘大字,乡中学究醉时书。刘伶知味且停舟,李白闻香须驻马。尽道黄泉无客店,谁知冥路有沽家?

> 鬼学究犹书酒帘耶?

仲任正走得饥又饥,渴又渴,眼望去是个酒店,他已自口角流涎了。走到面前看时,只见店里头吹的吹,唱的唱,猜拳豁指,呼红喝六,在里头畅快饮酒,满前嗄饭,多是些肥肉鲜鱼、壮鸡大鸭。仲任不觉旧性复发,思量要进去坐一坐,吃他一餐,早把他姑夫所戒已忘记了,反来拉两个青衣进去同坐。青衣道:"进去不得的,错走去了,必有后悔。"仲任那里肯信?青衣阻当不住,道:"既要进去,我们只在此间等你。"

仲任大踏步跨将进来,拣个座头坐下了。店小二忙摆着案酒,仲任一看,吃了一惊。元来一碗是死人的眼睛,一碗是粪坑里大蛆,晓得不是好去处,抽身待走。小二斟了一碗酒来道:"吃了酒去。"仲任不识气,伸手来接,拿到鼻边一闻,臭秽难当。元来是一碗腐尸肉,正待撇下不吃,忽然灶下抢出一个牛头鬼来,手执钢叉喊道:"还不快吃!"店小二把来一灌,仲任只得忍着臭秽强吞了下去,望外便走。牛头又领了好些奇形异状的鬼赶来,口里嚷道:"不要放走了他!"仲任急得无措,只见两个青衣元站在旧处,忙来遮蔽着,喝道:"是判院放回的,不得无礼。"搀着仲任便走。后边人听见青衣人说了,然后散去。青衣人埋怨道:"叫你不要进去,你不肯听,致有此惊恐。起初判院如何分付来?只道是我们不了事。"仲任道:"我只道是好酒店,如何里边这样光景?"青衣人道:"这也原是你业障现此眼花。"仲任道:"如何是我业障?"青衣人道:"你吃这一瓯,还抵不得醉鳖醉驴的债哩。"仲任愈加悔悟,随着青衣再走。看看茫茫荡荡,不辨东西南北,身子如在云雾里一般。须臾,重见天日,已似是阳间世上,俨然是温县地方。同着青衣走入自己庄上草堂中,只见自己身子直挺挺的躺在那里,乳婆坐在旁边守着。青衣用手将仲任的魂向身上一推,仲任苏醒转来,眼中不见了青衣。却见乳婆叫道:"官人苏醒着,几乎急死我也!"仲任道:"我死去几时了?"乳婆道:"官人正在此吃食,忽然暴死,已是一昼夜。只为心头尚暖,故此不敢移动,谁知果然活转来。好了,好了!"仲任道:"此一昼夜,非同小可。见了好些阴间地府光景。"那老婆子喜听的是这些说话,便问道:"官人见的是甚么光景?"仲任道:"元来我未该死,只为莫贺咄死去,撞着平日杀戮这些冤家,要我去对证,故勾我去。我也为冤家多,几乎不放转来了,亏得撞着对案的判官就是我张家姑夫,道我阳寿未绝,在里头曲意处分,才得放还。"就把这些说话光景,如此如此,这般这般,尽情告诉了乳婆。那乳婆只是合掌念"阿弥陀佛"不住口。

仲任说罢,乳婆又问道:"这等,而今莫贺咄毕竟怎么样?"仲任道:"他阳寿已尽,冤债又多。我自来了,他在地府中毕竟要一一偿命,不知怎地受苦哩。"乳婆道:"官人可曾见他否?"仲任道:"只因判官周全我,不教对案,故此不见他,只听得说。"乳婆道:"一昼夜了,怕官人已饥,还有剩下的牛肉,将来吃了罢。"仲任道:"而今要依我姑夫分付,正待刺血写经罚咒,再不吃这些东西了。"乳婆道:"这个却好。"乳婆只去做些粥汤与仲任吃了。仲任起来梳洗一番,把镜子将脸一照,只叫得苦。元来阴间把秘木取去他血,与畜生吃过,故此面色腊查也似黄了。

> 此牛肉亦淳于之刺酒、卢生之黄粱。

仲任从此雇一个人把堂中扫除干净,先请几部经来,焚香持诵,将养了两个月身子,渐渐复旧,有了血色。然后刺着臂血,逐部逐卷写将来。有人经过,问起他写经根由的,便把这些事逐一告诉将来。人听了无不毛骨耸然,多有助盘费供他书写之用的,所以越写得多了。况且面黄肌瘦,是个老大证见。又指着堂中的瓮、堂后的穴,每对人道:"这是当时作业的遗迹,留下为戒的。"来往人晓得是真话,发了好些放生戒杀的念头。

> 此正妙果,胜于书经。

开元二十三年春,有个同官令虞咸道经温县,见路旁草堂中有人年近六十,如此刺血书写不倦,请出经来看,已写过了五六百卷。怪道:"他怎能如此发心得猛?"仲任把前后的话,一一告诉出来。虞县令叹以为奇,留俸钱助写而去。各处把此话传示于人,故此人多知道。后来仲任得善果而终,所谓"放下屠刀立地成佛"者也。偈曰:

业重者省之!

  物命在世间,微分此灵蠢。
  一切有知觉,皆已具佛性。
  取彼痛苦身,供我口食用。
  我饱已觉膻,彼死痛犹在。
  一点嗔恨心,岂能尽消灭!
  所以六道中,转转相残杀。
  愿葆此慈心,触处可施用。
  起意便多刑,减味即省命。
  无过转念间,生死已各判。
  及到偿业时,还恨种福少。
  何不当生日,随意作方便?
  度他即自度,应作如是观。

金石语。

卷三十八

占家财狠婿妒侄

延亲脉孝女藏儿

占家財狼
舅姑佞

卷三十八　占家财狠婿妒侄　延亲脉孝女藏儿

诗曰：

子息从来天数，原非人力能为。
最是无中生有，堪令耳目新奇。

话说元朝时，都下有个李总管，官居三品，家业巨富。年过五十，不曾有子。闻得枢密院东有个算命的，开个铺面，谭人祸福，无不奇中。总管试往一算。于时衣冠满座，多在那里候他，挨次推讲。总管对他道："我之禄寿已不必言。最要紧的，只看我有子无子。"算命的推了一回，笑道："公已有子了，如何哄我？"总管道："我实不曾有子，所以求算，岂有哄汝之理？"算命的把手掐了一掐道："公年四十，即已有子。今年五十六了，尚说无子，岂非哄我？"一个争道"实不曾有"，一个争道"决已有过"，递相争执。同座的人多惊讶起来，道："这怎么说？"算命的道："在下不会差，待此公自去想。"只见总管沉吟了好一会，拍手道："是了，是了。我年四十时，一婢有娠，我以职事赴上都，到得归家，我妻已把来卖了，今不知他去向。若说'四十上该有子'，除非这个缘故。"算命的道："我说不差，公命不孤，此子仍当归公。"总管把钱相谢了，作别而出。只见适间同在座上问命的一个千户，也姓李，邀总管入茶坊坐下，说道："适间闻公与算

算者口硬。

的所说之话，小子有一件疑心，敢问个明白。"总管道："有何见教？"千户道："小可是南阳人，十五年前，也不曾有子，因到都下买得一婢，却已先有孕的。带得到家，吾妻适也有孕，前后一两月间，各生一男，今皆十五六岁了。适间听公所言，莫非是公的令嗣么？"总管就把婢子容貌年齿之类，两相质问，无一不合，因而两边各通了姓名、住址，大家说个"容拜"，各散去了。总管归来对妻说知其事，妻当日悍妒，做了这事，而今见夫无嗣，也有些惭悔哀怜，巴不得是真。

> 岂知算命这番，即是命中宜得子。

次日邀千户到家，叙了同姓，认为宗谱。盛设款待，约定日期，到他家里去认看。千户先归南阳，总管给假前往，带了许多东西去馈送着千户，并他妻子仆妾，多有礼物。坐定了，千户道："小可归家问明，此婢果是宅上出来的。"因命二子出拜，只见两个十五六的小官人，一齐走出来，一样打扮，气度也差不多。总管看了不知那一个是他儿子。请问千户，求说明白。千户笑道："公自认看，何必我说？"总管仔细相了一回，天性感通，自然识认，前抱着一个道："此吾子也。"千户点头笑道："果然不差！"于是父子相持而哭，旁观之人无不堕泪。千户设宴与总管贺喜，大醉而散。

> 生子之母有礼物否？

次日总管答席，就借设在千户厅上。酒间千户对总管道："小可既还公令郎了，岂可使令郎母子分离？并令其母奉公同还，何如？"总管喜出望外，*千户大是义汉。*称谢不已，就携了母子同回都下。后来通籍承荫，官也至三品，与千户家往来不绝。可见人有子无子，多是命里做定的。李总管自己已信道无儿了，岂知被算命的看出有子，到底得以团圆，可知是逃那命里不过。

小子为何说此一段话？只因一个富翁，也犯着无儿的病症，岂知也系有儿，被人藏过。后来一旦识认，喜出非常，关着许多骨肉亲疏的关目在里头，听小子从容的表白出来。正是：

> 越亲越热，不亲不热。
> 附葛攀藤，总非枝叶。
> 奠酒浇浆，终须骨血。
> 如何妒妇，忍将嗣绝？
> 必是前生，非常冤业。

话说妇人心性，最是妒忌，情愿看丈夫无子绝后，说着买妾置婢，抵死也不肯的。就有个把被人劝化，勉强依从，到底心中只是有此嫌忌，不甘伏的。就是生下了儿子，是亲丈夫一点骨血，又本等他做大娘，还道是"隔重肚皮隔重山"，不肯便认做亲儿一般。更有一等狠毒的，偏要算计了绝得，方快活的。及至女儿嫁得个女婿，分明是个异姓，无关宗支的,他偏要认做嫡亲,是件偏心为他,倒胜如丈夫亲子侄。岂知女生外向,虽系吾所生,到底是别家的人。至于女婿,当时就有二心,转得背,便另搭架子了。自然亲一支热一支,女婿不如侄儿,侄儿又不如儿子。纵是前妻晚后,偏生庶养,归根结果,嫡亲瓜葛,终久是一派,好似别人多哩。不知这些妇人们,为何再不明白这个道理!

话说元朝东平府有个富人,姓刘名从善,年六十岁,人皆以员外呼之,妈妈李氏,年五十八岁。他有泼天也似家私,不曾生得儿子。止有一个女儿,小名叫做引姐,入赘一个女婿,姓张,叫张郎。其时张郎有三十岁,引姐二十七岁了。那个张郎极是贪小好利刻剥之人,只因刘员外家富无子,他起心央媒,入舍为婿。便道这家私久后多是他的了,好不夸张得意!却是刘员外自掌把定家私在手,没有得放宽与他。不肖之心,往往如此。

亦且刘员外另有一个肚肠。一来他有个兄弟刘从道同妻宁氏,亡逝已过,遗下一个侄儿,小名叫做引孙,年二十五岁,读书知事。只是自小父母双亡,家私荡败,靠着伯父度日。刘员外道是自家骨肉,另眼觑他。怎当得李氏妈妈,一心只护着女儿女婿,又且念他母亲存日,妯娌不和,到底结怨在他身上,见了一似眼中之钉。亏得刘员外暗地保全,却是毕竟碍着妈妈女婿,不能十分周济他,心中长

卷三十八　占家财狠婿妒侄　延亲脉孝女藏儿

怀不忍。二来员外有个丫头，叫做小梅，妈妈见他精细，叫他近身伏侍。员外就收拾来做了偏房，已有了身孕，指望生出儿子来。有此两件心事，员外心中不肯轻易把家私与了女婿。怎当得张郎急赖，专一使心用腹，搬是造非，挑拨得丈母与引孙舅子，日逐吵闹。引孙当不起激聒，刘员外也怕淘气，私下周给些钱钞，叫引孙自寻个住处，做营生去。引孙是个读书之人，虽是寻得间破房子住下，不晓得别做生理，只靠伯父把得这些东西，且逐渐用去度日。眼见得一个是张郎赶去了，张郎心里怀着鬼胎，只怕小梅生下儿女来。若生个小姨，也还只分得一半；若生个小舅，这家私就一些没他分了。要与浑家引姐商量，所算那小梅。

那引姐倒是个孝顺的人，但是女眷家见识，若把家私分与堂弟引孙，他自道是亲生女儿，有些气不甘分；若是父亲生下小兄弟来，他自是喜欢的。况见父亲十分指望，他也要安慰父亲的心，这个念头是真。晓得张郎不怀良心，母亲又不明道理，只护着女婿，恐怕不能勾保全小梅生产，时常心下打算。恰好张郎赶逐了引孙出去，心里得意，在浑家面前露出那要算计小梅的意思来。引姐想道："若两三人做了一路，所算他一人，有何难处？不争你们使嫉妒心肠，却不把我父亲的后代绝了？这怎使得！我若不在里头使些见识，保护这事，做了父亲

女眷如此，也难得了。

见得大。

的罪人，做了万代的骂名。却是丈夫见我不肯做一路，怕他每背地自做出来，不若将计就计，暗地周全罢了。"

你道怎生暗地用计？元来引姐有个堂分姑娘嫁在东庄，是与引姐极相厚的，每事心腹相托。引姐要把小梅寄在他家里去分娩，只当是托孤与他。当下来与小梅商议道："我家里自赶了引孙官人出去，张郎心里要独占家私。姨姨你身怀有孕，他好生嫉妒，母亲又护着他。姨姨你自己也要放精细些！"小梅道："姑娘肯如此说，足见看员外面上，十分恩德。奈我独自一身，怎提防得许多？只望姑娘凡百照顾则个。"引姐道："我怕不要周全？只是关着财利上事，连夫妻两个，心肝不托着五脏的。他早晚私下弄了些手脚，我如何知道？"小梅垂泪道："这等，却怎么好？不如与员外说个明白，看他怎么做主？"引姐道："员外老年之人，他也周庇得你有数。况且说破了，落得大家面上不好看，越结下冤家了，你怎当得起？我倒有一计在此，须与姨姨熟商量。"小梅道："姑娘有何高见？"引姐道："东庄里姑娘，与我最厚。我要把你寄在他庄上，在他那里分娩，托他一应照顾。生了儿女，就托他抚养着。衣食盘费之类，多在我身上。这边哄着母亲与丈夫，说姨姨不像意走了。他每巴不得你去的，自然不寻究。且等他把这一点要摆布你的肚肠放宽了，

（眉批：最妙于周全者。）
（眉批：见得透。）
（夹批：丫头呆。）

卷三十八　占家财狠婿妒侄　延亲脉孝女藏儿

后来看个机会，等我母亲有些转头，你所养儿女已长大了，然后对员外一一说明，取你归来，那时须奈何你不得了。除非如此，可保十全。"小梅道："足见姑娘厚情，杀身难报！"引姐道："我也只为不忍见员外无后，恐怕你遭了别人毒手，没奈何背了母亲与丈夫，私下和你计较。你日后生了儿子，有了好处，须记得今日。"小梅道："姑娘大恩，经板儿印在心上，怎敢有忘！"两下商议停当，看着机会，还未及行。

员外一日要到庄上收割，因为小梅有身孕，恐怕女婿生嫉妒，女儿有外心，索性把家私都托女儿女婿管了。又怕妈妈难为小梅，请将妈妈过来，对他说道："妈妈，你晓得借瓮酿酒么？"妈妈道："怎地说？"员外道："假如别人家瓮儿，借将来家里做酒。酒熟了时就把那瓮儿送还他本主去了。这不是只借得他家伙一番？如今小梅这妮子腹怀有孕，明日或儿或女，得一个，只当是你的。那其间将那妮子或典或卖，要不要多凭得你。我只要借他肚里生下的要紧，这不当是'借瓮酿酒'？"妈妈见如此说，也应道："我晓得，你说的是，我觑着他便了。你放心庄上去。"员外叫张郎取过那远年近岁欠他钱钞的文书，都搬将出来，叫小梅点个灯，一把火烧了。张郎伸手火里去抢，被火一逼，烧坏了指头叫疼。员外笑道："钱这般好使？"妈妈道："借与人家钱钞，多是幼年到今

见得长。

女眷只不许与人酿，那管酒之有无。

妙妙！

819

积攒下的家私，如何把这些文书烧掉了？"员外道："我没有这几贯业钱，安知不已有了儿子？就是今日有得些些根芽，若没有这几贯业钱，我也不消担得这许多干系，别人也不来算计我了。我想，财是什么好东西？苦苦盘算别人的做甚？不如积些阴德，烧掉了些，家里须用不了。或者天可怜见，不绝我后，得个小厮儿也不见得。"说罢，自往庄上去了。

达者之识。

张郎听见适才丈人所言，道是暗暗里有些侵着他，一发不像意道："他明明疑心我要暗算小梅，我枉做好人也没干。何不趁他在庄上，便当真做一做，也绝了后虑！"又来与浑家商量。引姐见事体已急了，他日前已与东庄姑娘说知就里，当下指点了小梅，径叫他到那里藏过。来哄丈夫道："小梅这丫头看见我每意思不善，今早叫他配绒线去，不见回来。想是怀空走了。这怎么好？"张郎道："逃走是丫头的常事，走了也倒干净，省得我们费气力。"引姐道："只是父亲知道，须要烦恼。"张郎道："我们又不打他，不骂他，不冲撞他，他自己走了的，父亲也抱怨我们不得。我们且告诉妈妈，大家商量去。"

恶人做事，每每先坐人不是。

夫妻两个来对妈妈说了。妈妈道："你两个说来没半句，员外偌大年纪，见有这些儿指望，喜欢不尽，在庄儿上专等报喜哩。怎么有这等的事！莫不你两个做出了些什么歹勾当来？"引姐道："今日绝

妈妈原有良心，非不可化诲者，但溺于爱耳。

早自家走了的，实不干我们事。"妈妈心里也疑心道别有缘故，却是护着女儿女婿，也巴不得将"没"作"有"，便认做走了也干净，那里还来查着？只怕员外烦恼，又怕员外疑心，三口儿都赶到庄上与员外说。员外见他每齐来，只道是报他生儿喜信，心下鹘突。见说出这话来，惊得木呆。心里想道："家里难为他不过，逼走了他，这是有的。只可惜带了胎去。"又叹口气道："看起一家这等光景，就是生下儿子来，未必能勾保全。便等小梅自去寻个好处也罢了，何苦累他母子性命！"泪汪汪的忍着气恨命，又转了一念道："他们如此算计我，则为着这些浮财。我何苦空积攒着做守财虏，倒与他们受用！我总是没后代，趁我手里施舍了些去也好。"怀着一天忿气，大张着榜子，约着明日到开元寺里，散钱与那贫难的人。张郎好生心里不舍得，只为见丈人心下烦恼，不敢拗他。到了明日，只得带了好些钱，一家同到开元寺里散去。

意亦可怜。

到得寺里，那贫难的纷纷的来了。但见：

连肩搭背，络手包头。疯瘫的毡裹臀行，喑哑的铃当口说。磕头撞脑，拿差了挂拐互喧哗；摸壁扶墙，踹错了阴沟相怨怅。闹热热携儿带女，苦凄凄单夫只妻。都念道明中舍去暗中来，真叫做今朝那管明朝事！

那刘员外分付：大乞儿一贯，小乞儿五百文。乞儿中有个刘九儿，有一个小孩子，他与大都子商量着道："我带了这孩子去，只支得一贯。我叫这孩子自认做一户，多落他五百文。你在旁做个证见，帮衬一声，骗得钱来我两个分了，买酒吃。"果然去报了名，认做两户。张郎问道："这小的另是一家么？"大都子旁边答应道："另是一家。"就分与他五百钱。刘九儿都拿着去了。大都子要来分他的，刘九儿道："这孩子是我的，怎生分得我钱？你须学不得我有儿子。"大都子道："我和你说定的，你怎生多要了？你有儿的，便这般强横？"两个打将起来。刘员外问知缘故，叫张郎劝他，怎当得刘九儿不识风色，指着大都子"千绝户，万绝户"的骂道："我有儿子，是请得钱，干你这绝户的甚事？"张郎脸儿挣得通红，止不住他的口。刘员外已听得明白，大哭道："俺没儿子的，这等没下梢！"悲哀不止，连妈妈女儿伤了心，一齐都哭将起来。张郎没做理会处。

<small>无端触景，妆点妙绝。</small>

散罢，只见一个人落后走来，望着员外、妈妈施礼。你道是谁？正是刘引孙。员外道："你为何到此？"引孙道："伯伯、伯娘，前与侄儿的东西，日逐盘费用度尽了。今日闻知在这里散钱，特来借些使用。"员外碍着妈妈在旁，看见妈妈不做声，就假意道："我前日与你的钱钞，你怎不去做些营生，便是这样没了？"引孙道："侄儿只会看几行书，不会

做什么营生。日日吃用,有减无增,所以没了。"员外道:"也是个不成器的东西!我那有许多钱勾你用!"狠狠要打,妈妈假意相劝。引姐与张郎对他道:"父亲恼哩,舅舅走罢。"引孙只不肯去,苦要求钱。员外将条拄杖,一直的赶将出来。他们都认是真,也不来劝。

引孙前走,员外赶去,走上半里来路,连引孙也不晓其意,道:"怎生伯伯也如此作怪起来?"员外见没了人,才叫他一声:"引孙!"引孙扑的跪倒。员外抚着哭道:"我的儿,你伯父没了儿子,受别人的气,我亲骨血只看得你。你伯娘虽然不明理,却也心慈的。只是妇人一时偏见,不看得破,不晓得别人的肉,偎不热。那张郎不是良人,须有日生分起来,我好歹劝化你伯娘转意。你只要时节边勤勤到坟头上去看看,只一两年间,我着你做个大大的财主。今日靴里有两锭钞,我瞒着他们,只做赶打,将来与你。你且拿去盘费两日。把我说的话,不要忘了!"引孙领诺而去。员外转来,收拾了家去。

张郎见丈人散了许多钱钞,虽也心疼,却道是自今已后,家财再没处走动,尽勾着他了。未免志得意满,自由自主,要另立个铺排,把张家来出景。渐渐把丈人、丈母放在脑后,倒像人家不是刘家的一般。刘员外固然看不得,连那妈妈积祖护他的,也有些不伏气起来。亏得女儿引姐着实在里边调停,

刘老亦谲。

小人之状如此。

怎当得男子汉心性硬劣，只逞自意，那里来顾前管后？亦且女儿家顺着丈夫，日逐惯了，也渐渐有些随着丈夫路上来了，自己也不觉得的，当不得有心的看不过。

一日，时遇清明节令，家家上坟祭祖。张郎既掌把了刘家家私，少不得刘家祖坟要张郎支持去祭扫。张郎端正了春盛担子，先同浑家到坟上去。年年刘家上坟已过，张郎然后到自己祖坟上去。此年张郎自家做主，偏要先到张家祖坟上去。引姐道："怎么不照旧先在俺家的坟上，等爹妈来上过了再去？"张郎道："你嫁了我，连你身后也要葬在张家坟里，还先上张家坟是正礼。"引姐拗丈夫不过，只得随他先去上坟不题。

> 便名不正而言不顺。

> 回私意，亦天意也。

那妈妈同刘员外已后起身，到坟上来。员外问妈妈道："他们想已到那里多时了。"妈妈道："这时张郎已摆设得齐齐整整，同女儿在那里等了。"到得坟前，只见静悄悄地绝无影响。看那坟头已有人挑些新土盖在上面了，也有些纸钱灰与酒浇的湿土在那里。刘员外心里明知是侄儿引孙到此过了，故意道："谁曾在此先上过坟了？"对妈妈道："这又作怪！女儿女婿不曾来，谁上过坟？难道别姓的来不成？"又等了一回，还不见张郎和女儿来。员外等不得，说道："俺和你先拜了罢，知他们几时来？"拜罢，员外问妈妈道："俺老两口儿百年之后，在那

卷三十八　占家财狠婿妒侄　延亲脉孝女藏儿

里埋葬便好？"妈妈指着高冈儿上说道："这答树木长的似伞儿一般，在这所在埋葬也好。"员外叹口气道："此处没我和你的分。"指着一块下洼水淹的绝地，道："我和你只好葬在这里。"妈妈道："我每又不少钱，凭拣着好的所在，怕不是我们葬？怎么倒在那水淹的绝地？"员外道："那高冈有龙气的，须让他有儿子的葬，要图个后代兴旺。俺和你没有儿子，谁肯让我？只好剩那绝地与我们安骨头。总是没有后代的，不必好地了。"妈妈道："俺怎生没后代？现有姐姐、姐夫哩。"痴绝。员外道："我可忘了，他们还未来，我和你且说闲话。我且问你，我姓什么？"妈妈道："谁不晓得姓刘？也要问？"员外道："我姓刘，你可姓甚么？"妈妈道："我姓李。"员外道："你姓李，怎么在我刘家门里？"妈妈道："又好笑，我须是嫁了你刘家来。"员外道："街上人唤你是'刘妈妈'，唤你是'李妈妈'？"妈妈道："常言道：'嫁鸡随鸡，嫁狗随狗。'一车骨头半车肉，都属了刘家，怎么叫我做'李妈妈'？"员外道："原来你这骨头，也属了俺刘家了。这等，女儿姓甚么？"妈妈道："女儿也姓刘。"员外道："女婿姓甚么？"妈妈道："女婿姓张。"员外道："这等，女儿百年之后，可往俺刘家坟里葬去？还是往张家坟里葬去？"妈妈道："女儿百年之后，自去张家坟里葬去。"说到这句，妈妈不觉的鼻酸起来。员外晓得有

句句挑逗，直穷到底，可谓善于说法者。

些省了,便道:"却又来!这等怎么叫做得刘门的后代?我们不是绝后的么?"妈妈放声哭将起来,道:"员外,怎生直想到这里?俺无儿的,真个好苦!"员外道:"妈妈,你才省了。就没有儿子,但得是刘家门里亲人,也须是一瓜一蒂。生前望坟而拜,死后共土而埋。那女儿只在别家去了,有何交涉?"妈妈被刘员外说得明切,言下大悟。况且平日看见女婿的乔做作,今日又不见同女儿先到,也有好些不像意了。

正说间,只见引孙来坟头收拾铁锹,看见伯父伯娘便拜。此时妈妈不比平日,觉得亲热了好些,问道:"你来此做甚么?"引孙道:"侄儿特来上坟添土来。"妈妈对员外道:"亲的则是亲。引孙也来上过坟,添过土了,他们还不见到。"员外故意恼引孙道:"你为甚么不挑了春盛担子,齐齐整整上坟?却如此草率!"引孙道:"侄儿无钱,只乞化得三杯酒,一块纸,略表表做子孙的心。"员外道:"妈妈,你听说么?那有春盛担子的,为不是子孙,这时还不来哩。"妈妈也老大不过意。员外又问引孙道:"你看那边鸦飞不过的庄宅,石羊石虎的坟头,怎不去?到俺这里做甚么?"妈妈道:"那边的坟,知他是那家?他是刘家子孙,怎不到俺刘家坟上来?"员外道:"妈妈,你才晓得引孙是刘家子孙。你先前可不说姐姐、姐夫是子孙么?"妈妈道:"我

天意也。

起初是错见了，从今以后，侄儿只在我家里住。你是我一家之人，你休记着前日的不是。"引孙道："这个，侄儿怎敢？"妈妈道："吃的穿的，我多照管你便了。"员外叫引孙拜谢了妈妈。引孙拜下去道："全仗伯娘看刘氏一脉，照管孩儿则个。"妈妈簌簌的掉下泪来。 *此泪不易。*

正伤感处，张郎与女儿来了。员外与妈妈问其来迟之故，张郎道："先到寒家坟上，完了事，才到这里来，所以迟了。"妈妈道："怎不先来上俺家的坟？要俺老两口儿等这半日？"张郎道："我是张家子孙，礼上须先完张家的事。"妈妈道："姐姐呢？"张郎道："姐姐也是张家媳妇。"妈妈见这几句话，恰恰对着适间所言的，气得目睁口呆，变了色道："你既是张家的儿子媳妇，怎生掌把着刘家的家私？"劈手就女儿处，把那放钥匙的匣儿夺将过来，道："已后张自张，刘自刘！"径把匣儿交与引孙了，道："今后只是俺刘家人当家！"*义理之勇，出于自发，快哉，快哉！*此时连刘员外也不料妈妈如此决断。那张郎与引姐平日护他惯了的，一发不知在那里说起，老大的没趣，心里道："怎么连妈妈也变了卦？"竟不知妈妈已被员外劝化得明明白白的了。张郎还指点叫摆祭物，*不识气。*员外、妈妈大怒道："我刘家祖宗，不吃你张家残食，改日另祭。"各不喜欢而散。

张郎与引姐回到家来，好生埋怨道："谁匡先上了自家坟,讨得这番发恼不打紧,连家私也夺去与引孙掌把了,这如何气得过?却又是妈妈做主的,一发作怪。"引姐道:"爹妈认道只有引孙一个是刘家亲人,所以如此。当初你待要暗算小梅,他有些知觉,豫先走了。若留得他在时,生下个兄弟,须不让那引孙做天气。况且自己兄弟,还情愿的;让与引孙,实是气不干。"张郎道:"平日又与他冤家对头,如今他当了家,我们倒要在他喉下取气了。怎么好?还不如再求妈妈则个。"引姐道:"是妈妈主的意,如何求得转?我有道理,只叫引孙一样当不成家罢了。"张郎问道:"计将安出?"引姐只不肯说,但道是做出便见,不必细问。

明日,刘员外做个东道,请着邻里人,把家私交与引孙掌把。妈妈也是心安意肯的了。引姐晓得这个消息,道是张郎没趣,打发出外去了。自己着人悄悄东庄姑娘处说了,接了小梅家来。元来小梅在东庄分娩,生下一个儿子,已是三岁了。引姐私下寄衣寄食去看觑他母子,只不把家里知道。惟恐张郎晓得,生出别样毒害来,还要等他再长成些,才与父母说破。而今因为气不过引孙做财主,只得去接了他母子来家。

次日来对刘员外道:"爹爹不认女婿做儿子罢,怎么连女儿也不认了?"员外道:"怎么不认?只是不如引孙亲些。"引姐道:"女儿是亲生,怎么倒

终有女流之气。

不如他亲？"员外道："你须是张家人了，他须是刘家亲人。"引姐道："便做道是'亲'，未必就该是他掌把家私！"员外道："除非再有亲似他的，才夺得他。那里还有？"引姐笑道："只怕有也不见得。"刘员外与妈妈也只道女儿忿气说这些话，不在心上。只见女儿走去，叫小梅领了儿子到堂前，对爹妈说道："这可不是亲似引孙的来了？"员外、妈妈见是小梅，大惊道："你在那里来？可不道逃走了？"小梅道："谁逃走？须守着孩儿哩。"员外道："谁是孩儿？"小梅指着儿子道："这个不是？"员外又惊又喜道："这个就是你所生的孩儿？一向怎么说？敢是梦里么？"小梅道："只问姑娘，便见明白。"员外与妈妈道："姐姐，快说些个。"引姐道："父亲不知，听女儿从头细说一遍。当初小梅姨姨有半年身孕，张郎使嫉妒心肠，要所算小梅。女儿想来，父亲有许大年纪，若所算了小梅，便是绝了父亲之嗣。是女儿与小梅商量，将来寄在东庄姑姑家中分娩，得了这个孩儿。这三年，只在东庄姑姑处抚养。身衣口食多是你女儿照管他的。还指望再长成些，方才说破。今见父亲认道只有引孙是亲人，故此请了他来家。须不比女儿，可不比引孙还亲些么？"小梅也道："其实亏了姑娘，若当日不如此周全，怎保得今日有这个孩儿！"小梅是大证见。

刘员外听罢，如梦初觉，如醉方醒，心里感激

> 女儿偶贤,未可认刘只护刘也。世间女与婿同心而谋翁产者,多矣。

着女儿。小梅又叫儿子不住的叫他"爹爹",刘员外听得一声,身也麻了。对妈妈道:"元来亲的只是亲,女儿姓刘,到底也还护着刘家,不肯顺从张郎把兄弟坏了。今日有了老生儿,不致绝后,早则不在绝地上安坟了。皆是孝顺女所赐,老夫怎肯知恩不报?如今有个主意,把家私做三分分开,女儿、侄儿、孩儿,各得一分。大家各管家业,和气过日子罢了。"当日叫家人寻了张郎家来,一同引孙及小孩儿拜见了邻舍诸亲,就做了个分家筵席,尽欢而散。

此后刘妈妈认了真,十分爱惜着孩儿。员外与小梅自不必说,引姐、引孙又各内外保全,张郎虽是嫉妒也用不着,毕竟培养得孩儿成立起来。此是刘员外广施阴德,到底有后;又恩待骨肉,原受骨肉之报。所谓亲一支热一支也。有诗为证:

女婿如何有异图?总因财利令亲疏。
若非孝女关疼热,毕竟刘家有后无?

卷三十九

乔势天师禳旱魃

秉诚县令召甘霖

喬勢天師禳旱魃

诗云：

> 自古有神巫，其术能役鬼。
> 祸福如烛照，妙解阴阳理。
> 不独倾公卿，时亦动天子。
> 岂似后世者，其人总村鄙。
> 语言甚不伦，偏能惑闾里。
> 淫祀无虚日，枉杀供牲醴。
> 安得西门豹，投畀邺河水。

话说男巫女觋，自古有之，汉时谓之"下神"，唐世呼为"见鬼人"。尽能役使鬼神，晓得人家祸福休咎，令人趋避，颇有灵验。所以公卿大夫都有信着他的，甚至朝廷宫闱之中有时召用。此皆有个真传授，可以行得去做得来的，不是荒唐。却是世间的事，有了真的，便有假的。那无知男女，妄称神鬼，假说阴阳，一些影响没有的，也一般会哄动乡民，做张做势的，从古来就有了。

直到如今，真有术的巫觋已失其传，无过是些乡里村夫游嘴老妪，男称太保，女称师娘，假说降神召鬼，哄骗愚人。口里说汉话，便道神道来了，却是脱不得乡气，信口胡诌的，多是不囫囵的官话，杜撰出来的字眼。正经人听了，浑身麻木，忍笑不住；乡里人信是活灵活现的神道，匾匾的信伏。不知天

天上有不识字仙人，则亦有不会官话的神道。

下曾有那不会讲官话的神道么！又还一件可恨处：见人家有病人来求他，他先前只说救不得，直到拜求恳切了，口里说出许多牛羊猪狗的愿心来，要这家脱衣典当，杀生害命，还恐怕神道不肯救，啼啼哭哭的。及至病已犯拙，烧献无效，再不怨怅他、疑心他，只说不曾尽得心，神道不喜欢，见得如此，越烧献得紧了。不知弄人家费多少钱钞，伤多少性命！不过供得他一时乱话，吃得些、骗得些罢了。律上禁止师巫邪术，其法甚严，也还加他"邪术"二字，要见还成一家说话。而今并那邪不成邪，术不成术，一味胡弄，愚民信伏，习以成风，真是痼疾不可解，只好做有识之人的笑柄而已。

苏州有个小民姓夏，见这些师巫兴头也去投着师父，指望传些真术。岂知费了拜见钱，并无甚术法得传，只教得些游嘴门面的话头，就是祖传来辈辈相授的秘诀。习熟了打点开场施行。其邻有个范春元，名汝舆，最好戏耍。晓得他是头番初试，原没甚本领的，设意要弄他一场笑话，来哄他道："你初次降神，必须露些灵异出来，人才信服。我忝为你邻人，与你商量个计较帮衬着你，等别人惊骇方妙。"夏巫道："相公有何妙计？"范春元道："明日等你上场时节，吾手里拿着糖糕叫你猜，你一猜就着。我就赞叹起来，这些人自然信服了。"夏巫道："相公肯如此帮衬小人，小人万幸。"

到得明日，远近多传道新太保降神，来观看的甚众。夏巫登场，正在捏神捣鬼，妆憨打痴之际，范春元手中捏着一把物事来问道："你猜得我掌中何物，便是真神道。"夏巫笑道："手中是糖糕。"范春元假意拜下去道："猜得着，果是神明。"即拿手中之物，

卷三十九　乔势天师禳旱魃　秉诚县令召甘霖

塞在他口里去。夏巫只道是糖糕，一口接了，谁知不是糖糕滋味，又臭又硬，甚不好吃。欲待吐出，先前猜错了，恐怕露出马脚，只得攒眉忍苦咽了下去。范元春见吃完了，发一瘄道："好神明！吃了干狗屎了！"众人起初看见他吃法烦难，也有些疑心，及见范春元说破，晓得被他做作，尽皆哄然大笑，一时散去。夏巫吃了这场羞，传将开去，此后再弄不兴了。似此等虚妄之人，该是这样处置他才妙，怎当得愚民要信他骗哄，亏范春元是个读书之人，弄他这些破绽出来。若不然时又被他胡行了。

  范春元不足奇，宋时还有个小人也会不信师巫，弄他一场笑话。华亭金山庙临海边，乃是汉霍将军祠。地方人相传，道是钱王霸吴越时，他曾起阴兵相助，故此崇建灵宫。淳熙末年，庙中有个巫者，因时节边聚集县人，捏神捣鬼，说将军附体，宣言祈祝他的，广有福利。县人信了，纷竞前来。独有钱寺正家一个干仆沈晖，崛强不信，出语谑侮。有与他一班相好的，恐怕他触犯了神明，尽以好言相劝，叫他不可如此戏弄。那庙巫宣言道："将军甚是恼怒，要来降祸。"沈晖偏要与他争辩道："人生祸福天做定的，那里什么将军来摆布得我？就是将军有灵，决不附着你这等村蠢之夫，来说祸说福的。"正在争辩之时，沈晖一交跌倒，口流涎沫，登时晕去。内中有同来的，奔告他家里，妻子多来看

戏谑，实善戏谑也。

仆能作此语，贺方回家奴也。

视,见了这个光景,分明认是得罪神道了,拜着庙巫讨饶。庙巫越妆起腔来道:"悔谢不早,将军盛怒,已执录了精魄,押赴鄞城,死在顷刻,救不得了。"庙巫看见晕去不醒,正中下怀,落得大言恐吓。妻子惊惶无计,对着神像只是叩头,又苦苦哀求庙巫,庙巫越把话来说得狠了。妻子只得拊尸恸哭。看的人越多了,相戒道:"神明利害如此,戏谑不得的。"庙巫一发做着天气,十分得意。

只见沈晖在地下扑的跳将起来,众人尽道是强魂所使,俱各惊开。沈晖在人丛中跃出,扭住庙巫,连打数掌道:"我把你这柱口嚼舌的!不要慌,那曾见我鄞都去了?"妻子道:"你适才却怎么来?"沈晖大笑道:"我见这些人信他,故意做这个光景耍他一耍,有甚么神道来?"庙巫一场没趣,私下走出庙去躲了。合庙之人尽皆散去,从此也再弄不兴了。

> 快绝,妙绝!真是干仆!

看官只看这两件事,你道巫师该信不该信?所以聪明正直之人,再不被那一干人所惑,只好哄愚夫愚妇一窍不通的。小子而今说一个极做天气的巫师,撞着个极不下气的官人,弄出一场极畅快的事来,比着西门豹投巫还觉希罕。正是:

奸欺妄欲言生死,宁知受欺正于此?
世人认做活神明,只合同尝干狗屎。

卷三十九　乔势天师禳旱魃　秉诚县令召甘霖

话说唐武宗会昌年间，有个晋阳县令姓狄，名维谦，乃反周为唐的名臣狄梁公仁杰之后。守官清恪，立心刚正，凡事只从直道上做去。随你强横的他不怕，就上官也多谦让他一分，治得个晋阳户不夜闭，道不拾遗，百姓家家感德衔恩，无不赞叹的。谁知天灾流行，也是晋阳地方一个晦气，虽有这等好官在上，天道一时亢旱起来，自春至夏，四五个月内并无半点雨泽。但见：

田中纹坼，井底尘生。滚滚烟飞，尽是晴光浮动；微微风撼，元来暖气薰蒸。辘轳不绝声，止得泥浆半杓；车戽无虚刻，何来活水一泓？供养着五湖四海行雨龙王，急迫煞八口一家喝风狗命。止有一轮红日炎炎照，那见四野阴云欻欻兴？

旱得那晋阳数百里之地，土燥山焦，港枯泉涸，草木不生，禾苗尽槁。急得那狄县令屏去侍从仪卫，在城隍庙中跣足步祷，不见一些征应。一面减膳羞，禁屠宰，日日行香，夜夜露祷。凡是那救旱之政，没一件不做过了。

话分两头。本州有个无赖邪民，姓郭名赛璞，自幼好习符咒，投着一个并州来的女巫，结为伙伴。名称师兄师妹，其实暗地里当做夫妻，两个一正一副，花嘴骗舌，哄动乡民不消说。亦且男人外边招

好官而得旱，正是妖巫，宜殄而异政宜彰故也。

837

摇，女人内边蛊惑。连那官宦大户人家也有要禳除灾祸的，也有要祛除疾病的，也有夫妻不睦要他魇样和好的，也有妻妾相妒要他各使魔魅的，种种不一，弄得太原州界内七颠八倒。本州监军使，乃是内监出身。这些太监心性，一发敬信的了不得。监军使适要朝京，因为那时朝廷也重这些左道异术，郭赛璞与女巫便思量随着监军使之便，到京师走走，图些侥幸。那监军使也要作兴他们，主张带了他们去。

> 惟其有此等，所以此辈行得去。

到得京师，真是五方杂聚之所，奸宄易藏，邪言易播。他们施符设咒，救病除妖，偶然撞着小小有些应验，便一传两，两传三，各处传将开去，道是异人异术，分明是一对活神仙在京里了。及至来见他的，他们习着这些大言不惭的话头，见神见鬼，说得活灵活现；又且两个一鼓一板，你强我赛，除非是正人君子不为所惑，随你哼嘁伶俐的好汉，但是一分信着鬼神的，没一个不着他道儿。外边既已哄传其名，又因监军使到北司各监赞扬，弄得这些太监往来的多了，女巫遂得出入宫掖，时有恩赉；又得太监们帮衬之力，夤缘圣旨，男女巫俱得赐号"天师"。元来唐时崇尚道术，道号天师，僧赐紫衣，多是不以为意的事。却也没个什么职掌衙门，也不是什么正经品职，不过取得名声好听恐动乡里而已。郭赛璞既得此号，便思荣归故乡，同了这女巫仍旧

> 亦必小有伎俩动人。

> 唐政可知。

到太原州来。此时无大无小无贵无贱，尽称他每为天师。他也妆模作样，一发与未进京的时节气势大不同了。

正值晋阳大旱之际，无计可施，狄县令出着告示道："不拘官吏军民人等，如有能兴云致雨，本县不惜重礼酬谢。"告示既出，有县里一班父老率领着若干百姓，来禀县令道："本州郭天师符术高妙，名满京都，天子尚然加礼，若得他一至本县祠中，那祈求雨泽如反掌之易。只恐他尊贵，不能勾得他来。须得相公虔诚敦请，必求其至，以救百姓，百姓便有再生之望了。"狄县令道："若果然其术有灵，我岂不能为着百姓屈己求他？只恐此辈是大奸猾，煽起浮名，未必有真本事。亦且假窃声号，妄自尊大，请得他来，徒增尔辈一番骚扰，不能有益。不如就近访那真正好道、潜修得力的，未必无人，或者有得出来应募，定胜此辈虚嚣的一倍。本县所以未敢慕名开此妄端耳。"父老道："相公所见固是。但天下有其名必有其实，见放着那朝野闻名哄嚷的天师不求，还那里去另访得道的？这是'现钟不打，又去炼铜'了。若相公恐怕供给烦难，百姓们情愿照里递人丁派出做公费，只要相公做主，求得天师来，便莫大之恩了。"县令道："你们所见既定，我何所惜？"

于是，县令备着花红表里，写着恳请书启，差

_{大是正论真见。}

个知事的吏典代县令亲身行礼，备述来意已毕。天师意态甚是倨傲，听了一回，慢然答道："要祈雨么？"众人叩头道："正是。"天师笑道："亢旱乃是天意，必是本方百姓罪业深重，又且本县官吏贪污不道，上天降罚，见得如此。我等奉天行道，怎背违了天心替你们祈雨？"众人又叩头道："若说本县县官，甚是清正有余，因为小民作业，上天降灾。县官心生不忍，特慕天师大名，敢来礼聘。屈尊到县，祈请一坛甘雨，万勿推却，万民感戴。"天师又笑道："我等岂肯轻易赴汝小县之请？"再三不肯。

吏典等回来回覆了狄县令。父老同百姓等多哭道："天师不肯来，我辈眼见得不能存活了。还是县宰相公再行敦请，是必要他一来便好。"县令没奈何，只得又加礼物，添差了人，另写了恳切书启。又申个文书到州里，央州将分上，恳请必来。州将见县间如此勤恳，只得自去拜望天师，求他一行。天师见州将自来，不得已，方才许诺。众人见天师肯行，欢声动地，恨不得连身子都许下他来。天师叫备男女轿各一乘，同着女师前往。这边吏典父老人等，惟命是从，敢不齐整？备着男女二轿，多结束得分外鲜明，一路上秉香燃烛，幢幡宝盖，真似迎着一双活佛来了。到得晋阳界上，狄县令当先迎着，他两人出了轿，与县令见礼毕。县令把着盏，替他两个上了花红彩缎，备过马来换了轿，县令亲

先开求雨不来的后路。

愚民难论。

卷三十九　乔势天师禳旱魃　秉诚县令召甘霖

替他笼着马，鼓乐前导，迎至祠中，先摆着下马酒筵，极其丰盛，就把铺陈行李之类收拾在祠后洁净房内，县令道了安置，别了自去，专候明日作用，不题。

折尽莱佣村姬之福，安得不败！

却说天师到房中对女巫道："此县中要我每祈雨，意思虔诚，礼仪丰厚，只好这等了。满县官吏人民，个个仰望着下雨，假若我们做张做势，造化撞着了下雨便好；倘不遇巧，怎生打发得这些人？"女巫道："枉叫你弄了若干年代把戏，这样小事就费计较。明日我每只把雨期约得远些，天气晴得久了，好歹多少下些；有一两点洒洒便算是我们功德了。万一到底不下，只是寻他们事故，左也是他不是，右也是他不是。弄得他们不耐烦，我们做个天气，只是撇着要去，不肯再留。那时只道恼了我们性子，扳留不住，自家只好忙乱，那个还来议我们的背后不成？"天师道："有理，有理。他既十分敬重我们，料不敢拿我们破绽，所恃在此。只是老着脸皮做便了。"商量已定。

女巫更是老奸。

次日，县令到祠请祈雨。天师传命：就于祠前设立小坛停当。天师同女巫在城隍神前，口里胡言乱语的说了好些鬼话，一同上坛来。天师登位，敲动令牌；女巫将着九环单皮鼓打的厮琅琅价响，烧了好几道符。天师站在高处，四下一望，看见东北上微微有些云气，思量道："夏雨北风生，莫不是数

841

日内有雨？落得先说破了，做个人情。"下坛来对县令道："我为你飞符上界请雨，已奉上帝命下了，只要你们至诚，三日后雨当沾足。"这句说话传开去，万民无不踊跃喜欢。四郊士庶多来团集了，只等下雨。

悬悬望到三日期满，只见天气越晴得正路了：

烈日当空，浮云扫净。螳螂得意，乘热气以飞扬；鱼鳖潜踪，在汤池而踯躅。轻风罕见，直挺挺不动五方旗；点雨无征，苦哀哀只闻一路哭。

县令同了若干百姓来问天师道："三日期已满，怎不见一些影响？"天师道："灾沴必非虚生，实由县令无德，故此上天不应。我今为你虔诚再告。"狄县令见说他无德，自己引罪道："下官不职，灾祸自当，怎忍贻累于百姓！万望天师曲为周庇，宁使折尽下官福算，换得一场雨泽，救取万民，不胜感戴。"天师道："亢旱必有旱魃，我今为你一面祈求雨泽，一面搜寻旱魃，保你七日之期自然有雨。"县令道："旱魃之说，《诗》《书》有之，只是如何搜寻？"天师道："此不过在民间，你不要管我。"县令道："果然搜寻得出，致得雨来，但凭天师行事。"天师就令女巫到民间各处寻旱魃。但见民间有怀胎十月将足者，便道是旱魃在腹内，要将药堕下他来，民间多

又生出诈钱题目来。

慌了。他又自恃是女人，没一家内室不走进去。但是有娠孕的多瞒他不过。富家恐怕出丑，只得将钱财买嘱他，所得贿赂无算。只把一两家贫妇带到官来，只说是旱魃之母，将水浇他。县令明知无干，敢怒而不敢言，只是尽意奉承他。到了七日，天色仍复如旧，毫无效验。有诗为证：

> 旱魃如何在妇胎？奸徒设计诈人财。
> 虽然不是祈禳法，只合雷声头上来。

如此作为，十日有多。天不凑趣，假如肯轻轻松松洒下了几点，也要算他功劳，满场卖弄本事，受酬谢去了。怎当得干阵也不打一个？两人自觉没趣，推道："是此方未该有雨，担阁在此无用。"一面收拾，立刻要还本州。这些愚呆百姓，一发慌了，嚷道："天师在此尚然不能下雨；若天师去了，这雨再下不成了。岂非一方百姓该死？"多来苦告县令，定要扳留。

县令极是爱百姓的，顺着民情，只得去拜告苦留，道："天师既然肯为万姓特地来此，还求至心祈祷，必求个应验，救此一方，如何做个劳而无功去了？"天师被县令礼求，百姓苦告，无言可答。自想道："若不放下个脸来，怎生缠得过？"勃然变色，骂县令道："庸琐官人，不知天道！你做官不才，本

好淡话。

下愚不移。

县令若亦为其所惑，苦求不足道也。惟明知其诬而肯为百姓屈，所以为贤。

方该灭。天时不肯下雨，留我在此何干？"县令不敢回言与辨，但称谢道："本方有罪，自干天谴，非敢更烦天师，但特地劳渎天师到此一番，明日须要治酒奉饯，所以屈留一宿。"天师方才和颜道："明日必不可迟了。"

县令别去，自到衙门里来。召集衙门中人，对他道："此辈猾徒，我明知矫诬无益，只因愚民轻信，只道我做官的不肯屈意，以致不能得雨。而今我奉事之礼，祈恳之诚，已无所不尽，只好这等了。他不说自己邪妄没力量，反将恶语詈我。我忝居人上，今为巫者所辱，岂可复言为官耶！明日我若有所指挥，你等须要一一依我而行，不管有甚好歹是非，我身自当之，你们不可迟疑落后了。"这个狄县令一向威严，又且德政在人，个个信服，他的分付那一个不依从的？当日衙门人等，俱各领命而散。

次早县门未开，已报天师严饬归骑，一面催促起身了。管办吏来问道："今日相公与天师饯行，酒席还是设在县里，还是设在祠里，也要预先整备才好，怕一时来不迭。"县令冷笑道："有甚来不迭？"竟叫打头踏到祠中来，与天师送行。随从的人多疑心道："酒席未曾见备，如何送行？"那边祠中天师也道："县官既然送行，不知设在县中还是祠中？如何不见一些动静？"等得心焦，正在祠中发作道："这样怠慢的县官，怎得天肯下雨？"须臾间，县令

走为上着。

卷三十九　乔势天师禳旱魃　秉诚县令召甘霖

已到。天师还带着怒色同女巫一齐嚷道："我们要回去的，如何没些事故担阁我们？甚么道理？既要钱行，何不快些？"县令改容大喝道："大胆的奸徒！你左道女巫，妖惑日久，撞在我手，当须死在今日。还敢说归去么？"喝一声："左右，拿下！"官长分付，从人怎敢不从？一伙公人暴雷也似答应一声，提了铁链，如鹰拿燕雀，把两人扣胆颈锁了，扭将下来。县令先告城隍道："龌龊妖徒，哄骗愚民，诬妄神道，今日请为神明除之。"喝令按倒在城隍面前道："我今与你二人钱行。"各鞭背三十，打得皮开肉绽，血溅庭阶。鞭罢，捆缚起来，投在祠前漂水之内。可笑郭赛璞与并州女巫做了一世邪人，今日死于非命。

即此创快，便当大雨如注。

　　强项官人不受挫，妄作妖巫干托大。
　　神前杖背神不灵，瓦罐不离井上破。

狄县令立刻之间除了两个天师，左右尽皆失色。有老成的来禀道："欺妄之徒，相公除了甚当。只是天师之号，朝廷所赐，万一上司嗔怪，朝廷罪责，如之奈何？"县令道："此辈人无根绊、有权术，留下他冤仇不解，必受他中伤。既死之后，如飞蓬断梗，还有甚么亲识故旧来党护他的？即使朝廷责我擅杀，我拼着一官便了，没甚大事。"众皆唯唯，服

大识见，不止胆量。

845

其胆量。县令又自想道："我除了天师，若雨泽仍旧不降，无知愚民越要归咎于我，道是得罪神明之故了。我想神明在上，有感必通，妄诞庸奴，原非感格之辈。若堂堂县宰为民请命，岂有一念至诚，不蒙鉴察之理？"遂叩首神前虔祷道："诬妄奸徒，身行秽事，口出诬言，玷污神德，谨已诛讫。上天雨泽，既不轻徇妖妄，必当鉴念正直。再无感应，是神明不灵，善恶无别矣。若果系县令不德，罪止一身，不宜重害百姓。今叩首神前，维谦发心，从此在祠后高冈烈日之中，立曝其身；不得雨情愿槁死，誓不休息。"言毕再拜而出。那祠后有山，高可十丈，县令即命设席焚香，簪冠执笏朝服独立于上。分付从吏俱各散去听候。

（愚公移山，精卫填海，同此一念耳。）

（好看。）

阖城士民听知县令如此行事，大家骇愕起来，道："天师如何打死得的？天师决定不死。邑长惹了他，必有奇祸，如何是好？"又见说道，县令在祠后高冈上，烈日中自行曝晒，祈祷上天去了。于是奔走纷纭，尽来观看，搅做了人山人海，城墙也似砌将拢来。可煞怪异！真是来意至诚，无不感应。起初县令步到冈上之时，炎威正炽，砂石流铄，待等县令站得脚定了，忽然一片黑云推将起来，大如车盖，恰恰把县令所立之处遮得无一点日光，四周日色尽晒他不着。自此一片起来，四下里慢慢黑云团圈接着，与起初这覆顶的混做一块生成了，雷震

数声,甘雨大注。但见:

千山暧𪣻,万境昏霾。溅沫飞流,空中宛转群龙舞;怒号狂啸,野外奔腾万骑来。闪烁烁曳两道流光,闹轰轰鸣几声连鼓。淋漓无已,只教农子心欢;震叠不停,最是恶人胆怯。

这场雨足足下了一个多时辰,直下得沟盈浍满,原野滂流。士民拍手欢呼,感激县令相公为民辛苦,论万数千的跑上冈来,簇拥着狄公自山而下。脱下长衣当了伞子遮着雨点,老幼妇女拖泥带水,连路只是叩头赞诵。狄公反有好些不过意,道:"快不要如此。此天意救民,本县何德?"怎当得众人愚迷的多,不晓得精诚所感,但见县官打杀了天师,又会得祈雨,毕竟神通广大,手段又比天师高强,把先前崇奉天师这些虔诚多移在县令身上了。县令到厅,分付百姓各散。随取了各乡各堡雨数尺寸文书,申报上司去。

所以先圣每神道设教。

那时州将在州,先闻得县官杖杀巫者,也有些怪他轻举妄动,道是礼请去的,纵不得雨,何至于死?若毕竟请雨不得,岂不枉杀无辜?及见文书上来,报着四郊雨足,又见百姓雪片也似投状来,称赞县令曝身致雨许多好处,州将才晓得县令正人君子,政绩殊常,深加叹异。有心要表扬他,又恐朝廷怪他杖杀巫者,只得上表一道,明列其事。内中大略云:

847

郭巫等猥琐细民，妖诬惑众，虽窃名号，总属夤缘；及在乡里，渎神害下，凌轹邑长。守土之官，为民诛之，亦不为过。狄某力足除奸，诚能动物，曝躯致雨，具见异绩。圣世能臣，礼宜优异。云云。

其时藩镇有权，州将表上，朝廷不敢有异。亦且郭巫等原系无籍棍徒，一时在京冒滥宠荣，到得出外多时，京中原无羽翼心腹记他在心上的，就打死了，没人仇恨。名虽天师，只当杀个平民罢了。果然不出狄县令所料。

那晋阳是彼时北京，一时狄县令政声朝野喧传，尽皆钦服其人品。不一日，诏书下来褒异。诏云：

维谦剧邑良才，忠臣华胄。睹兹天厉，将瘅下民。当请祷于晋祠，类投巫于邺县。曝山椒之畏景，事等焚躯；起天际之油云，情同剪爪。遂使旱风潜息，甘泽旋流。昊天犹鉴克诚，予意岂忘褒善？特颁朱绂，俾耀铜章。勿替令名，更昭殊绩。

当下赐钱五十万，以赏其功。

从此，狄县令遂为唐朝名臣，后来升任去后，本县百姓感他，建造生祠，香火不绝。祈晴祷雨，无不应验。只是一念刚正，见得如此。可见邪不能胜正。那些乔妆做势的巫师，做了水中淹死鬼，不

比今有司生祠何如？

知几时得超升哩。世人酷信巫师的,当熟看此段话文。有诗为证:

尽道天师术有灵,如何水底不回生?
试看甘雨随车后,始信如神是至诚。

卷四十 华阴道独逢异客
江陵郡三拆仙书

江飯鄣三听
無官

诗云：

人生凡事有前期，尤是功名难强为。
多少英雄埋没杀，只因莫与指途迷。

话说人生只有科第一事，最是黑暗，没有甚定准的。自古道"文齐福不齐"，随你胸中锦绣，笔下龙蛇，若是命运不到，到不如乳臭小儿、卖菜佣早登科甲去了。就如唐时以诗取士，那李、杜、王、孟不是万世推尊的诗祖？却是李杜俱不得成进士，孟浩然连官都没有，止有王摩诘一人有科第，又还亏得岐王帮衬，把《郁轮袍》打了九公主关节，才夺得解头。若不会夤缘钻刺，也是不稳的。只这四大家尚且如此，何况他人？及至诗不成诗，而今世上不传一首的，当时登第的元不少。看官，你道有甚么清头在那里？所以说：

文章自古无凭据，惟愿朱衣一点头。

说话的，依你这样说起来，人多不消得读书勤学，只靠着命中福分罢了。看官，不是这话。又道是尽其在我，听其在天。只这些福分又赶着兴头走的，那奋发不过的人终久容易得些，也是常理。故此说："皇天不负苦心人。"毕竟水到渠成，应得的多。但是科场中鬼神弄人，只有那该侥幸的时来福凑、该迍邅的七颠八倒，这两项吓死人！先听小子说几件科场中事体做个起头。

有个该中了，撞着人来帮衬的。湖广有个举人姓何，在京师中会试，偶入酒肆，见一伙青衣大帽人在肆中饮酒。听他说话半文半俗，看他气质假斯文带些光棍腔。何举人另在一座，自斟自酌。这些人见他独自一个寂寞，便来邀他同坐。何举人不辞，就便随和欢畅。这些人道是不做腔，肯入队，且又好相与，尽多快活。吃罢散去。隔了几日，何举人在长安街过，只见一人醉卧路旁，衣帽多被尘土染污。仔细一看，却认得是前日酒肆里同吃酒的内中一人。也是何举人忠厚处，见他醉后狼藉不像样，走近身扶起他来。其人也有些醒了，张目一看，见是何举人扶他，把手拍一拍臂膊，哈哈笑道："相公造化到了。"就伸手袖中解出一条汗巾来，汗巾结里裹着一个两指大的小封儿。对何举人道："可拿到下处自看。"何举人不知其意，袖了到下处去。下处有好几位同会试的在那里，何举人也不道是什么机密勾当，不以为意，竟在众人面前拆开看时，乃是六个四书题目，八个经题目，共十四个。同寓人见了，问道："此自何来？"何举人把前日酒肆同饮、今日跌倒街上的话，说了一遍，道："是这个人与我的，我也不知何来。"同寓人道："这是光棍们假作此等哄人的，不要信他。"独有一个姓安的心里道："便是假的何妨？我们落得做做熟也好。"就与何举人约了，每题各做一篇，又在书坊中寻刻的好文，参酌改定。后来入场，七个题目都在这里面的，二人多是预先做下的文字，皆得登第。元来这个醉卧的人乃是大主考的书办，在他书

衙腐真容。

长安街常有之景。

不信者多，只因怕做文字耳。

房中抄得这张题目,乃是一正一副在内。朦胧醉中,见了何举人扶他,喜欢,与了他。也是他机缘辐辏,又挈带了一个姓安的。这些同寓不信的人,可不是命里不该,当面错过?

醉卧者人,吐露者神。
信与不信,命从此分。

有个该中了,撞着鬼来帮衬的。扬州兴化县举子,应应天乡试,头场日齁睡一日不醒。号军叫他起来,日已晚了,正自心慌,且到号底厕上走走。只见厕中已有一个举子在里头问兴化举子道:"兄文成未?"答道:"正因睡了失觉,一字未成,了不得在这里。"厕中举子道:"吾文皆成,写在王讳纸上,今疾作,誊不得了,兄文既未有,吾当赠兄罢。他日中了,可谢我百金。"兴化举子不胜之喜。厕中举子就把一张王讳纸递过来,果然七篇多明明白白写完在上面,说道:"小弟姓某名某,是应天府学。家在僻乡,城中有卖柴牙人某人,是我侄,可一访之,便可寻我家了。"兴化举子领诺,拿到号房照他写的誊了,得以完卷。进过三场,揭晓果中。急持百金,往寻卖柴牙人,问他叔子家里。那牙人道:"有个叔子,上科正患痢疾进场,死在场中了。今科那得还有一个叔子?"举子大骇,晓得是鬼来帮他中的,同了牙

<small>痢疾鬼有佳文耶?中正不必佳也。</small>

人直到他家，将百金为谢。其家甚贫，梦里也不料有此百金之得，阖家大喜。这举子只当百金买了一个春元。

　　　　一点文心，至死不磨。
　　　　上科之鬼，能助今科。

有个该中了，撞着神借人来帮衬的。宁波有两生，同在鉴湖育王寺读书。一生儇巧，一生拙诚。那拙的信佛，每早晚必焚香在大士座前祷告，愿求明示场中七题。_{原痴呆。}那巧的见他匍匐不休，心中笑他痴呆。思量要耍他一耍，遂将一张大纸自拟了七题，把佛香烧成字，放在香几下。拙的明日早起拜神，看见了，大信，道："是大士有灵，果然密授秘妙。"依题遍采坊刻佳文，名友窗课，模拟成七篇好文，熟记不忘。巧的见他信以为实，如此举动，道是被作弄着了，背地暗笑他着鬼。_{果可暗笑。}岂知进到场中，七题一个也不差，一挥而出，竟得中式。这不是大士供那儇巧的手明把题目与他的？

　　　　拙以诚求，巧者为用。
　　　　鬼神机权，妙于簸弄。

有个该中了，自己精灵现出帮衬的。湖广乡试日，某公在场阅卷倦了，朦胧打盹。只听得耳畔叹息道："穷死穷死！救穷救穷！"惊醒来想一想道："此必是有士子要中的作怪了。"仔细听听，声在一箱中出，伸手取卷，每拾起一卷，耳边低低道："不是。"如此屡屡，落后一卷，听得耳边道："正是。"某公看看，文字果好，取中之，其声就止。出榜后，本生来见。某公问道："场后有何异境？"本生道："没有。"某公道："场中甚有影响，生平好讲甚么话？"本生道："门生家寒不堪，在窗下每作一文成，只呼'穷死救穷'，以此为常，别无他话。"某公乃言阅卷时耳中所闻如此，说了共相叹异，连本生也不知道怎地起的。这不是自己一念坚切，精灵活现么！

如此精灵现者，亦多不尽验，何也？

  精诚所至，金石为开。
  果然勇猛，自有神来。

  有个该中了，人与鬼神两相凑巧帮衬的。浙场有个士子，原是少年饱学，走过了好几科，多不得中。落后一科，年纪已长，也不做指望了。幸得有了科举，图进场完故事而已。进场之夜，忽梦见有人对他道："你今年必中，但不可写一个字在卷上，若写了，就不中了，只可交白卷。"士子醒来道："这样梦也做得奇，天下有这事么？"不以为意。进场领卷，正要构思下笔，只听得耳边厢又如此说道：

"决写不得的。"他心里疑道:"好不作怪!"把题目想了一想,头红面热,一字忖不来,就暴躁起来,道:"都管是又不该中了,所以如此。"闷闷睡去。只见祖、父俱来分付道:"你万万不可写一字,包你得中便了。"醒来叹道:"这怎么解?如此梦魂缠扰,料无佳思,吃苦做甚么?落得不做,投了白卷出去罢!"出了场来,自道头一个就是他贴出,不许进二场了。只见试院开门,贴出许多不合式的来:有不完篇的,有脱了稿的,有写差题目的,纷纷不计其数。正拣他一字没有的,不在其内,到哈哈大笑道:"这些弥封对读的,多失了魂了!"隔了两日不见动静,随众又进二场,也只是见不贴出,瞒生人眼,进去戏耍罢了。才捏得笔,耳边又如此说。他自笑道:"不劳分付,头场白卷,二场写他则甚?世间也没这样呆子。"游衍了半日,交卷而出,道:"这番决难逃了!"只见第二场又贴出许多,仍复没有己名,自家也好生咤异。又随众进了三场,又交了白卷,自不必说。朋友们见他进过三场,多来请教文字,他只好背地暗笑,不好说得。到得榜发,公然榜上有名高中了。他只当是个梦,全不知是那里起的。随着赴鹿鸣宴风骚,真是十分侥幸。领出卷来看,三场俱完好,且是锦绣满纸,惊得目睁口呆,不知其故。元来弥封所两个进士知县,多是少年科第,有意思的,道是不进得内廉,心中不伏气。见了题目,有些技痒,要做一

要知写了便中不得的。

奇幻极矣。

卷，试试手段，看还中得与否。只苦没个用印卷子，虽有个把不完卷的，递将上来，却也有一篇半篇先写在上了，用不着的。已后得了此白卷，心中大喜，他两个记着姓名，便你一篇我一篇，共相斟酌改订，凑成好卷，弥封了发去誊录。三场皆如此，果然中了出来。两个进士暗地得意，道是这人有天生造化，反着人寻将他来，问其白卷之故。此生把梦寐叮嘱之事，场中耳畔之言，一一说了。两个进士道："我两人偶然之兴，皆是天教代足下执笔的。"此生感激无尽，认做了相知门生。

　　张公吃酒，李公却醉。
　　命若该时，一字不费。

　　这多是该中的话了。若是不该中，也会千奇万怪起来。

　　有一个不该中，鬼神反来耍他的。万历癸未年，有个举人管九皋赴会试。场前梦见神人传示七个题目，醒来个个记得，第二日寻坊间文，拣好的熟记了。入场，七题皆合，喜不自胜。信笔将所熟文字写完，不劳思索，自道是得了神助，必中无疑。谁知是年主考厌薄时文，尽搜括坊间同题文字入内磨对，有试卷相同的，便涂坏了。管君为此竟不得中，只得选了官去。若非先梦七题，自家出手去做，还

只是抄旧，原有蠢气，可为生吞活剥者戒。

未见得不好,这不是鬼神明明耍他?

梦是先机,番成悔气。
鬼善揶揄,直同儿戏。

有一个不该中强中了,鬼神来摆布他的。浙江山阴士人诸葛一鸣,在本处山中发愤读书,不回过岁。隆庆庚午年元旦未晓,起身梳洗,将往神祠中祷祈。途间遇一群人喝道而来。心里疑道:"山中安得有此?"伫立在旁细看,只见鼓吹前导,马上簇拥着一件东西。落后贵人到,乃一金甲神也。一鸣明知是阴间神道,迎上前来拜问道:"尊神前驱所迎何物?"神道:"今科举子榜。"一鸣道:"小生某人,正是秀才,榜上有名否?"神道:"没有。君名在下科榜上。"足矣。一鸣道:"小生家贫等不得,亦是躁急薄相人。尊神可移早一科否?"神道:"事甚难。然与君相遇,亦有缘,试为君图之。若得中,须多焚楮钱,我要去使用,才安稳。不然,我亦有罪犯。"一鸣许诺。及后边榜发,一鸣名在末行,上有丹印。缘是数已填满,一个教官将着一鸣卷竭力来荐,至见诸声色。主者不得已,割去榜末一名,将一鸣填补。此是鬼神在暗中作用。一鸣得中,甚喜,匆匆忘了烧楮钱。彼人何罪?作弊鬼亦可恨。赴宴归寓,见一鬼披发在马前哭道:"我为你受祸了。"一鸣认看,正是先前金甲神,甚不过意道:"不知还可焚钱相救否？"鬼道："事已迟了，还可相助。"一鸣买些楮钱烧了。及到会试，鬼复来道："我能助公登第，预报七题。"一鸣打点了进去，果然不差，一鸣大喜。到第二场，将到进去了，鬼才来报题。一鸣道："来不及了。"鬼道："将文字放在头巾内带了进去，我遮护你便了。"一鸣依了他。到得监试面前，不消搜得，巾中文早已坠下，算个怀挟作弊，当时打了枷号示众，前程削夺。此乃鬼来报前怨，作弄他的，可见命未该中，只早一科也是强不得的。

<small>鬼何至怀恨，狠于报复如此？亦是强早三年冥罚重故。</small>

躁于求售，并丧厥有。
人耶鬼耶？各任其咎。

看官只看小子说这几端，可见功名定数，毫不可强。所以道：

窗下莫言命，场中不论文。

世间人总在这定数内被他哄得昏头昏脑的。小子而今说一段指破功名定数的故事，来完这回正话。

唐时有个江陵副使李君，他少年未第时，自洛阳赴长安进士举，经过华阴道中，下店歇宿。只见先有一个白衣人在店，虽然浑身布素，却是骨秀神清，丰格出众。店中人甚多，也不把他放他心上。李君是

<small>能从俗中识拔，即神仙亦感知己。</small>

个聪明有才思的人，便瞧科在眼里，道："此人决然非凡。"就把坐来移近了，把两句话来请问他。只见谈吐如流，百叩百应。李君愈加敬重，与他围炉同饮，款洽倍常。明日一路同行，至昭应，李君道："小弟慕足下尘外高踪，意欲结为兄弟，倘蒙不弃，伏乞见教姓名年岁，以便称呼。"白衣人道："我无姓名，亦无年岁，奇矣。你以兄称我，以兄礼事我可也。"李君依言，当下结拜为兄。至晚对李君道："我隐居西岳，偶出游行，甚荷郎君相厚之意，我有事故，明旦先要往城，不得奉陪，如何？"李君道："邂逅幸与高贤结契，今遽相别，不识有甚言语指教小弟否？"白衣人道："郎君莫不要知后来事否？"李君再拜，恳请道："若得预知后来事，足可趋避，省得在黑暗中行，不胜至愿。"白衣人道："仙机不可泄漏，吾当缄封三书与郎君，日后自有应验。"李君道："所以奉恳，专贵在先知后事，若直待事后有验，要晓得他怎的？"白衣人道："不如此说。凡人功名富贵，虽自有定数，但吾能前知，便可为郎君指引。若到其间开他，自有用处，可以周全郎君富贵。"李君见说，欣然请教。白衣人乃取纸笔，在月下不知写些甚么，折做三个束，外用三个封封了，拿来交与李君，道："此三封，郎君一生要紧事体在内，封有次第，内中有秘语，直到至急时方可依次而开，开后自有应验。依着做去，当得便宜。若无急事，漫自开他，一毫无益的。切记，切记。"李君再拜领受，珍藏箧中。次日，各相别去。李君到了长安，应过进士举，不得中第。

李君父亲在时，是松滋令，家事颇饶，只因带了宦囊，到京营求升迁，病死客邸，宦囊一空。李君痛父沦亡，门户萧条，意欲中第才归，重整门阀。家中多带盘缠，拼住京师，不中不休。自恃才高，道是举手可得，如拾芥之易。怎知命运不对，连应过五六举，只是下第，盘缠多用尽了。欲待归去，无有路费；欲待住下，以俟再举，没了赁房之资，求容足之地也无。左难右难，没个是处。正在焦急头上，猛然想道："仙兄有书，分付道有急方开。今日已是穷极无聊，此不为急，还要急到那里去？不免开他头一封，看是如何？"然是仙书，不可造次。是夜沐浴斋素，到第二日清旦，焚香一炉，再拜祷告道："弟子只因穷困，敢开仙兄第一封书，只望明指迷途则个。"告罢，拆开外封，里面又有一小封，面上写着道：

专是此等误事。

某年月日，以困迫无资用，开第一封。

李君大惊道："真神仙也！如何就晓得今日目前光景？且开封的月日俱不差一毫，可见正该开的，内中必有奇处。"就拆开小封来看，封内另有一纸，写着不多几个字：

可青龙寺门前坐。

看罢，晓得有些奇怪，怎敢不依？只是疑心道："到那里去何干？"问问青龙寺远近，元来离住处有五十多里路。李君只得骑了一头蹇驴，迤迤走到寺前，日色已将晚了。果然依着书中言语，在门槛上呆呆地坐了一回，不见甚么动静。天昏黑下来，心里有些着急，又想了仙书，自家好笑道："好痴子，这里坐，可是有得钱来的么？不指望钱，今夜且没讨宿处了。怎么处？"

正迟疑间，只见寺中有人行走响，看看至近，却是寺中主僧和个行者来关前门。见了李君，问道："客是何人，坐在此间？"李君道："驴弱居远，天色已晚，前去不得，将寄宿于此。"主僧道："门外风寒，岂是宿处？且请到院中来。"李君推托道："造次不敢惊动。"主僧再三邀进，只得牵了蹇驴，随着进来。主僧见是士人，具馔烹茶，不敢怠慢。饮间，主僧熟视李君，上上下下估着，看了一回，就转头去与行童说一番，笑一番。李君不解其意，又不好问得。只见主僧耐了一回，突然问道："郎君何姓？"李君道："姓李。"主僧惊道："果然姓李！"李君道："见说贱姓，如此着惊，何故？"主僧道："松滋李长官是郎君盛族，相识否？"李君站起身，颦蹙道："正是某先人也。"主僧不觉垂泪不已，说道："老僧与令先翁长官，久托故旧，往还不薄。适见郎君丰仪酷似长官，所以惊疑，不料果是。老僧奉求已多日，今日得遇，实为万幸。"

李君见说着父亲，心下感伤，涕流被面道："不晓得老师与先人旧识，顷间造次失礼。然适闻相求

_{有人招揽，便生意动了。}

弟子已久，不解何故？"主僧道："长官昔年将钱物到此求官，得疾狼狈，有钱二千贯，寄在老僧常住库中。后来一病不起，此钱无处发付。老僧自是以来，心中常如有重负，不能释然。今得郎君到此，完此公案，老僧此生无事矣。"李君道："向来但知先人客死，宦囊无迹，不知却寄在老师这里。然此事无个证见，非老师高谊在古人之上，怎肯不昧其事，反加意寻访？重劳记念，此德难忘。"主僧道："老僧世外之人，要钱何用？何况他人之财，岂可没为己有，自增罪业？老僧只怕受托不终，致负凤债，贻累来生。今幸得了此心事，魂梦皆安。老僧看郎君行况萧条，明日但留下文书一纸，做个执照，尽数辇去为旅邸之资，尽可营生，尊翁长官之目也瞑了。"李君悲喜交集，悲则悲着父亲遗念，喜则喜着顿得多钱。称谢主僧不尽，又自念仙书之验如此，真希有事也。

<small>好僧家！李公所托得人，识鉴可知。</small>

<small>弥见其高，不止有义。</small>

　　青龙寺主古人徒，受托钱财谊不诬。
　　贫子衣珠虽故在，若非仙诀可能符？

是晚主僧留住安宿，殷勤相待。次日尽将原镪二千贯发出，交明与李君。李君写个收领文字，遂雇骡驮载，珍重而别。

　　李君从此买宅长安，顿成富家。李君一向门阀清贵，只因生计无定，连妻子也不娶得。今长安中大家见他富盛起来，又是旧家门望，就有媒人来说亲与他。他娶下成婚，作久住之计。又应过两次举，只是不第，年纪看看长了。亲戚朋友仆从等多劝他："且图一官，以为终身之计，如何被科名骗老了？"李君自恃才高，且家有余资，不愁衣食，自道："只争得此一步，差好多光景，怎肯甘心就住，让那才不如我的得意了，做尽天气？可伤。且索再守他次把做处。"本年又应一举，仍复不第，连前却满十次了。心里虽是不伏气，却是递年"打毷氉"，也觉得不耐烦了。说话的，如何叫得"打毷氉"？看官听说：唐时榜发后，与不第的举子吃解闷酒，浑名"打毷氉"。还有不止十来番者。此样酒席，可是吃得十来番起的？李君要住住手，又割舍不得；要宽心再等，不但撺掇的人多，自家也觉争气不出。况且妻子又未免图他一官半职荣贵，耳边日常把些不入机的话来激聒，一发不知怎地好，竟自没了主意，含着一眶眼泪道："一歇失路英雄，异世同感。了手，终身是个不第举子。就侥幸官职高贵，今世并此不可望。也说不响了。"踌躇不定几时，猛然想道："我仙兄有书，道急时可开，此时虽无非常急事，却是住与不住，是我一生了当的事，关头所差不小，何不开他第二封一看，以为行止？"主意定了，又斋戒沐浴。次日清旦，启开外封，只见里面写道：

某年月日，以将罢举，开第二封。

李君大喜道："元来原该是今日开的，既然开得不差，里面必有决断，吾终身可定了。"忙又开了小封看时，也不多几个字，写着：

可西市鞘鞓行头坐。

李君看了道："这又怎么解？我只道明明说个还该应举不应举，却又是哑谜。当日青龙寺，须有个寺僧欠钱；这个西市鞘鞓行头，难道有人欠我及第的债不成？^{也说不定。}但是仙兄说话不曾差了一些，只索依他走去，看是甚么缘故。却其实有些好笑。"自言自语了一回，只得依言一直走去。

走到那里，自想道："可在那处坐好？"一眼望去一个去处，但见：

望子高挑，埕头广架。门前对子，强斯文带醉歪题；壁上诗篇，村过客乘忙诌下。入门一阵腥膻气，案上原少佳肴；到坐几番呓喝声，面前未来供馔。谩说闻香须下马，枉夸知味且停骖。无非行路救饥，或是邀人议事。

原来是一个大酒店。李君独坐无聊，想道："我且沽一壶，吃着坐看。"步进店来。店主人见是个士人，便拱道："楼上有洁净坐头，请官人上楼去。"李君上楼坐定，看那楼上的东首尽处，有间洁净小阁子，门儿掩着，像有人在里边坐下的，寂寂嘿嘿在里头。李君这付座底下，却是店主人的房，楼板上有个穿眼，眼里偷窥下去，是直见的。李君一个在楼上，还未见小二送酒菜上来，独坐着闲不过，听得脚底下房里头低低说话，他却在地板眼里张看。只见一个人将要走动身，一个拍着肩叮嘱，听得落尾两句说道："交他家郎君明日平明必要到此相会。若是苦没有钱，即说元是且未要钱的。不要挫过，迟一日就无及了。"去的那人道："他还疑心不的确，未肯就来怎好？"李君听得这几句话，有些古怪，便想道："仙兄之言莫非应着此间人的事体么？"即忙奔下楼来，却好与那两个人撞个劈面，乃是店主人与一个蓦生人。李君扯住店主人问道："你们适才讲的是甚么话？"店主人道："侍郎的郎君有件紧要事干，要一千贯钱来用，托某等寻觅，故此商量寻个头主。"李君道："一千贯钱不是小事，那里来这个大财主好借用？"店主道："不是借用，说得事成时，竟要了他这一千贯钱也还算是相应的。"李君再三要问其事备细。店主人道："与你何干！何必定要说破？"只见那要去的人，立定了脚，看他问得急切，回身来道："何不把实话对他说？总是那边未见得成，或者另绊得头主，大家商量商量也好。"店主人方才附着李君耳朵说道："是营谋来岁及第的事。"李君正斗着肚子里事，又合着仙兄之机，吃了一惊，忙问道："此事虚实何如？"店主人道："侍郎郎君见

正是卖的没处卖，买的没处买。

在楼上房内,怎的不实?"李君道:"方才听见你们说话,还是要去寻那个的是?"店主人道:"有个举人要做此事,约定昨日来成的,直等到晚,竟不见来。不知为凑钱不起,不知为疑心不真?却是郎君元未要钱,直等及第了才交足,只怕他为无钱不来,故此又要这位做事的朋友去约他。若明日不来,郎君便自去了,只可惜了这好机会。"李君道:"好教两位得知,某也是举人。要钱时某也有,便就等某见一见郎君,做了此事,可使得否?"店主人道:"官人是实话么?"李君道:"怎么不实?"店主人道:"这事原不拣人的。若实实要做,有何不可!"那个人道:"从古道'有奶便为娘',我们见钟不打,倒去敛铜?官人若果要做,我也不到那边去,再走坏这样闲步了。"店主人道:"既如此,可就请上楼与郎君相见面议,何如?"

着意种花花不活,无心插柳柳成荫。

两个人拉了李君一同走到楼上来。那个人走去东首阁子里,说了一会话。只见一个人踱将出来,看他怎生模样:

白胖面庞,痴肥身体。行动许多珍重,周旋颇少谦恭。抬眼看人,常带几分蒙昧;出言对众,时牵数字含糊。顶着祖父现成家,享这儿孙自在福。

白肚公子像赞。

这人走出阁来,店主人忙引李君上前,指与李君道:

"此侍郎郎君也，可小心拜见。"李君施礼已毕，叙坐了。郎君举手道："公是举子么？"〔做态〕李君通了姓名，道："适才店主人所说来岁之事，万望扶持。"郎君点头未答，且目视店主人与那个人，做个手势道："此话如何？"店主人道："数目已经讲过，昨有个人约着不来，推道无钱。今此间李官人有钱，情愿成约。故此，特此引他谒见郎君。"郎君道："咱要钱不多，如何今日才有主？"〔不知痛痒话〕店主人道："举子多贫，一时间斗不着。"郎君道："拣那富的拉一个来罢了。"〔俱是不知稼穑艰难气质。〕店主人道："富的要是要，又撞不见这样方便。"郎君又拱着李君问店主人道："此间如何？"李君不等店主人回话，便道："某寄籍长安，家业多在此，只求事成，千贯易处，不敢相负。"郎君道："甚妙，甚妙！明年主司侍郎乃吾亲叔父也，必不误先辈之事。今日也未就要交钱，只立一约，待及第之后，即命这边主人走领，料也不怕少了的。"李君见说得有根原，又且是应着仙书，晓得其事必成，放胆做着，再无疑虑，即袖中取出两贯钱来，央店主人备酒来吃。一面饮酒，一面立约，只等来年成事交银。〔钱神有灵，并才士亦须之。彼才而贫者何处生活？〕当下李君又将两贯钱谢了店主人与那一个人，各各欢喜而别。到明年应举，李君果得这个关节之力，榜下及第。及第后，将着一千贯完那前约，自不必说。眼见得仙兄第二封书指点成了他一生之事。

真才屡挫误前程，不若黄金立可成。
今看仙书能指引，方知铜臭亦天生。

李君得第授官，自念富贵功名皆出仙兄秘授谜诀之力，思欲会见一面，以谢恩德，又要细问终身之事。（不必。）差人到了华阴西岳，各处探访，并无一个晓得这白衣人的下落，只得罢了。以后仕宦得意，并无甚么急事可问，这第三封书无因得开。官至江陵副使，在任时，有一日忽患心痛，少顷之间，晕绝了数次，危迫特甚。方转念起第三封书来，对妻子道："今日性命俄顷，可谓至急，仙兄第三封书可以开看，必然有救法在内了。"自己起床不得，就叫妻子灌洗了，虔诚代开。开了外封，也是与前两番一样的家数，写在里面道：

某年月日，江陵副使忽患心痛，开第三封。

妻子也喜道："不要说时日相合，连病多晓得在先了，毕竟有解救之法。"连忙开了小封，急急看时，只叫得苦。元来比先前两封的字越少了，刚刚止得五字道：

可处置家事。

妻子看罢，晓得不济事了，放声大哭。李君笑道："仙兄数已定矣，哭他何干？吾贫，仙兄能指点富吾；吾贱，仙兄能指点贵吾；今吾死，仙兄岂不能指点活吾？盖因是数，去不得了。就是当初富

> 李君亦达，然不达亦何益！

吾、贵吾，也元是吾命中所有之物。前数分明，止是仙兄前知，费得一番引路。我今思之：一生应举，真才却不能一第，直待时节到来，还要遇巧，假手于人，方得成名，可不是数已前定？天下事大约强求不得的。而今官位至此，仙兄判断已决，我岂复不知止足，尚怀遗恨哉？"遂将家事一面处置了当，隔两日，含笑而卒。

这回书叫做《三拆仙书》，奉劝世人看取：数皆前定如此，不必多生妄想。那有才不遇时之人，也只索引命自安，不必抑郁不快了。

> 本旨。

人生自合有穷时，纵是仙家讵得私？
富贵只缘乘巧凑，应知难改盖棺期。

图书在版编目（CIP）数据

凌濛初批评本初刻拍案惊奇 /（明）凌濛初编著、批评. -- 长沙：岳麓书社, 2025.3. -- ISBN 978-7-5538-2198-6

Ⅰ.I242.3

中国国家版本馆CIP数据核字第2024DM0613号

LING MENGCHU PIPINGBEN CHU KE PAI'AN JINGQI

凌濛初批评本初刻拍案惊奇

〔明〕凌濛初　编著　批评

出 版 人｜崔　灿
出版统筹｜马美著
责任编辑｜陈文韬　肖　航　陶嶒玲
　　　　　周家琛　曾　倩
助理编辑｜夏楚婷
责任校对｜舒　舍
书籍设计｜罗志义

岳麓书社出版发行
地址｜长沙市岳麓区爱民路47号
承印｜长沙鸿发印务实业有限公司

开本｜890mm×1240mm 1/32　印张｜27.75　字数｜668千字
版次｜2025年3月第1版　印次｜2025年3月第1次印刷
书号｜ISBN 9978-7-5538-2198-6
定价｜168.00元

如有印装质量问题，请与本社印务部联系
电话：0731-88884129